mtb

Umwelthinweis:
Dieses Buch wurde auf chlor- und säurefreiem Papier gedruckt.

Linda Lael Miller

Big Sky River – Am reißenden Fluss

Roman

Aus dem Amerikanischen von
Ralph Sander

mtb

MIRA® TASCHENBUCH
Band 25693
1. Auflage: Mai 2014

MIRA® TASCHENBÜCHER
erscheinen in der Harlequin Enterprises GmbH,
Valentinskamp 24, 20354 Hamburg
Geschäftsführer: Thomas Beckmann

Titel der nordamerikanischen Originalausgabe:
Big Sky River

erschienen bei: HQN Books, Toronto

Published by arrangement with
Harlequin Enterprises II B.V./S.àr.l

Konzeption/Reihengestaltung: fredebold&partner GmbH, Köln
Umschlaggestaltung: pecher und soiron, Köln
Redaktion: Mareike Müller
Titelabbildung: Harlequin Enterprises S.A., Schweiz
Autorenfoto: © Harlequin Enterprises S.A., Schweiz
Satz: GGP Media GmbH, Pößneck
Druck und Bindearbeiten: CPI – Ebner & Spiegel, Ulm
Printed in Germany
Dieses Buch wurde auf FSC®-zertifiziertem Papier gedruckt.
ISBN 978-3-86278-802-6

www.mira-taschenbuch.de

Liebe Leserinnen, liebe Leser,

willkommen in Parable, Montana, und damit in der dritten Geschichte meiner Big-Sky-Serie!

Sheriff Boone Taylor macht sich seit einer Weile rar. Zwar erledigt er seinen Job, aber sein Privatleben vernachlässigt er mehr und mehr – sehr zum Ärger seiner Nachbarin Tara Kendall, vormals Marketingchefin eines Kosmetikunternehmens, inzwischen Hühnerfarmerin. Wenn sie von ihrem Grundstück in die falsche Richtung sieht, erblickt sie keine wunderschöne Landschaft, sondern jenen Schandfleck, den Boone als sein Zuhause bezeichnet.

Und auf einmal betreten vier Kinder die Bühne – Boones kleine Jungs, die seit dem Tod seiner Ehefrau Corrie bei seiner Schwester gelebt haben, und Taras geliebte Zwillingsstieftöchter, die nach dem Willen ihres Exmanns so wenig Zeit wie möglich mit ihr verbringen sollen.

„Big Sky River – Am reißenden Fluss“ ist die Geschichte von zwei wunderbaren Menschen, mit denen es das Leben nicht immer gut gemeint hat. Zwei Menschen, die praktisch aufgehört haben, an die Liebe zu glauben, obwohl sie von ihr ebenso umgeben sind wie von den Bergen und Flüssen rings um die Stadt, in der sie zu Hause sind. Erleben Sie, wie die beiden zueinanderfinden und ihre zerbrochenen Träume zusammenwerfen, um gemeinsam einen neuen Traum Wirklichkeit werden zu lassen, der beständig ist.

Und so heiße ich Sie von Herzen willkommen in Parable, ganz gleich, ob Sie schon einmal hier waren oder ob dies Ihr erster Besuch ist. Lehnen Sie sich zurück, genießen Sie und machen Sie sich darauf gefasst, viel zu lächeln und vielleicht auch die eine oder andere Träne zu vergießen.

Es wird Ihnen hier gefallen.

Ihre
Linda Lael Miller

Für Sadie – dreimal ist göttlich, du süßer Hund.
Schick mir noch einen von deiner Sorte.

1. KAPITEL

Sheriff Boone Taylor genoss einen seiner seltenen freien Tage. Er holte mit der ramponierten Angelrute aus und ließ den Haken mitten im rauschenden Wasser des Big Sky River landen, auf dessen Oberfläche sich die Sonne glitzernd spiegelte. Der Strom verlief quer durch Parable County, Montana, machte jedoch einen Bogen um das Städtchen Parable und durchquerte anschließend die Nachbargemeinde Three Trees, von wo aus er dann geradewegs in Richtung Pazifik weiterfloss.

Boone liebte dieses wilde, weite Land nicht nur, er *war* Montana, vom endlosen Himmel über ihm bis hin zum felsigen Boden unter den abgewetzten Sohlen seiner Stiefel. In seinen Augen stellte diese Landschaft so etwas wie ein Abbild seiner Seele dar.

Ein leichtes Ziehen an der Angel, gefolgt von einem heftigen Ruck, verriet einen Fisch von beachtlicher Größe am Haken … der sich gleich wieder befreit hatte. Boone lächelte flüchtig, schließlich hätte er seinen Fang ohnehin umgehend zurück in die Freiheit entlassen, da noch genügend Forellen im kleinen Gefrierfach seines Kühlschranks lagen. Als er die Schnur einholte, musste er feststellen, dass der Fisch den Haken abgerissen hatte, und befestigte einen neuen. Angeln war für Boone eine Art Meditation, ein seltener Luxus in seinem hektischen Leben, ein Moment des Friedens und der Ruhe, der ihm half, die Narben auf seiner Seele für eine Weile zu vergessen.

Wieder warf er die Leine aus und schob seine Baseballkappe zum Schutz vor der Vormittagssonne zurecht. Die Sonnenbrille hatte er zu Hause vergessen – sofern man den mehr oder weniger schrottreifen Trailer überhaupt als ein Zuhause bezeichnen wollte –, und er hatte einfach keine Lust, noch einmal umzukehren, nur um die Brille zu holen. Stattdessen stand er da, blinzelte in die Sonne und nahm es einfach hin, nur wenig von der Umgebung zu erkennen.

Für Boone war das nichts Neues, denn eigentlich nahm er sein ganzes Leben einfach nur hin.

Plötzlich klingelte das Handy in der Brusttasche seines Hemds, das er offen über einem alten T-Shirt trug, und er fluchte leise. Er hätte das Klingeln gern ignoriert, um noch eine Weile Ruhe zu haben, aber als Sheriff konnte er sich das nicht leisten. Ob es ihm gefiel oder nicht, er war praktisch sieben Tage die Woche rund um die Uhr im Dienst.

Er zog das Handy aus der Tasche, sah aufs Display und kniff die Augenbrauen zusammen, während er den Anruf entgegennahm. Es war seine Schwester Molly. Sie und ihr Mann Bob kümmerten sich seit dem Tod von Boones Frau Corrie vor ein paar Jahren um seine beiden Söhne Griffin und Fletcher. Wenn sie sich meldete, hatte sie für gewöhnlich nur Gutes über seine Jungs zu berichten. Dennoch bestand immer die Gefahr schlechter Neuigkeiten, etwa dass einem der beiden etwas zugestoßen war. Nach allem, was Boone durchgemacht hatte, betrachtete er es als sein gutes Recht, leicht paranoid zu sein, was er zweifellos immer dann war, wenn es um seine Kinder ging.

„Molly", rief er in den Hörer. „Was gibt's?"

„Hallo, Boone", erwiderte sie und klang, als hätte sie gerade geweint oder als stünde sie zumindest dicht davor. Und erschöpft hörte sie sich auch noch an. Sie schniefte leise und sagte nach endlos erscheinenden Sekunden: „Deinen Jungs geht's gut." Es folgte eine winzige Pause, ehe sie fortfuhr: „Es geht um Bob. Er hat sich heute Morgen die Kniescheibe gebrochen, ausgerechnet auf dem Golfplatz! Die Ärzte in der Notaufnahme meinen, er muss sofort operiert werden. Es kann sogar sein, dass sie ihm ein künstliches Kniegelenk einsetzen."

„Weinst du?", fragte er, was wie eine Warnung klang, es besser nicht zu tun. Immerhin versuchte er, alles zu verarbeiten, was sie ihm soeben erzählt hatte. Außerdem gab es für ihn kaum etwas Schlimmeres als eine weinende Frau – vor allem eine Frau, die ihm wichtig war –, wenn er ihr nicht irgendwie helfen konnte.

„Ja", gab Molly zu. „Ich weine. Nach der Operation kommt er in die Reha. Bis er sich wieder normal bewegen kann, wird es Wochen dauern, Boone, Wochen!"

Er holte die Schnur nicht erst ein, sondern ließ die Angel auf das felsige Flussufer fallen. Wie ein unbeteiligter Zuschauer beobachtete er, wie die Rute wieder hin und her zu zucken begann, was ein sicheres Anzeichen für einen weiteren Fang war. „Molly, das … das tut mir leid", sagte er leise.

Bob war Mollys große Liebe und der Vater ihrer drei Kinder – und der Ersatzvater für Griff und Fletch. Ihm und dem Rest der Familie standen harte Zeiten bevor, und es gab rein gar nichts, was Boone hätte tun können, um ihnen irgendwie diese Last abzunehmen.

„Sag was, Molly", forderte er sie schroff auf, als sie nicht sofort antwortete. Dabei sah er sie deutlich vor sich, wie sie versuchte, tapfer zu lächeln.

Mit einem Mal wurde die Angelrute in Richtung Wasser gezogen, und nur dank eines beherzten Tritts darauf konnte er verhindern, dass sie ganz im Fluss verschwand. Während Molly noch immer um Fassung rang und er das Handy zwischen Ohr und Schulter geklemmt hielt, hantierte er mit dem Taschenmesser, um die Schnur zu durchtrennen. Von seinen Kindern abgesehen, war Molly die einzige Blutsverwandte, die er noch hatte, und er verdankte ihr sehr viel.

„Es ist …", begann sie, hielt inne und atmete schließlich zitternd durch. „Es ist halt so, dass die Kinder alle einen Ferienjob angenommen haben, und ich werde mit Bob alle Hände voll zu tun haben …"

Mit einiger Verspätung dämmerte es Boone. Er konnte von Molly nicht erwarten, dass sie sich um ihren Ehemann *und* auch noch um Griffin und Fletcher kümmerte. So sanft und indirekt wie möglich versuchte sie ihrem begriffsstutzigen Bruder klarzumachen, dass er sich wieder selbst seinen Kindern widmen musste. Die Aussicht erfüllte ihn mit einer Mischung aus Überschwang und blankem Entsetzen.

Boone riss sich zusammen und rief sich in Erinnerung, dass die Lage viel schlimmer hätte sein können. Bobs Verletzung war übel, da gab es nichts zu beschönigen, allerdings war er nicht todkrank, ganz anders als Corrie. Vor seinem geistigen Auge spielten sich Szenen wie aus einem besonders tragischen Film ab, in dem seine im Sterben liegende Frau die Hauptrolle spielte, ausgezehrt und zerbrechlich nach einem langen, aussichtslosen Kampf gegen den Brustkrebs.

„Okay", brachte er irgendwie heraus. „Ich komme zu dir, sobald ich kann. Bist du zu Hause oder im Krankenhaus?"

„Im Krankenhaus", erwiderte sie fast flüsternd. „Aber ich werde vermutlich zu Hause zurück sein, bevor du hier sein kannst."

Er nickte, bis ihm bewusst wurde, dass sie ihn gar nicht sehen konnte. „Halt die Ohren steif, Schwesterherz", meinte er. „Ich bin schon so gut wie unterwegs."

„Griffin und Fletcher wissen noch nichts", fügte sie hastig hinzu. „Weder dass Bob in der Klinik ist, noch dass du sie abholen kommst, um sie nach Parable mitzunehmen. Sie sind bei meiner Nachbarin Mrs Millis. Ich will dabei sein, wenn sie es erfahren, Boone."

Mit anderen Worten: Wenn du vor mir bei den Jungs eintriffst, sag keinen Ton davon, warum du da bist und was los ist. So wie ich dich kenne, wirst du wahrscheinlich nur wieder Mist bauen.

„Gute Idee", stimmte Boone ihr zu und lächelte flüchtig. Es war schon gut, dass Molly ihm gegenüber immer noch die große Schwester raushängen ließ, die ihm zeigte, wo es langging.

Wieder hörte er sie schniefen, jetzt jedoch schon ruhiger, so als hätten die Ereignisse sie überrollt und als würde sie sich langsam wieder fassen. „Ich weiß, das kommt sehr plötzlich ..."

„Ich werde schon damit zurechtkommen", versicherte er ihr, hob die Angelrute auf, rollte die noch verbliebene Schnur auf und stapfte zu seinem alten rostigen Truck, den er in Ufernähe am Rand des Feldwegs geparkt hatte. Ihm war klar, dass er sich längst einen anderen Wagen hätte anschaffen sollen, aber die meiste Zeit war er sowieso im Streifenwagen unterwegs. Außerdem ging es ihm gegen den Strich, einen Kredit aufzunehmen.

„Bis später“, sagte Molly. Ohne sie sehen zu müssen, wusste Boone auch so, dass sie jeden Moment wieder in Tränen ausbrechen würde.

Obwohl er körperlich in guter Verfassung war, musste er nach Luft schnappen, nachdem er den steilen Weg hinauf zum Feldweg und zu seinem Truck zurückgelegt hatte. Die Hand, in der er sein Telefon hielt, war nass geschwitzt. Er warf die Angel auf die Ladefläche, wo sie scheppernd über das rostige Blech rutschte.

„Ja, bis später“, erwiderte er und legte auf.

Wie sollte er den ganzen Sommer und womöglich noch länger mit zwei kleinen Jungs verbringen, für die er bestenfalls ein Bekannter war, aber nicht ihr Dad? Nach Corries Tod hatte er seine Rolle als Vater praktisch abgegeben und die Kinder zu Molly, Bob und ihren Kindern nach Missoula gebracht. Anfangs war das nur als vorübergehende Lösung gedacht gewesen, doch sehr schnell war aus der räumlichen auch eine gefühlsmäßige Distanz zu seinen Söhnen geworden. Während seine engsten Freunde seit Corries Beerdigung immer wieder auf ihn einredeten, er solle ein ganzer Mann sein und Griffin und Fletcher nach Hause holen, hatte er sich stets gesagt, er benötige noch etwas Zeit für sich, auch wenn seine Sehnsucht nach den Jungs ihn insgeheim ständig quälte. Erst sollten sie bei Molly und Bob bleiben, bis die Sheriffwahl vorüber war. Dann hatte er sich nach der gewonnenen Wahl erst einmal in Ruhe in seine neuen Aufgaben einarbeiten wollen, weil der Job des Sheriffs viele Dinge umfasste, die einen Deputy nicht kümmerten. Und schließlich sollten sie bei seiner Schwester bleiben, bis er den großen Trailer durch ein richtiges Haus ersetzt hatte.

Erst dieses, dann jenes, dann noch was, Hauptsache, da war immer noch etwas anderes zu erledigen.

Jetzt war damit Schluss. Molly brauchte all ihre Kraft – körperlich, geistig und emotional –, damit Bob und ihre eigenen Kinder die vor ihnen liegenden Wochen gut überstanden.

Einen Moment lang saß Boone bei laufendem Motor in seinem Truck, das Telefon immer noch in seiner Hand, während er im Geiste über den langen Highway zwischen Parable und Missoula fuhr. Schließlich tippte er auf seinem Handy die Kurzwahl für seinen besten Freund Hutch Carmody ein.

„Yo, Sheriff Taylor", begrüßte der ihn fröhlich. „Aus welcher Klemme darf ich dich befreien?"

Hutch war mit seiner großen Liebe Kendra verheiratet, die ihre fünf Jahre alte Stieftochter mit in die Ehe gebracht hatte, und nun von ihm ein Kind erwartete. Seit er mit Kendra zusammen war, schien schlechte Laune für Hutch ein Fremdwort zu sein.

Vermutlich liegt es am regelmäßigen Sex, dachte Boone, der zwar zu sehr in Gedanken war, um seinen Freund zu beneiden, dem aber unterbewusst sehr wohl klar war, dass er seit Corries Tod weitestgehend wie ein Mönch lebte. „Ich muss mir von dir einen Wagen ausleihen", sagte er ohne Umschweife. „Ich muss nach Missoula, aber ich traue meiner Rostlaube nicht zu, dass ich mit ihr ans Ziel und zurück nach Hause komme."

Sofort wurde Hutch ernst. „Kein Problem. Was ist denn passiert? Ist mit den Jungs alles in Ordnung?"

Boones Söhne waren nur ein paar Mal in Parable gewesen, seit sie bei Molly und Bob lebten, doch Hutch war für die zwei so etwas wie ein großer Held, und vermutlich wünschten sie sich, *er* wäre ihr Dad.

„Den Jungs geht es gut. Aber Bob hat sich beim Golfen das Knie verletzt und muss operiert werden. Molly wird die nächste Zeit über mit ihm und ihren eigenen Kindern genug zu tun haben, darum muss ich hin und die Jungs zu mir holen."

„Oh Mann, Bob kann einem leidtun. Soll ich dich begleiten, damit du einen Beifahrer hast, der dich moralisch unterstützt?"

„Danke, Hutch, ich weiß dein Angebot zu schätzen. Aber ich glaube, ich brauche etwas Zeit allein mit den beiden, damit ich ihnen auf der Rückfahrt erklären kann, was geschehen ist."

Griffin war sieben, Fletcher erst fünf. Und Boone würde bis zum Jüngsten Tag erklären können, was er wollte, sie würden trotzdem nicht verstehen, warum er sie aus der einzigen Familie herausriss, mit der sie wirklich vertraut waren. Griffin konnte sich noch vage an seine Mutter erinnern, und er musste auch noch wissen, dass sie vier einmal eine Familie gewesen waren. Fletcher dagegen hatte gar keine Erinnerung an Corrie, und er betrachtete Boone auch nicht als seinen Vater. Bob war derjenige, der ihn und seinen Bruder großzog. Er ging mit ihnen zum T-Ball-Training, einer Vorstufe zum Baseball, er begleitete sie zum Zahnarzt und zur Sonntagsschule.

„Kein Problem“, erwiderte Hutch verständnisvoll. „Der Truck ist vollgetankt und einsatzbereit. Soll ich ihn dir bringen? Einer meiner Leute kann hinterherfahren und mich ...“

„Nein, nein, ich komme zu dir und hol den Wagen ab“, unterbrach Boone ihn, da er seinem Freund nicht noch mehr Umstände als unbedingt nötig bereiten wollte. „In einer Viertelstunde müsste ich bei dir sein.“

„Okay“, seufzte Hutch und beendete das Gespräch.

Die ganze Zeit über blieb Boone haarscharf unter dem Tempolimit, bis er Whisper Creek erreichte, die Ranch der Carmodys. Hutch wartete bereits neben dem neuen Truck mit der extralangen Fahrerkabine, den er sich im letzten Jahr angeschafft hatte, als er und Kendra sich zum zweiten Mal ineinander verliebt hatten. Aber vielleicht war ihnen auch nur klar geworden, dass sie nie aufgehört hatten, sich in all den Jahren zu lieben.

Hutch stand da, ausnahmsweise einmal ohne Cowboyhut, und hatte den Kopf ein wenig schräg gelegt, wie er es immer tat, wenn er über irgendetwas grübelte. Die Hände hatte er in den Gesäßtaschen seiner abgewetzten Jeans vergraben. Neben ihm stand Kendra, eine atemberaubend schöne Blondine, die im nächsten Monat ihr Kind bekommen sollte.

„Hast du wenigstens was gegessen?“, rief sie Boone zu, kaum dass er seinen Wagen geparkt hatte. Dichte Staubschwaden wirbelten um den alten Truck, aber sie war jetzt die Frau eines Ranchers, und da nahm man solche Belanglosigkeiten gar nicht erst zur Kenntnis.

Boone stieg aus und ging zu den beiden. Er gab Kendra einen Kuss auf die Wange, doch sein Lächeln fiel reichlich kläglich aus.

„Warum müssen Frauen immer zuerst ans Essen denken?“, fragte er an sie beide gerichtet. „Da kann ein Mann platt gewalzt auf den Gleisen liegen – sobald eine Frau auf ihn aufmerksam wird, will sie ihn als Erstes mit irgendetwas füttern.“

Auch wenn Hutch über den Kommentar leise lachte, verriet sein Blick doch seine Sorge. „Bis nach Missoula ist es ganz schön weit“, erwiderte er. „Du könntest unterwegs Hunger bekommen.“

„Ich schmiere dir ein paar Sandwiches“, verkündete Kendra, drehte sich um und bewegte sich fast watschelnd zurück zum Haus, das im Vergleich zu Boones großem Trailer wie ein Palast wirkte. Zum ersten Mal in seinem Leben wünschte er sich, er könnte seinen Söhnen ein solches Zuhause präsentieren.

„Das ist nicht …“, begann Boone, aber sein Protest kam zu spät, da sie bereits die Fliegengittertür öffnete und die Küche betrat.

„Lass sie dir was zu essen machen“, meinte Hutch ruhig und gelassen. Seit seiner Hochzeit war er die Ruhe selbst. „Sie wird sich beeilen, und sie will dir nur im Rahmen ihrer Möglichkeiten helfen. Wir alle wollen das.“

Boone nickte, räusperte sich und schaute zur Seite. Hutchs Hund, ein schwarzer Mischling namens Leviticus, trottete auf ihn zu und stieß ihn mit der Schnauze an, um ihn zu begrüßen. Kendras Golden Retriever Daisy gesellte sich ebenfalls zu ihnen und beobachtete schwanzwedelnd das Geschehen.

Er streichelte kurz beide Hunde, dann richtete er sich auf und sah Hutch in die Augen. Keiner von ihnen sagte ein Wort, doch sie waren lange genug befreundet, um sich auch ohne Worte zu verstehen.

Dass Boone besorgt war, die Jungs für mehr als nur ein Wochenende zu sich nach Hause zu holen, war Hutch bestens bekannt. Er fühlte mit ihm, aber gleichzeitig freute es ihn auch, dass die drei mehr Zeit miteinander verbringen würden. Es war nur einfach überflüssig, das Offensichtliche auch noch auszusprechen.

Kendra kehrte nur ein paar Minuten später zurück und lief angesichts ihres enormen Bauchumfangs überraschend schnell über den Hof zu Hutch und Boone. In einer Hand trug sie eine prall gefüllte braune Papiertüte, die sie Boone mit den Worten reichte: „Truthahn auf Vollkorntoast. Mit Gurken. Und ich habe dir auch noch ein paar hart gekochte Eier und einen Apfel eingepackt."

Mit einem gemurmelten „Danke" stieg er in Hutchs Truck ein. Dann gab er seinem Freund den Schlüssel für die Rostlaube, mit der er hergekommen war. Toller Tausch, dachte er reumütig.

„Grüß Molly und Bob von uns", rief Kendra ihm nach, während er den Motor anließ und ein Stück zurücksetzte. „Und wenn wir sonst noch was für dich tun können ..."

Boone schüttelte den Kopf, winkte den beiden zu und fuhr los. Nach einem kurzen Zwischenstopp am Geldautomaten in Parable fuhr er auf den Highway und gab Gas, damit er so bald wie möglich Missoula erreichte. Dort würde er – zusammen mit Molly – seinen Söhnen alles in Ruhe erklären.

Gott allein wusste, wie die beiden diese Neuigkeit aufnehmen würden. Bei ihren Besuchen in Parable waren sie bislang immer sehr zurückhaltend und ruhig gewesen – wie jemand, den man auf einem fernen fremden Planeten ausgesetzt hatte. Und sie waren jedes Mal sichtlich erleichtert gewesen, wenn es Zeit wurde, in die Stadt zurückzukehren.

Alles zu seiner Zeit, ermahnte sich Boone.

Tara Kendall stand vor ihrem Hühnerstall, umgeben von Dutzenden gackernden Hennen, und zweifelte zum vermutlich tausendsten Mal an ihrer Entscheidung, einen absolut glamourösen und verdammt gut bezahlten Job in New York aufzugeben, nach Parable in Montana zu ziehen und von heute auf morgen etwas ganz anderes zu tun.

Ihr fehlte der Freundeskreis an der Ostküste, und ihre Stieftöchter, die Zwillinge Elle und Erin, fehlten ihr erst recht – so wie tausend Dinge mehr: Straßencafés, skurrile Geschäfte, gelbe Taxis und schattige Bänke im Central Park, aber auch anderes wie beispielsweise diese ganz besondere Energie, die New York pulsieren ließ und sie durchströmte wie ein unsichtbarer Fluss.

Was Kendra andererseits *nicht* fehlte, war der Stress, mitten in einer massiven Wirtschaftskrise ihre Karriere am Laufen zu halten, während ihr Exmann Dr. James Lennox sich ständig bei ihr darüber beklagte, sie habe ihm bei der Scheidung die Liebe seiner beiden Töchter gestohlen – zusammen mit einem Großteil seiner Investitionen und Immobilien.

Die Scheidungsvereinbarungen hatte Tara bis heute nicht bereut. Immerhin hatte sie James im Lauf ihrer schwierigen Ehe sehr viel von ihrem eigenen Geld überlassen, damit er seine Stelle in einem großen Krankenhaus kündigen konnte, um eine eigene Praxis zu eröffnen. Und was die Zuneigung der Zwillinge anging … nun, die verdankte sie der Tatsache, dass sie immer für Elle und Erin da gewesen war, ganz im Gegensatz zu deren Vater. Dafür hatte sie James nicht erst vor seinen Töchtern schlechtmachen müssen, das war ganz allein sein Verdienst.

Selbst wenn Tara etwas so Schäbiges in Erwägung gezogen hätte, wäre es nicht nötig gewesen, einen Keil zwischen James und die Zwillinge zu treiben. Die Mädchen waren intelligent genug, dass sie ihren Vater durchschauen konnten, der sich gerne eine Affäre nach der anderen gegönnt hatte. Da er nie Zeit für seine Töchter erübrigt hatte, war deren Empörung nur zu verständlich gewesen, als sie durch einen Zufall herausgefunden hatten, dass er lieber romantische Wochenenden mit ständig wechselnden Freundinnen verbrachte, als etwas mit seinen eigenen Kindern zu unternehmen.

Taras Golden Retriever Lucy schlief auf der schattigen Veranda des Farmhauses. Plötzlich hob die Hündin den Kopf und spitzte die Ohren. Gleich darauf klingelte das schnurlose Haustelefon, das sich auf dem Korbtisch zwischen den beiden farbenfroh gepolsterten Schaukelstühlen befand.

Sofort lief Tara die Stufen hinauf und griff nach dem Telefon. „Hallo?“

„Gehst du eigentlich nie ran, wenn man dich auf dem Handy anruft?“, fragte ihr Exmann gereizt.

„Das wird gerade aufgeladen“, entgegnete sie gelassen. James suchte liebend gern Streit, so gern, dass er vielleicht besser Anwalt geworden wäre als Arzt. Tara ihrerseits machte sich einen Spaß daraus, seine Provokationen an sich abprallen zu lassen. Doch dann erschrak sie. „Mit Elle und Erin ist doch alles in Ordnung, oder?“

James blieb gereizt. „Den beiden geht es bestens. Sie haben soeben das vierte Kindermädchen innerhalb von drei Wochen vergrault, und jetzt weigert sich die Agentur, jemand Neues zu schicken.“

Tara musste sich ein Lachen verkneifen. „Wahrscheinlich fühlen sie sich mit zwölf zu alt für ein Kindermädchen“, erwiderte sie schließlich. James rief nie an, um nur ein wenig zu plaudern. Das hatte er schon während ihrer Ehe nicht gemacht. Genau genommen hatte er sich damals nicht einmal beiläufig mit ihr unterhalten, wenn sie sich im selben Zimmer aufgehalten oder zusammen im Bett gelegen hatten. Nein, Dr. Lennox hegte immer irgendwelche Absichten, wenn er den Mund öffnete, und sie hatte bereits eine vage Vorstellung davon, was er diesmal von ihr wollte.

„Du willst doch sicher nicht vorschlagen, dass ich sie den ganzen Sommer lang Tag für Tag unbeaufsichtigt lasse, während ich in der Praxis bin und operiere“, konterte er. In seinem missmutigen Tonfall schwang noch etwas mit, was ihr wie ein Anflug von Verzweiflung oder sogar … Panik vorkam.

„Nein, natürlich nicht“, meinte sie und ließ sich in einen der Schaukelstühle sinken, während sich Lucy neben ihren Füßen zusammenrollte. „Tagesbetreuung im Sommercamp wäre eine Möglichkeit. Du könntest auch …“

„Tagesbetreuung im Sommercamp würde bedeuten, dass ich sie jeden Morgen hinfahren und jeden Nachmittag abholen muss, aber genau dafür fehlt mir die Zeit, Tara", sagte er in diesem typisch sarkastischen Tonfall, als müsse er ihr solche Dinge erst noch erklären, da sich ihr Intelligenzquotient im unteren einstelligen Bereich bewegte. „Ich bin ein viel beschäftigter Mann."

So beschäftigt, dass du nicht mal Zeit für deine eigenen Kinder hast, dachte Tara, allerdings sprach sie es nicht aus. „Was willst du?", fragte sie ihn stattdessen geradeheraus.

Sein aufgebrachtes Schnaufen verriet ihr, dass ihm diese direkte Frage nicht gefiel. „Das ist ja wieder mal typisch für dich. Ich weiß wirklich nicht, was ..."

„James", unterbrach sie ihn. „Du willst irgendwas von mir, sonst würdest du mich nicht anrufen. Also komm zur Sache und verrat mir, was du willst."

Ein langes, leidendes Seufzen war seine erste Reaktion. *Armer, missverstandener James. Immer so engagiert und immer ein Opfer seiner eigenen Güte.*

„Ich habe jemanden kennengelernt."

Na, das ist ja mal was ganz Neues, schoss es Tara durch den Kopf. James lernte ständig jemanden kennen, und natürlich war dieser Jemand immer irgendeine Frau. Und ganz bestimmt war er davon überzeugt, dass diese jüngste Bekanntschaft die große, die wahre Liebe war, dass es seine Bestimmung gewesen war, dieser Botin der Liebe zu begegnen, deren Schicksal schon in den ersten Sekunden nach dem Urknall festgeschrieben worden war.

„Sie heißt Bethany", fuhr er fort und klang mit einem Mal ungewöhnlich zurückhaltend. Dabei war er doch der überaus talentierte Chirurg mit der grandiosen Erfolgsquote, für den Bescheidenheit ein Fremdwort war. „Sie ist etwas Besonderes."

Tara verkniff sich einen Kommentar. Sie waren geschiedene Leute, und es interessierte sie nicht, mit wem er ausging und ob seine neueste Flamme etwas Besonderes war oder nicht. Aber sie war um Elle und Erin besorgt, die bei James immer an letzter Stelle kamen, weit hinter seiner Karriere, seinen Golfturnieren und der gerade aktuellen Geliebten. Ihre leibliche Mutter – James' erste Ehefrau – war an den Folgen einer bakteriellen Infektion gestorben, als die beiden noch Kleinkinder waren. Tara hatte sie in den Schlaf gewiegt, ihnen Geschichten vorgelesen und ihnen nach einem unglücklichen Sturz Ellbogen oder Knie verbunden. Die Zwillinge betrachteten sie als ihre Mom, selbst wenn sie derzeit nicht bei ihnen war.

„Bist du noch da?", erkundigte er sich und klang gleich wieder gereizt und auch ein wenig herablassend.

„Ja, bin ich", antwortete sie, nachdem sie einen Moment lang gewartet hatte. Lucy setzte sich hin und legte den Kopf auf Taras Oberschenkel, dann sah sie ihrem Frauchen tief in die Augen, als wollte sie ergründen, was mit Tara los war.

„Die Mädchen tun, was sie nur können, um Bethany zu vergraulen", fuhr James nach ein paar Sekunden ängstlichen Schweigens fort. „Wir brauchen etwas … ein bisschen Freiraum, nur wir beide … Beth und ich, meine ich … ohne dass …"

„… ohne dass dir deine Kinder dazwischenfunken können", führte sie den Satz für ihn zu Ende, nachdem er in Schweigen verfallen war. Am liebsten hätte sie sofort laut Ja gerufen, nicht etwa, weil sie ihm diesen Gefallen tun wollte. Ihr fehlten Elle und Erin einfach sehr. Dass sie sie nicht mehr jeden Tag sehen konnte, schmerzte sie entsetzlich.

James ging auf ihre spitze Bemerkung nicht ein, was genauso untypisch für ihn war wie die Bitte, ihm zu helfen. „Ich dachte … na ja … vielleicht würde es dir gefallen, wenn die Zwillinge dich besuchen kommen. Bis zum Herbst ist kein Unterricht, und ein paar Wochen oder womöglich sogar ein oder zwei Monate auf dem Land könnten ihnen guttun."

Unwillkürlich richtete Tara sich kerzengerade auf und hielt den Atem an. Dass sie sich keine Hoffnungen auf irgendeine Form von Sorgerecht an seinen Töchtern machen durfte, hatte er ihr oft genug unter die Nase gerieben.

„Ein Besuch?", wollte sie vorsichtig wissen. Der Gedanke löste die unterschiedlichsten Gefühle in ihr aus. Einerseits konnte sie sich vor Freude kaum beherrschen, auf der anderen Seite wusste sie, wie einsam sie sich fühlen würde, wenn Elle und Erin zu ihrem Vater zurückkehren mussten. Diesen Verlust ein zweites Mal durchstehen zu müssen würde schwierig und schmerzhaft werden.

„Genau." James räusperte sich. „Würdest du das machen? Würdest du die Zwillinge für eine Weile zu dir nehmen?"

„Gern", antwortete sie verhalten. Sie wollte nicht zu viel Begeisterung zeigen, weil es gefährlich war, wenn James mit der Nase darauf gestoßen wurde, wie sehr sie die Mädchen liebte. Er war eifersüchtig und befürchtete, dass die Zwillinge umgekehrt genauso empfanden. Für ihn gab es nichts Schöneres, als Taras Wünsche und Hoffnungen wie eine Seifenblase zerplatzen zu lassen. Das hatte er schon während ihrer Ehe mit Vergnügen getan. „Wann sollen sie denn herkommen?"

„Ich habe überlegt, sie morgen in einen Flieger zu setzen", sagte er und klang wieder kleinlaut. Tara war klar, dass es für ihn nichts Schlimmeres gab, als andere um etwas bitten zu müssen. Das war ein Grund mehr, mit Vorsicht an die Sache heranzugehen, denn ganz ohne Folgen würde das nicht bleiben. Ob in fünf Minuten oder fünf Jahren – irgendwann würde er sich für das revanchieren, was er gerade durchmachte. „Wäre das für dich okay?"

Taras Herz begann zu rasen, und sie legte die freie Hand auf ihre Brust, während sie mit der anderen das Telefon fester umschlossen hielt. „Morgen?"

„Ist das zu früh?", erwiderte er fast vorwurfsvoll.

„Nein", antwortete sie womöglich etwas zu hastig. „Morgen passt mir gut. Elle und Erin können bis nach Missoula fliegen. Ich werde sie dort abholen."

„Hervorragend", sagte James unüberhörbar erleichtert. Kein „Danke", kein „Ich wusste, ich kann mich auf dich verlassen", sondern nur ein „Hervorragend". Ein knappes Lob dafür, dass sie das Richtige getan hatte – wobei das Richtige einfach nur das war, was er in diesem Augenblick hören wollte.

Im nächsten Moment kamen Elle und Erin laut johlend ins Zimmer gestürmt. Allein diese Geräuschkulisse genügte, um Tara vor Freude Tränen in die Augen steigen zu lassen. „Schreib mir, wann genau sie ankommen“, bat sie James und bemühte sich, nicht zu glücklich zu klingen. Immerhin war sie nach wie vor noch nicht restlos überzeugt, dass es nicht bloß eine Falle war, um in ihr Hoffnung zu wecken, die er gleich darauf wieder zerschmettern würde.

„Mach ich“, versprach James, der vergeblich versuchte, die Mädchen zur Ruhe zu bringen. „Und, Tara … danke.“

Danke.

Er hatte es gesagt. Er hatte es tatsächlich gesagt. Offenbar geschahen doch Wunder!

Sie konnte sich nicht daran erinnern, wann James sich das letzte Mal bei ihr für irgendetwas bedankt hatte. Selbst als sie noch verliebt und verheiratet gewesen waren, hatte er sie viel lieber kritisiert als gelobt. Damals wog sie seiner Meinung nach ständig fünf Kilo zu viel, ihre Haare waren mal zu lang und mal zu kurz, dann war sie zu ehrgeizig oder zu faul, je nachdem, wie es ihm gerade passte.

Da diese Überlegungen zu nichts führten, verbannte Tara sie aus ihrem Kopf. „Gern geschehen“, erwiderte sie.

„Also gut.“ Ganz eindeutig wusste James nicht, worüber er noch mit ihr reden sollte, nachdem er sein Ziel nun erreicht hatte. „Tja“, murmelte er schließlich. „Dann schicke ich dir eine SMS mit den Flugdaten, sobald ich die Flüge gebucht habe.“

„Gut.“ Sie wollte ihn gerade noch bitten, den Hörer an die Mädchen weiterzugeben, da hatte James auch schon aufgelegt.

Natürlich hätte sie die Nummer vom Penthouse wählen und mit Elle und Erin sprechen können, aber sie würde sie ja morgen schon persönlich sehen. Dann blieb genug Zeit, um Neuigkeiten auszutauschen.

Außerdem gab es vorher noch genug zu erledigen. Sie musste

duschen und sich umziehen, in die Stadt fahren und die Dinge kaufen, die Kinder am liebsten aßen – also verschiedene Sorten Cornflakes –, genauso wie die Dinge, die sie gar nicht mochten, beispielsweise frisches Gemüse.

Sie musste das Gästezimmer lüften, das Bett beziehen, im Gästebad Seife, Shampoo, Zahnbürsten und Zahnpasta deponieren, einfach für den Fall, dass sie irgendetwas davon nicht mitbrachten.

Lucy folgte ihr durchs Haus und wedelte mit dem Schwanz. Sie merkte, dass irgendetwas im Gange war, und wie jeder Hund, der etwas auf sich hält, wollte sie für alles Kommende gewappnet sein.

Im Haus war es angenehm kühl, da alle Ventilatoren auf Hochtouren liefen und vor den meisten Fenstern die Rollläden runtergelassen waren. Dadurch war es in allen Zimmern ziemlich düster, allerdings kam es Tara nach James' Anruf überhaupt nicht mehr düster vor.

Wie schnell sich solche Dinge doch ändern konnten.

Ab morgen würden sie und Lucy in diesem geräumigen alten Haus nicht mehr allein sein, sondern es würde erfüllt sein vom Lachen, Lärmen und von der Musik der Zwillinge. Die beiden würden ihr im Detail von den Schrecken erzählen, denen sie seit der Scheidung durch Babysitter, Haushälterinnen, ein oder zwei Butler und eine lange Reihe von Kindermädchen ausgesetzt gewesen waren.

Lächelnd stieg sie zusammen mit Lucy die knarrende Treppe hinauf in den ersten Stock und ging dort durch den langen Flur bis zu ihrem Schlafzimmer. Der größte Teil des Hauses wurde noch renoviert, aber diesen Raum hatten die Handwerker zuerst fertig gemacht, da sie nicht ohne ein Schlafzimmer auskommen konnte. Weiße Spitzengardinen zierten die hohen Fenster, und eine riesige Wanne war gegenüber dem Kamin in den glänzenden Holzfußboden eingelassen worden.

Als Tara die Farm gekauft hatte, war der begehbare Kleiderschrank noch ein kleines Schlafzimmer gewesen, aber gleich nach dem Einzug hatte sie ihn in das Traumzimmer einer jeden Frau verwandelt, damit sie genug Platz für ihre teure Garderobe und ihre umfangreiche Schuhsammlung hatte. Eigentlich war es albern, all diese schicken Kleider zu behalten, schließlich war man in Parable immer genau richtig angezogen, wenn man im Winter Jeans und Sweater und im Sommer Jeans und Tanktop trug. Aber so wie bei ihren Büchern und ihrer alten Schallplattensammlung hatte sie sich bislang einfach nicht davon trennen können.

Sich von Elle und Erin trennen zu müssen war schon schwierig genug gewesen, allerdings hatte Tara New York auch in der Hoffnung verlassen, dass die Zwillinge und sie selbst einen Schlussstrich unter die Vergangenheit ziehen und nach vorn schauen würden. Es hätte sie wahnsinnig gemacht, in derselben Stadt zu leben wie die Mädchen und sie nicht besuchen zu können. Jetzt kamen die zwei zu ihr nach Parable, um vorläufig bei ihr zu bleiben. Die Aussicht erfüllte sie mit Angst und Freude zugleich.

Tara entschied sich für ein rotes Sommerkleid und weiße Sandalen, dann ging sie an der Wanne vorbei ins Badezimmer, um zu duschen. Lucy trottete auf ihre lässige Art hinterher und setzte sich auf den flauschigen Läufer und wartete geduldig, bis diese höchst sonderbare menschliche Beschäftigung namens Duschen erledigt war. Sie legte den Kopf ein wenig schräg und wunderte sich sichtlich, wie Menschen so etwas freiwillig tun konnten.

Nach ein paar Minuten verließ Tara die Dusche, trocknete sich ab und zog sich an. Das Schminken beschränkte sie auf einen Hauch Lipgloss und etwas Mascara.

Lucy folgte ihr zurück ins Schlafzimmer, wo Tara aus einem unerfindlichen Grund vor einem bestimmten Fenster stehen blieb und einen Blick auf Boone Taylors merkwürdiges Zuhause und einen Seitenarm des Big Sky River zwischen beiden Grundstücken warf.

Seufzend schüttelte sie den Kopf. Diese Aussicht könnte perfekt sein, wenn da nicht Boones hässlicher alter Trailer mitten auf einem hoffnungslos überwucherten Grundstück abgestellt wäre. Wenigstens waren die zum Blumenkübel umfunktionierte Toilette und andere Beweisstücke für extrem schlechten Geschmack verschwunden, was sie Hutch Carmody und einem halben Dutzend seiner Rancharbeiter verdankte. Die Männer waren letzten Sommer zu Boone gefahren und hatten bei ihm aufgeräumt, aber allem Anschein nach war Boone selbst nicht bereit, mehr in dieser Richtung zu unternehmen, da sich seitdem an diesem Schandfleck mitten in der Landschaft nichts mehr getan hatte.

Sie wandte sich ab, weil sie sich von dem unerfreulichen Anblick nicht zur Weißglut treiben lassen wollte. Die Mädchen waren schon so gut wie auf dem Weg hierher, und bald würde sie sie in die Arme schließen und mit ihnen lachen können.

„Komm, Lucy“, sagte sie. „Wir müssen in die Stadt.“

Im Erdgeschoss stöpselte sie ihr Handy vom Ladegerät, verließ mit der Hündin das Haus und ging zu der ein Stück vom Haus entfernt stehenden Garage, in der ihr schicker roter Mercedes-Sportwagen stand. Genau wie die Farm hatte sie ihn aus einer spontanen Laune heraus gekauft. Aber als sie nun das Garagentor öffnete und den Wagen sah, beschlichen sie ernste Zweifel, ob diese Anschaffung wirklich so klug gewesen war.

Es handelte sich um einen Zweisitzer, der völlig ungeeignet war, um zwei Kinder und einen Golden Retriever zu befördern.

„Himmel“, murmelte sie und zog die Brauen zusammen, während sie die Beifahrertür des tief liegenden Sportwagens öffnete, damit Lucy hineinspringen konnte. Tara lief um das Auto herum, und noch bevor sie hinter dem Lenkrad Platz nahm, tippte sie eine vertraute Nummer auf ihrem Handy ein.

Ihre Freundin meldete sich mit einem melodischen „Halloho“.

„Joslyn“, begrüßte Tara sie. „Ich glaube, ich muss mir einen Wagen ausleihen.“

2. KAPITEL

Geldautomaten waren in Parable genauso selten vertreten wie Ampeln, weshalb es Boone eigentlich nicht hätte wundern sollen, dass er vor der Cattleman's First National Bank seiner bissigen, aber unbestreitbar scharfen Nachbarin Tara Kendall über den Weg lief. Er drehte sich gerade vom Geldautomaten weg, in einer Hand das Geld und in Gedanken bereits bei seinen Söhnen, als Tara ihren flotten Sportwagen gleich neben seinem geborgten Truck abstellte. Sie trug ein kirschrotes Kleid, ihr Golden Retriever, eine Wurfschwester von Kendras Hündin Daisy, saß angegurtet auf dem Beifahrersitz.

Tara lächelte so strahlend wie in einer Zahnpasta-Werbung, als sie den großen Truck entdeckte, weil sie wusste, dass er Hutch und Kendra gehörte, und erwartete, einen der beiden zu sehen. Ihr Lächeln verblasste aber sofort, als sie sah, dass Boone mit dem Wagen unterwegs war.

Ihr Mienenspiel verriet alles: kein Hutch, keine Kendra, nur der Hinterwäldler-Sheriff, der ihr mit seinem schrottreifen Trailer und seinem verwilderten Grundstück die Aussicht vermieste.

Das Verdeck ihres Wagens war heruntergeklappt, und Boone sah, dass die Hündin so wie ihr Frauchen eine Sonnenbrille trug, wahrscheinlich sogar irgendein teures Designermodell. *Himmel, hat diese Frau eigentlich noch immer nicht begriffen, dass sie hier in Montana ist und nicht in L. A. oder New York?*

Als Tara aus dem Cabrio stieg, schob sie die Brille bis zur makellosen Nasenspitze runter und warf ihm mit ihren goldgesprenkelten blauen Augen einen verächtlichen Blick zu, der ihn von der schief sitzenden Baseballkappe bis hin zu den abgewetzten alten Stiefeln erfasste.

„Na, heute ganz leger im Dienst, Sheriff?", fragte sie mit säuselnder Stimme.

Boone legte die Hände an die Hüften und erwiderte ihren Blick, wobei er erfreut feststellte, dass ihre modeltauglichen Wangen ein wenig erröteten. Er und Tara waren gleich bei ihrer ersten Begegnung aneinandergeraten, als sie das Grundstück direkt neben seinem gekauft und ihm von Beginn an klargemacht hatte, dass sie ihn für einen hoffnungslosen Bauerntölpel hielt, für einen idealen Kandidaten in einer dieser Talkshows, in der sich Loser vor laufender Kamera zum Affen machten. Und sie hatte ihm – zugegebenermaßen auf eine nette Art – zu verstehen gegeben, dass sein Zuhause ein Schandfleck in der Landschaft war.

Seiner Meinung nach war Tara nicht nur der typische Großstadtmensch, dem der Bezug zur Realität abhandengekommen war, sondern auch ein Snob hoch drei. Zu schade, dass diese Frau einen perfekten Körper und wunderbar glänzendes Haar hatte, sonst wäre es ihm leichter gefallen, sie so unausstehlich zu finden, wie er ganz offensichtlich auf sie wirkte.

„Hallo, liebste Nachbarin, freut mich auch, dich zu sehen", gab er ironischer zurück, als er sich fühlte. „Schönes Wetter, nicht wahr?"

Sie sah ihn mürrisch an und begann, theatralisch ihre Handtasche zu durchsuchen, bis sie ihre Brieftasche fand. Die Hündin auf dem Beifahrersitz, die noch immer ihre Sonnenbrille mit verspiegelten Gläsern trug, gähnte ausgiebig, als wäre ihr das alles viel zu langweilig.

„Wenn du am Geldautomaten fertig bist …" Mit ihrer manikürten Hand beschrieb sie eine Geste, die wohl bedeuten sollte, dass er ihr im Weg stand. Für eine Hühnerfarmerin war sie ziemlich gestylt, fand er.

Boone ging einen Schritt zur Seite. „Du weißt, dass du das besser nicht machen solltest, oder nicht?", hörte er sich plötzlich fragen, obwohl er wusste, dass ein Ratschlag von ihm bei ihr auf taube Ohren stoßen würde, selbst wenn er noch so gut gemeint war.

„Was soll ich nicht machen?" Als sie ihn ansah, fiel ihm auf, dass ihr Gesicht um die Nase herum einen Hauch von Sommersprossen aufwies, den er noch nie bemerkt hatte. Diese Entdeckung verwirrte ihn ein wenig.

„Bereits auf dem Weg vom Wagen zum Geldautomaten die Brieftasche herausholen", erklärte er ihr ganz im Sheriff-Tonfall, selbst wenn er in ihren Augen wie ein Obdachloser angezogen war. Tatsächlich wollte er nur so schnell wie möglich Missoula erreichen und hatte daher darauf verzichtet, sich noch umzuziehen. „Das ist riskant."

Tara blieb stehen und schob die Sonnenbrille hoch bis ins Haar, dann klimperte sie mit ihren vollen Wimpern und sah Boone mit gespielter Naivität an. „Aber mir wird doch sicher nichts passieren, wenn *der Sheriff von ganz Parable County* neben mir steht und mich beschützt, nicht wahr?", fragte sie in honigsüßem Tonfall. Inzwischen hatte sie ihre Kreditkarte aus der Brieftasche gezogen und machte den Eindruck, als wollte sie Boone aus dem Weg stoßen, um endlich an den Geldautomaten zu kommen.

„Mach doch, was du willst", presste Boone gereizt heraus. Warum saß er nicht längst in Hutchs Truck und war auf dem Weg aus der Stadt? Er wollte seine Jungs sehen, er wollte wissen, wie er Molly mit ihren drei Kindern behilflich sein konnte. Und vielleicht würde er auch noch beim Krankenhaus vorbeifahren, um nach Bob zu sehen. Aber im Moment stand er da, als hätte er Wurzeln geschlagen, die sich so tief in den Straßenbelag gebohrt hatten, dass er sich einfach nicht von der Stelle rühren konnte. Diese Unfähigkeit, weiterzugehen, machte ihn noch wütender als Taras arrogantes Auftreten.

„Besten Dank für den Ratschlag", sagte sie, nicht mehr ganz so süßlich, schob sich an ihm vorbei und steckte die Karte in den Geldautomaten. Dann tippte sie eine Ziffernfolge ein. „Genau das hatte ich auch vor."

Boone verdrehte die Augen und seufzte frustriert. „Es werden immer wieder Leute an Geldautomaten überfallen", belehrte er sie, während er innerlich vor Wut kochte, dass er nach wie vor hier stand. Die Fahrt nach Missoula dauerte gut zwei Stunden. Wie lange es dauern würde, bis alles geklärt war und er die Jungs in den Wagen setzen konnte, wusste niemand. Und dann mussten sie noch einmal zwei Stunden für die Rückfahrt einkalkulieren, die durchaus länger dauern konnte, falls sie unterwegs irgendwo anhielten, um etwas zu essen.

Tara zog die Karte aus dem Automaten, nahm ein Bündel Geldscheine aus dem Schacht und begann dann von vorn. Wer braucht denn so viel Bargeld? dachte Boone.

Aber womöglich war das auch nur eine Angewohnheit, die sie aus New York mitgebracht hatte.

Sie stand mit dem Rücken zu ihm, einem sehr attraktiven Rücken, der von dem dünnen Sommerkleid nur zum Teil bedeckt wurde. Ein Duft nach in der Sonne getrockneter Wäsche und Wildblumen umgab sie. „In Parable?“, gab Tara zurück, ohne sich zu ihm umzudrehen. „Wer sollte es denn wagen, in *deiner* Stadt ein Verbrechen zu begehen, Boone Taylor?“

Stumm wartete er, bis sie das zweite Mal Geld abgehoben hatte. Als sie sich dann vom Geldautomaten wegdrehte, wäre sie fast mit Boone zusammengestoßen. Die Art, wie sie mit ihrem Bündel Zwanziger herumfuchtelte, war eine regelrechte Einladung zum Raub. „Ich gebe mir alle Mühe“, sagte er und erfreute sich am verärgerten Aufblitzen ihrer Augen und dem rötlichen Schimmer auf ihren Wangen. „Aber Parable ist nicht immun gegen Verbrechen, und es gibt Risiken, die nur jemand eingeht, der verdammt dämlich ist.“

Erstaunt zog sie die Brauen hoch, gleichzeitig schob sie mit dem Mittelfinger auf vielsagende Weise die Brille zurück auf die Nase. „Hast du mich gerade als verdammt dämlich bezeichnet?“, fragte sie in frostigem Tonfall.

„Nein“, antwortete Boone und war die Ruhe selbst. *Ich bezeichne dich als ein verwöhntes Stadtkind, das sich selbst für viel zu wichtig hält.* Natürlich sagte er ihr das nicht ins Gesicht, aber es tat gut, es allein schon zu denken. „Ich schlage dir nur vor, in Zukunft etwas vorsichtiger zu sein, das ist alles. Wie ich schon sagte, Parable ist eine anständige Stadt, aber hier kommen auch Fremde vorbei, am helllichten Tag genauso wie in der Nacht, und möglicherweise befinden sich mitten unter uns sogar ein paar heimliche Gesetzlose.“

Tara sah ihn ausdruckslos an. „Bist du dann fertig?“, fragte sie ihn höflich.

Daraufhin spreizte er die Hände und grinste sie spöttisch an. „Ich hab’s zumindest versucht“, sagte er mehr zu sich selbst. Zu gern hätte er ihr mit auf den Weg gegeben, dass sie nicht heulend zu ihm gelaufen kommen möge, wenn man sie überfallen hatte. Aber das konnte er nicht zu ihr sagen, schließlich vertrat er das Gesetz.

Sie ging um ihn herum und stolzierte zurück zu ihrem Wagen. Er fand es amüsant zu sehen, wie sich bei jedem Schritt ihre Hüften unter dem dünnen Stoff bewegten.

„Wie ich schon sagte, besten Dank für den Ratschlag“, gab sie gereizt zurück, stieg in ihren Wagen und steckte erst dann die Scheine in die Brieftasche, die sie anschließend in ihrer Tasche verstaute.

Die Hündin drehte wiederholt den Kopf zwischen ihr und Boone hin und her – mit dem gleichen Interesse, das Zuschauer für ein langatmiges Tennismatch aufbrachten.

Boone nahm die Baseballkappe ab und verbeugte sich tief. „Jederzeit gern, Euer Hochwohlgeboren.“

Mit geschürzten Lippen sah Tara über die Schulter, ob sich niemand hinter ihrem Wagen aufhielt, dann legte sie den Rückwärtsgang ein. Sie schien etwas zu sagen, aber da in dem Moment der Motor aufheulte, verstand Boone kein Wort, was vermutlich auch besser so war.

Allerdings würde es ihr nur recht geschehen, wenn er ihr für rücksichtsloses Verhalten im Straßenverkehr einen Strafzettel ausstellte. Zwar hatte er für so etwas weder Zeit noch überhaupt einen Anlass, dennoch genoss er diesen Wunschtraum, als er in Hutchs Truck einstieg.

Boone Taylor ist ein unmöglicher Mensch, dachte Tara wütend, als sie mit Lucy im Wagen davonbrauste. Bedauerlicherweise sah er aber auch verdammt gut aus und regte bei ihr nicht nur alle fünf Sinne an, sondern auch noch ein paar mehr, von deren Existenz sie bislang gar nichts gewusst hatte. Wie zum Teufel stellte er das nur an?

Die ganze Zeit über brodelte sie innerlich vor Ärger über diesen Mann, während sie Lebensmittel einkaufte, nach Hause fuhr und ihre Besorgungen auf die Vorratskammer, den Kühlschrank und die Tiefkühltruhe verteilte. Boone hatte ihr den ganzen Nachmittag verdorben, und das ausgerechnet auch noch heute, wo sie sich so auf den Besuch ihrer beiden Stieftöchter gefreut hatte.

Um nicht den Schwung zu verlieren, machte sie sich daran, das Gästezimmer herzurichten, im Badezimmer Staub zu wischen und zu lüften, zu staubsaugen, Decken und Kissen auszuschütteln und alles frisch zu beziehen. Tara hatte schon seit einer Weile keine Gäste mehr gehabt, und sie wollte, dass für die Zwillinge alles frisch und neu war.

Die ganze Zeit über wurde sie dabei von Lucy verfolgt, die mit ihr von Zimmer zu Zimmer ging, sie von der Türschwelle aus beobachtete, hin und wieder aufmunternd bellte und mit dem Schwanz wedelte.

„Alles fertig", sagte Tara schließlich und richtete sich auf, nachdem sie ein letztes Mal die weißen Chenille-Tagesdecken glatt gestrichen hatte. Sie sah auf die Uhr, die auf dem Nachttisch zwischen den Betten stand. „Und es ist noch nicht mal Zeit, die Hühner zu füttern."

Lucy gab ein leises Winseln von sich, als wollte sie die Unterhaltung auf jeden Fall in Gang halten.

Wieder musste Tara an ihr familienfeindliches Auto und an Joslyns großzügiges Angebot denken, ihr den klobigen Kombi zu leihen, den sie sich mit ihrer Haushälterin Opal und mit Shea, der achtzehnjährigen Stieftochter ihres Ehemanns Slade, teilte.

Sie hatte längst entschieden, dass sie ihnen allen viel zu viele Umstände machen würde, wenn sie sich den Wagen tatsächlich auslieh. Gemeinsam mit Lucy verließ sie wieder das Haus. Es war an der Zeit, nach Three Trees zu fahren, um sich bei den zwei Autohändlern im Ort umzusehen und sich ein Auto für große Mädchen auszusuchen. Irgendwas Praktisches wie einen Minivan oder eine viertürige Limousine. Hauptsache: geräumig und sparsam im Verbrauch.

Diesmal fuhr Tara mit geschlossenem Dach. Sie konnte es sich nicht leisten, vom Wind völlig zerzaust dort anzukommen und gleich auf den ersten Blick für nicht kreditwürdig gehalten zu werden.

Molly und Bob lebten in einem Einfamilienhaus in einer schattigen Straße im besten Viertel von Missoula. Der Rasen vor dem Haus war grüner als grün und so gleichmäßig kurz, dass man meinen konnte, jemand hätte mit einer Nagelschere Hand angelegt. Überall waren Blumen gepflanzt, die zusammen ein Meer aus Farben bildeten, und der Gartenzaun leuchtete so strahlend weiß, als wäre er erst vor ein paar Minuten gestrichen worden.

Boone hielt direkt vor dem Haus. Auch wenn er normalerweise nicht zu jener Sorte Mensch gehörte, die ihren Besitz gern mit dem anderer Leute verglichen, um festzustellen, wer besser dastand, fiel ihm der Unterschied zwischen seinem Zuhause und dem seiner Schwester in diesem Moment überdeutlich ins Auge. Seufzend zog er den Zündschlüssel ab und öffnete die Fahrertür, während er sich seit seiner Begegnung mit Tara Kendall am Geldautomaten in Parable zum x-ten Mal wünschte, er hätte vor der Abreise doch noch geduscht und seine Anglerkluft gegen normale Kleidung eingetauscht. So hätte er der Welt wenigstens beweisen können, dass er von Zeit zu Zeit sehr wohl die Waschmaschine einschaltete und ab und zu auch mal ein Hemd bügelte. Jetzt, da er vor diesem wunderschönen Haus stand, kam er sich vor wie ein schäbiger Herumtreiber, dem nur noch ein Pappschild mit der Aufschrift „Habe Hunger, gebt mir bitte einen Dollar“ fehlte.

Die Fliegengittertür wurde geöffnet, und Molly kam nach draußen auf die Veranda, winkte ihm zu und rang sich zu einem betrübten Lächeln durch. Ihre langen dunklen Haare hatte sie nachlässig zum Pferdeschwanz zurückgebunden. Sie trug eine Jeans und eines von Bobs Hemden, dazu Sneakers, die schon erheblich bessere Zeiten erlebt hatten. Typische Mom-Schuhe.

„Sie haben Bob untersucht", sagte sie ohne Vorrede, kam die Verandastufen herunter, durchquerte den Vorgarten und öffnete ihrem Bruder das Gartentor. „Morgen früh setzen sie ihm ein künstliches Kniegelenk ein."

„Vielleicht fahre ich auf dem Heimweg noch bei ihm vorbei und statte ihm einen kurzen Besuch ab."

„Ich glaube kaum, dass er dich erkennen wird", entgegnete sie. „Er hat starke Schmerzen, und von den Schmerzmitteln ist er ziemlich daneben."

Boone legte ihr eine Hand auf die Schulter und gab seiner Schwester einen flüchtigen Kuss auf die Stirn. „Wie ist das überhaupt passiert?" Bob war ein athletischer, sportlicher Typ, dem so etwas eigentlich gar nicht zustoßen sollte.

„Einer der Spieler aus dem Klub hatte heute seinen Neffen mitgebracht, der noch nie Golf gespielt hat und mit dem Schläger unheimlich kraftvoll ausholt. Dabei war ihm dann auf einmal Bobs Knie im Weg."

„Autsch", ächzte Boone und verzog schmerzhaft das Gesicht.

„‚Autsch' trifft es sehr gut", bestätigte Molly. „Dem Neffen ist das natürlich alles schrecklich unangenehm."

„Das sollte es auch", meinte Boone.

Daraufhin seufzte Molly frustriert und besorgt und drückte sich an Boone, der sie seinerseits noch fester umarmte. Sein Kopf ruhte auf ihrem Kopf.

„Es tut mir so leid, Schwesterchen", sagte er leise, weil ihm nichts Besseres einfiel.

Schniefend löste sich Molly von ihm und lächelte ihn an. „Komm mit rein. Im Kühlschrank steht frischer Eistee, und die Kinder werden bald zurück sein. Mein Team ist losgezogen, um Pizza zu holen ... als verspätetes Mittagessen oder vorgezogenes Abendessen oder was auch immer ... Griffin und Fletcher sind mitgegangen.“ Ihr Blick trübte sich ein wenig. „Ich habe ihnen von der Operation und der Reha erzählt und ihnen auch gesagt, dass sie mit dir nach Parable zurückfahren werden, aber, um ehrlich zu sein, ich weiß nicht, ob sie es wirklich verstanden haben.“

Boone nickte und folgte ihr ins Haus. Zwar handelte es sich nicht um ein Herrenhaus, doch das im Kolonialstil errichtete Gebäude war von beeindruckender Größe und in einem lässigeleganten Stil eingerichtet, mit dem es sein Trailer aus dritter Hand in hundert Jahren nicht würde aufnehmen können.

„Ich kann mir vorstellen, dass sie tausend Fragen dazu haben“, sagte er, als sie unter dem funkelnden Kristallleuchter durch die Diele gingen. An einer Wand entdeckte er eine antike Standuhr, deren dumpfes Ticken sich anhörte wie ein Herzschlag – so als würde die Uhr jeden wissen lassen, wie viel Zeit ihm noch auf Erden blieb. Das Leben steckt voller Risiken, überlegte Boone. Jeden Moment konnte etwas Schreckliches passieren.

Über die Schulter warf Molly ihm einen kurzen Blick zu. „Das denke ich auch. Ich habe ihnen auch gesagt, dass sie in ein paar Monaten hierher zurückkommen werden, wenn ihr Onkel Bob sich von der Operation erholt hat.“

Zu ihrer Bemerkung äußerte er sich nicht, denn allen Bedenken zum Trotz – Boone war fest davon überzeugt, dass er an einer Art „Kindererziehungsbehinderung“ litt – schlummerte irgendwo tief in ihm die Gewissheit, dass Griffin und Fletcher bei ihrem Vater leben sollten, selbst wenn er ihnen nur ein sehr bescheidenes Zuhause bieten konnte.

Aber das war nicht der richtige Moment, um über solche Dinge zu reden. Molly liebte ihre Neffen genauso wie ihre eigenen Kinder, aber sie musste sich jetzt um so vieles kümmern, da konnte er nicht von ihr erwarten, dass sie auch noch seine Jungs großzog.

Nachdenklich folgte er Molly durch den breiten Flur ins große Esszimmer. Eine Seite des Raums bestand aus Fenstern, die von der Decke bis zum Boden reichten und den Blick auf einen Rosengarten mitsamt Springbrunnen erlaubten. Es kam Boone vor, als würde er sich im Fernsehen eine von diesen Sendungen anschauen, in denen den Zuschauern Traumgärten vorgestellt wurden.

Sie betraten die von Sonnenlicht durchflutete Küche. Als Molly weitersprach, hatte ihre Stimme den gleichen Durchhalte-Tonfall wie in jener schweren Zeit kurz nach dem Tod ihrer Eltern. Sie war damals erst neunzehn gewesen und Boone sogar erst fünfzehn, aber irgendwie hatte sie es geschafft, sich von diesem Schlag nicht unterkriegen zu lassen, sondern durchzuhalten und ihrer beider Leben wieder in den Griff zu bekommen.

„Griffin ist völlig aus dem Häuschen, er hat schon seine Taschen gepackt", sagte sie, öffnete den Kühlschrank und holte den Krug mit Eistee heraus. Zitronenscheiben und Eiswürfel schwammen an der Oberfläche, und vermutlich waren auch noch ein paar Stiele Minze darin. Molly war schon immer für solche kleinen Dinge zu haben gewesen. „Fletcher dagegen …" Sie hielt inne und schüttelte den Kopf. „Er ist nicht ganz so begeistert."

Boone verkniff sich einen Seufzer, während er sich umsah. Allein diese Küche war schon fast so groß wie sein Trailer. Alle Oberflächen waren mit Granit gefliest, die Schränke aus massivem Holz, die Glasscheiben blitzblank geputzt. Sämtliche Utensilien waren vom Feinsten und passten genau zusammen, während bei ihm zu Hause alles wild durcheinandergewürfelt war. Es gab einen funktionstüchtigen Kamin aus Backsteinen, und der Tisch mit seinen komplexen Einlegearbeiten war so lang, dass eine große Gesellschaft dort Platz finden konnte.

Bei ihm zu Hause bedeuteten mehr als drei Gäste, dass alle übrigen draußen vor der Tür oder auf der Treppe vor der Hintertür essen und dabei irgendwie mit Pappteller und Plastikbesteck jonglieren mussten.

Molly lächelte wehmütig, als hätte sie seine Gedanken erraten. Sie schenkte zwei große Gläser Eistee ein, forderte Boone auf, sich zu setzen, und nahm neben ihm Platz. Als Boone sein Glas betrachtete, entdeckte er winzige Blättchen, die im Tee schwammen.

„Fletcher wird sich schon daran gewöhnen", fuhr sie leise fort. Es war für ihn nichts Neues, dass sie auch jetzt wieder seine Gedanken erahnte. So war es schon immer gewesen, selbst wenn er sein Pokerface aufsetzte und ihm nichts anzusehen war. Als seine große Schwester war sie nach dem tödlichen Unfall ihrer Eltern für ihn der sprichwörtliche Fels in der Brandung gewesen. Irgendwie hatte sie es damals geschafft, dass sie in dem Farmhaus bleiben konnten, in dem sie aufgewachsen waren. Sie hatte das College zurückgestellt, damit er die Highschool abschließen konnte. Sie hatte im Butter Biscuit Café gekellnert, Coupons aus Prospekten ausgeschnitten und immer irgendwie versucht, über die Runden zu kommen, damit keine Behörde einen Grund geliefert bekam, sie zu trennen und Boone bei einer Pflegefamilie unterzubringen.

Nach der Tragödie hatte die ganze Gemeinde hinter ihnen gestanden, so wie es nur in Kleinstädten möglich war. Sie waren mit Gemüse, Eiern, Milch und Kleidung versorgt worden, ohne je das Gefühl zu haben, Almosen zu erhalten. Boone hatte nach der Schule verschiedene Aushilfsjobs angenommen, aber Molly war immer diejenige geblieben, die die größte Verantwortung trug.

Zwar waren ihnen die Lebensversicherungen ihrer Eltern ausgezahlt worden, doch dieses Geld hatte Molly nicht angerührt, weil die Ausbildung für sie beide finanziell gesichert sein sollte. Zumindest war die Farm abbezahlt, auch wenn sie selbst zu ihren besten Zeiten nur wenig Gewinn abwarf. Ihre Mom hatte als Kassiererin im Supermarkt, ihr Vater im mittlerweile längst geschlossenen Sägewerk gearbeitet, und obwohl beide Althippies gewesen waren, hatten sie es über die Jahre geschafft, Haus und Grundstück abzubezahlen.

Das Motorrad, das ihnen zum Verhängnis geworden war, war der einzige echte Luxus gewesen, den sie sich gegönnt hatten.

Als Boone dann so weit war, aufs College zu gehen, halbierten er und Molly das Grundstück, wobei das Haus auf Boones Drängen hin Mollys Hälfte zugerechnet wurde. Sie verkaufte ihren Anteil sofort an entfernte Cousins, die das Land später an die vornehme Hühnerfarmerin Tara Kendall veräußerten. Molly holte das College nach, lernte Bob kennen, heiratete ihn und brachte drei wundervolle Kinder zur Welt.

Und dann sprang sie auch noch ein, als Corrie krank wurde. Sie kam regelmäßig nach Parable, half ihr mit den Kindern – die zu der Zeit noch Babys waren –, kochte und sorgte dafür, dass der Trailer in einem bewohnbaren Zustand blieb. Außerdem fuhr sie ihre Schwägerin regelmäßig zur Behandlung ins Krankenhaus, während Boone für einen Hungerlohn als Deputy des Sheriffs arbeitete, zahllose Überstunden machte und an den meisten Tagen einfach nur froh war, wenn er noch einen Fuß vor den anderen setzen konnte.

Er hatte versucht, mit Gott zu handeln, damit er *ihn* zu sich holte und nicht Corrie, doch Gott hatte nicht auf sein Flehen reagiert. Es war Boone vorgekommen, als hätte Gott ihn in die Warteschleife durchgestellt und dort irgendwann vergessen.

Die Erinnerungen an alles, was sich vor so vielen Jahren abgespielt hatte, ließen seine Augen brennen. Er musste schlucken, trank von seinem Eistee und sah Molly an. „Wo waren wir stehen geblieben?“

Sie reagierte mit einem schwachen, aber ehrlichen Lächeln, während sie ihn erschöpft ansah. „Ich habe dir gerade gesagt, dass dein jüngster Sohn sich nicht so sehr über seine Heimkehr freut wie sein großer Bruder.“

Draußen fuhr ein Wagen vor, gleich darauf wurden Türen zugeschlagen, und durchs offene Fenster drangen jung klingende Stimmen in die Küche.

„Tja“, sagte Boone. „Darum werde ich mich dann schon kümmern. Denk du jetzt erst mal an dich selbst, an Bob und an deine Kinder.“

Wie aufs Stichwort kam Mollys Trio – zwei Mädchen, ein

Junge – ins Haus gestürmt. Als Ältester hatte Ted bereits einen Führerschein. Er betrat mit einem Stapel Pizzaschachteln die Küche, ihm folgten die Mädchen Jessica und Catherine, zwölf beziehungsweise dreizehn Jahre alt, die sich wegen irgendeiner Sache stritten.

Griffin und Fletcher waren noch im Garten.

Sobald Jessica und Cate Boone entdeckten, vergaßen sie ihren Streit und lächelten ihn so breit an, dass ihre Zahnspangen die Sonne reflektierten. Sie waren jetzt schon so hübsch wie ihre Mutter, während Ted wie eine junge Ausgabe von Bob aussah und kurz davor war, zum Mann zu werden.

„Onkel Boone!", krähte Jessica und rannte los.

Er konnte gerade noch rechtzeitig aufstehen, da warfen sich die beiden schon an ihn. Nachdem er beide auf den Kopf geküsst und je einen Arm um sie gelegt hatte, nickte er seinem Neffen zu, der etwas zurückhaltender war als seine jüngeren Schwestern.

Ted erwiderte die Geste und stellte die Pizzaschachteln auf dem Tresen ab. „Ich schätze, Mom hat dir schon von Dads Verletzung erzählt", sagte er und hatte solche Mühe, mannhafte Selbstbeherrschung zu demonstrieren, dass er Boone unendlich leidtat.

„Ja, ich hab davon gehört", bestätigte er.

Seine Nichten klammerten sich weiter an ihn, und auf einmal standen ihnen Tränen in den Augen. „Das ist ganz schlimm, was Dad passiert ist", meinte Jessica schniefend. „Das muss schrecklich wehtun."

„Die Leute im Krankenhaus kümmern sich ja um ihn", warf Molly beruhigend ein.

Boone drückte beide, dann ließ er sie los, und einen Moment später fragte er in die Runde: „Wo bleiben denn meine Jungs?"

„Die bewundern noch deinen Truck", antwortete Ted und grinste ihn an.

Dass er den Wagen nur ausgeliehen hatte, erklärte er nicht, weil es jetzt nicht wichtig war. Allerdings fragte er sich, ob Griff und Fletch ihn mieden, um das unerwartete Wiedersehen so lange wie möglich hinauszuzögern.

Plötzlich knarrte die Fliegengittertür, und Boone wusste, dass die zwei im Anmarsch waren. Molly räusperte sich im selben Moment und sagte zu ihren Kindern: „Jetzt geht euch erst mal die Hände waschen, sonst gibt's keine Pizza."

„Wir gehen heute Abend aber doch noch Dad besuchen, oder?", fragte Cate verunsichert.

„Ja", bestätigte Molly, gerade als Boones Söhne das Haus betraten und die Fliegengittertür hinter ihnen zufiel.

Ted, Jessica und Cate verließen ohne Widerworte das Zimmer, was Boone zu der Frage brachte, ob sie wohl immer so gehorsam waren und wie die magische Formel lautete, damit er sie auch bei seinen Jungs anwenden konnte.

Griff, der ältere der beiden, drückte den Rücken durch, als er Boone sah, dann lächelte er zögerlich. „Hallo, Dad", sagte er.

Sein jüngerer Bruder Fletcher drückte sich an Griff und verkündete missmutig: „Ich will nicht in das doofe Parable." Er wirkte verängstigt, traurig und trotzig zugleich. Seine Ähnlichkeit mit seiner verstorbenen Mutter war so deutlich, dass es Boone die Kehle zuschnürte. „Ich will hierbleiben!"

Boone ging auf die zwei zu, blieb aber mit genügend Abstand stehen, damit sie sich nicht von ihm bedrängt fühlten.

„Onkel Bob hat sich das Knie gebrochen", informierte Griffin ihn für den Fall, dass es sich noch nicht herumgesprochen hatte. „Ted sagt, dass er jetzt ein Plastikknie kriegt."

Mit ernster Miene dreinblickend nickte Boone und wartete ab. Er beabsichtigte nicht, die zwei zur Eile anzutreiben, trotzdem wollte er so bald wie möglich ihr Gepäck im Wagen verstauen und sich auf den Weg nach Parable machen.

„Von mir aus können wir sofort losfahren", ließ Griff ihn wissen.

„Von mir aus nicht", widersprach ihm Fletch und verschränkte die dünnen Arme vor der Brust, während er trotzig zu Boden schaute.

Boone ging in die Hocke, um seinen Söhnen in die Augen zu sehen. „Es ist für alle hier sehr wichtig, dass ihr bei unserem Plan mitmacht, besonders für euren Onkel Bob. Für ein Paar harte Montana-Cowboys dürfte das doch nicht so schwierig sein, oder?"

Griff nickte, er schien bereit, so hart zu sein, wie es nötig war.

Fletcher dagegen schob trotzig die Unterlippe vor und warnte ihn: „Ich mache noch fast jede Nacht ins Bett."

Da Boone klar war, welche Taktik dahintersteckte, musste er sich zusammenreißen, um ernst zu bleiben. „Tatsächlich? Na, dann ist das ja was, woran wir arbeiten können."

Der Junge nickte nachdrücklich, wahrte aber seine finstere Miene. Von Boone hatte er – genau wie Griff – die dunklen Haare und die Augen, doch ansonsten war er Corrie wie aus dem Gesicht geschnitten.

„Er riecht jeden Morgen nach Pipi", kommentierte Griffin.

Aus dem Augenwinkel sah Boone, dass Molly lächelte, während sie Teller und Bestecke auf dem Tisch verteilte und die Pizzaschachteln öffnete.

„Halt die Klappe, Griff", fuhr Fletcher ihn an und streckte die Hand nach seinem Bruder aus, um ihn zu schubsen.

„Hey, langsam", ging Boone dazwischen und legte jedem von ihnen eine Hand auf die schmale Brust, um eine Prügelei zu verhindern. „Wir sind alle auf demselben Treck unterwegs, und das bedeutet, dass wir uns vertragen müssen."

Seine Söhne warfen sich wütende Blicke zu, dann streckte Fletcher die Zunge raus.

Vermutlich waren sie noch zu jung, um seine Cowboy-Anspielung zu verstehen. Seufzend richtete sich Boone wieder auf, wobei seine Knie leise knackten.

„Essen fassen!", rief Molly in dem Moment, als Ted, Jessica und Cate wie ein zusammengewürfelter Haufen ins Esszimmer kamen.

Für eine Familie, die mitten in einer Krise steckte, verdrückte jeder von ihnen erstaunlich viel Pizza, und die Unterhaltung verlief auch überraschend locker. Nur von Zeit zu Zeit machte einer von ihnen eine Bemerkung, dass es Bob auf lange Sicht wieder gut gehen würde. Neues Knie, neues Glück.

Als sie aufgegessen hatten, war es draußen bereits dunkel. Boone half beim Abwasch, da Molly sich beharrlich weigerte, von ihm Geld für die Pizza zu nehmen. Fletcher hatte sich einverstanden erklärt, dass Jessica und Cate ihm beim Packen halfen. Und Ted hatte damit begonnen, die Koffer im Truck zu verstauen.

Beide Jungs waren noch so klein, dass sie dem Gesetz entsprechend in Kindersitzen befördert werden mussten. Die Sitze aus dem Wagen von Bob und Molly auszubauen und auf dem Rücksitz des Trucks zu befestigen war nur eine Frage von Minuten. Währenddessen stand Fletcher in Tränen aufgelöst auf dem Gehweg und verkündete in regelmäßigen Abständen schluchzend, dass er nicht von hier wegwollte. Er versprach, nicht mehr ins Bett zu machen, wenn er bei Bob und Molly bleiben durfte.

Es brach Boone das Herz, dem Jungen das antun zu müssen. Aber schließlich umarmte er Molly zum Abschied, die mit den Kindern zum Krankenhaus fahren und Bob besuchen wollte, schüttelte seinem Neffen die Hand und nickte seinen Nichten zu.

„Richtet Bob aus, dass ich an ihn denke“, sagte Boone.

Molly biss sich kurz auf die Unterlippe und entgegnete: „Das werden wir machen.“ Sie sah zu Griff und Fletcher, als wollte sie sich ein letztes Mal ihre Gesichter einprägen, dann musste sie ein paar Mal blinzeln, um gegen die Tränen anzukämpfen.

Nachdem Boone eingestiegen war und den Motor angelassen hatte, stellte sich Molly auf das Trittbrett und sagte mit erstickter Stimme zu den schweigsamen Jungs auf dem Rücksitz: „Ihr zwei benehmt euch anständig, okay? Ich zähle auf euch.“

Ein Blick über die Schulter zeigte Boone, dass beide nachdrücklich nickten. Die Jungs wirkten nervös, wie zwei kleine Gefangene, die auf dem Weg in den Knast waren und nicht wussten, was sie dort erwartete.

Molly lächelte und betrachtete ihren Bruder mit diesem allzu vertrauten Gesichtsausdruck, der so viel hieß wie: „Du schaffst das schon.“ So sah sie ihn immer an, wenn sie das Gefühl hatte, ihm Mut machen zu müssen. „Wir halten euch auf dem Laufenden“, versprach sie den dreien, dann stieg sie vom Trittbrett und stand mit vorgeschobenem Kinn und gestrafften Schultern auf dem Gehweg.

Boone, der heute mehr geredet hatte als in der ganzen letzten Woche, nickte nur und schloss das Fenster, dann fuhr er los.

Es würde eine lange Nacht werden.

Tara saß auf dem Fahrersitz ihres geräumigen Gebraucht-SUV und wählte Joslyns Nummer. Einer der Männer aus der Autohandlung fuhr soeben ihr geliebtes Cabrio um die Ecke, dann war der Wagen außer Sichtweite. Es versetzte ihr einen Stich, dass bald jemand anders ihren Mercedes fahren würde.

„Ich wollte dir nur Bescheid geben, dass ich mir jetzt doch nicht euren Kombi ausleihen muss“, sagte sie und betrachtete dabei das völlig ungewohnte Armaturenbrett. Lucy saß angegurtet auf dem Rücksitz und wartete nur darauf, dass sie endlich losfuhren.

„Okay“, erwiderte Joslyn nachdenklich. „Würdest du mir verraten, was eigentlich los ist?“

Ihr SUV stand immer noch auf dem Gelände des Händlers. Über ihr flatterten Hunderte Plastikwimpel im Wind. „Ist eine lange Geschichte“, antwortete Tara zögerlich. „Die Kurzfassung: Morgen treffen die Zwillinge Elle und Erin hier ein, beide zwölf Jahre alt und die Töchter meines Exmanns. Da in meinem Mercedes nicht genug Platz ist …“

„Elle und Erin?“, wiederholte Joslyn verwundert. Sie und Kendra Carmody waren Taras beste Freundinnen, aber keiner von ihnen hatte sie bisher ein Wort von den Mädchen verraten, einfach weil es zu wehgetan hätte, darüber zu reden. Sie wussten nur, dass sie eine hässliche Scheidung hinter sich hatte.

„Ich erzähle euch das alles noch“, sagte Tara und beobachtete von ihrer viel höheren Sitzposition aus die Straße. Sie konnte nur hoffen, dass sie nicht das Gefühl bekam, in einem Panzer unterwegs zu sein. „Ich muss jetzt nach Hause und die Hühner füttern."

„Okay, und wann genau willst du das machen?", fragte Joslyn.

„Wie wär's mit heute Abend?", schlug Tara vor. „Du und Kendra, ihr könnt auf ein Glas Limo oder einen Tee oder irgendwas anderes bei mir vorbeikommen."

Vor einiger Zeit hätte sie noch Weißwein angeboten, aber Kendra war schwanger, und Joslyn sprach seit einer Weile davon, ein zweites Kind haben zu wollen.

„Das schaff ich", sagte Joslyn, deren Neugier unüberhörbar geweckt war. „Ich werde Kendra anrufen. Wann sollen wir da sein?"

„Keine Ahnung, vielleicht um sechs?"

„Sagen wir sieben, und ich bin dabei", entgegnete Joslyn. „Dann bis später."

Nach dem Telefonat drehte sich Tara zu Lucy um. Die Hündin trug ein blaues Halstuch, die Sonnenbrille baumelte an einer Schnur um ihren Hals. „Halt dich gut fest", sagte sie. „Eine Probefahrt macht mich noch nicht zur Expertin für solche Monsterautos."

Lucy gähnte und entspannte sich sichtlich, auch wenn sie sich auf dem Sitz nicht hinlegen konnte, da der Sicherheitsgurt sie in einer sitzenden Position hielt. So wie immer war die Hündin zu allen Schandtaten bereit.

Sie fuhren zurück nach Parable und erreichten die Farm glücklicherweise ohne Zwischenfälle. Dort empfing Tara ein Mob gereizter Hühner. Vermutlich litten sie alle an Unterzuckerung, sofern das bei diesen Tieren überhaupt möglich war. Tara eilte ins Haus, dicht gefolgt von Lucy, und tauschte Sommerkleid und Sandalen gegen Overall und klobige Stiefel ein. Damit war sie für die Fütterung von Geflügel und ähnliche Aufgaben genau richtig angezogen.

Zurück auf dem Hof blieb Lucy auf Abstand zu den Hühnern, die sie zwar interessant fand, deren Gackern ihr aber Angst einjagte. Sie wartete geduldig im Schatten eines überwucherten Fliederbuschs, der früher einmal ein Außenklo getarnt hatte.

„Tja, Hund", sagte Tara und griff in die verbeulte Schüssel, um das Hühnerfutter auf dem Boden zu verstreuen, „wir sind eindeutig nicht mehr in New York."

3. KAPITEL

Als Boone schließlich gegen acht Uhr am Abend in die holprige Zufahrt zu seinem Grundstück einbog, schliefen die beiden Jungs in ihren Kindersitzen tief und fest. Er stellte den Motor aus und starrte ziemlich ratlos in seine unmittelbare Zukunft. Ein konkreter langfristiger Plan wäre nicht verkehrt. Eine Aufgabenliste mit Tätigkeiten, die Griffin und Fletcher dabei halfen, ihre Angst und Unsicherheit hinter sich zu lassen und zu gesunden, tüchtigen Männern heranzuwachsen.

Boone seufzte leise und murmelte: „Nicht so hastig, verdammt noch mal. Immer schön ein Schritt nach dem anderen." Im Augenblick musste er sich erst einmal nur darum kümmern, seine Jungs ins Haus zu schaffen und ins Bett zu bringen. Danach würde er schnell duschen und Molly anrufen, um ihr Bescheid zu geben, dass er mit den Kindern sicher zu Hause angekommen war. Wenn es danach nicht zu spät war, konnte er auch noch Hutch anrufen, ihm sagen, dass er seinen Truck unversehrt zurückgebracht hatte, und ihm vorschlagen, den Wagen morgen auf dem Weg zur Arbeit auf der Ranch abzuliefern.

Überhaupt, die Arbeit. So unpraktisch sie im Moment auch sein mochte, Boone war immer noch der Sheriff, und ein ganzer County zählte darauf, dass er die wenigen zwielichtigen Gestalten im Auge behielt. Also würde er die Jungs morgen früh ins Büro mitnehmen müssen, da er sich noch nicht um eine Kindertagesstätte für die zwei hatte kümmern können.

In diesem Moment hatte Boone das Gefühl, dass einfach zu viel gleichzeitig erledigt werden musste. „Ein Schritt nach dem anderen", flüsterte er.

Froh, die lange Fahrt endlich hinter sich zu haben, stieg er aus, streckte sich und öffnete die hintere Tür, dann weckte er Griffin auf, indem er ihm leicht auf die Schulter tippte. Der Junge gähnte, sah sich mit verkniffenen Augen um und lächelte schließlich Boone an. „Sind wir da?", fragte er hoffnungsvoll.

„Ja, wir sind da", bestätigte ein gerührter Boone und nickte, dann öffnete er Fletchers Sicherheitsgurt und hob den Jungen, der dabei nicht einmal wach wurde, aus seinem Sitz, während Griffin ganz ohne Hilfe aus dem Wagen ausstieg. Fletcher bewegte sich schwach und legte wohl reflexartig die Arme um Boones Hals, dann sank der Kopf auf seine Schulter.

Auch wenn Boone noch so große Vorbehalte hatte, ob er als Vater zu etwas taugte, fühlte es sich gut an, den Jungen an sich gedrückt zu halten ... sogar verdammt gut.

Gemeinsam gingen sie durch das hohe Gras zu dem Trailer, der schon am Tag ein ziemlich armseliges Bild abgab, in der Dunkelheit aber noch schlimmer wirkte, weil er an eine düstere unförmige Gestalt erinnerte, die einen jeden Moment anspringen konnte. *Warum habe ich bloß nicht daran gedacht, wenigstens irgendein Licht anzumachen, bevor ich nach Missoula gefahren bin?* Dann wäre es bei der Ankunft wenigstens nicht so völlig finster gewesen.

„Fletch hat sich bestimmt in die Hose gemacht", sagte Griffin, während er neben Boone herging und seinen kleinen Koffer trug. „Er stinkt nämlich."

Zugegeben, der Hosenboden von Fletchers winziger Jeans fühlte sich feucht an, und es müffelte auch ein wenig. Aber für einen Mann wie Boone war das nichts Wildes, immerhin hatte er schon ganze Nächte damit zugebracht, im Gefängnis auf volltrunkene Raufbolde aufzupassen.

„Ziehen wir ihn damit nicht auf, okay?", sagte er von Mann zu Mann zu seinem älteren Sohn. „Er ist noch sehr jung, und es gibt viel zu viele Sachen, an die er sich erst noch gewöhnen muss. So wie du auch."

Darüber dachte Griffin kurz nach, dann nickte er und erwiderte ernst: „Okay."

Sie gingen die Stufen zur windschiefen Veranda hinauf. Boone ging voran, und nachdem er aufgeschlossen und die Tür geöffnet hatte, tastete er mit der freien Hand nach dem Schalter und machte das Licht an.

Dass sie mitten in der Küche standen, war Boone im ersten Moment nicht klar. Der Stapel mit den benutzten Tellern war verschwunden und der Linoleumfußboden zwar nicht spiegelblank, dafür war er im Lauf der Jahre viel zu sehr abgetreten worden, dennoch konnte man sehen, dass hier geputzt worden war – so gründlich, dass Boone sich fast heimisch fühlte.

„Schlafen wir wieder da, wo wir auch beim letzten Besuch geschlafen haben?", erkundigte sich Griffin, der sich wie ein kleiner Erwachsener anhörte, der zu Besuch in einem fremden Land war und sich an die dortige Kultur anpassen wollte, um nicht gegen irgendwelche Tabus zu verstoßen.

Während Fletcher ein wenig unruhig wurde, nickte Boone gedankenverloren als Antwort auf Griffins Frage. Sein Blick war auf den Tisch gerichtet, auf dem zwischen Zuckerstreuer und Milchpulver ein Zettel lag. Griffin zog los, um sich in der Bruchbude umzusehen, in der er und sein Bruder vorläufig einquartiert waren. In der Zwischenzeit nahm Boone den Zettel hoch und erkannte sofort die markante, sehr schwungvolle Handschrift von Opal Dennison. Sie war eigentlich für den Haushalt von Slade und Joslyn Barlow zuständig, dennoch nahm sie sich regelmäßig die Freiheit, da zu arbeiten, wo sie wollte – und *wann* sie wollte.

Hutch hat angerufen und gesagt, dass du deine Jungs für eine Weile nach Hause holst und ihr wohl erst spät am Abend zurück sein werdet. Darum bin ich hergekommen und habe ein bisschen aufgeräumt. Im Kühlschrank steht etwas zu essen, die Betten sind neu bezogen, und im Badezimmer hängen frische Handtücher. Morgen früh komme ich vorbei und passe auf die Kinder auf, während du arbeitest. Und komm ja nicht auf die Idee, mir zu erzählen, dass du allein klarkommst, Boone Taylor. So dumm bin ich nämlich nicht.

Unterschrieben hatte sie ihre Nachricht mit einem großen O.

Boone legte den Zettel zurück auf den Tisch und brachte den schon etwas muntereren Fletch in das winzige Badezimmer, setzte ihn auf den Toilettendeckel und ließ ein Bad ein. Opal war zu verdanken, dass die Wanne blitzblank war. Boone selbst benutzte immer nur die Dusche, darum machte er sich über den Zustand der Badewanne nie Gedanken.

Plötzlich begriff Fletch, wo er war und wer da bei ihm war. Mit schmutzigen Fingern rieb er sich die Augen und begann prompt zu weinen.

„Komm schon", sagte Boone und drehte sich zu ihm um, damit er sich so vor ihn hinhocken konnte wie vorhin in Mollys Küche. „Alles wird wieder gut werden, Fletcher. Wenn du erst mal gebadet und dich ausgeschlafen hast, wird es dir schon viel besser gehen. Versprochen."

Nachdem sie aus Missoula abgefahren waren, hatte er den Jungs erklärt, dass sich Tante Molly und ihre Kinder um Onkel Bob kümmern mussten, weil er sich so schlimm wehgetan hatte. Er hatte ihnen auch klarzumachen versucht, dass sie Bob am besten halfen, wenn sie für eine Weile in Parable blieben.

Von Griff war auf die knappen und stockenden Ausführungen seines Vaters gar keine Reaktion gekommen, stattdessen hatte er nur aus dem Fenster gesehen. Für Boone war dieses Verhalten in gewisser Weise sogar beunruhigender gewesen als Fletchers regelmäßige Proteste. Der Jüngste verkündete während der Fahrt immer wieder, dass er bei Onkel Bob bleiben wollte, um ihm *richtig* zu helfen. Und er bestand darauf, dass Boone sofort umkehrte, weil sie in Missoula zu Hause waren, aber nicht in Parable. Als Boone sagte, dass das nicht möglich sei, begann Fletch so zu weinen, als hätte ihm jemand das Herz gebrochen, was womöglich auch der Fall war.

Von dem Gefühl völliger Nutzlosigkeit getrieben fuhr Boone weiter, da er wusste, dass jede väterliche Geste sinnlos gewesen wäre. Fletchers Schluchzen wurde mit der Zeit leiser und ging in einen Schluckauf über, der noch lange anhielt, ehe der Junge vor Erschöpfung in einen unruhigen Schlaf fiel.

Und jetzt hockte Boone hier in diesem heruntergekommenen Badezimmer und betrachtete die Stellen, an denen die Farbe von der Wanne abblätterte, die kaum groß genug für einen Gartenzwerg war. Er musterte den Schrank unter dem Waschbecken, aus dem die Tür herausgebrochen war, sodass man die Wasserrohre und den dort untergebrachten Vorrat an Putzmitteln bewundern konnte. Und währenddessen wartete er geduldig darauf, dass Fletcher etwas auf das vorsichtige Versprechen erwiderte, das Boone ihm gegeben hatte.

Lange musste er allerdings nicht warten. „Gar nichts wird wieder gut!“, konterte der Junge lautstark. „Du bist nicht mein Dad! Mir egal, was Griff sagt, aber *Onkel Bob* ist mein Dad! Ich will hier nicht bleiben, weil ich dich *hasse*!“

Boone hielt sich vor Augen, dass es die Worte eines verängstigten Kindes waren, dennoch taten sie ihm genauso weh wie ein Fausthieb in die Magengrube. „Ich verstehe ja, warum du so denkst“, erwiderte er in einem ruhigen, vernünftigen Tonfall, dabei bemerkte er aus dem Augenwinkel, dass Griffin in der Tür zum Badezimmer stand und sie beunruhigt ansah.

Wie er so dastand, die Schultern leicht nach vorn gebeugt, erinnerte er Boone an einen gerade flügge gewordenen Vogel, der seinen Flügeln noch nicht richtig vertraute.

„Aber wir müssen zusehen, dass wir das Beste aus unserer Lage machen, du, Griff und ich.“

Fletcher schaute ihn trotzig an und schüttelte mit Nachdruck den Kopf.

„Dad?“, warf Griff zögerlich ein. „Ich kann Fletcher beim Baden helfen und ihn dann ins Bett bringen, wenn das für dich okay ist.“

Seufzend richtete Boone sich auf. „Das ist vielleicht gar keine so schlechte Idee“, sagte er und fuhr sich durchs Haar, das platt an seinen Kopf gedrückt war, da er praktisch den ganzen Tag die Baseballkappe getragen hatte. Außerdem trug er noch immer dieselben Sachen, in denen er am Morgen zum Angeln gefahren war. Er fühlte sich verschwitzt, müde und traurig.

„Sein Schlafanzug ist im Koffer“, half Griffin ihm auf die Sprünge. „Den kannst du mir bringen. Vorn drauf ist eine Comic-Lok …“

Lächelnd sah Boone seinen Sohn an und salutierte lässig. „Alles klar“, sagte er und ging durch den kurzen Flur, um seinen Auftrag zu erledigen. Dabei hörte er, wie Griff leise auf seinen Bruder einredete und ihm sagte, dass es ihm hier schon gefallen würde, wenn er es wenigstens einmal versuchte, anstatt sich nur dagegen zu sträuben.

Es war nicht zu überhören, dass Fletcher nichts davon wissen wollte.

Während die beiden Brüder miteinander beschäftigt waren, verließ Boone das Haus, holte das Gepäck aus dem Wagen und brachte alles nach drinnen. Die Sachen stellte er in das beengte Schlafzimmer, das er für die Jungs vorgesehen hatte. In Missoula war ihr Zimmer viermal so groß gewesen, die Tagesdecken auf ihren Betten passten genau zu den Vorhängen, und an der Wand dort hing sogar ein Flachbildfernseher.

Wieder musste er seufzen, beugte sich über den Koffer und suchte nach dem Schlafanzug. Er wurde schnell fündig und fand sogar zwei Zahnbürsten in Plastikdosen, die die Namen der beiden Jungs trugen. Zurück an der mittlerweile geschlossenen Badezimmertür, klopfte er an und rief im Tonfall des Zimmerservice in einem Hotel: „Schlafanzuglieferung.“

Im Hintergrund war Plätschern zu hören, dann öffnete Griff die Tür einen Spaltbreit und nahm alles an sich, was Boone mitgebracht hatte.

„Danke, Dad“, flüsterte er und lächelte ihn an.

Boone nickte, wandte sich ab und kehrte in die Küche zurück, wo er den Hörer vom Wandtelefon nahm und Molly anrief.

Mitten im ersten Klingeln nahm sie bereits den Hörer ab. „Boone?“

„Treffer“, erwiderte er müde. „Wir haben’s wohlbehalten nach Hause geschafft.“

„Gut. Und wie geht’s den Jungs?“

„So wie erwartet, würde ich sagen“, antwortete er. „Und was ist mit Bob?“

„Der dürfte jetzt schon fest schlafen. Morgen früh um sechs

wird er operiert." Sie machte eine Pause – zu kurz, als dass Boone etwas hätte einwerfen können. „Sind sie schon im Bett? Haben sie sich die Zähne geputzt? Haben sie gebetet?"

„Fletch liegt im Augenblick in der Wanne, du Glucke", erwiderte er amüsiert. „Um den Rest kümmern wir uns später noch."

Er hörte Molly entsetzt nach Luft schnappen. „Fletcher ist *ganz allein* in der Wanne?"

Wieder wurde Boone bewusst, wie wenig Ahnung er doch von Kindererziehung hatte. „Griff ist bei ihm."

„Oh." Molly klang erleichtert.

„Dann ist bei euch also so weit alles in Ordnung?", vergewisserte sich Boone. Als Vater war er schon seit einer Weile aus der Übung, aber Jammern half jetzt nicht weiter. Bob würde lange außer Gefecht gesetzt sein, ehe er sich von diesem Eingriff erholt hatte, und Molly, Ted, Jessica und Cate mussten sich jetzt ganz auf ihn konzentrieren können.

„Es geht ganz gut", gestand sie ihm. „Nicht großartig, aber ganz gut."

„Wenn ihr etwas braucht, dann sagst du mir aber Bescheid, oder?", fragte er.

„Du weißt, dass ich das sofort tun werde, wenn es nötig ist." Erneut ließ sie eine kurze Pause folgen. „Können wir die nächste Zeit per E-Mail und SMS in Kontakt bleiben? Ich weiß nicht, ob ich so bald die Energie aufbringen werde, um Telefonate zu führen. Außerdem fürchte ich, dass ich in Tränen ausbreche, wenn ich die Jungs im Hintergrund höre."

Mit rauer Stimme erwiderte Boone: „Mach es so, wie es für dich am besten ist. Ich kümmere mich um die Jungs, Molly. Ich komme schon dahinter, was es heißt, Vater zu sein. Mach du dir keine Sorgen um uns, okay? Pass du lieber auf dich auf, sonst wirst du für Bob und die Kinder keine Hilfe sein. Oder anders ausgedrückt: Ruh dich mal aus."

„Ich werd's versuchen", versprach sie, und Boone konnte sich vorstellen, dass sie bei diesen Worten schwach lächelte, weil sie nach dem heutigen Tag ganz sicher hundemüde war. „Du bist ein guter Bruder, Boone. Ich hab dich lieb."

„Schmeichel du mir bloß", gab er grinsend zurück. „Ich hab dich auch lieb. Morgen maile ich dir."

„Okay, und ich gebe dir Bescheid, wenn Bob aus dem OP kommt. Das wird gegen Mittag sein."

Sie verabschiedeten sich und legten beide auf.

Nach einem Blick zur Wanduhr befand Boone, dass es noch früh genug war, um Hutch anzurufen. Er tippte dessen Festnetznummer ein und wartete.

Bereits nach dem zweiten Klingeln meldete sich Hutch. „Wieder zu Hause?", fragte er anstelle einer Begrüßung. Seit praktisch jeder die Nummer des Anrufers auf dem Display seines Telefons sehen konnte, übersprangen immer mehr Leute die Begrüßung und kamen sofort auf den Grund für den Anruf zu sprechen.

„Ja."

„Wie geht's Molly und Bob?"

„Den Umständen entsprechend", antwortete Boone wahrheitsgemäß. „Bob wird morgen früh operiert."

„Das ist nicht schön."

„Das kannst du laut sagen, alter Kumpel." Dabei dachte er daran zurück, wie Hutch und Slade ihm während Corries Krankheit und auch nach ihrem Tod zur Seite gestanden hatten, obwohl die beiden Halbbrüder zu der Zeit überhaupt nicht miteinander ausgekommen waren. Hutch hatte Slade nicht ausstehen können, weil er der lebende Beweis dafür war, dass sein guter alter Dad ein Fremdgänger gewesen war. Und Slade, der von seinem Vater nie anerkannt worden war, weil er aus einer Affäre stammte, die noch heute einige Gemüter erhitzte, war sich wie ein Außenseiter vorgekommen und wie das Paradox eines verlorenen Sohnes, der eigentlich nie verloren gegangen war.

„Du musst nur anrufen, wenn du etwas brauchst", sagte Hutch.

„Danke", antwortete Boone, hatte aber das Gefühl, dass diese Erwiderung dem Angebot gar nicht gerecht wurde. „Hör mal, was den Wagen angeht ... ich möchte gern erst noch durch die Waschanlage fahren und ihn volltanken, bevor ich ihn dir zurückbringe. Außer natürlich du brauchst den Wagen sofort."

„Mach dir darüber mal keine Gedanken", wehrte Hutch ab. „Wir haben hier genügend Autos. Komm her, wenn du Zeit hast, und dann tauschen wir wieder."

Unwillkürlich musste Boone grinsen. Vermutlich hatte noch niemand bemerkt, dass Hutch in einer alten Rostlaube unterwegs war. Jahrelang hatte er jeden noch so klapprigen Truck genommen, der gerade zur Verfügung stand, um von A nach B zu kommen. Hutch besaß viel Land und noch mehr Geld, aber es war ihm schon immer egal gewesen, welchen Eindruck andere von ihm hatten. Daran hatte sich auch nach der Anschaffung des neuen Trucks nichts geändert. „Dann kann ich davon ausgehen, dass mein rollender Schrotthaufen dich nicht im Stich gelassen hat?"

„Mit etwas Spucke und Klebeband habe ich ihn am Laufen gehalten", scherzte Hutch. „Allerdings solltest du dir besser einen zuverlässigeren Wagen zulegen, immerhin musst du jetzt zwei Kinder durch die Gegend kutschieren. Wenn ihr alle zusammen unterwegs liegen bleibt, ist das nicht mehr ganz so witzig."

„Gutes Argument", musste Boone zugeben. „Sie fahren gern im Streifenwagen mit, aber früher oder später wird das vermutlich auch langweilig."

„Ich tippe eher auf früher als später", meinte Hutch lachend.

„Dad?"

Boone drehte sich um und sah, dass seine Jungs Seite an Seite in der Küchentür standen. Beide trugen ihre Schlafanzüge, und Fletcher sah aus, als ob er sich am liebsten hinter seinem Bruder versteckt hätte.

Das versetzte Boone einen Stich, aber zugleich erfüllte der Anblick der beiden ihn mit Liebe.

„Ich muss auflegen", sagte er zu Hutch und hörte sich etwas zuversichtlicher an, als er sich in Wahrheit fühlte. „Meine Jungs wollen ins Bett, und ich habe auch einen ziemlich anstrengenden Tag hinter mir."

Nachdem er aufgelegt hatte, wandte Boone sich wieder seinen Söhnen zu.

Griff schaute ihn ernst an. „Fletcher möchte wissen, ob wir heute Nacht bei dir schlafen dürfen", sagte er. „Er verspricht auch, dass er dann nicht ins Bett machen wird."

Fast hätte Boone mit einem Grinsen auf dieses Angebot reagiert. „Ist Fletcher auf einmal stumm?", fragte er vorsichtig. „Kann er mich nicht selbst fragen?"

„Es ist mehr so, dass er nicht fragen will", antwortete Griff.

„Ja", stimmte Boone ihm zu. „Es ist mehr das."

„Geht das? Dürfen wir bei dir schlafen?" Zwar sprach Griff für Fletcher, doch es schien so, als wäre die Antwort für beide gleich wichtig. Der Jüngere sah ihn mit riesigen Augen an.

„Von mir aus", antwortete er bewusst beiläufig. Es sollte nicht zur Gewohnheit werden, dass sie bei ihm im Bett schliefen, aber es war ihre erste Nacht hier, und Fletcher war ziemlich aufgewühlt. Womöglich galt das auch für Griff, aber er konnte es besser überspielen.

Beide sahen ihn erleichtert an. Offenbar hatte Boone für Fletcher soeben den Beweis erbracht, dass er nicht in *jeder* Hinsicht ein Monster war.

„Geht schon mal vor", forderte er die zwei mit rauer Stimme auf. „Legt euch hin, ich komme gleich nach."

Griff nickte, dann machten sie kehrt und gingen in Boones Schlafzimmer, das nur unwesentlich größer war als ihr Zimmer. Als sie auf die Matratze sprangen, konnte Boone das noch in der Küche hören. Dieser Trailer war aufgrund seines Alters viel hellhöriger als moderne Modelle.

Amüsiert schüttelte er den Kopf und wartete, bis Ruhe eingekehrt war, dann ging er zu ihnen, um sie zuzudecken und sich eine Jogginghose aus dem Schrank zu holen. Als er ins Schlafzimmer kam, lagen die zwei auf Corries Seite und hatten die Decke bis zur Nase hochgezogen.

„Jungs“, sagte er mit belegter Stimme. „Ob es euch gefällt oder nicht, aber ich hab euch lieb.“

„Mir gefällt’s“, erwiderte Griff.

„Mir nicht“, erklärte Fletcher, der sich offenbar nicht von seiner Meinung abbringen lassen wollte.

Lachend verließ Boone das Zimmer und ging duschen. Als er eine halbe Stunde später zurückkam, schliefen die Jungs bereits. Fletcher lag dicht an seinen Bruder gedrückt da.

Er blieb einen Moment an der Tür stehen, weil er die beiden einfach nur betrachten wollte. „Oh, Corrie“, flüsterte er. „Hilf mir bitte, dass ich alles richtig mache.“

Dann schaltete er das Licht aus und legte sich ebenfalls hin, schloss die Augen und dachte darüber nach, wie seltsam und ungerecht es doch war, dass Bob und Molly erst etwas Schlimmes zustoßen musste, damit ihm so etwas Gutes widerfahren konnte.

Griffin und Fletcher waren bei ihm zu Hause, dort, wo sie hingehörten. So hundemüde er auch war und sosehr er mit Bob, Molly und ihren Kindern mitfühlte, freute er sich doch gleichzeitig grenzenlos darüber, dass er seine Kinder endlich wieder bei sich hatte.

Erschöpft sank er in einen tiefen Schlaf, aus dem er erst in den frühen Morgenstunden aufwachte, als er sich im Bett umdrehte und eine nasse Stelle auf der Matratze bemerkte.

Die von James angekündigte SMS traf erst spät abends ein, lange nachdem Kendra und Joslyn Tara einen Besuch abgestattet, Limonade getrunken und sich die ganze Geschichte angehört hatten – von Taras erster Begegnung mit James bis zu dem heutigen Telefonat mit ihm.

Kendras Schwangerschaftshormone liefen in ihrem Körper Amok. Ihr Mitgefühl kannte keine Grenzen mehr, als sie Tara zuhörte. Am Ende brach sie in Tränen aus und griff über den Tisch hinweg nach Taras Hand. „Es muss für dich das Schlimmste auf der Welt gewesen sein, diese Kinder verlassen zu müssen“, sagte sie. „Ich könnte mir gar nicht vorstellen, ohne Madison zu leben.“

Die fünfjährige Madison mit den feuerroten Haaren war die leibliche Tochter von Kendras verstorbenem Exmann Jeffrey Chamberlain und seiner Geliebten, mit der er während seiner Ehe mit Kendra eine Affäre begonnen hatte. Diese Tatsache hatte Kendra jedoch nicht davon abhalten können, das Mädchen zu adoptieren und es wie ein eigenes Kind zu lieben. Bemerkenswert war, dass Madison sogar zweimal adoptiert worden war, denn kurz nach der Heirat von Kendra und Hutch war sie auch noch offiziell eine Carmody geworden.

Überwältigt von Kendras Verständnis und Mitgefühl brach auch Tara in Tränen aus.

Joslyn war zunächst ein bisschen verärgert gewesen, weil Tara ein solches Geheimnis ihren zwei besten Freundinnen so lange verschwiegen hatte. Doch darüber kam sie schnell hinweg, da sie wusste, dass Tara im Grunde nicht einmal in der Lage gewesen war, über die Trennung von den Mädchen *nachzudenken*, die sie so sehr liebte wie leibliche Kinder. Wie hätte sie darüber reden sollen, selbst wenn es um die zwei Menschen ging, denen sie mehr vertraute als jedem anderen?

Gegen neun machten sich ihre Freundinnen auf den Heimweg, Tara begleitete sie noch bis zu ihren Wagen und winkte ihnen nach. Zurück im Haus sah sie zum x-ten Mal an diesem Abend auf ihr Handy.

Noch immer keine SMS von James.

An Schlaf war überhaupt nicht zu denken. Hatte ihr berüchtigt launiger Ex es sich anders überlegt und beschlossen, Elle und Erin doch nicht zu ihr zu schicken? Oder hatte er vielleicht nie vorgehabt, die beiden in ein Flugzeug zu setzen und nach Westen fliegen zu lassen? Es würde zu ihm passen, Tara absichtlich so zu enttäuschen. In seiner eigenen Vorstellung war er ein Mann, der noch Rechnungen zu begleichen hatte, und wenn er wollte, konnte er äußerst rücksichtslos sein.

Nein, widersprach ihr Verstand, während sie die Haustür abschloss und die Kanne mit Zitronenlimonade zurück in den Kühlschrank stellte. James schickte die Kinder nicht zu ihr, um ihr – oder seinen Töchtern – einen Gefallen zu tun. Es ging bei dem Ganzen nur um *ihn* und um das, was *er* wollte, nämlich Zeit für diese Bethany haben, was nichts anderes als jede Menge spontanen Sex bedeutete. Es war eine ganz simple Rechnung: Wenn er die Zwillinge nicht nach Montana abschob, konnte er den Sex vergessen.

Diese Erkenntnis beruhigte sie ein wenig. Sie fütterte Lucy, ließ sie anschließend raus in den Garten und kurz darauf wieder ins Haus. In der Küche sah sie sich auf dem kleinen und einzigen Fernseher im Haus die Nachrichten an, die sie nach gut einer Viertelstunde ausschaltete, als die Meldungen wieder von vorn begannen.

Schließlich zog Tara sich ins Arbeitszimmer zurück und fuhr den Computer hoch, um ihre E-Mails zu lesen. Keine Nachricht von James, auch nichts von den Zwillingen. Trotz ihrer vernünftigen Argumentation begann sie wieder, sich Sorgen zu machen.

Lucy rollte sich auf dem Läufer vor dem Bücherregal zusammen und gab ein leises Wimmern von sich, als würde sie mit Tara mitfühlen.

Dann, endlich, gab ihr Handy den herbeigesehnten kurzen Klingelton von sich, der den Eingang einer Mitteilung meldete. Tara griff nach dem Handy, hielt einen Moment lang gebannt den Atem an, öffnete die SMS und sah auf das Display. *Tut mir leid, dass es so lange gedauert hat, aber Bethany hat jetzt den Flug für die Kinder gebucht. Hier sind die Daten …* Es folgte der Name der Fluglinie, zusammen mit Abflug- und Ankunftszeit.

Einen Hinweis auf den Rückflug gab es nicht, doch Tara versuchte, in diese Tatsache möglichst nichts hineinzuinterpretieren. Sie durfte nicht auf weitere Wunder hoffen, weil sie dann nur umso tiefer enttäuscht sein würde. Es ging hier nur um einen Besuch der Zwillinge, nicht um einen Umzug. Elle und Erin würden *auf jeden Fall* nach New York zurückkehren.

Für den Augenblick konnte sie froh sein, dass James keinen Rückzieher gemacht hatte, sondern ihr tatsächlich dieses wunderbare Geschenk machte. Sie würde Elle und Erin wiedersehen, und das schon morgen früh. Sie kamen um Viertel nach elf in Missoula an, und wenn alles nach Plan lief, konnte Tara die beiden ein paar Minuten später in die Arme schließen. Sie würde jede Minute genießen, die sie von da an mit ihnen verbringen konnte.

Freudentränen standen ihr in den Augen, und ihre Hand zitterte so stark, dass sie beinahe ihr Handy hätte fallen lassen. Sie riss sich zusammen und schrieb zurück: *Ich werde da sein und dafür sorgen, dass sie dich gleich nach der Landung anrufen. Vielen Dank, James.*

Eine Reaktion darauf kam nicht, aber das war typisch James. Das eine Problem war gelöst, auf zur nächsten Herausforderung.

Elle und Erin waren so gut wie auf dem Weg hierher, und das war das Einzige, was Tara kümmerte.

Mit dem Telefon in der Hand drehte sie sich auf ihrem Bürostuhl um und sah, dass Lucy sich aufgesetzt hatte und sie ganz genau beobachtete. Tara lachte und beugte sich vor, um die Schlappohren der Hündin zu kraulen. „Du wirst die Zwillinge lieben", sagte sie, weil sie es wusste. „Und die beiden werden dich auch sofort in ihr Herz schließen."

Lucy schien sie beim Wort zu nehmen, da sie aufgeregt mit dem Schwanz zu wedeln begann. Fast kam es Tara so vor, als würde die Hündin sie anlächeln.

In dieser Nacht dauerte es lange, bis sie endlich einschlief. Jedes Mal, wenn sie die Augen zumachte, fiel ihr etwas ein, was sie mit den Mädchen und Lucy unternehmen konnte oder was sie den beiden unbedingt erzählen wollte, und prompt war sie wieder hellwach.

Irgendwann stand sie auf, um einen Schluck Wasser zu trinken. Als sie ins Schlafzimmer zurückkam, sah sie aus dem Fenster in Richtung Big Sky River, der vom Mond beschienen wurde. In Boones Trailer brannte noch Licht, und Tara fragte sich, warum er wohl um diese Zeit auf war. Natürlich ging es sie nichts an. Boone Taylor konnte in seinem klapprigen alten Trailer Tag und Nacht tun und lassen, was er wollte. Dennoch war sie nicht imstande, sich vom Anblick des Lichts loszureißen.

Einige Zeit später ging es aus, daraufhin legte sich Tara ins Bett und schlief endlich ein.

Wenn es einen Menschen gab, der immer sein Wort hielt, dann war es Opal. Am Morgen nach der Heimkehr der Jungs stand sie frisch und munter vor der Tür von Boones Trailer. Sie trug eins ihrer selbst genähten Kleider mit auffälligem Blumenmuster, hielt ihre große Kunstledertasche an ihren üppigen Busen gedrückt und grinste breit.

Boone öffnete ihr gähnend die Tür. Er trug ein T-Shirt und die Reserve-Jogginghose, die nach Fletchers „Unfall" in seinem Bett nötig geworden war. Jedes Mal, wenn er die Tür öffnete, hatte er das Gefühl, dass in seinem Trailer Unterdruck herrschte, da dieser Vorgang stets von einem leisen Zischen begleitet wurde, das sich wie ein Schwall eindringender Luft anhörte.

„Gibt es Kaffee?", fragte Opal sofort. Ihre Augen leuchteten vor Arbeitseifer.

„Noch nicht", gab er abermals gähnend zurück und strich sich mit einer Hand die Haare glatt. Die Jungs schliefen noch, mittlerweile in ihrem eigenen Bett. Sie hatten mitten in der Nacht umziehen müssen, da Boone nichts anderes übrig geblieben war, als die Bettwäsche in die Waschmaschine zu stecken. Anschließend hatte er auf der Couch gedöst, während er darauf wartete, dass der Trockner endlich fertig war.

Opal schüttelte ungläubig den Kopf. „Ich kann mich nur immer wieder wundern", sagte sie augenzwinkernd und steuerte zielstrebig auf die Kaffeemaschine zu, „wie du auch nur einen einzigen Tag ohne fremde Hilfe überlebst."

Plötzlich bemerkte Boone Opals lila Sneakers, und er musste unwillkürlich grinsen. Dann aber fiel ihm ein, dass Bob gerade operiert wurde.

„Ich bin eben darauf angewiesen, dass wildfremde Menschen nett zu mir sind", erwiderte er gut gelaunt. Er wusste, dass Opals Frage eigentlich keine Antwort erforderte, es war lediglich ihre Art, ihn darauf hinzuweisen, dass er eine Frau brauchte.

Wenn es nach Opal ging, brauchte ausnahmslos jeder Mann eine Frau.

Was die Frage anging, wie er einen Tag nach dem anderen überlebte, konnte er nur vermuten, dass er das genauso machte wie jeder andere Mensch, indem er morgens aufstand und sein Bestes gab.

„Ich bin kein wildfremder Mensch, Boone Taylor", stellte Opal klar und schaltete die Kaffeemaschine ein. „Ich bin deine zweite Mama. Dass ich schwarz bin, ist bloß ein Zufall."

Er musste lachen und fuhr sich wieder durchs Haar, während er überlegte, ob er die Jungs wecken oder lieber noch eine Weile schlafen lassen sollte. Die zwei hatten Opal bei ihren Besuchen in Parable bereits kennengelernt, und sie mochten sie sehr. Genau wie sie auch Hutch und Kendra und Slade und Joslyn mochten. *Er selbst* war der Einzige, mit dem sie nicht so gut auskamen.

Dann wurde er abrupt ernst. „Mollys Ehemann hatte einen Unfall, bei dem ihm das Knie zertrümmert wurde", sagte er sehr leise.

Sofort ließ Opal alles stehen und liegen, kam zu ihm und drückte ihn an sich wie eine Mutter, die ihr Kind trösten wollte. Dann trat sie ein Stück zurück und betrachtete ihn durch ihre altmodische Brille. Das Gestell erinnerte an zwei geschwungene, mit Strass besetzte Flügel.

„Es tut mir so leid, Boone", erklärte sie. „Ich weiß darüber Bescheid, Hutch hat mir alles erzählt. Ich freue mich wirklich sehr, dass deine Jungs zurück sind, aber es ist schlimm, dass erst so etwas passieren musste, damit sie wieder herkommen." Sie hielt kurz inne, straffte die Schultern und fuchtelte mit dem Zeigefinger vor seinem Gesicht herum. „In Zeiten wie diesen ist ein Gebet die beste Lösung. Ein Gebet macht alles viel leichter."

Nicht ein einziges Gebet hatte Corrie das Sterben erleichtert, weder für sie noch für ihn, aber er sprach das nicht laut aus. Boone zählte sich zu den ehemals Gläubigen, zu den Enttäuschten und den Zweiflern, doch das hieß noch lange nicht, dass er Opals Meinung als falsch bezeichnen durfte. Also behielt er seine Ansichten für sich. Immerhin ging Opal regelmäßig in die Kirche, und es schien so, als würden viele ihrer Gebete sehr wohl erhört. Derzeit kursierte das Gerücht, dass sie den neuen Pastor Dr. Walter Beaumont heiraten wollte, wohl damit die beiden sich gegen den Teufel verbünden konnten. Sie waren beim gemeinsamen Angeln gesehen worden und hatten sich im Butter Biscuit Café einen Pfannkuchen geteilt. Außerdem hatte Slade erst neulich erzählt, dass er und Joslyn auf der Suche nach einer neuen Haushälterin waren.

„Kann schon sein", antwortete er ausweichend, weil er wusste, dass sie auf eine Reaktion auf ihre kurze, aber inspirierende Botschaft wartete. „Du bist ein Engel, Opal. Es war ein ziemlicher Schock für die Jungs, dass ich sie so plötzlich abgeholt und hergebracht habe. Und natürlich machen sie sich Gedanken, wie es ihrem Onkel geht. Sie werden sich bestimmt besser fühlen, wenn du bei ihnen bist."

Lächelnd tätschelte sie seine Wange. „Lass mich erst mal Frühstück machen. Der Kaffee ist in ein paar Minuten fertig. Wenn ich dich so ansehe, kann dein Magen bestimmt eine ordentliche Portion gebrauchen, wie?"

Boone nickte dankbar und ging duschen, dann zog er das an, was er als Sheriff üblicherweise trug: Jeans, Baumwollhemd und ein Paar gute Stiefel. Dienstmarke und -waffe würden später folgen, auch wenn weder das eine noch das andere nötig waren. Jeder in Parable County wusste, wer er war, und es war nicht davon auszugehen, dass irgendjemand sich so verhielt, dass Boone ihn erschießen müsste.

Als er zurück in die Küche kam, hielt Opal ihm die versprochene Tasse Kaffee hin. Bevor er einen Schluck trank, inhalierte er erst einmal das köstliche Aroma, dann genoss er den Anblick seiner beiden Jungs, die in ihren Schlafanzügen am Tisch saßen und noch immer etwas verschlafen aussahen.

„Bist du mir böse?“, fragte Fletcher ohne Vorrede und sah Boone in die Augen. Seine sommersprossigen Wangen erröteten ein wenig, und er fügte im Flüsterton hinzu, als könnten Opal und Griff ihn dann nicht hören. „Weil ich ins Bett gemacht habe, meine ich.“

„Nö“, sagte Boone, schüttelte flüchtig den Kopf und trank noch einen Schluck Kaffee. „So was passiert schon mal.“

Fletcher schien erleichtert, doch an seiner Einstellung seinem Vater gegenüber änderte das nichts, da er gleich darauf erklärte: „Ich will zurück nach Missoula.“

Boone reagierte nicht auf diese Bemerkung, da er wusste, dass der Starrsinn in seiner Familie erblich bedingt war.

4. KAPITEL

Mehr als ein Jahr war es her, seit Tara das letzte Mal einen ihrer seltenen Kurztrips nach New York unternommen und dabei die Zwillinge gesehen hatte. Inzwischen waren Elle und Erin beide einen Kopf größer und damit fast so groß wie sie selbst. Ihre schönen langen Haare, die Tara so oft gebürstet und zu Zöpfen geflochten hatte, waren einer modischen Kurzhaarfrisur gewichen.

Obwohl die beiden zweieiige Zwillinge waren und es durchaus einige erkennbare Unterschiede gab, wenn man nur genau genug hinsah, waren sie einander so ähnlich, dass so gut wie jeder sie für absolut identisch hielt.

Die vier Minuten ältere Elle war die Selbstbewusstere, die Wortführerin. Erin, die eine Brille trug, obwohl ihr Vater oft genug versucht hatte, sie zu Kontaktlinsen zu überreden, war eher schüchtern, dafür aber außerordentlich intelligent. Tara vermutete, dass sie die Brille als eine Art Schutzschild benutzte, hinter dem sie sich verstecken konnte, wenn sie Angst hatte. Vielleicht wollte sie auf diese Weise aber auch nur Zeit gewinnen, um erst einmal in Ruhe zu beobachten, was sich um sie herum abspielte.

Als die beiden Tara entdeckten, die mit strahlendem Lächeln und ausgebreiteten Armen dastand, stürmten sie sofort auf sie zu. Die Wangen der beiden glühten förmlich, und ihre Augen leuchteten vor Freude auf.

„Mom!“, rief Elle lachend und zugleich mit Tränen in den Augen, als sie sich alle drei in die Arme fielen.

Nach der Scheidung hatte James ihnen ausdrücklich verboten, Tara mit „Mom“ anzureden, und fast hätte sie Elle darauf hingewiesen. Aber dann brachte sie es nicht übers Herz, und außerdem wollte ihr Ex das nicht, also sollte *er* doch seine Tochter zurechtweisen. Zu dumm nur, dass er Tausende Meilen von hier entfernt war – exakt so, wie es Tara am liebsten war.

„Es ist so schön, euch wiederzusehen“, sagte sie, als sie sich alle wieder ein wenig beruhigt hatten und untergehakt und einem Zickzackkurs folgend zum Gepäcklaufband gingen.

„Es ist so schön, *bei dir* zu sein“, gab Erin zurück und rückte ihre Brille gerade.

Tara fühlte sich großartig, als sie ihre Arme um die schmalen Taillen der beiden Mädchen legte. Sie trugen hautenge Jeans, Sandalen und langärmelige T-Shirts, Elle in Blau, Erin in Pink. „Wir werden viel Spaß haben“, versprach sie ihnen. „Euch wird Parable gefallen, und meine Farm bestimmt auch.“

„Wir hatten solche Angst“, sagte Erin und sah sie mit ihren leuchtend blauen Augen fast ängstlich an, „dass Dad es sich vielleicht doch noch anders überlegt und uns ins Sommerlager schickt, aber nicht zu dir.“

Von Elle kam ein zustimmendes Nicken, während sie weiter die recht kleine Ankunftshalle durchquerten und hin und wieder kurz anhielten, um andere Reisende passieren zu lassen. „Außerdem hat das Sommerlager schon vor Wochen angefangen“, ergänzte sie. „Gleich nach dem Ende des Schuljahrs. Da hat sich schon jeder seine Freunde zusammengesucht, und wir hätten wie ein paar Freaks rumgestanden.“

„Freaks? Ihr beide?“, wiederholte Tara. „Nie im Leben.“

Sie hatten das Gepäcklaufband erreicht und warteten zusammen mit den anderen Reisenden, bis auf einmal ein lautes Summen ertönte und die ersten Koffer und Taschen zum Vorschein kamen.

Die Zwillinge hatten jede zwei große Koffer mitgebracht, farblich so abgestimmt wie ihre T-Shirts und mit geometrischen Mustern verziert. Tara, die bereits eine Gepäckkarre geholt hatte, besorgte schnell noch eine zweite, nachdem ihre Stieftöchter auf das gezeigt hatten, was alles ihnen gehörte.

Als sie zurückkam, hatte ein Mann mit Cowboyhut bereits zwei Koffer auf die erste Karre gestellt. Er wiederholte die Aktion mit den beiden anderen Koffern und der zweiten Karre, dann tippte er wortlos an seinen Hut, nahm seine eigene Tasche und ging.

„Das war ja ein *Cowboy*", hauchte Erin beeindruckt. „Ein *echter*, oder?"

„Echter als er geht's nicht", antwortete Tara amüsiert.

„Woher willst du das wissen?", fragte Elle, die wie immer skeptisch war. „Er kann doch auch irgendein Typ in Cowboystiefeln und mit Hut auf dem Kopf gewesen sein."

„Ich weiß, dass er ein Cowboy ist, weil er euch mit euren Koffern geholfen hat, ohne dass ihr ihn erst fragen musstet."

Elle dachte darüber nach, schien aber noch nicht ganz überzeugt zu sein. Daraufhin stieß Erin sie mit dem Ellbogen an. „Cowboys sind höfliche Menschen", ließ sie ihre Schwester wissen. „Sie tragen für einen die Koffer und halten einem die Tür auf."

„Das tun nicht nur Cowboys", hielt Elle dagegen. „Tony ..." Sie sah Tara an, da ihr einfiel, dass ihre Stiefmutter nicht auf dem Laufenden sein konnte, weil sie schon einige Jahre nicht mehr bei ihnen gewesen war. „... er ist der Pförtner in unserem Haus und macht genau die gleichen Sachen."

„Aber er trägt keine Stiefel und keinen Cowboyhut", wandte Erin siegesgewiss ein.

„Das sähe mitten in Manhattan ja auch ziemlich doof aus", meinte Elle.

„Ich habe aber in Manhattan auch schon Männer mit Cowboyhut gesehen", hielt Erin dagegen, die von den beiden die Diplomatin war, während Elle pragmatisch dachte.

Tara genoss das Geplänkel der beiden, und noch mehr genoss sie es, ihre beiden geliebten Stieftöchter um sich zu haben. Sie ließ die beiden reden und schob eine der Gepäckkarren in Richtung Ausgang, während Erin die zweite übernahm.

Vor dem Flughafengebäude empfing sie strahlender Sonnenschein, der die Haare der Zwillinge glänzen ließ. Dabei wehte eine leichte, kühlende Brise.

Das Leben ist schön, dachte Tara, als sie den Überweg zum Parkplatz benutzten.

Elle zog ihren Rucksack von den Schultern, kramte darin herum und zog ein teures Handy heraus. Sie schaltete es ein und begann zu tippen. Als sie Taras SUV erreichten, war sie fertig und steckte das Telefon in ihre Hosentasche.

„So", erklärte sie. „Damit ist die väterliche Einheit auftragsgemäß davon in Kenntnis gesetzt worden, wo wir uns befinden."

Tara, die aus dem Lächeln überhaupt nicht mehr herauskam, seit sie die Zwillinge in der Ankunftshalle entdeckt hatte, öffnete die Heckklappe ihres neuen Wagens. Diesmal war kein Cowboy in der Nähe, der ihnen geholfen hätte, das Gepäck in den Wagen zu laden, aber gemeinsam schafften sie es schließlich auch so. Dann warfen die Mädchen eine Münze, um zu entscheiden, wer neben Tara sitzen durfte und wer auf die Rückbank musste.

Erin gewann, stieg auf Taras Seite ein, kletterte über die Mittelkonsole und nahm auf dem Beifahrersitz Platz.

„Ich dachte, du hast einen Hund", warf Elle auf einmal ein, nachdem sie sich auf dem Rücksitz angeschnallt hatte.

„Ja, Lucy, und sie wartet schon ganz ungeduldig, dass ich endlich zur Farm zurückkomme", antwortete Tara, ließ den Motor an und legte den Rückwärtsgang ein. „Sie fährt gern im Auto mit, aber genau genommen ist sie noch ziemlich jung, und ich glaube, die Fahrt hierher wäre für sie zu lang."

„Was ist denn mit dem roten Auto?", wollte Erin wissen. „Von dem hast du uns doch mal Fotos geschickt."

Wäre sie allein oder nicht so gut gelaunt gewesen, hätte Tara bei dem Gedanken an ihr kleines Cabrio vermutlich laut geseufzt. „Das Auto habe ich in Zahlung gegeben und dafür diesen Wagen hier gekauft."

„In einen Sportwagen würden wir doch gar nicht alle reinpassen, du Affengesicht", machte Elle ihr klar.

„Weiß ich selbst, du Kröte", konterte Erin und klang kein bisschen beleidigend.

„Keine Beschimpfungen!", ermahnte Tara die beiden gut gelaunt. Zwar war der Unterton, in dem sie sich die Begriffe an den Kopf warfen, freundlich und fast schon liebevoll, aber ihr ging es ums Prinzip.

Erin hob den Rucksack vom Boden auf und begann, nach ihrem eigenen Handy zu suchen. Was sie hervorholte, entpuppte sich als das gleiche kostspielige Modell, das ihre Schwester besaß, nur in einer anderen Farbe. „Du hast Dad gesimst, dass wir gut angekommen sind, oder?"

„Von welcher ‚väterlichen Einheit' sollte ich denn sonst gerade eben gesprochen haben, du Affeng…?" Abrupt unterbrach Elle sich. „*Erin*, wollte ich sagen", erklärte sie überfreundlich.

Tara konzentrierte sich auf die Straße, was ihr gar nicht so leichtfiel, da ihre Freude über den Besuch der Zwillinge sie permanent ablenkte.

Erin saß leicht vornübergebeugt auf ihrem Platz und tippte mit einer bemerkenswerten Geschwindigkeit – die für heutige Kinder allerdings völlig normal war – auf der Tastatur ihres Smartphones. Einen Moment später johlte sie begeistert und sagte zu ihrer Schwester: „Savannah hat sich Ohrlöcher stechen lassen!"

„Ach, Quatsch", gab Elle zurück. „Ihre Mom hat ihr gesagt, dass sie damit warten muss, bis sie fünfzehn ist. Ich war doch dabei!"

„Savannah ist aber nicht bei ihrer Mom", entgegnete Erin besserwisserisch. „Sie ist bei ihrem Dad und ihrer Stiefmutter in Cape Cod, und ihre Stiefmutter ist mit ihr zur Mall gefahren, damit sie sich da Ohrlöcher stechen lässt. Sie schreibt, dass es ein bisschen wehtut, aber sie hat jetzt goldene Ohrstecker und sieht fünf Jahre älter aus als noch vor einer Viertelstunde."

Auf dem Weg nach Parable wunderte sich Tara, wie wenig sie benötigte, damit ihr Glück vollkommen war. Die Unterhaltung der Zwillinge war mit Sicherheit für jeden anderen belanglos, doch sie hatte sich nach solchen kleinen Dingen gesehnt.

„Vielleicht können *wir* uns ja auch Ohrlöcher stechen lassen", überlegte Elle plötzlich.

Da wurde Tara hellhörig, und gleichzeitig verstand sie auch den Hinweis auf die Stiefmutter. Sie fragte sich, ob die SMS von Savannah mit diesem Wortlaut überhaupt existierte. Gut möglich, dass die Geschwister sich diesen Plan während des Flugs oder vielleicht noch viel früher ausgedacht und gehofft hatten, Tara würde blindlings darauf reinfallen. „Nicht, solange Euer Vater sich damit nicht einverstanden erklärt hat.“

Beide Mädchen stöhnten übertrieben auf.

„Das wird er uns nie erlauben, nicht mal, wenn wir fünfzehn sind“, sagte Erin. „Er erzählt immer, dass das zu frühreif sei, was immer das heißen soll.“

„Seine Entscheidung“, erwiderte Tara erleichtert, weil das Thema damit erst mal abgeschlossen war. Jetzt musste sie sich nur schnell etwas Neues ausdenken, ehe die Frage kam, was frühreif eigentlich bedeutete. „Habt ihr Hunger?“

„Warum müssen alle Erwachsenen ständig diese Frage stellen?“, wunderte sich Erin.

„Wir sind Erster Klasse geflogen“, ergänzte Elle. „Jedes Mal, wenn eine Flugbegleiterin ihren Wagen durch den Gang geschoben hat, wurde uns irgendwas zu essen überreicht. Ich hab immer noch das Gefühl, dass ich gleich platze.“

„Okay“, lenkte Tara ein. „Dann fahren wir einfach direkt nach Hause.“

„Ich will deinen Hund sehen“, verkündete Erin. „Dad will nicht, dass wir im Penthouse einen Hund haben. Er sagt, dass die Teppiche zu teuer waren, um sie von einem Hund ruinieren zu lassen.“

„Vorläufig können wir uns ja meinen Hund teilen“, schlug Tara vor, ohne den Blick vom Highway zu nehmen, der sich unter einem blauen Himmel wie ein graues Band bis zu dem von Bergen gesäumten Horizont erstreckte.

„Als ob Dad schon mal irgendwas Billiges gekauft hat, was ein Hund kaputt machen dürfte“, wandte Elle missmutig ein.

Erin verdrehte die Augen, als sie das hörte, erwiderte aber nichts auf diese Bemerkung. Dann sah sie Tara an. „Danke, das ist nett von dir, dass du deinen Hund mit uns teilst, solange wir hier sind.“ Sie überlegte kurz. „Was ist mit Pferden? Hast du auch Pferde?“

„Nur Hühner, tut mir leid.“

„Hühner?“, fragte Elle interessiert. „Wie viele denn?“

Zwar hatte Tara ihnen bereits in einer E-Mail von ihren Hennen und Hähnen geschrieben, aber wenn Elle darüber reden wollte, sollte es ihr nur recht sein. „Dutzende.“ Da sie es bislang nicht fertiggebracht hatte, auch nur ein einziges Tier zu schlachten, um es zu grillen oder eine Suppe daraus zu machen, vermehrten sich die Vögel fleißig.

„Dann hast du jede Menge Eier“, sagte Elle.

„Und Schenkel“, fügte Erin hinzu. „Lecker.“

„Paniert und frittiert“, ergänzte ihre Schwester. „Mit Kartoffelbrei und Bratensoße.“

Tara biss sich auf die Unterlippe. Die Mädchen bemerkten ihren Widerwillen sofort.

„Was ist?“, fragten sie gleichzeitig.

Sie schüttelte nur den Kopf und setzte den Blinker, weil sie die Fahrspur wechseln wollte. Natürlich hatte sie nichts gegen einen panierten Hähnchenschenkel einzuwenden, und von Zeit zu Zeit gönnte sie sich ihn auch, aber sie kaufte ihn entweder im Supermarkt ein oder bestellte das Fleisch im Butter Biscuit Café vor. Im Grunde genommen war sie eine Betrügerin, da sie die Leute hier glauben ließ, sie wäre genauso für das Landleben geschaffen wie alle anderen, die hier lebten. Wenn Boone Taylor das jemals herausfand, würde sie sich vor spitzen Bemerkungen über Stadtmenschen auf dem Land wohl kaum noch retten können.

„Sie haben alle Namen“, erklärte sie, nachdem sie eine Weile vergeblich nach einer nicht ganz so peinlichen Ausrede gesucht hatte. „Ich rede von den Hühnern. Sie sind für mich wie Haustiere.“ Das Dienstagsangebot im Butter Biscuit war eine Sache, aber sich vorzustellen, dass sie ein Stück von Doris oder Harriet oder Clementine abschneiden sollte, war doch etwas ganz anderes. Zugegeben, an dem einen oder anderen Morgen hatte sie schon mit dem Gedanken gespielt, Boris zum Abendessen zu servieren – immer dann, wenn sie noch schlafen wollte, während er bei Sonnenaufgang unerbittlich krähte. Aber über den bloßen Gedanken war es nie hinausgegangen.

Eine Zeit lang waren die Mädchen ruhig, dann begannen sie zu kichern.

Tara glaubte, einen Hauch von Erleichterung herauszuhören, weshalb sie sich ein wenig entspannte. Danach verfielen sie alle in einvernehmliches Schweigen. Erin verschickte weiter SMS, hin und wieder lachte sie, offenbar über eine erhaltene Antwort, während Elle Kopfhörer an ihr Smartphone anschloss und sich zurücklehnte, um Musik zu hören.

Nach einer Weile waren die Zwillinge eingeschlafen. Sie waren nach einer vor Aufregung vermutlich ziemlich schlaflosen Nacht früh am Morgen aufgestanden und hatten auf ihrem Flug zweimal umsteigen müssen. Nun hatte der Stress erst einmal ein Ende, und sie konnten den versäumten Schlaf nachholen.

Sie blinzelten erst wieder und sahen sich verschlafen um, als sie Parable erreicht hatten und Tara auf den holprigen Feldweg zu ihrem Haus eingebogen war. Hühner stoben in alle Richtungen davon, aber alles Gackern und Flattern war nicht so laut, dass man Lucy hätte überhören können, die im Haus an der Eingangstür stand und laut ihren Willkommensgruß hinausbellte.

Tara lächelte zufrieden.

„Euer Gepäck können wir später immer noch holen", sagte sie, als die Mädchen ausgestiegen waren und sich langsam um die eigene Achse drehten, um ihre neue Umgebung zu erfassen. „Lucy dreht noch durch, wenn sie auch nur eine Minute länger im Haus bleiben muss."

Erin rannte durch das Tor im weißen Gartenzaun in den Vorgarten, was nach Taras Einschätzung auch damit zu tun hatte, dass sie den Hühnern entkommen wollte. Elle folgte ihr im gleichen Tempo.

Auf der Veranda zog Tara die Fliegengittertür auf, schloss die Haustür auf und machte einen Schritt zur Seite, während sie den Zwillingen einen warnenden Blick zuwarf.

„Achtung", rief sie. „Hier kommt Lucy!"

Die Hündin schoss wie eine Rakete mit Fellüberzug aus dem Haus, drückte Tara die Nase gegen das Knie, ehe sie zu den Mädchen weiterlief, da Tara ihr Halsband nicht schnell genug zu fassen bekam. „Sie tut euch nichts", sagte sie, doch diese Beteuerung erwies sich als überflüssig, da Elle und Erin im Gegenzug genauso begeistert waren, die Hündin zu begrüßen, als würde es sich um ein Wiedersehen lange verschollener Freunde handeln.

Lucy bellte aufgeregt und löste sich aus der Umarmung der beiden hockenden Mädchen, um gleich darauf immer wieder im Kreis um sie herumzulaufen, wobei sie ihre Ohren auf diese sonderbar witzige Weise anlegte, wie sie es immer machte, wenn sie vor Freude völlig außer sich war.

Elle und Erin lachten ausgelassen, standen wieder auf und wischten sich den Staub von ihren Jeans. Dann schauten sie gleichzeitig über die Schulter nach hinten, um sich davon zu überzeugen, dass die Hühner immer noch auf der anderen Seite des Zauns waren.

„Ich würde sagen, Lucy mag euch", stellte Tara fest.

„Verrückter Hund", sagte Erin mit so viel Gefühl in der Stimme, dass Tara einen Kloß im Hals spürte. „Verrückter, süßer Hund."

Als Nächstes führte Tara die Zwillinge einmal durchs Haus, um ihnen alles zu zeigen, wobei Lucy ihnen in jedes Zimmer folgte und vor Begeisterung über die Gäste laut hechelte. Es schien, als freute sich die Hündin auf neue Menschen im Haus, weil Menschen voller Überraschungen steckten. Über die hintere Treppe ging es hinauf in den ersten Stock, wo Tara den beiden ihr Zimmer zeigte.

Sie hatte viel Arbeit in die Renovierung dieses alten Hauses gesteckt und war sehr stolz auf ihre Leistungen. Dennoch – oder vielleicht gerade deshalb – entging ihr das Zögern der Mädchen nicht, als sie auf deren Reaktion auf ihr mehr als bescheidenes Quartier wartete.

Zu Hause lebten sie in einem sehr luxuriösen Penthouse mit zehn Zimmern und einem atemberaubenden Blick auf die aufregendste Stadt der Welt.

„Das ist cool“, sagte Elle schließlich und sah sich um, während eine Hand auf Lucys Kopf lag.

„Wie im Sommercamp“, ergänzte Erin fröhlich und warf ihren Rucksack auf eines der beiden Betten. „Nur stehen da mehr Betten in einem Zimmer.“

„Affengesicht“, gab Elle nachsichtig zurück. „Das ist gar nicht wie im Sommerlager. Den Look nennt man ‚Shabby-Chic-Style‘, damit du es weißt.“

Tara tat so, als hätte sie das „Affengesicht“ nicht gehört, und zeigte auf die Tür zum Badezimmer für ihre Gäste. Sie schlug vor, die beiden sollten sich erst mal ein paar Minuten eingewöhnen, in der Zwischenzeit würde sie nach unten gehen und eine Kanne Zitronenlimonade vorbereiten.

Erin und Elle warfen eine Münze, wer zuerst duschen durfte, was anscheinend ihre übliche Methode war, um bei nicht ganz so wichtigen Entscheidungen eine langwierige Diskussion zu vermeiden. Lucy sah den beiden fasziniert zu, während sich Tara zufrieden summend auf den Weg in die Küche machte. Eine Viertelstunde später saß sie auf der Veranda, wippte in ihrem Lieblingsschaukelstuhl zufrieden vor und zurück, während sie auf die Zwillinge wartete, als auf einmal Opal in ihrem Kombi vorgefahren kam. Das Gefährt hatte die Ausmaße eines Schützenpanzers und jagte den Hühnern einen solchen Schreck ein, dass sie aufgeregt hin und her liefen und laut gackerten, bis das Monstrum zum Stehen kam und eine gehörige Staubwolke aufwirbelte.

Lucy musste immer noch in ihrer Begeisterung für die jungen Gäste schwelgen, da sie nicht aus dem Haus gelaufen kam, um eine Begrüßung zu bellen.

„Hallo-ho“, rief Opal und winkte Tara zu, als sie aus dem Wagen stieg. Zwei kleine Jungs kletterten aus den Kindersitzen auf der Rückbank und verließen den Wagen. Sie hatte die beiden schon ein paar Mal gesehen, zwar aus einiger Entfernung, aber sie hätte sie auch so gleich erkannt, ohne dass sie ihr vorgestellt werden mussten. Alle beide sahen aus wie Miniaturausgaben von Boone Taylor, was bedeutete, dass sie zu Herzensbrechern heranwachsen würden, die zumindest im Aussehen ganz nach dem Vater kamen, aber hoffentlich nichts von seiner Arroganz geerbt hatten.

„Hallo, Tara", sagte Opal, nachdem die Jungs sich rechts und links neben sie gestellt hatten und skeptisch die Hühner musterten, von denen sie umgeben waren. „Das ist Griffin", sie legte eine Hand auf die Schulter des etwas älteren Jungen, dann wiederholte sie die Geste bei dem jüngeren, „und das ist Fletcher."

Fletcher ließ die Hühner nicht aus den Augen und drückte sich fester an Opal. „Beißen die Dinger?"

„Nein", versicherte Opal ihm. „Sie machen nur eine Menge Lärm."

„Hühner haben ja nicht mal Zähne. Wie sollen die einen dann beißen?", gab Griffin spöttisch zurück.

Tara ging den Besuchern entgegen, öffnete das Gartentor und ging nach draußen. Dort umarmte sie Opal und gab den Jungs die Hand. „Es freut mich, euch kennenzulernen", sagte sie. „Und Elle und Erin werden sich bestimmt auch freuen."

„Wer ist das?", fragte Fletcher und zog die Nase kraus.

„Ich dachte mir, wir kommen mal kurz vorbei und sagen Hallo", erklärte Opal und ging über die Frage hinweg. „Lange werden wir auch nicht bleiben."

„Ach, Unsinn", beharrte Tara. „Ich freue mich, dass ihr hier seid. Im Kühlschrank steht frische Zitronenlimonade, und ich werde bestimmt noch irgendwo ein paar Kekse auftreiben." Dabei lächelte sie die beiden Jungs an, um ihnen das Gefühl zu geben, hier willkommen zu sein. Sie hatten sicher schon genug Probleme, da sie als die Kinder von Boone Taylor bereits in unzumutbarem Maße bestraft waren, obwohl sie gar nichts dafür konnten. „Elle und Erin sind meine Stieftöchter. Sie sind aus New York zu Besuch hier."

„Oh", rief Fletcher ein wenig angeekelt, entsprechend schien sein Gesichtsausdruck zu sagen: „Igitt, *Mädchen*!"

„Kekse?", fragte Griffin interessiert.

Fletcher verzog das Gesicht. „Ich mag keine Zitronenlimonade, die ist so sauer."

„Sscht", zischte Opal ihm zu. „Sei nicht so unhöflich, Fletcher Taylor."

„Ja, genau", stimmte Griffin ihr zu. „Sei nicht so unhöflich, Blödkopf."

„Jetzt habe ich aber genug Schimpfwörter gehört", verkündete Opal gut gelaunt. Es schien so, als könnte nichts und niemand diese Frau beeindrucken – sie war das Auge des Hurrikans, der Fels in der Brandung.

Kommentarlos führte Tara alle durchs Haus bis in die Küche, wobei Opal im Vorbeigehen alles begutachtete und immer wieder zustimmende Laute von sich gab.

„Du hast in diesem alten Haus wirklich einige Wunder vollbracht", lobte sie Tara, als sie die Küche betraten. „Als Boones Eltern noch hier lebten, da sah es hier vielleicht aus." Beide Jungs sahen sie sofort neugierig an, und Opal fügte rasch hinzu: „Nicht, dass es hier nicht sauber gewesen wäre. Polly Taylor hat immer dafür gesorgt, dass hier alles gut aussah. Aber bei schlechtem Wetter hat Leroy sein Motorrad mitten im Wohnzimmer geparkt, damit nichts an den Lack kommt. Das hat er jedenfalls immer behauptet. Aber eigentlich hatte er nur Angst, die Scheune könnte über seinem kostbaren Schatz einstürzen, sobald im Winter der Schnee auf das Dach drückte."

Insgeheim musste Tara lächeln, da der Apfel offenbar nicht weit vom Stamm gefallen war, wenn man überlegte, in welchem Zustand sich Boones eigenes Zuhause befand. Aber natürlich hätte sie so etwas in der Gegenwart von Griffin und Fletcher nicht laut gesagt.

Opal hatte sich soeben erschöpft seufzend hingesetzt, da kam Lucy über die hintere Treppe nach unten gestürmt und bellte wie verrückt, da ihr endlich aufgefallen war, dass sich im Haus noch einige Besucher mehr aufhielten. Elle kam frisch geduscht und barfuß in weißen Shorts und gelbem Top gleich hinter der Hündin in die Küche.

Griffin und Fletcher sahen sie an, krümmten sich dann aber vor Lachen, da Lucy ihnen zur Begrüßung stürmisch das Gesicht ableckte.

Tara stellte Elle den anderen vor, die den Jungs zunickte und Opal die Hand reichte. „Freut mich, Sie kennenzulernen", sagte sie und klang mit einem Mal sehr erwachsen.

„Mich spricht hier niemand mit ‚Sie' an, also will ich das von dir auch nicht hören", erwiderte Opal und lächelte Elle an. „Und? Wie war die Reise hierher?"

„Ganz okay", antwortete sie und machte einen ungewohnt schüchternen Eindruck.

„Jungs", rief Opal etwas energischer. „Seid mal ein bisschen leiser. Ich sage euch, bei dem Lärm kann ich meine eigenen Gedanken nicht mehr verstehen."

„Aber der Hund macht doch den Lärm", protestierte Fletcher.

„Dann geht mit dem Hund nach draußen", seufzte sie geduldig.

„Kommt, wir sehen uns den Garten an", schlug Elle vor und führte die Massenflucht durch die Hintertür nach draußen an. Lucy bildete die schwanzwedelnde Nachhut.

„Puh", machte Opal, als sie und Tara allein in der nun wieder ruhigen Küche waren. „Ich bin es nicht gewöhnt, Kinder in diesem Alter um mich zu haben. Und dabei ist Trace, die Kleine von Joslyn und Slade, noch ein Baby." Sie beugte sich vor und fügte ganz im Vertrauen hinzu: „Die beiden Jungs tun mir leid, Sie haben sich so an ihre Tante und ihren Onkel gewöhnt, dass ihnen die zwei jetzt ganz schrecklich fehlen."

Während Tara sich diese Bemerkung durch den Kopf gehen ließ, wusch sie sich die Hände, nahm ein paar Gläser aus dem Schrank und stellte sie in einer Reihe auf den Tresen. In zwei davon gab sie ein paar Eiswürfel, dann füllte sie sie mit Zitronenlimonade aus dem Kühlschrank auf. „Werden sie diesmal denn länger bleiben?", fragte sie und musste an ihre Begegnung mit Boone am Geldautomaten in der Stadt denken.

„Ich habe so ein Gefühl, dass sie diesmal ganz bei ihm bleiben werden", erwiderte Opal leise. In ihren Augen funkelte Mitgefühl, aber auch noch irgendeine andere Regung, die Tara nicht deuten konnte. „Griffin ... du weißt schon, der Größere von beiden. Er ist völlig begeistert davon, wieder bei seinem Daddy zu sein, auch wenn er versucht, sich das nicht so deutlich anmerken zu lassen. Fletcher dagegen ... wenn wir den nicht ständig im Auge behalten, wird er versuchen, per Anhalter nach Missoula zurückzukommen."

Tara taten die Kinder leid ... und womöglich tat ihr sogar Boone leid. Aber nur ein ganz kleines bisschen.

„Ist denn irgendwas vorgefallen?", fragte sie verhalten. Joslyn und Kendra hatten Boones Kinder am Abend zuvor mit keinem Wort erwähnt. Allerdings hatten sich ihre eigenen Gedanken nur um Elle und Erin gedreht, weshalb sie womöglich eine entsprechende Bemerkung gar nicht mitbekommen hatte.

Opal nickte. „Du musst wissen, dass Molly – also Boones Schwester – und ihr Mann Bob sich um Griffin und Fletcher kümmern, seit ihre Mutter gestorben ist. Bob hatte gestern einen Golfunfall, und Molly wird alle Hände voll damit zu tun haben, sich um ihn und ihre eigenen Kinder zu kümmern. Das ist die schlechte Neuigkeit. Die *gute* ist aber, dass die Jungs jetzt wieder da sind, wo sie eigentlich hingehören. Bob und Molly waren sehr gut zu den beiden, aber *Boone* ist nun mal ihr Daddy."

Dass Boone Witwer war und zwei Kinder hatte, war ihr zu Ohren gekommen, aber die näheren Umstände waren ihr bislang nicht bekannt gewesen – auch weil sie sich gesagt hatte, dass es besser war, so wenig wie möglich über diesen unangenehmen Nachbarn zu wissen. Bevor sie jedoch etwas zu alldem sagen konnte, kam Erin nach unten. Ihre Haare waren noch feucht vom Duschen und kräuselten sich wie verrückt. Sie trug ein pinkfarbenes Sommerkleid und war – wie ihre Schwester – barfuß unterwegs.

Tara machte sie mit Opal bekannt, Erin begrüßte sie höflich und sah sich dann in der ruhigen Küche um. „Wo ist denn Elle mit Lucy hin?“

„Nach draußen in den Garten“, erwiderte Tara, die von der gesamten Situation nach wie vor außer sich vor Freude war.

Da entschuldigte sich Erin und ging ebenfalls nach draußen.

„Vielleicht sollte ich besser mal nachsehen, was die da draußen veranstalten“, sagte Tara, nachdem auch Erin das Haus verlassen hatte. Sie war ein wenig eingerostet, was ihre Aufgaben als Mutter anging. In New York hätte sie Elle und Erin niemals aus den Augen gelassen, wenn die beiden nicht in Begleitung von mindestens einem Erwachsenen waren, dem sie vertraute.

„Da draußen ist alles in Ordnung“, erklärte Opal in einem restlos überzeugten Tonfall, der Tara dazu veranlasste, sich wieder hinzusetzen.

„Arbeitest du jetzt für Sheriff Taylor?“, fragte Tara, als nach einer Weile die Unterhaltung ein wenig eingeschlafen war, wenn auch auf eine entspannte, lässige Art, um die Ruhe genießen zu können.

„Nein, ich helfe nur eine Weile bei ihm aus. Boone hat überhaupt nicht damit gerechnet, von einem Tag auf den anderen die Kinder zu sich nehmen zu müssen. Ich dachte mir, dass ihm das in der ersten Zeit über den Kopf wachsen könnte, darum greife ich ihm unter die Arme.“

„Aha.“ Tara nickte und trank einen Schluck Limonade. Wenn es um Boone Taylor ging, dann hatten bislang Gereiztheit und Verärgerung als Gefühlsregungen genügt, die sie ihm entgegenbringen musste. Daher war es umso eigenartiger, dass ihr der Mann jetzt doch tatsächlich ein klein wenig leidtat. Aber das hatte auch etwas Befriedigendes, weil sie wusste, es würde ihn sehr wurmen, wo er doch ein stolzer Mann war.

Von Lucy angeführt, kamen die Kinder auf einmal zurück ins Haus, aber wie sich gleich darauf herausstellte, waren sie nur auf der Durchreise, da sie auf die vordere Veranda wollten. Dort konnten sie die Hühner im Auge behalten, und Griffin konnte den Zwillingen zeigen, wo sein und Fletchers Dad lebte, nämlich auf der anderen Seite des schmalen Bachs, der beide Grundstücke voneinander trennte.

Während sich Opal ihre Limonade schmecken ließ, richtete Tara einen Teller Kekse an und brachte ihn zusammen mit vier Gläsern Limonade nach vorn auf die Veranda. Griffin stand am anderen Ende und zeigte von dort auf den Trailer jenseits des Wasserlaufs.

„Da *lebst* du?“, fragte Elle erstaunt, aber nicht allzu sehr von oben herab. „Das ist echt ein Haus?“

Tara kniff einen Moment lang die Augen zu, räusperte sich laut und stellte mit mehr Lärm als nötig das Tablett auf dem niedrigen Tisch ab.

„Ja, das *ist* ein Haus“, gab Griffin gereizt und etwas beleidigt zurück.

„Eigentlich ist es nur ein Trailer“, warf Fletcher hilfsbereit ein. „Früher hatte der mal Räder.“

„Limonade und Kekse“, rief Tara.

„Und was ist so schlimm daran?“, fuhr Griffin Elle an. Damit war es Tara also nicht gelungen, das Gesprächsthema zu wechseln.

„Gar nichts, Zwerg“, konterte Elle fröhlich. „Du musst mich nicht gleich so anmaulen, okay? Ich wollte dich nicht beleidigen. Ich komme aus New York City, und da hat *kein Mensch* einen Trailer. Das ist alles.“

Tara verteilte die Limonadengläser, aber auch das half nicht, da keines der Kinder von ihr Notiz nahm.

„In Missoula haben wir in einem *Haus* gewohnt“, meldete sich Fletcher zu Wort, der mit seinen kleinen Händen das Glas angestrengt festhielt. „Das war größer als das hier und *viel* schöner!“

„Oh, das tut mir aber leid“, meinte Elle unbeschwert.

Erin saß im Schneidersitz auf der Hollywoodschaukel, lächelte engelsgleich und kommentierte: „Das hast du davon, wenn du abfällige Bemerkungen machst, liebe Schwester.“

„Sollen wir noch mal ganz von vorn anfangen?", schlug Tara vor, womit es ihr tatsächlich gelang, die Anspannung ein wenig zu lindern. Aber noch bevor sie sich zu ihrer gelungenen Friedensmission auf der Veranda selbst auf die Schulter klopfen konnte, bemerkte sie aus dem Augenwinkel, wie ein Wagen auf den Feldweg einbog, der von der Straße zu ihrem Haus führte.

Nicht irgendein Wagen, sondern der Streifenwagen des Sheriffs.

Boone.

Tara stand wie erstarrt da und ärgerte sich über sich selbst, weil sie sich so hatte überraschen lassen. Gleichzeitig musste sie zugeben, dass sie auch ein wenig wie elektrisiert war. Reiß dich zusammen, ermahnte sie sich. *Der Mann wohnt gleich nebenan. Bestimmt hat er im Vorbeifahren Opals Wagen gesehen und beschlossen herzukommen, weil er weiß, dass seine Jungs hier sind.*

Die Ankunft des Streifenwagens verursachte einen weiteren Aufruhr bei den Hühnern, die mit viel disharmonischem Gezeter und einer Wolke aus Staub und Federn reagierten. Boone hielt an, öffnete die Tür und stieg lässig grinsend aus seinem Wagen aus, dann setzte er seinen Sheriffhut auf.

Als er die Wagentür hinter sich zuwarf, das Gartentor öffnete und mit selbstsicherem Gang auf die Veranda zukam, rechnete Tara fast damit, jeden Moment die gitarrenlastige Titelmelodie aus dem Western *Zwei glorreiche Halunken* zu hören.

Aus dem Augenwinkel bemerkte Tara, wie Griffin vor Stolz seine jungenhafte Brust vorschob, womit er zweifellos sagen wollte: *Das da ist mein Dad.*

„Noch ein Cowboy", murmelte Erin fasziniert.

„Und eine Pistole trägt er auch noch", ergänzte Elle im gleichen ehrfürchtigen Tonfall wie ihre Schwester.

Warum Taras Herz für einen Moment zu rasen begann, war ihr ebenso ein Rätsel wie die Tatsache, dass ihr der Atem stockte. Sie hob eine Hand, um ihre Augen vor der Nachmittagssonne abzuschirmen – und auch vor dem strahlenden Lächeln des Sheriffs.

Höflich zupfte Boone kurz an der Krempe seines Cowboyhuts, während Lucy – diese Verräterin! – aufstand und die Verandastufen hinablief, um dem Mann entgegenzukommen. Die Hündin wedelte freudig mit dem Schwanz und bellte nicht einmal. Boone beugte sich vor und streichelte amüsiert Lucys Kopf, dann erfassten seine tiefbraunen Augen das Empfangskomitee, das sich im Schatten des Verandadachs eingefunden hatte.

Es war eine eigenartige Situation, denn für Sekunden schien es so, als wäre das ganze Universum in seiner Bewegung erstarrt, um erst einmal tief durchzuatmen und erst dann wie gewohnt weiterzumachen.

„Hey, Dad", rief Griffin und beendete die gebannte Stille.

„Hey", gab Boone mit rauer Stimme zurück, und obwohl er mit seinem Jungen sprach, war sein Blick weiter auf Tara gerichtet.

Sein Mienenspiel hatte etwas Verwirrtes, vielleicht sogar Beunruhigtes an sich, doch das war so unmöglich, dass Tara sich das nur eingebildet haben konnte.

Oder war ihm etwa auch aufgefallen, wie der Kosmos einen Moment lang die Luft angehalten hatte?

In dieser Sekunde kam Opal zu ihnen auf die Veranda. „Oh! Hat sich etwa jemand wegen Ruhestörung beschwert, Sheriff?", zog sie Boone mit breitem Grinsen auf.

Auf halber Strecke zum Haus blieb Boone stehen, verschränkte die muskulösen Arme und legte den Kopf ein wenig schräg. Ein Grinsen umspielte seine Mundwinkel, während er so tat, als würde er ernsthaft über die Frage nachdenken. „Tja", antwortete er schließlich, ohne den Blick von Tara zu lösen. „Einer von euch ist ganz sicher ein Ruhestörer, aber ich gehe nicht davon aus, dass ich das so bald zur Anzeige bringen werde."

5. KAPITEL

Tara bat Boone, sich zu ihr und den anderen auf der Veranda zu gesellen und ein Glas Limonade zu trinken. Zumindest *glaubte* er das, aber ganz sicher war er sich nicht, da er noch immer wie angewurzelt dastand, seit Taras Anblick ihn völlig fassungslos gemacht hatte. War ihm tatsächlich dieser dämliche Witz über die Lippen gekommen, dass er sie für eine Ruhestörerin hielt?

Seine innere Ruhe störte diese Frau auf jeden Fall, daran gab es keinen Zweifel, doch der Rest der Truppe – von Opal bis zur Hündin – gab keinen Laut von sich.

Nachdem er scheinbar eine halbe Ewigkeit mit sich gerungen hatte, riss Boone sich zusammen und wandte den Blick endlich von Taras Gesicht ab, das inzwischen leicht gerötet war. Zu seinen Söhnen sagte er: „Ich schätze, wir sollten uns auf den Heimweg machen."

„Das Abendessen habe ich in den Kühlschrank gestellt", informierte Opal ihn, während sie ein paar Mal zwischen ihm und Tara hin- und hersah und dann verschmitzt lächelte. „Du musst es nur noch aufwärmen. Die Temperatur habe ich auf die Alufolie geschrieben. Morgen früh komme ich wieder bei euch vorbei. Ungefähr zur selben Uhrzeit wie heute."

Endlich fiel dieser unerklärliche Bann von der Gruppe ab, der sie wie Statuen hatte dastehen lassen, und Griffin und Fletcher kamen auf Boone zu. Griffin schien sich zügeln zu müssen, um nicht zu schnell zu seinem Vater zu laufen, während Fletcher nur mit Mühe einen Fuß vor den anderen setzte. Die Unterlippe hatte er ein wenig vorgeschoben. Der Junge wirkte so klein und zerbrechlich, nur Haut und Knochen und Sommersprossen und ganz viel Trotz.

War es tatsächlich möglich, einen Menschen so sehr zu lieben, wie er seine beiden Kinder liebte?

„Danke fürs Abendessen, und danke auch für dein Angebot, dich morgen wieder um die Jungs zu kümmern, Opal", sagte

Boone angestrengt. Ihm war Taras Anwesenheit derart deutlich bewusst, dass er sich wünschte, er könnte sie irgendwie aus seiner Wahrnehmung ausblenden. „Aber ich habe die Jungs für die Tagesbetreuung im Gemeindezentrum angemeldet, und da werden sie morgen früh erwartet."

Fletcher sah ihn noch wütender und ablehnender an als zuvor. Da braute sich unübersehbar ein Donnerwetter zusammen, das sich in einem Wutanfall entladen würde.

„Tagesbetreuung?", wiederholte Griffin skeptisch. Zwar sah er nicht ganz so finster aus wie sein Bruder, aber seine Ausgelassenheit hatte einen deutlichen Dämpfer erhalten. „Ist das so was wie eine Kindertagesstätte?"

„Die sind was für *Babys*!", grollte Fletcher.

„Für Babys, die *Babysitter* brauchen!", ergänzte Griffin.

Boone verkniff sich einen Seufzer und schob seinen Hut zurecht. Es war egal, was er sagte, und seine Absichten konnten noch so gut sein – letztlich war alles verkehrt, was er tat. „Wir können später darüber reden", erwiderte er betont ruhig und gelassen. „Zu Hause. Jetzt steigt ihr erst mal ein, okay?"

„Das ist gegen das Gesetz", verkündete Griffin und zeigte auf den Wagen. „Ich und Fletcher brauchen Kindersitze."

Verdammt, dachte Boone. Musste denn *jede* Unterhaltung in einem verbalen Tauziehen enden? Er war so viele Widerworte einfach nicht gewöhnt. Im Büro war er der Boss und hatte das Sagen, und zu Hause gab es auch niemanden, der anderer Meinung sein konnte als er. Jedenfalls war das bisher so gewesen.

„Ich bringe die Jungs gleich rüber, und dann tauschen wir als Erstes die Kindersitze aus", schlug Opal vor, die sich nichts anmerken ließ, obwohl die Atmosphäre hochexplosiv war. „Und bis dahin wird dir ein Glas Limonade guttun, Boone Taylor. Und ein Plätzchen im Schatten haben wir auch noch für dich frei, damit du dich ein bisschen abkühlen kannst."

Boone lehnte nicht sofort ab, da er wusste, dass man schon Gott und die Welt in Bewegung versetzen musste, wenn man Opal von ihrer Meinung abbringen wollte. Aber er ging auch nicht auf die Einladung ein, da ihm nur allzu bewusst war, welchen Hintergedanken diese Frau hegte. Vielmehr war es jetzt wichtig, dass er auf Abstand zu Tara Kendall ging, um sich über seine Haltung ihr gegenüber Gedanken zu machen. Die ganze Zeit über hatte er sie stets in einem ganz bestimmten Licht gesehen, und nun war auf einmal alles ganz anders. Das war verwirrend, um es einmal harmlos auszudrücken. „Dann sehen wir uns gleich bei mir“, sagte er zu Opal und wollte sich wegdrehen.

„Warten Sie!“, rief in dem Moment eine junge Stimme.

Er sah über die Schulter. Eines der Mädchen – die beiden mussten Zwillinge sein – kam die Stufen zur Veranda heruntergelaufen.

„Sie sind doch ein Cowboy, richtig?“, fragte die Kleine, die schmal war und ungelenk dastand in ihrem pinkfarbenen Kleid, mit einer Nickelbrille auf der Nase, für die sie noch viel zu jung war. Sie musterte ihn von Kopf bis Fuß. „Jedenfalls sehen Sie wie einer aus.“

Ein wenig verwirrt über diese Feststellung wartete Boone ab. In Parable und Umgebung war praktisch *jeder* Mann ein Cowboy.

Die kleine Blonde schenkte ihm ein strahlendes Lächeln. „Unser Gepäck ist noch in Taras Wagen“, sagte sie nach einer kurzen Pause. „Das sind wirklich sehr schwere Koffer.“

„Erin …“, begann Tara, aber weiter kam sie nicht, da ihre Stimme versagte und sie in sich zusammenzufallen schien wie ein Luftballon, den man aufgeblasen, aber nicht zugeknotet hatte.

„Dann sollte ich diese Koffer wohl besser ins Haus bringen, wenn ich schon mal hier bin“, hörte er sich zu seinem eigenen Erstaunen sagen. Obwohl er kein Pferd besaß und seit Jahren nicht mehr bei einem Rodeo mitgemacht hatte, war Boone dennoch durch und durch ein Cowboy. Ehe er wusste, wie ihm geschah, holte er die Koffer aus dem SUV, trug sie ins Haus und brachte sie in den ersten Stock in das kleine Schlafzimmer, in das

Erin ihn führte. Dabei ärgerte er sich über sich selbst, weil er sich unwillkürlich fragte, wo denn wohl Tara schlief. Er musste zweimal gehen, bis alle Koffer oben waren, dabei glühten seine Ohren – nicht etwa vor Anstrengung, sondern weil er ein Publikum hatte, was er nicht gewöhnt war. Die Veranda-Gruppe hatte sich aufgelöst und in der beengten Diele neu formiert, um ihn beobachten zu können, als hätte keine von ihnen je einen Mann gesehen, der ein paar Koffer eine Treppe hinauftrug.

„Danke, Mister …“, sagte das Mädchen mit der Brille, als er zum zweiten Mal nach unten kam.

„… Taylor“, warf Opal ein und schnaubte entrüstet. „Wo sind denn bloß meine Manieren geblieben? Erin, das ist Sheriff Boone Taylor. Boone, das sind Erin und ihre Schwester Elle, sie sind aus New York zu Besuch hier.“

Boone nickte und zog wieder an der Hutkrempe, wobei ihm zu seinem Ärger einfiel, dass es um seine Manieren offenbar nicht besser bestellt war. Immerhin hatte er vergessen, seinen Hut abzunehmen, als er ins Haus gegangen war. Seine Mutter musste sich im Grab umgedreht haben.

„Haben Sie Pferde?“, fragte Erin hoffnungsvoll.

Er wagte es nicht, noch einmal Tara anzusehen, weil er genau wusste, dass er sich dann wieder fühlen würde wie vom Blitz getroffen. Aber ihm war auch so klar, dass sie sich ganz in seiner Nähe aufhielt, weil ein beharrliches Kribbeln über seinen ganzen Körper lief.

„Nein, tut mir leid“, antwortete er. „Keine Pferde.“

Erin verzog enttäuscht die Mundwinkel, und Boone traute sich gar nicht erst, nach seinen Jungs zu sehen.

Nach seinem unerwarteten Einsatz als Page suchte er das Weite. Er verließ das Haus und fühlte sich in etwa so gedemütigt wie ein Straßenkater, der einen Kampf um sein Revier verloren hatte. Er ging die Verandastufen hinunter, durchquerte den Vorgarten und stieg diesmal über den niedrigen Gartenzaun, anstatt sich die Mühe zu machen, das Gartentor zu öffnen. Der Weg zu seinem Wagen führte mitten durch ein Meer aus aufgeregten

Hühnern, die gackernd Platz machten, sobald er ihnen zu nah kam.

Sein Nacken glühte, als er beim Einsteigen in seinen Streifenwagen der Gruppe lässig zuwinkte, die sich wieder auf der Veranda eingefunden hatte und jeden seiner Schritte genau zu beobachten schien. Fast kam er sich vor wie irgendein Filmstar, der sich verfahren hatte und von einem Haufen Dorfbewohner ungläubig angestarrt wurde.

Völlig durcheinander fuhr er das kurze Stück bis nach Hause, stellte den Wagen in dem überwucherten Garten ab und kehrte in seinen Trailer zurück. Die Haustür war noch nicht hinter ihm zugefallen, da warf er bereits den Hut in eine Ecke und eilte in die Küche. Er drehte den Wasserhahn der Spüle auf und spritzte sich kaltes Wasser ins Gesicht und an den Hals, bis seine Haut einigermaßen abgekühlt war. Dass sein Hemd dabei klatschnass wurde, kümmerte ihn in diesem Augenblick nicht.

Was zum Teufel war nur los mit ihm? Die ganze Zeit über war er in der Lage gewesen, Seite an Seite mit Tara Kendall zu leben und die Frau zu ertragen, auch wenn er sich manchmal über ihre spitzen Bemerkungen ärgerte. Aber jetzt hatte sie ihn aus einem unerfindlichen Grund völlig aus der Bahn geworfen.

Als Opal eine Viertelstunde später vorfuhr, um die Jungs bei ihm abzuliefern, hatte er sich wieder ein wenig beruhigt. Die Dienstwaffe hatte er weggeschlossen, die Dienstmarke lag auf einer Kommode, und er trug ein frisches T-Shirt. Dennoch fühlte er sich nach wie vor rastlos und irgendwie … *gestrandet* – so wie ein Hund, den man auf dem Mittelstreifen einer zwölfspurigen Autobahn angebunden hatte.

Opal brachte Griffin und Fletcher in seinen Trailer, die beiden verschwanden sofort ins Wohnzimmer und stellten den bislang nur selten genutzten Fernseher an. Sie sah den Jungs kopfschüttelnd nach. Gleich darauf stutzte sie, weil Boone ihr ein paar Geldscheine hinhielt, die er ihr geben wollte, da sie den ganzen Tag auf seine Kinder aufgepasst und nebenbei auch noch für ihn gekocht und geputzt hatte. „Das war ein *Freundschaftsdienst*,

Boone Taylor", sagte sie und stemmte entrüstet die Hände in die Hüften.

„Ich weiß", erwiderte er und hielt ihr weiter die Zwanziger hin. „Und genau darum soll es nicht so aussehen, als wollte ich das ausnutzen."

Opal presste die Lippen zusammen und sah ihn so aufgebracht an, als hätte er vorgeschlagen, den Messwein durch selbst gebrauten Whiskey zu ersetzen. „Ich verstehe einfach nicht, Boone Taylor, warum du eine freundliche Geste nicht akzeptieren kannst, die von jemandem kommt, der um dein Wohl besorgt ist."

„Dann steck die Scheine in den Klingelbeutel", beharrte er und schob das Geld zwischen die Finger ihrer geballten Faust. „Oder spende es irgendeinem anderen guten Zweck."

Eine Weile stand Opal unschlüssig da, bis sie endlich einlenkte. „Das könnte ich natürlich machen. Die Mittel für Auslandsmissionen sind in der letzten Zeit doch ein bisschen zusammengeschrumpft. Du weißt schon, die Wirtschaftslage."

Insgeheim atmete Boone erleichtert auf, doch es blieb ein Rest von Unbehagen. Opals vorhergegangene Bemerkung hatte ihn bis ins Mark getroffen, denn es fiel ihm tatsächlich schwer, von seinen engsten Freunden oder auch von Molly und Bob Hilfe anzunehmen. „Eine gute Idee", sagte er beiläufig, damit sie ihm nicht anmerkte, was ihm in Wahrheit durch den Kopf ging – auch wenn er selbst gar nicht erklären konnte, was das eigentlich war.

Misstrauisch sah Opal ihn mit zusammengekniffenen Augen an, dann machte sie die überdimensionale Handtasche auf und ließ die Scheine darin verschwinden. „Und du bist dir ganz sicher, dass ich nicht noch ein paar Tage auf Griffin und Fletcher aufpassen soll? Mir würde es nichts ausmachen. Mit den beiden ist es ein wahres Vergnügen, weißt du?"

Oh, ja, dachte Boone und erinnerte sich an Fletchers finstere Miene. *Ein wahres Vergnügen.*

„Davon bin ich überzeugt", sagte er etwas zu nachdrücklich. So wie jeder in Parable ließ auch er nichts auf Opal kommen, daher fügte er etwas sanfter hinzu: „In der Tagesbetreuung sind sie gut aufgehoben, und vielleicht lernen sie nebenbei auch noch das eine oder andere."

„Na, ich weiß nicht." Opal war noch nicht überzeugt. „Das Gemeindezentrum bietet zwar ein gutes Programm an, aber ich glaube, die meisten Kinder sind jünger als deine beiden."

Er musste an Fletchers wütenden Ausspruch denken: „Kindertagesstätten sind was für Babys!"

„Ein Versuch kann nicht schaden", sagte Boone abschließend.

Kopfschüttelnd wandte Opal sich von ihm ab und ging zur Wohnzimmertür, wo sie kurz stehen blieb, um sich von den Jungs zu verabschieden. Die beiden bedankten sich höflich bei ihr, dass sie den Tag über auf sie aufgepasst hatte, was Boones Glaube an die Jugend dieses Lands ein wenig Auftrieb gab.

In seinem Job war dieser Glaube einem ständigen Auf und Ab unterlegen. Die meisten Kinder und Jugendlichen in Parable hatten kein Problem damit, das zu tun, was man ihnen sagte, aber kurz vor Feierabend war er mit einem halben Dutzend Teenager aneinandergeraten, die allen Verboten zum Trotz auf den baufälligen Wasserturm am Stadtrand geklettert waren. Nicht einer von ihnen hatte in irgendeiner Weise verstanden, dass er sie hatte auffordern müssen, den Turm umgehend zu verlassen.

Boone folgte Opal nach draußen, damit sie die Kindersitze aus ihrem Kombi ausbauen konnten. Er stellte sie auf der Veranda ab, die so einen hochtrabenden Namen kaum verdient hatte, und nahm sich vor, die Sitze später im Streifenwagen zu montieren. Als Opal wegfuhr, winkte er ihr nach.

Als er in den Trailer zurückkehrte, wartete Fletcher auf ihn. Die dürren Arme hatte er vor der Brust verschränkt. So stand er breitbeinig da und schob das Kinn ein wenig vor. „Im Fernsehen läuft nichts", verkündete er vorwurfsvoll, als wäre Boone persönlich für alle Fernsehprogramme verantwortlich.

„Das Leben ist manchmal sehr ungerecht", gab er seufzend zurück.

Fletcher rührte sich nicht von der Stelle. „Schickst du uns in eine Kindertagesstätte?“, fragte er und erinnerte Boone in diesem Moment weniger an Corrie, sondern vielmehr an sich selbst. Vor allem an die Zeit, als seine Klassenkameraden im Jahrbuch der Highschool unter seinem Foto den erfundenen Titel „Sturster Kerl der Welt“ notiert hatten. „Eine Kindertagesstätte …“

„… ist nicht nur für Babys“, unterbrach er seinen Sohn und nahm die gleiche Körperhaltung wie Fletcher ein. Als er weiterredete, bemühte er sich jedoch um einen versöhnlichen Tonfall: „Ihr beide müsst irgendwo unterkommen, Kumpel. Ich kann dich und deinen Bruder nicht zur Arbeit mitnehmen, jedenfalls nicht immer. Und hier könnt ihr auch nicht allein bleiben.“

„Tante Molly hat uns nie in eine Kindertagesstätte geschickt“, konterte Fletcher. „Nie!“

Boone wollte sich nicht einfach über die Meinung seines Sohnes hinwegsetzen, aber er durfte auch nicht den Eindruck erwecken, dass er alles mit sich machen ließ. Wenn er bei dieser harmlosen Angelegenheit nachgab, würde er das sehr schnell bereuen. „Weißt du, was die Worte ‚nicht verhandelbar‘ bedeuten?“, fragte er.

„Nein“, antwortete Fletcher, nachdem er tatsächlich erst seinen Verstand angestrengt hatte, ob er nicht vielleicht doch eine Erklärung fand.

Griffin kam in die Küche und blieb hinter seinem Bruder stehen. „Das heißt, dass eine Vorschrift eine Vorschrift ist, Dumpfbacke“, erklärte er Fletcher. „Dad macht die Vorschriften, und wir müssen das tun, was er sagt, weil er ein Erwachsener ist und wir Kinder sind.“

Es beeindruckte Boone, dass sein älterer Sohn offenbar mit den Besonderheiten der elterlichen Autorität vertraut war. „Bezeichne deinen Bruder nicht als ‚Dumpfbacke‘, okay?“, ermahnte er Griffin und wandte sich dann wieder Fletcher zu. „Ansonsten hat Griff völlig recht. Einer muss bei dieser Truppe das Sagen haben, und dieser eine bin ich.“

„Genau“, stimmte Griffin ihm zu.

Fletcher blieb skeptisch, aber wenigstens widersprach er ihm nicht weiter. „Die haben einen Hund", wechselte er abrupt das Thema. „Die Mädchen bei Ms Kendall und den Hühnern. Können wir auch einen Hund kriegen?"

Diese Bitte konnte Boone erfüllen, und fast hätte er sofort zugestimmt, weil er sich wünschte, dass sich das Verhältnis zwischen ihm und seinen Kindern besserte. Aber in letzter Sekunde meldete sich sein gesunder Menschenverstand zu Wort und ließ ihn zögern. Er handelte immer mit Bedacht, er entschied nie etwas von einer Sekunde zur nächsten, es sei denn, jemand zielte mit einer todbringenden Waffe auf ihn.

„Wir werden zusammen darüber nachdenken", versprach er seinen Söhnen, dann ging er zum Kühlschrank, während er seine Schultern kreisen ließ, um sie von der Anspannung zu befreien, die sich dort festgesetzt hatte. Diese Anspannung hatte aber vermutlich weniger damit zu tun, dass er seinen Söhnen Grenzen aufzeigen musste. Der eigentliche Grund war wohl eher seine Nachbarin Tara Kendall. „Mal sehen, was Opal Feines für uns vorbereitet hat", sagte er und öffnete die Kühlschranktür.

„Sie hat einen mexikanischen Fleischbällchenauflauf gemacht", erklärte Griffin ihm.

Boone zog eine abgedeckte Auflaufform nach vorn – Opal musste sie mitgebracht haben, weil er so etwas gar nicht besaß – und schlug die Folie um. Ein Lächeln huschte über seine Lippen, als er Tomatensoße und geriebenen Käse entdeckte. Die Aussicht auf ein Essen, das von einer Frau zubereitet worden war, ließ ihm das Wasser im Mund zusammenlaufen. „Jawohl", bestätigte er. „Was auch immer das sein mag."

„Ich weiß nicht, ob ich so was mag", ließ Fletcher ihn wissen. Falls der Junge vorhatte, sich bei der Wahl zum starrsinnigsten Kind des Jahres zu bewerben, konnten alle anderen Kandidaten einpacken.

„Zu dumm", erwiderte Boone entschieden, aber freundlich. „Das kommt heute Abend auf den Tisch. Entweder du isst etwas davon, oder du lässt es bleiben." Er ging mit der Form zum Herd und sah, dass Opal tatsächlich die Zubereitungshinweise mit einem dicken Stift auf die Folie geschrieben hatte. Er stellte den Backofen auf die vorgegebene Temperatur ein, nahm drei Teller aus dem Schrank und verteilte sie auf dem Tisch.

Keine zwei Teller passten zusammen, aber dank Opal waren sie zumindest sauber.

„In einer halben Stunde gibt's Essen", sagte er zu den Jungs und fühlte sich in diesem Moment ein wenig wie ein Hausmann. „Unterhaltet euch, setzt euch vor den Fernseher, hängt euch an die Deckenlampen – beschäftigt euch halt irgendwie."

Fletcher machte einen missmutigen Eindruck, weil seinem Argument der Boden unter den Füßen weggezogen worden war, noch bevor er in Fahrt hatte kommen können. Trotzdem folgte er seinem Bruder zurück ins Wohnzimmer, wo die typische Musik eines Zeichentrickfilms aus dem Fernseher dröhnte. Den Klängen nach musste es sich um irgendeine Verfolgungsjagd handeln.

Boones Handy klingelte kurz und meldete den Eingang einer SMS. Er nahm es vom Küchentisch und las die Nachricht von Molly.

Wie geht's? hatte sie geschrieben.

Er lächelte flüchtig und tippte seine Antwort ein. *Es geht. Die Jungs sind okay. Wie sieht's bei dir aus?*

Bob hat die OP gut überstanden, erwiderte Molly, wie üblich fast augenblicklich. *Tut mir leid, dass ich mich nicht eher gemeldet habe. Aber den ganzen Tag über hatte ich eine Sache nach der anderen um die Ohren.* Es folgte ein Smiley. *Munter mich mal irgendwie auf.*

Nachdem er kurz nachgedacht hatte, schrieb er: *Die Jungs wollen einen Hund. Muntert dich das auf?*

Ein Hund wäre genau das Richtige für sie, antwortete sie und hängte diesmal eine ganze Reihe von Smileys an. *Wirst du einen für sie anschaffen?*

Vermutlich, schrieb er, nachdem er zweimal neu hatte anfangen müssen, da ihm immer wieder falsche Buchstaben in das eine

Wort geraten waren. Er war nicht ganz so fix wie seine Schwester, wenn es darum ging, auf der winzigen Tastatur etwas zu tippen. Obwohl ... auf einer normalen Computertastatur war er auch nicht viel schneller. Ganz im Gegensatz zu Molly, die jeden Punkt und jedes Komma richtig setzte und nie eine Leertaste vergaß. *Griff lebt sich ein, aber Fletcher droht mir immer noch, dass er per Anhalter nach Missoula entkommen will. Ein Hund könnte alles nur noch komplizierter machen.*

Oh, Herr, bitte nicht, scherzte Molly. *Boone, das ganze LEBEN ist kompliziert.* Boone wartete mit seiner Antwort, weil er das Gefühl hatte, dass seine Schwester noch nicht fertig war. Tatsächlich ging gleich darauf die nächste SMS ein. Eine Therapie wäre vielleicht nicht verkehrt, schlug sie nicht zum ersten Mal vor. *Das ist für jeden von euch eine tief greifende Veränderung.*

Vielleicht. Nach Corries Tod war er zu einem Therapeuten gegangen, aber geholfen hatte es ihm nicht. *Ich überlege es mir.*

Bob hat starke Schmerzen, ließ sie ihn wissen.

Ihre Worte machten ihn traurig. *Das kann ich mir vorstellen, Schwesterherz. Tut mir leid. Mach dir keine Sorgen um uns, wir kommen schon klar.*

Die Antwort bestand aus einem Smiley, gefolgt von den Worten: *Ich gebe mir alle Mühe, mich nicht über Kleinkram aufzuregen, Cowboy. Aber ich bin nun mal eine Mom, und Moms sind auf solche Dinge fixiert und davon besessen. Das gehört halt dazu.*

Er lächelte. *Ich hab dich lieb, beste Schwester auf der Welt.*

Ebenso, Brüderchen. Halt mich auf dem Laufenden, okay?

Boones Kehle fühlte sich wie zugeschnürt an. Molly fehlte eindeutig nicht nur Griffin und Fletcher, sondern ihm ebenfalls. *Werde ich machen. Du auch, okay?*

Damit war die Unterhaltung beendet, und Boone ließ die Schultern ein wenig sinken, als er das Handy weglegte und zum Kühlschrank ging, um die Milch herauszuholen. Er schenkte jedem der Jungs ein Glas ein und legte das Besteck auf den Tisch.

Was das Thema „Therapie“ anging, war Molly nicht die Erste, die ihm das vorschlug. Sie glaubte fest daran, dass man alle Probleme offen aussprechen und ausdiskutieren musste, deshalb war sie mit den Jungs regelmäßig zu einem Kinderpsychologen gegangen, solange sie bei ihr gelebt hatten. Boone war damit einverstanden gewesen, immerhin waren die beiden sehr jung gewesen, als sie ihre Mutter verloren hatten. Und dann waren sie auch noch aus ihrer gewohnten Umgebung gerissen worden, als Boone die beiden zu Molly und Bob gebracht hatte. Das hatte er zwar nur gemacht, weil die Jungs bei ihnen besser aufgehoben waren als bei ihm, dennoch war ihm klar, dass so ein radikaler Schnitt seine Spuren hinterlassen würde.

Er selbst war nach Corries Tod am Boden zerstört gewesen, und ohne Slade, Hutch und einige andere enge Freunde hätte er das Wechselbad aus Trauer, Wut und einem Dutzend anderer Gefühle womöglich nicht durchgestanden.

Aber er hätte es nicht fertiggebracht, sich einem Therapeuten, also einem wildfremden Menschen, anzuvertrauen und zuzulassen, dass dieser in den persönlichsten Regionen seiner Psyche herumstocherte. Stattdessen hatte er die Zähne zusammengebissen, nach Dienstschluss zu viel Alkohol getrunken und das Grundstück verkommen lassen, für das er und Corrie so großartige Pläne geschmiedet hatten. Anstatt sein Leben zu leben, hatte er sich einfach von einem Tag zum nächsten gehangelt.

Irgendwann hatte Boone genug von seiner eigenen deprimierenden Gesellschaft, und er begann, sich zumindest in einigen Punkten zusammenzureißen. So begnügte er sich mit Bier, und das trank er auch nur, wenn er sich mit Freunden traf, während er auf Whiskey völlig verzichtete. Als Deputy von Slade Barlow und auch danach als Sheriff hatte er mit vielen aggressiven Trinkern zu tun gehabt und wusste, dass es ein gefährlicher Irrweg war zu glauben, man könnte seine Sorgen dauerhaft mit Alkohol ertränken.

Plötzlich schrillte der Timer am Backofen und riss ihn aus seinen düsteren Gedanken. Opals köstlicher Auflauf wartete darauf, aus dem Ofen geholt zu werden.

„Essen ist fertig!", rief Boone und durchwühlte drei Schubladen, ehe er die Topflappen fand. Der Fernseher im Wohnzimmer dröhnte noch immer so laut wie die Hupe eines riesigen Trucks.

Zum Glück kehrte im nächsten Moment Ruhe ein, bevor er die Jungs noch mal rufen musste. Der Fernseher lief ohnehin nur, wenn Griffin und Fletcher bei ihm zu Besuch waren. Wichtige Fußballspiele sah er sich lieber auf dem großen Bildschirm in der Boot Scoot Tavern an, und alle wichtigen Neuigkeiten erfuhr er aus dem Internet oder aus dem Radio in seinem Streifenwagen. Aber für den Augenblick musste er es sich gut überlegen, bei welchen Themen er seinen Söhnen Vorschriften machte und wo er vorläufig ein Auge zudrückte. Eine Diskussion darüber, wie viel Fernsehen für sie gut war, musste er momentan wirklich nicht führen – da gab es Wichtigeres.

Die Jungs gingen ohne Protest ins Badezimmer, um sich die Hände zu waschen, dann kamen sie zu ihm in die Küche und setzten sich an den Tisch. Boone nahm ebenfalls Platz und schaufelte eine Portion von Opals wohlriechender Delikatesse auf Fletchers Teller, dann stellte er dem Jungen den Teller hin. Aus dem Augenwinkel sah er, wie Griffin nach dem Servierlöffel griff, um so zu demonstrieren, dass er schon alt genug war, um sich selbst zu bedienen.

„Tante Molly betet immer, bevor wir essen", sagte Griffin einen Augenblick später, als Boone seine Gabel in die Hand genommen hatte, um sie in den Auflauf zu senken. Er war so sehr an seine eigenen jämmerlichen Kochkünste und daran gewöhnt, irgendein Gericht aus dem Butter Biscuit Café mitzunehmen, das meistens schon kalt war, wenn er zu Hause ankam, dass es für ihn so gut wie kein Halten mehr gab, wenn etwas von Opal Zubereitetes auf dem Tisch stand.

Ein wenig verlegen hielt er in seiner Bewegung inne und sagte: „Okay." Dann wartete er.

Die Jungs warteten ebenfalls und sahen ihn an.

„Wenn ihr beten wollt, dann betet", forderte er sie auf.

„Du musst das machen", erwiderte Griffin. „Du bist der Erwachsene."

Boone zögerte, räusperte sich, schloss die Augen und improvisierte: „Lieber Gott, wir danken dir für dieses leckere Essen und für alle unsere Freunde und dafür, dass wir heute zusammensitzen dürfen." Es folgte Schweigen, schließlich schickte er ein schroffes „Amen" hinterher.

„Amen", wiederholten die Kinder gleichzeitig.

Als Corrie noch gelebt hatte, hatte sie darauf bestanden, vor jeder Mahlzeit ein schlichtes Gebet zu sprechen. Allerdings hatte sie das fast immer selbst übernommen und ihn nur hin und wieder dazu aufgefordert, etwa zu Thanksgiving oder Weihnachten.

Sonntags waren sie meistens in die Kirche gegangen, und Corrie hatte beide Kinder taufen lassen, als sie sechs Wochen alt waren.

Aber seit Corrie gestorben war, hatte Boone kein Wort mehr mit Gott geredet, weder im Guten noch im Bösen. Er war nie ein frommer Mann gewesen, während andere Menschen in ihrem Glauben offenbar Trost und Zuspruch fanden – wie es bei Opal der Fall war. Doch das war deren Sache, in die er sich nicht einmischen wollte. Allerdings kam es ihm jetzt so vor, als ob er wieder in eine Ecke gedrängt wurde – diesmal in eine spirituelle Ecke.

„Ich nehme an, Tante Molly und Onkel Bob sind mit euch ziemlich oft in die Sonntagsschule gegangen", sagte er zu den beiden, da er sich erinnerte, dass sie vor dem Zubettgehen auch gebetet hatten.

Griffin und Fletcher nickten gleichzeitig und sahen etwas beunruhigt aus, während sie in ihrem Essen herumstocherten.

„Fast jede Woche", sagte Griffin, dessen Unterlippe ganz leicht bebte. „Mit der ganzen Familie."

Fletchers Miene hellte sich etwas auf. „Und wenn wir dann

nach Hause gekommen sind, hat Onkel Bob immer Pfannkuchen gebacken", ergänzte er. „Manchmal auch Waffeln."

Als Boone das hörte, wurde ihm abwechselnd heiß und kalt. Zwar war er Bob und Molly für alles dankbar, was sie für die Jungs getan hatten, doch es schien, als hätten sie die Messlatte so hoch angelegt, dass er Mühe haben würde, mit ihnen mitzuhalten. Pfannkuchen und Waffeln, Sonntagsschule, Gebete vor dem Essen und vor dem Zubettgehen. Wie sollte er sich um all diese Dinge kümmern?

Ganz bestimmt hatte Molly ihm das auch alles erzählt, schließlich hielt sie ihn ständig auf dem Laufenden, was seine Jungs anging, und fast jeden Tag hatte sie ihm von ihrem Smartphone aus Fotos geschickt. Das Peinliche daran war nur, dass er sich die Bilder zwar eingeprägt, aber nicht immer so aufmerksam zugehört hatte, wie es wohl nötig gewesen wäre. Nicht, dass es ihn nicht gekümmert hatte – jeder Moskitostich, jeder Albtraum, jeder wackelnde Milchzahn war ihm wichtig gewesen –, doch manchmal stürzten einfach zu viele Gefühle auf ihn ein, weshalb er abschalten musste.

Aber wenn Kirchgänge und Pfannkuchen zur Routine seiner Söhne gehörten, dann würde er versuchen, diese Tradition so gut zu ehren, wie es ihm möglich war. Ehe er ihnen das jedoch sagen konnte, klingelte sein Handy.

Boone lehnte sich nach hinten, bis er mit dem Stuhl nur noch auf den beiden hinteren Beinen balancierte, und zog das Handy vom Tresen, wo er es zum Aufladen hingelegt hatte.

„Ich muss da leider rangehen", erklärte er den Jungs, als er die Nummer auf dem Display sah. Deputy Treat McQuillan.

Nicht gerade sein Lieblingskollege, aber er hatte heute Nacht Bereitschaft, also musste er das Gespräch auch annehmen. „Boone Taylor", meldete er sich so wie immer, wenn es ein dienstlicher Anruf war.

„'n Abend, Boone", begrüßte ihn Treat gemächlich und ein wenig schmierig. „Tut mir leid, wenn ich störe, aber wir haben ein Problem."

„Was für ein Problem?“, fragte er irritiert. Sein Instinkt erwachte bei diesen Worten, und er versuchte gar nicht erst, seine Ungeduld zu überspielen. Neben einigen anderen Fehlern hatte McQuillan auch einen ausgeprägten Hang zum Dramatischen. Es gefiel ihm nicht nur, schlechte Neuigkeiten zu überbringen, er spannte sein Gegenüber damit auch gern auf die Folter.

„Zeb Winchells Tochter hat vor zwanzig Minuten im Büro angerufen. Sie ist drüben in Great Falls und hat gesagt, dass sie ihren alten Herrn den ganzen Tag über telefonisch nicht erreichen konnte. Deshalb hat sie mich gebeten, bei ihm vorbeizufahren und nach dem Rechten zu sehen“, erzählte er in aller Gemütsruhe. „Das hab ich dann auch gemacht.“

„McQuillan“, ermahnte Boone ihn.

„Als ich ankam, lag Zeb mitten in der Küche auf dem Fußboden“, fuhr er in einem so lässigen Tonfall fort, als würde er erzählen, wen er bei der letzten Verkehrskontrolle überprüft hatte. „Da war er schon eine Weile tot. Vermutlich Herzinfarkt.“

Boone kniff die Augen zu und fluchte lautlos. Zeb Winchell war ein mürrischer alter Kerl gewesen, ein Spitzenkandidat für eine von diesen Reality-Serien über Messies. Trotzdem war er ein Mensch gewesen, eine Person mit einem Leben und einer eigenen Geschichte. Er hatte seinen Hund geliebt und seinen Gemüsegarten gepflegt, und soweit Boone wusste, war er nie mit irgendjemandem aneinandergeraten.

„Hast du den Rechtsmediziner angefordert?“, fragte er. Doc Halpern, ein pensionierter Allgemeinmediziner, arbeitete nach wie vor für die Polizei.

„Ja, aber der ist im Moment in Three Trees bei irgendeiner Familienfeier, und er kann erst in frühestens einer Stunde herkommen“, erwiderte McQuillan. „Du solltest dich besser auf den Weg in die Stadt machen, Sheriff.“ Das letzte Wort betonte er ein wenig, wohl weil es ihn immer noch ärgerte, dass er letzten November die Wahl verloren hatte.

„Ich komme rüber, so schnell ich kann“, versprach Boone ihm

und sah seine Söhne an, die ihm am Tisch gegenübersaßen. In Gedanken ging er die wenigen Möglichkeiten durch, die ihm offen standen. Er konnte die zwei nicht dorthin mitnehmen, wo ein Toter in der Küche lag, und er wollte nicht Opal behelligen, nachdem sie schon den ganzen Tag auf die Kinder aufgepasst hatte. Kendra hätte sicher geholfen, aber sie war schwanger. Und Slades Frau Joslyn musste selbst auf ihr Baby aufpassen.

Damit blieb nur … seine Nachbarin. Tara Kendall.

Er wies McQuillan an, keinen von Zebs Nachbarn ins Haus zu lassen, und beendete das Telefonat. Dann erklärte er seinen Söhnen in aller Ruhe, dass er noch mal nach Parable fahren musste. Anschließend widmete er sich der Liste seiner nächsten Nachbarn, die er für Notfälle wie Brände oder Überschwemmungen an die Innenseite der Küchenschranktür geklebt hatte. Taras Nummer hatte er nie gespeichert, weil es bislang keinen Grund gegeben hatte, sie anzurufen, aber ihr Name war am unteren Blattrand vermerkt, seitdem sie sich das erste Mal bei ihm gemeldet und ihn gefragt hatte, wann er denn auf seinem Grundstück Ordnung schaffen werde.

Nachdem er sich von seinem Stolz verabschiedet hatte, wählte er ihre Nummer.

„Hallo?", meldete sie sich nach dem dritten Klingeln.

„Ich habe ein Problem", sagte er ohne Umschweife, erklärte ihr, dass er dienstlich noch einmal wegmüsse, und bat sie, auf seine Söhne aufzupassen, bis er wieder zurück war.

„Ja, natürlich", versicherte sie ihm knapp. Auch wenn sie mit ihm rein gar nichts anzufangen wusste, konnte sie seine Kinder umso besser leiden, weshalb sie wohl auch bereit war, Nachbarschaftshilfe zu leisten.

Gott sei Dank!

In aller Eile befestigte er die Kindersitze auf der Rückbank seines Streifenwagens, setzte die Jungs hinein und fuhr über holprige Feldwege zu Tara. Wenigstens hatte sie die Hühner für die Nacht in den Stall geschickt, sodass ihn diesmal kein gackerndes Empfangskomitee willkommen hieß.

Tara kam aus dem Haus, sie trug noch dasselbe Sommerkleid wie am Nachmittag, der junge Golden Retriever lief neben ihr her. Sie half den Jungs beim Aussteigen und schickte sie rüber zum Haus, wo die Zwillinge in Schlafanzughosen und T-Shirt in der Tür standen und das Geschehen beobachteten.

Hastig bedankte er sich bei ihr und stieg ein, konnte aber nicht zurücksetzen, da Tara so dicht neben dem Wagen stand, dass er ihr über die Füße hätte fahren müssen.

„Was ist denn passiert?", fragte sie.

Es gab für Boone keinen Grund, die Antwort darauf schönzufärben. „Ein Toter wurde entdeckt."

Sie legte eine Hand an ihren Hals und sah Boone erschrocken an. „Oh nein. Wie ist das ...?"

„Ich weiß noch nichts Genaues", sagte er. „Aber ich tippe auf eine natürliche Todesursache."

Daraufhin trat Tara einige Schritte nach hinten, nahm die Hand runter und nickte ihm zum Abschied zu.

Boone erwiderte die Geste und fuhr los.

Die Sirene schaltete er nicht ein, weil es dafür keinen Grund gab, denn der alte Zeb war bereits tot. Allerdings legte er den Schalter für das Blaulicht um und gab Gas, um Parable so schnell wie möglich zu erreichen.

Jede nackte Glühbirne in Zebs Haus brannte, als Boone seinen Wagen hinter dem von Deputy McQuillan abstellte. Die Nachbarn standen am Maschendrahtzaun und beobachteten das Haus. Im Vorbeigehen grüßte Boone sie mit einem knappen Nicken, dann betrat er die Veranda und ging durch die offen stehende Tür ins Haus.

Der markante Geruch des Todes schlug ihm entgegen, als er die Türschwelle überschritt. Dort folgte er einem schmalen Pfad, der sich zwischen Stapeln aus alten Magazinen, Kisten und Kartons und allem möglichen anderen Kram hindurchschlängelte, dann hatte er die rückwärtige Seite des Hauses erreicht.

McQuillan stand gegen einen Tresen gelehnt, darauf türmten sich Werbeprospekte, benutzte Pappteller und anderer Unrat.

Der Deputy hielt sein Smartphone in der Hand und blätterte in irgendwelchen Listen.

Zebs spindeldürrer Leichnam lag auf dem schmutzigen Boden, das Gesicht nach unten, die Hände über den Kopf gestreckt, so als hätte er in letzter Sekunde noch versucht, sich irgendwo festzuhalten und den Sturz zu verhindern. Aber vielleicht hatte er sich so auch nur in sein Schicksal ergeben wollen.

Die Einsamkeit dieses hilflosen alten Mannes stimmte Boone traurig.

Er hatte schon einige Tote zu Gesicht bekommen, auch wenn sich in Parable County keine nennenswerten Gewaltverbrechen ereigneten. Aber die Menschen starben an Altersschwäche, so wie Zeb wohl auch, und hin und wieder gab es einen Zwischenfall auf einer Farm oder einen Verkehrsunfall. Doch an den Tod gewöhnen konnte er sich einfach nicht.

In diesem Fall war die Szene allerdings noch eindringlicher, da neben dem toten Zeb ein kleiner zitternder Hund saß, der die Ohren hoffnungsvoll gespitzt hatte und Wache hielt.

Boone hockte sich hin und fühlte am Hals des Mannes nach dem Puls, auch wenn er wusste, dass er ihn nicht finden würde. „Bring dem Hund Wasser", forderte er McQuillan schroff auf.

„Als ob's hier irgendwas gibt, wo man Wasser eingießen könnte", gab der zurück und nahm den Blick kaum von seinem Handy.

Was machte der Kerl da bloß? Irgendwelche Spiele? Oder hoffte er, auf Facebook irgendwelche Freunde zu bekommen? Wut und Abscheu regten sich in Boone. Zeb war ein guter Mann, und er war tot, aber McQuillan schien das nicht zu interessieren. „Dann suchst du eben so lange, bis du was Passendes gefunden hast", knurrte Boone ihn an.

Erst da steckte der Deputy sein Handy weg, zuckte mit den schmalen Schultern und begann sich verärgert umzusehen, ob er eine Schüssel oder Schale oder irgendein anderes Behältnis finden konnte.

Boone, der nach wie vor neben dem Toten hockte, streckte

den Arm aus und streichelte dem Hund über den Kopf. Es schien sich um eine Art Terrier zu handeln, zierlich und gestromt und auffallend gepflegt, wenn man seine Umgebung betrachtete. Der Hund trug ein rotes Halsband, das noch ziemlich neu aussah, daran hingen die üblichen Dinge wie Hundemarke, Impfnachweis und so weiter. In den Anhänger in Knochenform waren ein Name und Zebs Telefonnummer eingraviert.

„Hallo, Scamp“, sagte Boone zu dem Hund.

6. KAPITEL

In ihren Shorts, Sneakers und gestreiften T-Shirts standen Griffin und Fletcher ein wenig verloren in der Tür zu Taras Haus. Beide hatten noch einen Milchschnäuzer, und am Kinn klebten Reste vom Abendessen – irgendein Gericht mit viel Tomatensoße.

Die beiden taten Tara so leid, dass sie sie am liebsten an sich gedrückt hätte. Dabei musste sie darüber nachdenken, wie ironisch es war, dass sie am liebsten jedes Kind bemutterte, das ihr unter die Augen kam, obwohl sie selbst nie ein Kind zur Welt gebracht hatte. War das echte Liebe, die sie für all diese Kinder empfand? Oder war sie eher ein Studienobjekt für ein Team von Psychologen, die sich ausführlich mit dem Thema „Besessenheit" befassen wollten?

Gerade als Boone angerufen hatte, waren Erin und Elle endlich bereit gewesen zuzugeben, dass sie einen anstrengenden Tag hinter sich hatten und sich schlafen legen wollten. Nun aber standen sie da und verfolgten neugierig, wenn auch ein bisschen schläfrig, das Geschehen.

„Bleiben wir über Nacht hier?", fragte Griffin geradeheraus und sah Tara beunruhigt an. Er fasste nach der Hand seines Bruders und hielt sie fest umschlossen. Jedoch war nicht klar, ob er das tat, um Fletcher Mut zu machen, oder ob er derjenige war, dem Mut gemacht werden musste.

Tara vermutete, dass es von beidem ein wenig war. „Das könnte sein", antwortete sie ruhig und widerstand der Versuchung, die beiden in ihre Arme zu schließen und ihnen zu versichern, dass alles gut ausgehen würde.

Sie waren bereits mit Opal bei ihr zu Besuch gewesen, daher waren ihnen das Haus und die Menschen nicht völlig fremd. Dennoch lagen Welten dazwischen, bei strahlendem Sonnenschein im Garten zu spielen und Limonade auf der Veranda zu trinken oder praktisch unvorbereitet am Abend hier abgesetzt zu werden und nicht zu wissen, wie lange sie bleiben würden. „Ist das für euch ein Problem?"

Griffin sah seinen Bruder an, dann drehte er sich wieder zu Tara um. „Vielleicht", antwortete er völlig ernst.

„Wir haben keine Schlafanzüge", verkündete Fletcher mit Nachdruck.

Daraufhin bekam Griffin einen roten Kopf. „Natürlich haben wir Schlafanzüge", stellte er prompt klar und hob ein wenig trotzig das Kinn. Zweifellos musste er an die Unterhaltung mit Elle denken, als diese sich am Nachmittag nicht sehr nett über den Trailer geäußert hatte, in dem er und sein Bruder zusammen mit Boone lebten. „Wir haben bloß keine mitgebracht und …" Er verstummte, sah erneut Fletcher an und schluckte dann den Rest herunter, den er eigentlich noch hatte sagen wollen.

„Wir finden bestimmt etwas, das wir euch leihen könnten, wenn es dazu kommen sollte", sagte Tara, um die zwei zu beschwichtigen. Wann Boone wiederkommen würde, konnte niemand absehen.

Griffin warf den Zwillingen einen schiefen Blick zu. „Wir wollen nichts anhaben, was Mädchen tragen", betonte er. Er war auf jeden Fall umgänglicher als sein jüngerer Bruder, doch diese Bemerkung war eine klare Ansage. Die Jungs besaßen Stolz, genau wie ihr Vater. Dieser Stolz steckte zweifellos in ihren Genen.

Nur mit Mühe konnte sich Tara ein Grinsen verkneifen. „Ich habe noch ein paar alte T-Shirts, die dürften genau richtig sein", sagte sie und beschloss, das Thema zu wechseln. „Hunger habt ihr wohl nicht, oder?"

Beide schüttelten sie den Kopf. „Wir hatten schon Abendessen", erwiderte Griffin.

„Das sieht man euren Gesichtern noch an", platzte Elle heraus, ohne sich über sie lustig zu machen.

Trotzdem warf Tara ihr für diese Bemerkung einen warnenden Blick zu, der ihr ein betretenes „Oh!" entlockte.

„Wir könnten uns zusammen auf die hintere Veranda setzen", schlug Erin hastig vor, die wie üblich die Rolle der Friedensstifterin übernahm. „Es ist draußen noch warm, und es ist fantastisch, die Sterne zu sehen. In New York ist so viel Licht, da sehen wir so gut wie nie Sterne."

Zu Taras Verwunderung stimmte Fletcher dem Vorschlag zu und folgte Erin und Elle in Richtung Küche, um zur Hintertür zu gelangen.

Diese Geste ihrer Stieftöchter erfüllte Tara einmal mehr mit Liebe, und sie wünschte sich zum tausendsten Mal, sie wären ihre leiblichen Töchter. Dann müsste James sie wenigstens mit ihr teilen. Wegen dieses abschweifenden Gedankengangs war ihr gar nicht aufgefallen, dass Griffin den anderen nicht nach draußen gefolgt war, sondern kerzengerade neben ihr stand.

Der Junge wirkte so zerbrechlich und ängstlich auf sie, dass sie eine Hand so leicht auf seine Schulter legte, als würde sie ein entlaufenes Huhn in die richtige Richtung dirigieren. „Wolltest du mir noch irgendwas sagen, Griffin?", fragte sie, obwohl sie wusste, dass er noch etwas auf dem Herzen hatte.

Griffin nickte ernst und vertraute ihr dann im Flüsterton an: „Manchmal macht Fletcher noch ins Bett. Ich glaube, weil er noch so klein ist. Gestern Nacht ist das auch passiert, und Dad musste die Laken waschen und auf der Couch schlafen."

„Hm", erwiderte sie nachdenklich und gerührt von der Sorge dieses Jungen um seinen Bruder. Sie gingen gemeinsam in die Küche. „Ja, da hast du natürlich recht. Das liegt nur daran, dass Fletcher noch so jung ist." *Und weil er verängstigt und desorientiert ist, da er ohne Vorwarnung aus der einen Familie herausgerissen und woanders einquartiert wurde.* „Er kann nichts dafür."

Nach seiner Beichte wirkte Griffin zutiefst erleichtert. „Hast du eine Waschmaschine?", fragte er, wohl um das Risiko abzuwägen. „Und einen Trockner?"

Diesmal musste Tara sich ein trauriges Lächeln verkneifen. Sie betraten die Küche, wo Lucy vor der geschlossenen Hintertür saß. Offenbar war die Tür hinter den Kindern zugefallen, als sie nach draußen auf die Veranda gegangen waren, noch bevor die Hündin ihnen hatte folgen können. Jetzt entdeckte sie Griffin und kam sofort zu ihm, und ehe er sich versah, hatte sie ihn begrüßt, indem sie mit ihrer Zunge über seine Wange strich.

„Ich habe eine Waschmaschine *und* einen Trockner", versicherte Tara ihm und deutete auf die Tür, die zur Waschküche führte. „Gleich da drüben." Dann überkam es sie einfach, und sie beugte sich vor und gab dem Jungen einen sanften Kuss auf den Kopf. „Mach dir einfach keine Sorgen, okay? Wenn was passiert, kriegen wir das schon wieder hin."

Griffin brachte ein zögerliches Lächeln zustande. „Das sagt Dad auch", entgegnete er. „Dass wir alles irgendwie hinkriegen, meine ich. Er sagt, wir warten ab, was kommt, und dann sehen wir weiter."

Taras Herz, das in der Vergangenheit so oft gebrochen und verletzt worden war, fühlte sich von Griffins Worten berührt. Sie hatte – freundlich formuliert – gewisse Vorbehalte, was Boone Taylor betraf, aber sie liebte seine Jungs schon jetzt fast genauso, wie sie Erin und Elle liebte. Es war wohl ihr Schicksal, für die fehlenden Mütter anderer Kinder einzuspringen.

Pass bloß auf dich auf, warnte sie sich zwar, aber sie wusste, dass diese Warnung wie üblich zu spät kam.

„Das ist eine gute Methode", sagte sie zu dem Jungen. Dann fragte sie: „Möchtest du zu den anderen auf die Veranda gehen?"

„Ich möchte lieber hier bei dir bleiben, wenn ich darf", antwortete er. „Du erinnerst mich an meine Tante Molly. Sie fehlt mir ganz schlimm. Und Fletcher fehlt sie auch."

Daraufhin musste Tara nicht nur gegen die Tränen ankämpfen, die ihr plötzlich in die Augen stiegen, sondern sie hatte auch noch einen Kloß im Hals. „Du kannst gern bei mir bleiben", brachte sie trotzdem irgendwie heraus.

Sie führte den Jungen auf einen Stuhl am Küchentisch, wusch sich die Hände in der Spüle und stellte einen Teller mit frisch gebackenen Keksen auf den Tisch. Dann nahm sie ein Feuchttuch und wischte wie selbstverständlich Griffins mit Tomatensoße verschmierten Mund sauber.

„Du hast ein schönes Haus", meinte Griffin, während Tara das Tuch wegwarf. Zögerlich griff er nach einem der Kekse auf dem Teller. „Hier ist alles schön."

„Vielen Dank", sagte sie und fragte sich, wie wohl dieser heruntergekommene riesige Trailer auf dem Nachbargrundstück von innen aussah. Opal war den Tag über drüben gewesen, um auf die Kinder aufzupassen, also konnte man davon ausgehen, dass dort alles weitgehend sauber war. Aber das hieß nicht zwangsläufig, dass es auch bequem oder etwa gemütlich war. Vermutlich war es genau das, wonach es aussah: nach dem Quartier eines Junggesellen, das nur als Schlafplatz zwischen den langen Schichten diente, bei denen Boone Taylor unterwegs war, um unermüdlich für die Sicherheit von Parable County zu sorgen.

Eine sonderbare Mischung aus Verärgerung und Mitleid überkam Tara, als sie sich Boone in diesem heruntergekommenen Trailer vorstellte. Wahrscheinlich hing er die meiste Zeit in einem ramponierten alten Sessel herum, trank Unmengen Billigbier und sah sich auf einem riesigen Fernseher stundenlang Sendungen wie *Pimp My Ride* und Ähnliches an.

Während diese Bilder durch Taras Kopf geisterten – auf die sie wahrlich nicht stolz war, weil sie nur gehässig waren –, fiel ihr auf, dass Lucy sich weiter in der Küche aufhielt und trotz der nun offenen Tür keine Anstalten machte, sich dem Sterngucker-Trio auf der Veranda anzuschließen, das sich angeregt unterhielt. Sie hatte sich neben Griffin gestellt und ihren Kopf quer über seine Beine gelegt, dabei sah sie ihn mit ihren leuchtenden braunen Augen an, als er über ihr seidiges Fell strich.

„Dad hat gesagt, dass wir vielleicht einen Hund kriegen", erzählte Griffin und klang dabei genauso wehmütig, wie er Tara ansah. „Irgendwann. Wenn sich der Staub gelegt hat."

„Wenn sich der Staub gelegt hat?", wiederholte Tara ratlos.

Da grinste Griffin sie an und erinnerte sie damit auf eine verblüffende Weise an seinen meistens griesgrämigen Vater, der sich nur selten von einer vorwitzigen Seite zeigte. In ein paar Jahren, wenn Griffin Taylor erst mal ein junger Mann war, würde sich dieses Grinsen als eine Waffe entpuppen, mit der er nichts ahnende junge Frauen in seinen Bann schlagen würde.

„Er meint damit bestimmt, wenn ich und Fletch uns daran gewöhnt haben, bei ihm zu sein und nicht mehr bei Tante Molly und Onkel Bob", erklärte der zukünftige Herzensbrecher ruhig und sachlich. Er wirkte so erwachsen, dass man leicht vergessen konnte, dass er erst sieben Jahre alt war. „Mir macht das nicht so viel aus, weil ich weiß, dass Dad sich Mühe gibt. Aber mein kleiner Bruder will, dass alles wieder so wird, wie es bis jetzt war. Vielleicht glaubt Fletch ja auch, wenn er oft genug ins Bett macht und sich unmöglich benimmt, dass Dad dann zu viel kriegt und uns für immer nach Missoula zurückschickt."

Wieder sehnte sich Tara danach, diesen tapferen Jungen in die Arme zu nehmen und ihn zu trösten, aber die Verbindung zwischen beiden war noch so frisch und so empfindlich, dass sie sie auf keinen Fall zerstören wollte. Also saß sie auf ihrem Stuhl und hatte ihre Hände gefaltet und in den Schoß gelegt, damit Griffin sie nicht sehen konnte.

„Willst du das auch?", fragte sie behutsam. „Soll dein Dad euch zurück zu eurer Tante und eurem Onkel schicken?"

Einen Moment dachte Griffin über diese Frage nach, und schließlich erwiderte er: „Ich bin gern bei Tante Molly und Onkel Bob. Aber Dad … na ja, er ist unser Dad, und ich finde, wir sollten bei ihm sein."

Tara wusste nicht, was sie darauf erwidern sollte, daher war sie froh, dass die Zwillinge genau diesen Augenblick nutzten, um mit Fletcher zurück ins Haus zu kommen. Kaum hatten sie den Teller mit den Keksen entdeckt, stürzten sie sich wie ausgehungert darauf.

„Da oben am Himmel sind hundert *Batzillionen* Sterne", rief Fletcher begeistert und zeigte mit der freien Hand zur Decke. Vielleicht wurde aus ihm ja mal ein Astronom, schließlich war er – wie sein großer Bruder – für sein Alter erstaunlich schlau.

„Mindestens hundert *Batzillionen*", stimmte Tara dem Jungen zu.

„Irgendwann will ich mal draußen schlafen", verkündete Fletcher gleich darauf mit vollem Mund und verteilte dabei einen Krümelregen im Zimmer. „Dann kann ich *die ganze Nacht* Sterne zählen."

Tara lächelte, als sie sich das vorstellte. „Hört sich schön an."

„Wenn da nicht die Moskitos wären", wandte Elle schaudernd ein und kratzte sich am linken Unterarm.

„Und wenn da draußen keine Bären unterwegs wären", fügte Erin hinzu und schien sich an ihrer eigenen Angst zu weiden.

„Und wenn du weiter als bis zehn zählen könntest", machte Griffin seinem Bruder deutlich.

Das Wandtelefon schrillte plötzlich los und ließ Tara zusammenzucken. Elle, die gleich danebenstand, griff nach dem Hörer und meldete sich. „Für dich", sagte sie, nachdem der Anrufer seinen Namen genannt hatte. Ein wenig enttäuscht reichte sie den Hörer an Tara weiter. „Der Sheriff."

Sie musste gehofft haben, dass James anrief, um sich nach ihr und ihrer Schwester zu erkundigen, aber auf diese Idee war er natürlich nicht gekommen.

Tara nahm den Hörer an. „Ja?"

„Boone hier", kam die schroff klingende Erwiderung. „Wir packen hier gerade alles zusammen, die Sache ist ziemlich eindeutig. Ich müsste in etwa einer Stunde die Jungs abholen können, wenn dir das nicht zu spät ist."

„Nein, nein, die beiden werden abmarschbereit sein, wenn du kommst", versicherte sie ihm. Eigentlich wollte sie noch viel mehr sagen und ihn das eine oder andere fragen, aber das wäre aufdringlich gewesen, und dazu hatte sie kein Recht. Außerdem wusste sie sowieso nicht, wie sie sich hätte ausdrücken sollen. „Bist du … ist sonst alles in Ordnung?"

„Es ist alles so ‚in Ordnung', wie es unter den gegebenen Umständen sein kann", gab Boone ganz ohne Sarkasmus zurück. Dann verabschiedete er sich und legte auf.

Elle nahm den Hörer wieder an sich und legte ihn auf die Gabel, dann betrachtete sie interessiert das Telefon. „Ist das schon antik?“, fragte sie. „Oder ist das einfach nur alt?“

„Weder noch“, antwortete Tara amüsiert, wunderte sich aber nicht über die Frage. Schließlich gab es in dem New Yorker Penthouse ausnahmslos schnurlose Telefone. Dann drehte sie sich zu den Taylor-Jungs um und erklärte: „Euer Dad wird bald herkommen und euch abholen.“

Fletcher zeigte keine Reaktion, aber Griffin war sichtlich froh, dass sie nach Hause zurückkehren würden und nicht die Nacht hier verbringen mussten. Also mussten sie nicht in geborgten T-Shirts schlafen, und Griffin musste sich auch keine Sorgen machen, dass sein kleiner Bruder ihn in Verlegenheit bringen könnte.

„Kommt mit“, sagte Erin und zog ihr hochmodernes Handy aus der Tasche der Schlafanzughose. „Solange ihr hier warten müsst, zeige ich euch, wie man ‚Angry Birds‘ spielt.“

„Ich weiß, wie man ‚Angry Birds‘ spielt“, konterte Griffin ein wenig genervt, doch Fletcher hatte schon das Zimmer durchquert und stand vor Elle, um nach ihrem Handy zu greifen.

„Aber *mir* kannst du es zeigen!“, rief er aufgeregt.

Sie überließ Fletcher das Telefon, ihr Blick war dabei weiter auf Griffin gerichtet. „Bist du immer noch sauer, weil ich euer Haus heute Nachmittag als Trailer bezeichnet habe?“, fragte sie ihn. „Ich wollte dich damit nicht beleidigen oder so.“

Zwar sah Griffin sie finster an, aber in seinen Augen war ein zögerliches Funkeln zu sehen.

Elle zog einen Stuhl zurück und setzte sich hin, damit sie dem jetzt schon restlos begeisterten Fletcher die Regeln für das Computerspiel erklären konnte.

„Dad wird ein *richtiges* Haus bauen“, informierte Griffin Erin, dabei war sein Tonfall nur geringfügig freundlicher als seine versteinerte Miene. „Ich habe die Baupläne gesehen. Dad bewahrt sie im Fernsehschrank auf.“

„Wow, das ist toll“, erwiderte Erin beeindruckt und zog ihr

eigenes Handy aus der Tasche. „Glaubst du, du kannst mich bei *Mario* schlagen?“

Plötzlich lächelte Griffin. „Aber klar.“

„Das will ich sehen.“ Erin ging mit ihm zum Tisch, wo sie sich zu Elle und Fletcher setzten.

Da Tara sich rastlos fühlte, brühte sie sich einen Kräutertee und stand gegen den Küchentresen gelehnt, während die Kinder mit einer beeindruckenden Fingerfertigkeit ihre Handys bedienten.

Bald würde Boone eintreffen, was bei ihr gemischte Gefühle weckte, da sie sich einerseits vor diesem Moment fürchtete, ihn andererseits aber herbeisehnte.

Der kleine Hund winselte kläglich, als die Sanitäter den toten Zeb Winchell in einen Leichensack legten und den Reißverschluss zuzogen. Auf der Trage fuhren sie ihn aus dem Haus zu ihrem Rettungswagen, um ihn zum Beerdigungsinstitut Sunrise-Sunset zu bringen, das zugleich auch als Leichenschauhaus für den County zur Verfügung stand.

„Soll ich den Hund bei Martie Wren abliefern?“, fragte McQuillan und sah Scamp dabei geringschätzig an. Martie war die Besitzerin von *Paws for Reflection*, dem örtlichen Tierheim, und kümmerte sich liebevoll um alle Tiere, die niemand mehr haben wollte. Um diese Uhrzeit lag sie allerdings wahrscheinlich längst im Bett und schlief den Schlaf der Gerechten.

Abermals verärgert über das Verhalten seines Kollegen bückte sich Boone und hob den Hund hoch, gerade als der hinter der Trage herlaufen wollte, die aus dem Haus gerollt wurde. Das Tier zitterte am ganzen Leib und wand sich in Boones Griff, dabei stieß es ein klägliches kehliges Winseln aus.

„Nein, ich kümmere mich schon darum“, sagte Boone.

McQuillan zuckte mit den Schultern, ihn berührte weder der trauernde Hund noch Zeb Winchells einsames Sterben.

Insgeheim wünschte sich Boone, ein Vollidiot zu sein wäre ein Kündigungsgrund. Dann hätte er den Deputy gleich am ersten Tag feuern können.

„Vergiss nicht, dass ich den Bericht morgen früh auf meinem Schreibtisch haben will, wenn ich ins Büro komme", wies er McQuillan an, während er mit dem unablässig strampelnden Scamp unter seinem Arm zur Tür ging.

McQuillan begab sich mit einem spöttischen Lächeln und einem ebenso wenig ernst gemeinten Salut nach draußen, wo die versammelten Nachbarn immer noch warteten und zusahen, wie der Rettungswagen langsam davonfuhr, dessen rote Blinklichter die laue Sommernacht erhellten.

Während McQuillan keine Notiz von den Leuten nahm, sondern an ihnen vorbeiging, in seinen Wagen stieg und abfuhr, wandte sich Boone kurz an die Wartenden. „Zeb ist tot", sagte er, auch wenn das jedem hier längst klar war. „Vermutlich ein Herzinfarkt. Morgen werden wir mehr wissen."

Bestürztes Gemurmel machte sich breit. „... wie schrecklich ... und so plötzlich ... der arme Hund, der ist jetzt ganz allein ...", hörte Boone die Schaulustigen murmeln, dann löste sich die Menge auf und kehrte in die umliegenden Häuser zurück. Zwar tat jedem von ihnen leid, was Zeb zugestoßen war, doch sie waren wie alle Menschen insgeheim heilfroh darüber, dass der Tod nicht bei ihnen angeklopft, sondern sich ein anderes Opfer gesucht hatte.

An seinem Streifenwagen mit den großen goldenen Sheriffsternen auf beiden vorderen Türen ging Boone auf die Beifahrerseite und setzte Scamp auf den Vordersitz. „Bleib da sitzen", sagte er leise zu ihm, machte sich aber keine Hoffnungen, dass der Hund ihm auch gehorchen würde.

Wie lange hatte er wohl neben Zebs Leiche gesessen und darauf gewartet, dass sein Herrchen wieder aufwachte? Und wann hatte er zuletzt etwas zu essen oder zu trinken bekommen?

Diese Gedanken stimmten Boone so traurig, dass er am liebsten seinen Schwur vergessen hätte und zur Boot Scoot Tavern gefahren wäre, um sich einen harten Drink zu gönnen. Aber erstens musste er seine Jungs bei Tara abholen, und zweitens konnte er Scamp nicht allein im Wagen zurücklassen, nachdem das Tier schon so viel durchgemacht hatte.

Als er losfuhr, stand Scamp auf und stellte sich auf dem Beifahrersitz so hin, dass er am Seitenfenster kratzen konnte. Er winselte wieder leise, während das Haus allmählich hinter ihnen verschwand.

„Na, komm, mein Kleiner“, sagte Boone. „Es wird alles wieder gut werden.“

Insgeheim fragte er sich allerdings, ob es tatsächlich so kommen würde.

Sein Schwager Bob erholte sich von einer schweren Operation, die ihm noch lange Schmerzen bereiten würde. Fletcher und Griffin lebten bei einem Mann, der ihr Vater war, den sie aber wie einen Fremden wahrnahmen, und ihr Zuhause war ein riesiger Blecheimer, der an allen Ecken und Kanten rostete und vom Unkraut ringsum nahezu verschluckt wurde.

Und er selbst? Ihm wuchs das alles über den Kopf. Er liebte seine Jungs über alles, aber er hatte keine Ahnung, wie man Kinder großzog, erst recht nicht, wenn diese Kinder genug damit zu tun hatten, sich in einer für sie chaotischen Welt zurechtzufinden. Es würde wohl einem Wunder gleichkommen, wenn sie bei alledem keine bleibenden Schäden davontrugen.

Als sie die Stadtgrenze überquerten, hörte Scamp auf zu winseln und ließ sich zurück auf den Sitz sinken, seufzte leise und legte den Kopf auf die Vorderpfoten, während ein Schauer seinen kleinen Körper durchfuhr.

„Manchmal ist das Leben einfach Mist, und man kann nichts dagegen tun“, sagte Boone zu dem Hund, der abermals seufzte, als wollte er ihm zustimmen.

Ein paar Minuten später bogen sie in die Zufahrt zu Tara Kendalls Farm ein.

Tara kam aus dem Haus, als Boone gerade aus dem Wagen stieg, seinen Hut aufsetzte und ihn dann – weniger aus Eitelkeit als vielmehr aus Nervosität – noch einmal zurechtrückte. Sie trug noch immer ihr Sommerkleid und hatte die Arme um sich geschlungen, obwohl es eine warme Nacht war.

Zwar war sie unübersehbar aufgewühlt und zugleich erschöpft, aber sie sah trotzdem so wunderschön aus, dass Boone für einen Moment der Atem stockte. Auf halbem Weg zur Haustür blieb er stehen und nahm seinen Hut ab. „Ich weiß das wirklich zu schätzen, dass du dich so kurzfristig um meine Jungs kümmern konntest“, sagte er.

„Kein Problem“, entgegnete sie. Im Schein der Verandabeleuchtung konnte er sehen, wie sie sich auf die Unterlippe biss. „Ich habe überlegt, ob wir …“, begann sie zögerlich, unterbrach sich und sprach schließlich weiter, „… ob wir uns mal irgendwann unterhalten könnten.“

Zwar machten diese Worte Boone neugierig, doch sie weckten auch sein Unbehagen. Ganz gleich, worüber sie mit ihm reden wollte, es konnte nichts Gutes sein. Wahrscheinlich wollte sie ihm wieder mal Vorhaltungen über den Zustand seines Grundstücks machen oder ihm Ratschläge zur Kindererziehung erteilen. „Sag einfach, wann es dir am besten passt“, ließ er sie wissen, auch wenn er sich vor dieser Unterhaltung schon jetzt fürchtete. Ihm war natürlich bewusst, dass er mehr oder weniger auf einem Schrottplatz lebte. Er wusste auch, wo was getan werden musste, vor allem jetzt, da seine Söhne bei ihm wohnten. Aber woher sollte er die Zeit dafür nehmen? Durch Budgetkürzungen war er um einige Deputys ärmer geworden, und er selbst arbeitete oft zwölf Stunden am Tag.

Griffin und Fletcher kamen durch die offene Tür nach draußen auf die Veranda und stellten sich links und rechts von Tara auf, so als wollten sie sich an ihrem Kleid festhalten und sie anflehen, sie bei sich zu behalten. *Zwing uns nicht, mit ihm nach Hause zu fahren!*

Doch Fletcher achtete nicht auf Tara, sondern sah an Boone vorbei zum Streifenwagen. „Was ist das?“, fragte der Junge.

Ein Blick über die Schulter ließ Boone erkennen, dass Scamp

sich mit den Vorderpfoten am Armaturenbrett abstützte und durch die Windschutzscheibe schaute.

„Das ist ein Hund!", rief Griffin, noch bevor sein Vater zu einer Erklärung ansetzen konnte. Dann stürmten er und Fletcher auch schon von der Veranda und an Boone vorbei, der noch wie erstarrt dastand.

Tara lächelte flüchtig, als hätte sie erkannt, dass es für ihn doch noch Hoffnung gab, ein guter Vater zu werden, auch wenn das nur eine sehr vage Hoffnung war.

Er nickte ihr zu, was Dankeschön und Verabschiedung zugleich sein sollte, dann kehrte er zu seinem Wagen und den Jungs zurück.

Wie sollte er ihnen bloß klarmachen, dass er Scamp nur mitgenommen hatte, weil er um diese Uhrzeit nicht die Leiterin des Tierheims aus dem Schlaf reißen wollte? Und wie sollte er erklären, dass selbst wenn sie den Hund behalten wollten, immer noch damit zu rechnen war, dass Zebs Tochter nach Parable kam und die Herausgabe des Tiers forderte?

Griffin und Fletcher hatten inzwischen die Beifahrertür geöffnet und betrachteten begeistert den Hund, der ihnen seinerseits mit einer gewissen Skepsis begegnete und sich auf dem Sitz zusammenkauerte.

„Steigt ein", sagte Boone, da er sich auf den Heimweg machen wollte. „Es ist schon spät."

Zu seinem Erstaunen befolgten sie seine Aufforderung ohne ein Widerwort, schlossen die Beifahrertür und kletterten auf den Rücksitz. Boone überprüfte die Sicherheitsgurte, dann schaute er noch einmal zum Haus und sah, dass Tara immer noch auf der Veranda stand. Als er in seinen Wagen stieg, winkte sie ihm kurz zu. Er erwiderte die Geste und ließ den Motor an.

„Woher hast du den Hund?", wollte Griffin wissen.

„Wie heißt er?", rief Fletcher im selben Moment.

„Er heißt Scamp", antwortete Boone und wendete auf dem schmalen Feldweg. „Er hatte so was wie eine Pechsträhne und braucht heute Nacht ein Dach über dem Kopf."

Ein kurzes, aber vielsagendes Schweigen schloss sich an.

„Dann dürfen wir ihn gar nicht behalten?", fragte Griffin enttäuscht. „Er ist nicht unser Hund."

Boone kam es so vor, als würde sich eine Hand um sein Herz legen und fest zudrücken. Ob es ihm gefiel oder nicht, er hatte Scamp in ihr Leben geholt, und es sollte doch mit dem Teufel zugehen, wenn es ihm nicht gelang, das Tier auch zu behalten. Notfalls würde er den Hund Zebs Tochter abkaufen.

„Er ist euer Hund", antwortete er schließlich.

„Echt?" Griffin wagte gar nicht zu hoffen, dass das wahr sein konnte.

„Können wir ihn Ranger nennen?", wollte Fletcher wissen.

Unwillkürlich musste Boone lachen, was sich verdammt gut anfühlte. „Ich glaube, er hört auf den Namen Scamp", erwiderte er und warf einen kurzen Blick in den Rückspiegel. „Und es würde ihn bestimmt durcheinanderbringen, wenn er jetzt auf einmal auf einen anderen Namen hören soll. Außerdem ist er im Moment sehr traurig."

„Weil sein Herrchen gestorben ist?", erkundigte sich Griffin.

„Ja, richtig", brachte Boone angestrengt heraus und warf dem Hund einen Seitenblick zu. Scamp lag zusammengerollt auf dem Beifahrersitz, und alle paar Augenblicke durchfuhr ihn ein Zittern, als würde er heimlich weinen. „Und ich würde sagen, dass Scamp außerdem ziemlich verängstigt ist." So wie ihr zwei auch, fügte er in Gedanken hinzu.

Als sie auf sein Grundstück einbogen, empfing sie einmal mehr völlige Dunkelheit.

Trotzdem ist mein Zuhause kein so völliger Schrotthaufen, überlegte er. Die Nacht tauchte die Umrisse des Trailers in Schatten und ließ den Rost verschwinden. Eine leichte Brise bewegte sich flüsternd durch Kiefern, ein paar Eichen und Ahornbäume und ließ es so erscheinen, als würden die Bäume miteinander tuscheln. Das Mondlicht spiegelte sich im Wasserlauf, der sein Grundstück von Taras trennte, die Fenster ihres Hauses leuchteten in einiger Entfernung wie ein warmherziges Lächeln.

„Was geben wir Scamp denn zu essen?“, erkundigte sich Griffin, der sofort aus seinem Kindersitz geklettert und ausgestiegen war, um die Beifahrertür zu öffnen und den Hund vorsichtig in die Arme zu nehmen.

„Hundefutter, würde ich sagen“, antwortete Boone. „Das holen wir morgen in der Stadt.“

Als Griffin den Hund an sich drückte, hörte dieser wenigstens für den Moment auf zu zittern und leckte ihm einmal vorsichtig über die Wange.

Fletcher hatte sich ebenfalls aus seinem Sitz befreit, bevor Boone ihm behilflich sein konnte. Er lief um den Wagen herum und stellte sich zu Griffin. „Glaubst du, er hat jetzt schon Hunger, Dad?“, fragte Fletcher besorgt.

Dad? Woher war denn *das* jetzt gekommen? Griffin nannte ihn so, aber doch nicht Fletcher.

Boone musste sich räuspern, ehe er antworten konnte: „Das glaube ich eigentlich nicht, Fletch.“ Er ging zum Trailer. Die Kinder folgten ihm mit dem Hund auf dem Arm. „Ich schätze, der gute alte Scamp steht noch ein bisschen unter Schock.“

Er betrat die Veranda, schloss die Haustür auf und tastete nach dem Lichtschalter, damit die Jungs nicht im Dunkeln herumtappen mussten. Griffin setzte den Hund vorsichtig auf dem abgewetzten Linoleumboden ab und musterte ihn besorgt. „Wie alt ist er eigentlich?“

Inzwischen hatte Boone eine kleine Schüssel aus dem Schrank geholt. Er füllte sie mit Leitungswasser und stellte sie Scamp hin. „Er dürfte noch ziemlich jung sein. Zeb hatte ihn noch nicht so lange, wenn ich mich nicht irre.“ Im Lauf der Jahre hatte er Zeb einige Male gesehen, immer in Begleitung irgendeines Hundes. Jeden seiner Hunde hatte er als Welpen bekommen und aufgezogen. Sie waren ihm alle treu gefolgt, und wenn sie älter wurden und eine graue Schnauze bekamen, passte sich Zeb ihrem Tempo an, kochte spezielles Futter für sie und beerdigte sie schließlich hinter dem Haus, wenn der Zeitpunkt gekommen war. Jeder von ihnen bekam einen Grabstein, den

Zeb vom Flussufer mitbrachte und mit dem Namen des jeweiligen Tiers versah.

„Zeb?“, fragte Griffin. „Ist das der Mann, der gestorben ist? Bei dem Scamp gelebt hat?“

Scamp sah das Wasserschälchen an, schließlich näherte er sich zögerlich, tauchte einmal die Zunge ins Wasser und begann dann, zügig zu trinken.

„Ja“, antwortete Boone. Zebs Tierliebe war den meisten Menschen verborgen geblieben, da sie nur seine schlechte Laune und die Berge von Zeitschriften, Zeitungen und Wurfsendungen kannten, die er ebenso gesammelt hatte wie allen möglichen anderen Müll.

„Er trinkt aber viel“, stellte Fletcher fest. „Und wenn er heute Nacht ins Bett macht?“

„Hunde machen nicht ins Bett“, wies Griffin seinen Bruder zurecht.

„Ich will nur nicht, dass er Ärger kriegt“, betonte Fletcher.

Boone hockte sich hin, damit er auf Augenhöhe mit dem Kind war, das er und Corrie aus purer Liebe gezeugt hatten. „Niemand kriegt hier irgendwelchen Ärger“, erklärte er mit ruhiger Stimme. „Der Hund nicht – und du auch nicht.“

Eine Weile sah Fletcher ihn nur ernst an, dann schluckte er, und auf einmal schlang er seine Arme so unerwartet um Boones Hals, dass sie beide fast den Halt verloren hätten und auf dem Boden gelandet wären.

Und Boone hielt den Jungen an sich gedrückt, da er von seinen eigenen Gefühlen überwältigt wurde. *Sieh dir das an, Corrie. Sieh dir die beiden an. Unsere Jungs.*

Ziemlich schnell ging Fletcher wieder auf Abstand zu ihm, wirkte aber nicht mehr ganz so distanziert wie zuvor.

In dem Zimmer der Jungs falteten sie eine alte Decke so zurecht, dass sie als Bett für Scamp diente. Aber der Hund ignorierte sein Nachtlager, ging zurück in die Küche und drückte seine Nase gegen die Scheibe in der Hintertür.

„Er will zurück nach Hause“, stellte Griffin fest.

„Das höre ich nicht zum ersten Mal“, merkte Boone an.

Sie gingen mit dem Hund nach draußen, damit er sein Geschäft erledigen konnte. Als er auf einmal in Richtung Straße davonlief, eilten sie ihm nach, holten ihn ein und brachten ihn zurück in den Trailer.

Boone und seine Söhne waren definitiv nicht die Einzigen, die sich auf veränderte Verhältnisse einstellen mussten.

7. KAPITEL

Zwei Kinder und einen Hund am frühen Morgen unter Kontrolle zu halten, war zumindest aus Boones Sicht in etwa so, als sollte man einen Sack Flöhe hüten. Kaum war es ihm gelungen, alle drei aus dem Haus zu bekommen, da schoss Scamp mit Warpgeschwindigkeit durch das kniehohe Gras davon und jagte von einem Findling zum nächsten. Griffin nahm die Verfolgung auf, und sofort nutzte Fletcher das entstehende Durcheinander, um selbst auch loszulaufen, allerdings in die entgegengesetzte Richtung und mit Kurs auf die Landstraße.

Boone, der frisch geduscht und rasiert war und seine beste Jeans und das letzte saubere Hemd trug, lief leise fluchend dem Jungen hinterher. Wahrscheinlich wollte Fletcher nach Missoula entwischen. Das konnte mit einem gebrochenen Bein enden, wenn er im gleichen Tempo über die Viehsperre rannte.

In letzter Sekunde bekam er den Jungen zu fassen, hob ihn hoch und zog ihn zurück. „Hey, hey, hey", rief er und drehte Fletcher zu sich herum, während er vor Erleichterung auflachte. „Wohin so eilig?"

Wütend, dass seine Flucht vereitelt worden war, presste Fletcher die Lippen zusammen und verweigerte jede Erklärung.

Boone zeigte auf die Viehsperre, die sich über die ganze Breite der Einfahrt erstreckte. Im Wesentlichen handelte sich dabei um ein in den Boden eingelassenes Gitter, in das dicke Bretter mit einem Abstand von zehn bis fünfzehn Zentimetern hochkant eingesetzt waren. „Auf diese Dinger solltest du lieber aufpassen", machte er seinem Sohn mit ruhiger Stimme klar. „Die findest du in Montana einfach überall."

„Ich habe Scamp!", rief Griffin vom anderen Ende des Grundstücks.

Erleichtert sah Boone, dass sein Ältester mit strahlender Miene den Hund an sich gedrückt hielt, der sich in seinen Armen wand.

„Gut gemacht“, lobte er Griffin und setzte Fletcher wieder ab, hielt ihn aber an der Schulter fest, damit er nicht noch einmal davonlief. Diesmal hätte er zwar bestimmt einen Bogen um die Viehsperre gemacht, da er schnell lernte. Aber eingeholt hätte Boone ihn trotzdem nach ein paar Metern.

Missoula. Zurück zu Molly und Bob, zu Ted und Jessica und Cate. Zurück zu seiner Familie.

Traurigkeit überkam Boone, aber er schüttelte sie wie üblich gleich wieder ab. Das hier war ein neuer Tag, und es gab einiges an Arbeit zu erledigen.

Nachdem die Jungs in den Kindersitzen saßen und Scamp sich zumindest für den Augenblick damit einverstanden gezeigt hatte, auf dem Beifahrersitz mitzufahren, sank Boone auf seinem Platz hinter dem Lenkrad in sich zusammen. Er hatte noch nicht einmal seinen Dienst begonnen und war trotzdem bereits nass geschwitzt. Wenn er in der Stadt war, musste er die erstbeste Gelegenheit nutzen und an der Reinigung anhalten, um den Berg Hemden abzuholen, den er vor fast einer Woche dort abgegeben hatte. Dann konnte er notfalls immer noch ein frisches Hemd anziehen, wenn er endlich im Büro war.

„Weißt du eigentlich, wie viele Meilen du bis nach Missoula laufen musst, Dummkopf?“, fragte Griffin seinen Bruder mit gesenkter Stimme – wohl in der Hoffnung, dass Boone auf dem Vordersitz nichts davon mitbekam.

„Ich wollte den Bus nehmen“, erwiderte Fletcher, was Boone dazu zwang, sich ein Lachen zu verkneifen.

„Du kannst nicht einfach in einen Bus einsteigen und wegfahren“, machte Griffin ihm klar. „Erst mal musst du eine Fahrkarte kaufen, und dafür hast du gar kein Geld.“

„Ich habe fünfunddreißig Cent“, gab Fletcher störrisch zurück. „Von meinem Taschengeld.“

Taschengeld! Das war auch noch eins von den Dingen, mit denen Boone sich befassen musste. Sollte er ihnen einfach pro Woche ein paar Dollar geben, oder sollten sie irgendwelche Arbeiten im Haus übernehmen und sich das Geld verdienen?

Griffin johlte spöttisch. „Damit kommst du *überhaupt nirgendwohin*, du Idiot."

„Hört auf mit euren gegenseitigen Beleidigungen", ging Boone dazwischen, auch wenn er sich keine großen Hoffnungen machte, dass seine Aufforderung Beachtung fand. Als er noch klein war, hatte er Molly jedes erdenkliche Schimpfwort an den Kopf geworfen, und sie hatte sich jedes Mal revanchiert. Vielleicht gehörte so etwas zu der Art, wie Geschwister miteinander umgingen.

Trotzdem gefiel es ihm nicht, weil es ihm wie typisches Schikanieren vorkam, und so etwas würde und konnte Boone nicht dulden, nicht als Vater, nicht als Mann und noch weniger als Sheriff. Er arbeitete sogar eng mit der örtlichen Schule zusammen, damit ein derartiges Verhalten im Keim erstickt wurde, wenn es irgendwo Fuß zu fassen drohte.

Er grübelte immer noch über die Frage nach dem Taschengeld nach, als der Streifenwagen über die Viehsperre holperte. Gleich darauf setzte Boone den Blinker nach links, weil er auf die Landstraße einbiegen musste. Es war für ihn Macht der Gewohnheit, immer dann zu blinken, wenn er mit dem Wagen in irgendeine Richtung abbog, auch wenn sich weit und breit kein anderes Fahrzeug befand.

„Will Scamp nicht bei uns leben?", fragte Griffin, als Boone sich gerade an die Stille im Wagen zu gewöhnen begann. „Wollte er deshalb weglaufen?"

Der Hund war inzwischen aufgestanden und stützte sich mit den Vorderpfoten auf der Türverkleidung auf, während er mit seiner Nase das Fenster verschmierte. Es hatte keinen Sinn, das Geschehene nachträglich schönzureden. Die Wahrheit war immer die bessere Lösung, selbst wenn sie manchmal ein bisschen wehtat.

„Ja, Scamp ist einsam und durcheinander, weil er nicht versteht, warum er nicht mehr wie bisher bei Zeb sein kann."

„Genauso wie Fletcher", stellte Griffin fest.

„Halt die Klappe", konterte Fletcher.

„Ja, genauso wie Fletcher“, bestätigte Boone sanft, wobei er unwillkürlich grinsen musste.

Sie kamen an der Zufahrt zu Tara Kendalls Grundstück vorbei, einem holprigen, gewundenen Feldweg, der kein bisschen besser aussah als der Weg zu seinem Trailer, obwohl sie jedes Mal so einen Aufstand machte, weil er sein Eigentum nicht in Schuss hielt.

Auch hier gab es eine Viehsperre, genau wie bei ihm. Ganz sicher wirkt das sehr abschreckend auf eine Horde rasender Hühner, dachte er ironisch. Nur dass Hühner über das Hindernis hinwegflattern konnten, wenn sie das wollten. Aber man durfte von einem Stadtmenschen auch nicht erwarten, dass er an alles dachte.

Es war für Boone immer ein Vergnügen gewesen, sich im Stillen über Taras Berufswahl zu amüsieren. Heute allerdings erheiterte ihn das nicht so wie sonst. Warum musste er auch auf einmal damit anfangen, diese Frau – zumindest ein wenig – zu mögen?

Für den Rest der Fahrt machten die Jungs von ihrem Recht zu schweigen Gebrauch, und auch Scamp schaute nicht länger aus dem Fenster, sondern rollte sich auf dem Beifahrersitz wie ein Häufchen Hundeelend zusammen.

Das große Schweigen nahm ein jähes Ende, als sie vor dem Gemeindezentrum anhielten. Fletcher presste sich in seinen Sitz, verschränkte die dünnen Arme vor der Brust und zog den Kopf ein, während er unentwegt „Nein, nein, nein“ sagte.

Boone löste den Gurt und hob den Jungen so behutsam wie möglich aus dem Sitz, was nicht so einfach war, weil er sich vor Trotz von Kopf bis Fuß verkrampfte. Diesen unbewachten Moment nutzte Scamp, um vom Beifahrersitz in den Fußraum vor der Rückbank zu springen, aus dem Wagen zu entkommen und ins Gebüsch davonzustürmen, dicht gefolgt von Griffin, der bereits ausgestiegen war.

„Lass ihn laufen“, rief Boone Griffin zu und bemühte sich, nicht wütend zu klingen. „Ich kümmere mich um Scamp, wenn wir hier fertig sind.“

Mit hängenden Schultern kehrte ein betrübter Griffin langsam zum Wagen zurück. Sein Anblick versetzte Boone einen Stich.

Gleichzeitig kam Slades Stieftochter Shea aus dem Gemeindezentrum und näherte sich dem Streifenwagen, während sie Fletcher freundlich anlächelte. Sie war eine hübsche Achtzehnjährige, die im Herbst aufs College gehen würde und gut mit Kindern umgehen konnte.

„Hey", sagte sie zu Fletcher. Ihr dunkles Haar glänzte in der Sonne, und in ihren nahezu violetten Augen blitzte ein Hauch von Schabernack auf. „Kennst du mich noch?"

Fletcher stand noch immer wie erstarrt da neben Boone, wo der ihn abgesetzt hatte. Der Junge nickte mürrisch, und ohne sie anzusehen, antwortete er: „Du bist Shea." Bei den früheren Besuchen der Jungs in Parable war sie ein paar Mal als Babysitterin eingesprungen.

„Und du bist Fletcher", erwiderte sie und zwinkerte Boone zu, um ihn wissen zu lassen, dass er sich keine Sorgen machen musste und sie die Lage bestens im Griff hatte. „Ich arbeite den Sommer über ehrenamtlich im Gemeindezentrum", sagte sie, als Fletcher zögerlich zuließ, dass sie seine Hand nahm. „Weißt du, wenn ein Kind wegläuft, dann werde ich dafür verantwortlich gemacht, und dann kann es sein, dass man mich hier rausschmeißt."

Der Junge sah sie mit ernster Miene an, als würde er sich tiefschürfende Gedanken über die Situation arbeitsloser Jugendlicher machen.

Insgeheim dankte Boone der jungen Frau dafür, dass sie so gut mit Fletcher umzugehen verstand. Griffin kam zu ihnen und sah über die Schulter zu dem Busch, durch den der Hund verschwunden war.

„Was ist mit Scamp?", wollte er wissen.

„Dem passiert schon nichts", versicherte Boone ihm. „Versprochen."

Shea begrüßte Griffin so respektvoll, wie es eigentlich nur unter Gleichaltrigen, aber nicht deutlich Jüngeren gegenüber, üblich war. „Wie wäre es denn mit Schwimmunterricht?", wollte sie dann wissen. „Die Kurse fangen morgen an."

Griffins Augen leuchteten auf, und selbst für Fletcher schien das ein Grund zu sein, es sich noch einmal zu überlegen, ob er tatsächlich weglaufen sollte.

„Können wir mitmachen, Dad?", fragte Griffin.

„Von mir aus", stimmte Boone zu.

„Okay, dann lasst uns mal reingehen", rief Shea und warf Boone einen Seitenblick zu. „Wir haben für heute eine Menge geplant, und ihr wollt doch nichts davon verpassen, oder?"

Mit diesen Worten nahm sie Griffin an die andere Hand und ging mit ihnen zum Haupteingang. Keiner der Jungs sah noch mal über die Schulter nach ihm zurück.

Obwohl er bereits eine Viertelstunde zu spät ins Büro kommen würde, hielt Boone sich an sein Versprechen, den Hund wiederzufinden. Es wunderte ihn nicht, dass er ihn auf der Veranda von Zeb Winchells Haus entdeckte, wo er geduldig darauf wartete, in das Haus eingelassen zu werden, das ihm vertraut war. Da ein unbekannter Wagen in der Auffahrt parkte, klopfte Boone an der Hintertür, während er aus dem Augenwinkel den Hund beobachtete.

Nur keine hastigen Bewegungen, dachte er.

Eine zierliche Frau tauchte auf der anderen Seite der Fliegengittertür auf. Sie trug Arbeitskleidung und Gummihandschuhe, die Haare waren mit einem Kopftuch bedeckt.

Boone erkannte Zebs Tochter Nancy sofort wieder, obwohl sie in der Schule fünf Stufen über ihm gewesen und nach dem Abschluss aus Parable weggezogen war, um anderswo zu heiraten. Sie lächelte ihn an, aber ihre Augen strahlten eine Traurigkeit aus, die nicht nur den Tod ihres Vaters zu betreffen schien. Gerüchten zufolge hatte sie einen Verlierertyp nach dem anderen erwischt, bis sie schließlich der Liebe ganz abgeschworen hatte.

„Hallo, Boone", sagte sie, dann bemerkte sie den Hund und stutzte. „Dads Hund?", fragte sie und machte nach wie vor keine Anstalten, die Tür zu öffnen.

Boone nickte. „Scamp heißt der Kleine."
„Der arme kleine Kerl. Ich sollte ihn wohl besser zu Martie bringen, damit sie für ihn ein gutes Zuhause sucht."
„Meine Söhne würden ihn gern behalten", sagte er und wusste nur zu gut, was für eine maßlose Untertreibung diese Formulierung war. „Falls du nichts dagegen hast."
„Ein Hund ist das Letzte, was ich im Augenblick gebrauchen kann", antwortete sie, ganz ohne Gehässigkeit in ihrem Tonfall. Es war nichts weiter als eine Tatsache. „Du kannst ihn gern übernehmen."
„Danke."
„Ich würde dich ja gern reinbitten", fuhr sie fort. „Aber hier drinnen sieht's aus wie auf einer Müllkippe. Ich versuche, das alles rauszuschmeißen und das Haus auf Vordermann zu bringen, damit ich es verkaufen kann. Das Geld käme mir ganz gelegen."
„Schon okay", entgegnete Boone und hob den Hund hoch, um ihn im Arm zu halten.
„Die Trauerfeier findet am Samstag statt", sagte Nancy und sah ihn an, als rechne sie damit, dass er irgendetwas vorschob, um nicht hingehen zu müssen. „Drüben bei Sunrise-Sunset, vierzehn Uhr."
„Ich werde da sein", versprach Boone ihr. Erst in diesem Moment fiel ihm auf, dass er vergessen hatte, seinen Hut abzunehmen. Meine Manieren sind in dem gleichen erbärmlichen Zustand wie mein Grundstück, dachte er.
Der Hund in seiner Armbeuge hörte auf zu zappeln, so als hätte er sich in sein Schicksal gefügt.
„Danke", sagte Nancy nach einem vergeblichen Versuch zu lächeln.
„Dein Dad war ein guter Mann", erwiderte Boone und nickte flüchtig.
Seine Worte schienen zu bewirken, dass sich Nancys Miene ein wenig aufhellte. Davon abgesehen jedoch wirkte sie deutlich älter als sie war. Das Leben hatte ihr übel mitgespielt und ihr die wenigen Hoffnungen geraubt, die sie irgendwann einmal gehegt

hatte. „Er war ... irgendwie anders", räumte sie ein und versuchte abermals zu lächeln.

„Es ist nicht verboten, anders zu sein", sagte er zum Abschied. Dann drehte er sich weg und ging zu seinem Streifenwagen. Scamp drückte sich gegen seine Brust und sabberte ihm das Hemd voll.

Nach ein paar Schritten hörte er das Knarren der Fliegengittertür, drehte sich um und sah, dass Nancy auf die Veranda gekommen war. Ihr Gesichtsausdruck hatte etwas Verhaltenes, Zögerliches.

„Hat er gelitten?", fragte sie mit zitternder Stimme. „Dad meine ich. Hat er gelitten?"

„Ich glaube nicht. Doc Halpern ist der Meinung, dass es schnell gegangen sein muss."

Sichtlich erleichtert ließ Nancy die Schultern sinken. „Gut", sagte sie leise und kehrte ins Haus zurück, um weiter aufzuräumen.

Als Boone losfahren wollte, sah er Opals Kombi, der ihm in der Zufahrt zum Winchell-Haus entgegenkam, gefolgt von einer ganzen Kolonne weiterer Wagen. Die ersten davon hielten neben dem Haus an. Aus den Fahrzeugen quollen Dutzende Frauen in alter Kleidung, mit Eimern, Bürsten, Besen und anderem Reinigungsgerät bewaffnet. Zweifellos rekrutierte sich diese Truppe aus Kirchgängerinnen wie Opal, die sogar ein paar Picknickkörbe bei sich hatte.

Vorwärts, ihr christlichen Soldaten, dachte Boone amüsiert, während er den Frauen im Vorbeifahren zuwinkte. Das war typisch für Parable: Wenn Not am Mann war, krempelte jeder die Ärmel hoch und half, so gut er konnte.

Es war ein untrügliches Zeichen dafür, dass das Ende der Welt noch längst nicht nah war.

„Wir brauchen Overalls, wenn wir uns um die Hühner kümmern sollen", verkündete Elle aus heiterem Himmel am Frühstückstisch.

Tara und Erin waren beide im Begriff gewesen, einen Happen Rührei in den Mund zu nehmen, hielten aber abrupt inne und sahen sich verdutzt an. Die ganze Nacht hindurch hatte Tara immer wieder daran denken müssen, wie gut Boone Taylor in Jeans aussah, und dadurch kaum geschlafen. Darum war sie heute Morgen noch nicht richtig wach und hatte das Frühstück mehr oder weniger im Halbschlaf zusammengestellt.

„Du hast doch nur Angst vor Hühnern", sagte Erin nach einer Weile zu ihrer Schwester und deutete mit dem Finger auf sie. „Das hast du mir gestern Abend selbst erzählt, Elle Lennox, bevor wir uns schlafen gelegt haben."

Tara verkniff sich ein Grinsen und fühlte sich im nächsten Moment in jene Zeit zurückversetzt, als sie die Farm übernommen hatte. Sie war damals arg heruntergewirtschaftet gewesen, und Tara hatte sich das Anwesen einige Male ganz in Ruhe ansehen müssen, ehe sie zu einer Entscheidung gekommen war. Als sie den Kaufvertrag unterschrieben hatte, bestellte sie als Erstes beim Zoohändler in der Stadt Küken, die wenig später in großen Pappkartons mit Luftlöchern an den Seiten geliefert wurden. Als sie das Meer aus gelben flauschigen Küken zum ersten Mal vor sich gesehen hatte, war ihr erst richtig bewusst geworden, worauf sie sich eigentlich eingelassen hatte. Sie geriet in Panik, sie könnte auf die kleinen Vögel treten oder ihnen irgendwie anders wehtun. Dann wieder wurde sie von der absurden Vorstellung geplagt, die Tiere könnten sich gegen sie wenden und sie wie ein nichts ahnendes Opfer in einem Horrorfilm von den Füßen beginnend Stück für Stück zu Tode picken.

Glücklicherweise war der bodenständigen Darlene Jennings, einer Frau aus Parable, Taras kreidebleiches Gesicht aufgefallen, als die Helfer aus dem Zooladen einen Karton nach dem anderen aus dem Geschäft auf den Parkplatz trugen und neben dem roten Sportwagen abstellten, während sie sich zweifelnde und amüsierte Blicke zuwarfen.

Darlene, die im Frühjahr an einem Blumenstand am Straßenrand selbst gezüchtete Tulpen, Pfingstrosen und etliche Sorten mehr verkaufte, zeigte Mitgefühl mit der sichtlich überforderten Tara und sagte zu den Aushilfen: „Jungs, ladet die Kisten mit den Hühnern auf meinen Truck."

Tara war der älteren Frau von ganzem Herzen dankbar, die nicht nur die Lieferung Küken zu ihr nach Hause transportierte, sondern auch mit ihr zusammen die Tiere in den windschiefen Stall brachte. Dort stellten sie flache Schalen mit Wasser hin, damit die Hühner etwas zu trinken hatten. Dabei warnte Darlene sie eindringlich: „Sie müssen sie im Auge behalten, sonst ertrinken die Kleinen. Und lassen Sie sie auf jeden Fall hier im Stall, solange sie noch so klein sind. Draußen sind sie vorläufig eine leichte Beute für Greifvögel und Kojoten."

Das prägte sich Tara genauso gut ein wie die Anweisungen, wann sie den Tieren wie viel Futter geben musste. Dann fuhr Darlene nach Hause, und Tara setzte sich auf die oberste Stufe der Veranda, stützte das Kinn auf die Hände – und brach in Tränen aus, weil ihr endgültig bewusst wurde, worauf sie sich eigentlich eingelassen hatte.

Nach der hässlichen Scheidung hatte sie es für eine gute Idee gehalten, Manhattan zu verlassen, wo sie seit dem College gelebt hatte. Sie war emotional ausgeblutet gewesen und hatte eine Veränderung dringend nötig gehabt, die möglichst drastisch ausfallen sollte. Zu der Zeit hatten sich ihre Eltern, zu denen ihr Verhältnis nie besonders eng gewesen war, scheiden lassen und lebten mit neuen Partnern auf verschiedenen Kontinenten.

Da sie ein Einzelkind war, hatte Tara während und nach der Scheidung niemanden gehabt, dem sie sich anvertrauen konnte. Nach ihrer Heirat mit James war der Kontakt zu ihren Freundinnen von früher allmählich eingeschlafen, weil Taras Zeit entweder vom anspruchsvollen Dr. Lennox oder den Zwillingen oder ihrem Job beansprucht worden war. Es hatte sich einfach keine Gelegenheit ergeben, sich mit Freundinnen in der Mittagspause oder nach Feierabend zu treffen und sich alles von der Seele zu reden.

Als sie auf der Verandastufe saß und die Staubwolke betrachtete, die von Darlenes Truck aufgewirbelt worden war und sich nun allmählich wieder legte, fragte sich Tara, was nur in sie gefahren war, sich in einem Kaff wie Parable eine Farm anzuschaffen. Sie war durch und durch ein Stadtmensch und hatte von Hühnern keine Ahnung, von Kühen und Pferden ganz zu schweigen. Sie kannte sich mit Make-up und Wein, mit Museen und Büchern aus. Sie war die edlen Partys gewöhnt, die James so liebend gern besuchte. Sie wusste, welche Grundfarben zu ihr passten, und sie war mit den wichtigsten politischen Themen vertraut.

Aber über das Landleben im Allgemeinen und Hühner im Besonderen wusste sie nichts. Trotzdem hatte sie jetzt einen Stall voll kleiner flauschiger Tischtennisbälle, deren Leben einzig und allein davon abhing, dass Tara das Richtige tat.

Glücklicherweise kehrte Darlene eine Stunde später zurück und brachte ihr eine spezielle Rotlichtanlage, die im Stall montiert und mit zig Metern Verlängerungskabel an den Strom angeschlossen werden musste. Dazu gab es dann noch etliche Ratschläge, wie sie einen Brand im Stall verhindern konnte. Zwar überlebten einige Küken die nächsten Wochen nicht, was Darlene und einigen anderen Leuten zufolge unvermeidbar war, aber die überwiegende Mehrheit der Vögel wuchs und gedieh und verwandelte sich nach und nach in waschechte Hühner. Der gelbe Flaum wich einem richtigen Federkleid, in den meisten Fällen einem rostbraunen, das im Tageslicht leicht schillerte. Darlene, die anfangs regelmäßig vorbeikam, sortierte nach einer Weile bis auf eine Ausnahme alle Hähne aus und steckte die protestierenden Tiere in Kisten, die sie auf ihren Truck lud und mitnahm.

Tara hatte nie nachgefragt, was mit diesen Hähnen geschehen war – und sie sollte es auch nie erfahren, da Darlene ein halbes Jahr später an einer Lungenembolie starb. Aber sie hegte bis heute einen bestimmten Verdacht, weil Darlene ihr einen großen Topf Hühnersuppe gebracht hatte, als sie im folgenden August eine schwere Erkältung bekommen hatte.

„Hallo? Jemand zu Hause?“, hörte Tara auf einmal Elles Stimme. Dann bemerkte sie, dass mit einer Hand vor ihrem Gesicht herumgefuchtelt wurde. Mit einem Mal war sie aus der nicht grandiosen Anfangszeit als Hühnerfarmerin in die Gegenwart zurückgekehrt.

„Overalls“, sagte Tara, um zu beweisen, dass sie der Unterhaltung sehr wohl gefolgt war, auch wenn das eigentlich nicht stimmte.

„Overalls sind doof“, erklärte Erin und sah zu Elle. „Warum können wir nicht einfach Jeans tragen wie ganz normale Leute?“

Elle reagierte mit einem lebensüberdrüssigen Gesichtsausdruck, was für eine Zwölfjährige eine bemerkenswerte Leistung war. „Weil wir hier auf dem *Land* sind. In unseren Jeans würden wir bescheuert aussehen. Überleg doch mal, die sind bestickt und mit Strass besetzt.“

„Meinst du vielleicht, in Overalls würden wir *nicht* bescheuert aussehen?“, hielt Erin dagegen.

„Wir werden einkaufen gehen“, warf Tara ein, die sich darüber freute, dass die Zwillinge überhaupt daran interessiert waren, ihr bei den Hühnern zu helfen. Noch mehr freute sie sich natürlich darüber, dass die beiden bei ihr waren, in ihrer Küche, und an diesem sonnigen Sommermorgen mit ihr Rührei und Toast aßen. „Ganz schlichte Jeans oder Overalls – oder was euch sonst gefällt.“

„In einem Overall will ich nicht mal beerdigt werden“, stellte Erin klar.

Tara trug ständig Overalls, aber sie würde nichts damit erreichen, wenn sie ihre Stieftochter auf diese Tatsache aufmerksam machte.

„Na schön“, fuhr Elle ihre Schwester an. „Mach doch, was du willst.“

Lucy saß nicht weit vom Tisch entfernt und sah zwischen den Mädchen hin und her. Es schien so, als hoffte sie darauf, dass sich die ursprünglich ruhige Unterhaltung nicht zu einem echten Streit auswuchs.

Nachdem Tara den letzten Schluck Orangensaft getrunken hatte, sagte sie zu den Zwillingen: „Wenn ich den Tisch abgeräumt habe, werde ich mit Lucy Gassi gehen. Macht euch in der Zwischenzeit bitte fertig, damit wir in die Stadt fahren können, sobald ich mit Lucy zurück bin."

Sofort sprangen Elle und Erin auf und stürmten zankend und kichernd in Richtung Tür, wobei sie sich gegenseitig aus dem Weg zu schubsen versuchten, weil jede von ihnen als Erste nach oben laufen wollte, um sich umzuziehen.

Zufrieden summend hielt Tara die Teller unter den Wasserhahn und sortierte sie in die Spülmaschine ein, dann holte sie Lucys Leine, die an der Tür zur Waschküche auf einem Haken hing.

Lucy sprang auf und wedelte aufgeregt mit dem Schwanz, da es nun endlich nach draußen ging.

Die übliche Tour führte für Tara und Lucy über die lange Zufahrt, mitten hindurch zwischen umherwandernden, gackernden Hühnern. Sie überquerten die Viehsperre, die für die Hündin längst keine Gefahr mehr darstellte, da sie wusste, wie sie sie zu überwinden hatte. Zum x-ten Mal nahm Tara sich vor, dieses Hindernis mit Erde und Steinen aus dem Bach aufzufüllen, doch allein der Gedanke an eine solche Aktion war vor allem jetzt im Sommer so abschreckend, dass sie die Umsetzung erst einmal weiter vor sich herschob.

Von ihrem Briefkasten bis zu Boones war es eine Viertelmeile, und während sie Seite an Seite mit Lucy weiterging, nahm sie sich vor, dem überwucherten Grundstück und dem düster aussehenden großen Trailer keine Beachtung zu schenken, da sie sich andererseits nur wieder über diesen grässlichen Anblick ärgern würde, und damit war ihr nun wirklich nicht gedient.

Also konzentrierte sie sich lieber auf den strahlend blauen Himmel, das leuchtende Grün und den weihnachtlichen Duft der Kiefern, die die gewundene Straße zu beiden Seiten säumten. Aus einiger Entfernung hörte sie das Plätschern des Wasserlaufs, und während sie weiterging, lächelte sie zufrieden, weil Elle und

Erin vorerst bei ihr waren, weil sie alle gesund waren, weil sie Freunde hatte, auf die sie sich verlassen konnte, und weil sie hier auf dem Land das Gefühl von Freiheit hatte.

Sie ging an Boones Zuhause vorbei, ohne auch nur einen Blick in dessen Richtung zu werfen, und folgte gemeinsam mit Lucy dem Weg bis zur verwitterten überdachten Holzbrücke mit dem anschließenden Wasserfall, der das Wasser in einen weiteren flachen, aber felsigen Nebenfluss des Big Sky River leitete. Dort blieb sie stehen und erfreute sich daran, wie das klare Wasser das Sonnenlicht funkelnd reflektierte.

Trotz aller Vorbehalte und aller Hürden, die sie hatte überwinden müssen, wusste Tara, dass es richtig gewesen war, nach Montana zu ziehen, um hier ein neues Leben zu beginnen. Irgendwann hatte sich in ihrem Inneren eine kaum wahrnehmbare Veränderung abgespielt, und in diesem Moment war Parable ihr Zuhause geworden.

8. KAPITEL

Boone hatte die sauberen Hemden aus der Reinigung geholt, und als er mit Scamp ins Büro kam, zog er sich sofort auf die Herrentoilette zurück, um ein frisches Hemd anzuziehen. Die Deputys der Tagesschicht fuhren bereits Streife im County, seine Telefonistin hatte sich krankgemeldet.

Als er die eingegangenen E-Mails las, stürmte auf einmal ein junges Mädchen von vielleicht zwölf oder dreizehn Jahren herein.

Bevor Boone das kreidebleiche Gesicht zuordnen konnte, rief das Mädchen außer Atem: „Kommen Sie schnell! Mein Bruder ist gerade vom Wasserturm gefallen! Er steht nicht mehr auf, und er sagt keinen Ton!"

Boone gefror das Blut in den Adern, als er das hörte. Er lief auf die Jugendliche zu und sprach gleichzeitig in das Mikrofon des kleinen Funkgeräts, das er an der Schulter trug. Während er die Kleine vor sich her nach draußen dirigierte, forderte er einen Rettungswagen und jeden verfügbaren Deputy an, um zum Wasserturm zu kommen.

„Du bleibst hier", wies er Scamp an, als dieser ihm nach draußen folgen wollte. Sofort legte der Hund sich hin, streckte die Vorderpfoten aus und ließ den Kopf darauf sinken. Offenbar war ihm dieser Befehl vertraut.

Als Boone mit dem Mädchen im Streifenwagen saß, schaltete er Blaulicht und Sirene ein und fuhr mit quietschenden Reifen los. Fußgänger sahen ihnen hinterher, andere Autofahrer lenkten ihre Wagen an den Straßenrand, um ihm Platz zu machen.

„Wie heißt du eigentlich?", fragte Boone schroff, was er gleich darauf bereute. Hinter ihnen näherte sich der Rettungswagen, gefolgt von einer kleinen Kolonne aus privaten Autos, allesamt Einwohner der Stadt, die einfach nur helfen wollten, da offenbar Not am Mann war.

Diese Art von Hilfsbereitschaft war typisch für Parable.

Das Mädchen saß zusammengekauert und zitternd auf dem Beifahrersitz, die dünnen Arme um sich geschlungen. „Angie McCullough", lautete die von Schniefen unterbrochene Antwort. „Vielleicht hätte ich besser Mama geholt, aber sie ist im Bide-A-Night Motel und macht da die Zimmer sauber." Angie unterbrach sich und schluckte angestrengt. Wegen ihrer extremen Blässe traten ihre Sommersprossen viel deutlicher hervor. „Bekommt Dawson Ärger? So heißt mein Bruder", ergänzte sie.

Boone schüttelte den Kopf. „Es war schon genau richtig, dass du zu mir gekommen bist", versicherte er ihr und achtete darauf, dass seine Stimme ruhig klang. Mit quietschenden Reifen bog er in die Straße ein, die zum Wasserturm führte, und nahm in voller Fahrt jedes Schlagloch mit, das über viele Jahre hinweg durch schwere Regenfälle und harte Winter entstanden war. Unwillkürlich fragte er sich, wie lange die Stoßdämpfer des Streifenwagens das wohl durchhalten würden. „Niemand bekommt Ärger", fügte er dann hinzu.

Vor ihnen war der Wasserturm zu sehen, der mitten auf einer weitläufigen Lichtung stand und zwar ein Teil der Stadt war, zugleich aber durch eine Wand aus hohen Kiefern zumindest optisch von ihr getrennt wurde. Vermutlich waren diese Kiefern noch Setzlinge gewesen, als man den Turm vor einer Ewigkeit errichtet hatte.

Davor stand eine Gruppe Jugendlicher zusammen, einer von ihnen, ein staksiger Junge, drehte sich auf einmal weg und übergab sich mitten auf dem Rasen.

„Du bleibst im Wagen", sagte Boone zu Angie McCullough, die nur stumm nickte. Er schaltete die Sirene ab, als er anhielt, ließ aber den Motor laufen und rannte zu den Jugendlichen.

Sie machten ihm sofort Platz, als er sich ihnen näherte, und dann sah er den Jungen, der mit verdrehten Armen und Beinen dalag. Er schlug weder die Augen auf, noch ließ er eine andere Reaktion erkennen, als Boone ihn mit Namen ansprach. Er hockte sich neben den Bewusstlosen hin und legte zwei Finger an seinen Hals, dabei stellte er fest, dass der Puls nur schwach und beängstigend unregelmäßig war.

Ein paar Sekunden später rückten die Sanitäter mit ihrer Ausrüstung an und knieten sich zu beiden Seiten neben Dawson McCullough, während Boone aufstand und die erschrockenen Teenager ein paar Schritte nach hinten schickte. Dabei wanderte sein Blick über die Gruppe, und ihm fiel auf, dass er diese Jugendlichen – die er zwar nicht dem Namen nach, dafür aber den Gesichtern nach kannte – schon einige Male vom Wasserturm hatte wegschicken müssen.

„Was genau ist passiert?“, fragte er, da keiner von ihnen von sich aus etwas sagte.

„Er ist runtergefallen“, erklärte eines der Mädchen mit zitternder Stimme.

„Er ist aber nicht gesprungen oder so“, ergänzte der Junge, der sich vor ein paar Minuten übergeben hatte.

Boone atmete tief durch, um innerlich zur Ruhe zu kommen, und stützte die Hände auf den Hüften ab. Er warf einen flüchtigen Blick zum Streifenwagen und sah durch die Windschutzscheibe das schneeweiße Gesicht von Angie McCullough, die wie erstarrt im Wagen saß.

„Ist … ist Dawson tot?“, fragte jemand aus der Gruppe.

„Nein“, antwortete Boone. Die Sanitäter arbeiteten zügig und routiniert, einer von ihnen redete auf den Bewusstlosen ein, während er einen Tropf legte. Der andere Mann lief zurück zum Rettungswagen, um weitere Ausrüstung herbeizuschaffen. „Jedenfalls *noch* nicht“, fuhr er aufgebracht fort und nahm den Hut ab. „Was ist eigentlich so schwer daran zu verstehen, wenn man euch sagt, dass ihr euch vom Wasserturm fernhalten sollt?“, herrschte er die Gruppe an.

Die Jugendlichen, die sich bei Boones früheren Aufforderungen bisher immer trotzig verhalten hatten, tauschten jetzt nur betretene Blicke untereinander aus. „Dawson war blöd, das ist alles“, erklärte ein Mädchen, das einen recht gefassten Eindruck machte. „Niemand hat von ihm verlangt, dass er da raufklettert.“

Boone wusste, dass es eine Lüge war, aber er reagierte jetzt nicht darauf, weil dies nicht der richtige Moment für Vorwürfe war. Außerdem war er so unglaublich wütend, dass er lieber den Mund hielt, weil er nicht wusste, zu welchen Äußerungen er sich hinreißen lassen würde. Ein Mensch, jemand, mit dem sie alle befreundet waren, hatte sich schwer verletzt, womöglich lag er bereits im Sterben. Das alles hätte sich vermeiden lassen, wenn sie sich an das Verbot gehalten hätten, den Wasserturm zu meiden.

Und? Habt *ihr* euch an das Verbot gehalten? forderte ihn eine Stimme in seinem Kopf heraus. *Du und Hutch und Slade?*

Sein Blick wanderte zu den Pick-ups und den anderen Fahrzeugen, die dem Rettungswagen gefolgt waren. Die Fahrer waren ausgestiegen und in einiger Entfernung stehen geblieben, die Hüte tief ins Gesicht gezogen, während sie abwarteten und beobachteten.

Deputy McQuillan kam in seinem Streifenwagen angefahren, den er mit quietschenden Reifen zum Stehen brachte, dann stieg er hastig aus. Vor Boones geistigem Auge fügten sich weitere Puzzleteile zusammen, als er sah, dass auf dem Beifahrersitz Patsy McCullough saß, die Mutter von Angie und Dawson. Sie sprang aus dem Wagen und rannte aufgeregt am Deputy vorbei.

Patsy war eine schmale, vernachlässigt wirkende Frau, so alt wie Boone, der mit ihr zur Highschool gegangen war. Und ebenso wie Nancy Winchell hatte ihr das Leben nichts geschenkt. Sie trug unauffällige Kleidung, ihr Gesicht war bleich, und ihre ganze Erscheinung wirkte so, als würde sie allmählich unsichtbar, bis überhaupt niemand mehr von ihr Notiz nehmen konnte.

Inzwischen hatten die Sanitäter dem Jungen eine Halskrause angelegt, einer von ihnen griff nach einem mitgebrachten langen Brett. Boone stellte sich rasch Patsy in den Weg und fasste sie an den Schultern, da sie ihren Sohn in ihrer Panik zweifellos packen und an sich drücken würde, was in seinem Zustand genau das Falsche gewesen wäre.

„Lass die Sanitäter ihre Arbeit machen, Patsy“, sagte er beschwichtigend, als sie wieder und wieder Dawsons Namen rief.

„Ich habe ihm gesagt, er soll hier nicht hingehen“, stieß sie schluchzend hervor. „Ich habe ihm gesagt …“

Sie unterbrach sich und sah fassungslos mit an, wie die Sanitäter Dawson auf das Brett legten und ihn mit Gurten fixierten, um seine Wirbelsäule zu stabilisieren. Dann hoben sie ihn hoch und legten ihn auf die Trage. In der Zwischenzeit begann McQuillan in schroffem Tonfall, die verängstigten Jugendlichen zu befragen.

Boone war ziemlich sicher, dass hier keine Straftat vorlag, dennoch ließ er seinen Deputy gewähren. Er selbst hielt immer noch Patsy fest, ließ sie aber los, als die Sanitäter Dawson auf der Trage an ihnen vorbei zum Rettungswagen schoben. Angie verließ den Streifenwagen und nachdem die Sanitäter die Trage gesichert hatten, stiegen sie und ihre Mutter in den Rettungswagen.

„Charlie lässt ausrichten, dass sie einen Helikopter angefordert haben“, sagte auf einmal eine vertraute Stimme links von Boone. „Sie wollen ihn nach Missoula oder eventuell nach Helena bringen, je nachdem, wo sie schneller hinkommen.“

Als Boone sich umdrehte und seinen besten Freund Hutch sah, verspürte er eine gewisse Erleichterung. Ihm war gar nicht aufgefallen, dass Hutch auch hergekommen war.

„Dann sieht es also schlecht aus“, murmelte Boone. Er hatte keine Gelegenheit gehabt, sich bei den Rettungssanitätern nach dem Zustand des Jungen zu erkundigen, wohl auch, weil er insgeheim auf ein Wunder gehofft hatte.

Hutchs Blick wanderte vom Rettungswagen zum Wasserturm. „Es sieht schlecht aus“, bestätigte er und betrachtete nachdenklich das Bauwerk, das hoch in den unschuldig blauen Himmel aufragte. „Das Ding hätte schon vor Jahren abgerissen werden müssen.“ Einige der umstehenden Männer nickten zustimmend.

„Allerdings“, bekräftigte Boone seufzend. „Aber erzähl das mal dem Stadtrat oder dem Bürgermeister. Jedes Mal, wenn der

Abriss auf der Tagesordnung steht, kommt irgendein Geschichtsfanatiker daher und redet jeden an die Wand, der dafür ist."

„Vielleicht wird der Stadtrat es sich jetzt nicht mehr ausreden lassen", überlegte Art Farrington, ein Rancher mittleren Alters mit wettergegerbtem Gesicht, und schob seinen Hut zurecht, womit er seine Wut unterstrich.

„Es ist lange genug darüber geredet worden", gab Hutch grimmig zurück. „Es wird Zeit, etwas zu *tun*."

Von allen Seiten war zustimmendes Gemurmel zu hören.

Der Rettungswagen fuhr los und nahm Kurs auf die einzige Landebahn der Stadt, die vorwiegend irgendwelche Hollywood-Wichtigtuer benutzten, die mit ihren Privatjets herkamen.

Hutch krempelte die Hemdsärmel hoch und ging zu seinem Truck, den er am Rand der Lichtung geparkt hatte. „Ich habe eine Seilwinde an meinem Wagen", rief er über die Schulter, ohne irgendwen anzusehen. „Wer macht mit?"

Alle Anwesenden folgten Hutchs Vorbild und begaben sich zu ihren Fahrzeugen.

Boone schluckte seinen Protest herunter. Der Wasserturm war Eigentum der Stadt, und da es in Parable keine von der Gemeinde unterhaltene Polizei gab, war es seine Aufgabe, dieses Eigentum zu beschützen.

Noch nie hatte er weggeschaut, wenn jemand das Recht selbst in die Hand nahm, als Deputy nicht – und erst recht nicht als gewählter Sheriff. Aber nun war das passiert, womit jeder insgeheim gerechnet hatte. Ein Jugendlicher war von diesem verdammten Turm gestürzt und hatte sich lebensgefährlich verletzt. Möglicherweise tat Dawson McCullough in diesem Moment seinen letzten Atemzug, und das alles nur, weil niemand eine Entscheidung hatte fällen wollen.

„Schaff die Kinder von hier weg", sagte er zu Treat McQuillan. „Bring sie nach Hause und sag ihren Eltern, was vorgefallen ist. Ich werde später bei ihnen vorbeikommen und mit ihnen reden."

Diesmal widersprach McQuillan nicht, und er ließ es auch nicht so gemächlich angehen wie üblich. „Ihr habt den Sheriff gehört", rief er den Jugendlichen zu, die noch erschütterter wirkten als vor ein paar Minuten. „Los, Abmarsch."

Die Jungen und Mädchen gingen zügig zum Streifenwagen und zwängten sich hinein, ohne dass auch nur ein Widerwort zu hören war, während sie sonst gern und schnell gegen alles protestierten.

Hutch wendete seinen Wagen und fuhr rückwärts bis auf gut fünfzig Meter an den Wasserturm heran, dann betätigte er einen Schalter am Armaturenbrett und setzte die Seilwinde in Gang. Er stieg aus, griff nach dem abgerollten Stahlseil und ging zum Wasserturm, wo er es um eines seiner vier dürren Beine legte und festzurrte.

Zwei andere Männer folgten seinem Beispiel mit den Seilwinden ihrer Wagen, die normalerweise zum Einsatz kamen, wenn ein Fahrzeug aus einem Graben oder eine Kuh aus dem Morast gezogen werden musste. Heute sollten sie aber einem ganz anderen Zweck dienen.

Natürlich spielte Boone mit dem Gedanken, diesem illegalen Treiben Einhalt zu gebieten, aber er konnte sich einfach nicht dazu durchringen. Als Jugendlicher war er oft auf den Turm geklettert, so wie auch Hutch und Slade und praktisch jeder in Parable, die Mädchen eingeschlossen. In ein paar Jahren wären seine Jungs alt genug, um ebenfalls zu glauben, es sei unglaublich cool, die klapprige alte Leiter hochzuklettern, nur weil irgendjemand sie zu dieser Mutprobe herausgefordert hatte oder sie ein Mädchen beeindrucken wollten.

Vor seinem geistigen Auge verwandelte sich Dawsons totenbleiches, starres Gesicht in das von Griffin und dann in das von Fletcher.

„Du solltest besser ein paar Meter zurückgehen, Sheriff", schlug Hutch ihm vor, als er zu seinem Wagen zurückkehrte.

Einen Moment lang zögerte Boone, dann machte er sich kopfschüttelnd auf den Weg zu seinem Streifenwagen und setzte sich so hinters Steuer, dass ein Fuß immer noch draußen auf dem Boden stand, fast so, als wollte er bereit sein, um in letzter Sekunde aus dem Wagen zu springen und den Männern zu befehlen, sofort aufzuhören.

Aber er tat es nicht.

Drei Stahlseile waren um je eine Stütze des Turms gelegt, ein lautes und durchdringendes Knarren erfüllte die drückende Luft, als die Seile gespannt wurden. Der Turm schwankte leicht, Holzbalken ächzten. Die Seilwinden heulten auf, als ihnen mehr Leistung abverlangt wurde. Das Schwanken verstärkte sich, dann knickten die Beine weg und der riesige rostige Tank begann zu kippen, gleich darauf schlug er mit einer deutlich spürbaren Erschütterung auf dem Grund auf.

Endlich lag die Monstrosität geschlagen am Boden, die zersplitterten Bretter hatten sich wie riesige Zahnstocher auf dem Rasen verteilt. Eine Staubwolke stieg auf und trieb langsam davon. Hutch und die beiden anderen Männer stellten den Motor ihrer Trucks ab und stiegen über die Trümmer, um die Haken ihrer Seilwinden zu lösen, damit das Seil aufgewickelt werden konnte.

Schließlich kam der mit Staub bedeckte Hutch zu Boone und grinste flüchtig, schaute dann aber betrübt in die Richtung, in der das Rollfeld lag, auf dem mit viel Glück in Kürze ein Helikopter landen würde. Missoula und Helena waren viele Meilen entfernt, und es war nicht so, als würden überall Hubschrauberpiloten in Scharen bereitstehen, um Kurs auf Parable zu nehmen. Außerdem wusste niemand, ob der Junge überleben würde. Falls ja, konnte man schon jetzt davon ausgehen, dass für Dawson und die übrigen McCulloughs nichts je wieder so sein würde wie früher.

„Ich lasse ein paar Leute herkommen, damit die Überreste des Turms weggeschafft werden“, erklärte Hutch und sah Boone in die Augen. „Wenn der Bürgermeister jemanden deswegen einen Kopf kürzer machen will, sag ihm, ich stehe zur Verfügung.“

Mit diesen Worten wandte er sich zum Gehen.

„Jetzt warte aber mal!“, rief Boone, stieg aus seinem Wagen aus und lief hinter Hutch her, um ihn einzuholen, während dieser mit großen Schritten zügig weiterging. „Du und Kendra, ihr erwartet ein Baby. Du kannst nicht die Schuld auf dich nehmen, Hutch. Jedenfalls nicht du allein. Das werde ich nicht zulassen.“

Hutch seufzte, während er den anderen Männern zuwinkte, die bereits wieder abfuhren, dann drehte er sich zu Boone um und legte eine Hand auf dessen Schulter. „Egal was passiert“, erwiderte er, „zumindest eine Sache ist sicher: Der McCullough-Junge ist der erste, der vom Wasserturm gestürzt ist, und wir haben dafür gesorgt, dass er auch der einzige bleiben wird.“

Während Boone zustimmend nickte, betrachtete er das Bild der Verwüstung, das von einem Wahrzeichen der Stadt übrig geblieben war. Es sah ein wenig aus wie eine Szene in einem Katastrophenfilm, und es war jetzt schon klar, dass einige Leute in Parable über diese Aktion gar nicht glücklich sein würden. Aber was geschehen war, ließ sich nicht mehr ungeschehen machen, und das erleichterte Boone.

„Ich glaube, ich sollte den zuständigen Stellen Bericht erstatten“, sagte er schließlich. Die Aussicht darauf war alles andere als erfreulich. Zwar musste er als gewählter Vertreter des County der Stadt nicht Rede und Antwort stehen, dennoch war ihm klar, dass der verknöcherte alte Bürgermeister Hannibal Hale ihm die Hölle heißmachen würde.

Hales Ururgroßvater hatte zu den ersten Siedlern in diesem Teil von Montana gehört und zusammen mit anderen Geschäftsleuten den Bau dieses Wasserturms vorangetrieben, damit Parable eine Eisenbahnlinie bekam, die die Stadt bekannt machen würde. Die mutige Taktik war aufgegangen, aber inzwischen hatte sich seit über fünfzig Jahren kein Zug mehr nach Parable verirrt, und die Schienen verschwanden allmählich unter Unkraut, Staub und Steinen.

Hutch nickte nachdenklich. Er nahm die Hand von dessen Schulter und ging weiter zu seinem Wagen, als sein Handy einige Takte eines bekannten Country-Liebeslieds spielte.

Boone bemerkte, wie Hutch abrupt stehen blieb, als er dem Anrufer zuhörte.

„Ich bin schon auf dem Weg“, hörte Boone ihn sagen. „Halt durch!“

„Das Baby?“, fragte er.

„Ist unterwegs“, antwortete Hutch und schien zwischen Panik und grenzenloser Freude zu schwanken. Augenblicke später saß er schon in seinem Wagen, ließ den Motor an und fuhr in hohem Tempo davon.

Für Boone blieb im Moment nichts weiter zu tun, als Hutch und Kendra viel Glück zu wünschen. Er stieg in seinen Streifenwagen und machte sich auf den Weg zum Haus des Bürgermeisters in der River Bend Road. Hannibal war ein zynischer alter Mistkerl, aber man konnte ihm nicht nachsagen, dass er herzlos wäre. Ihn würde Dawson McCulloughs Unfall so betroffen machen wie jeden anderen in Parable, allerdings würde für ihn gleichzeitig auch die Frage eine wichtige Rolle spielen, inwieweit man die Stadt für das Unglück haftbar machen konnte.

Nach dem Besuch beim Bürgermeister wollte Boone ins Büro zurückfahren und sich da fürs Erste verschanzen. Die Leute würden ihn anrufen oder bei ihm vorbeikommen, um sich zu erkundigen, wie es Patsys Sohn ging, aber der eine oder andere würde ihm ganz sicher für die Zerstörung des Wasserturms an den Kragen gehen wollen.

Im Rückspiegel betrachtete er noch einmal kurz die Überreste des Monuments, dann konzentrierte er sich auf die Fahrbahn und die vor ihm liegenden Aufgaben.

„Endlich hat der Spuk ein Ende“, sagte er leise.

Eine elegante silberne Maschine raste über die kurze Landebahn am Stadtrand von Parable und hob ab, um in den blauen Himmel aufzusteigen. Da Tara wusste, dass das Flugzeug Casey Elder gehörte, und da ihr der Rettungswagen am einzigen Hangar aufgefallen war, hatte sie besorgt ihren SUV an den Straßenrand gelenkt und angehalten.

Diesmal saß Elle vorn, da sie den letzten Münzenwurf an der Mall in Three Trees für sich entschieden hatte.

„Der sieht aus wie Dads Flieger“, stellte Erin auf der Rückbank fest.

Tara stutzte, ging aber der Sache nicht weiter nach, da der Anblick des Rettungswagens sie zu sehr in Unruhe versetzt hatte.

„Er ist nur Teileigentümer“, korrigierte Elle ihre Schwester und sah zu Tara, die bereits den lavendelfarbenen Overall trug, den sie als Hühnerbetreuungskleidung gekauft hatte. „Wieso halten wir eigentlich an?“

„Irgendwas stimmt nicht“, erwiderte Tara beiläufig. Hier landeten immer mal Privatmaschinen, doch Casey – eine berühmte Sängerin und die neue Eigentümerin des Herrenhauses, das bislang Kendra gehört hatte – war eine gute Freundin von ihr. Tara wusste, dass Casey gerade erst eine längere Tournee hinter sich gebracht hatte. Gleich nach der Heimkehr hatte sie Tara, Kendra und Joslyn zu sich nach Hause zum Essen eingeladen und ihnen erschöpft gestanden, dass schon der Weltuntergang drohen musste, bevor sie Parable im Allgemeinen und ihre Kinder im Besonderen noch einmal verließ.

Der Rettungswagen hatte die Straße erreicht, und Charlie winkte Tara vom Beifahrersitz aus zu, als sie an ihrem Wagen vorbeifuhren. Daraufhin holte sie ihr Handy aus der Tasche und rief Casey auf ihrer Festnetznummer an. Sie atmete erleichtert auf, als diese sich mit einem erschöpften „Hallo, Tara“ meldete. Hätte eines ihrer Kinder von einem Spezialisten behandelt werden müssen, wäre Casey mit an Bord der Maschine gewesen.

„Wir haben eben deinen Jet starten sehen“, sagte Tara, der es mit einem Mal ein wenig peinlich war, dass sie ihre Freundin angerufen hatte. „Ein Krankenwagen stand auf dem Rollfeld …“

„Heute ist ein Junge vom Wasserturm gestürzt“, unterbrach Casey sie leise. „Sie wollten eigentlich einen Hubschrauber anfordern, aber mein Jet stand sowieso schon startbereit da, und weil es offenbar auf jede Sekunde ankommt, habe ich meinen Piloten gebeten, den Flug zu übernehmen."

Als Tara das hörte, verkrampfte sich ihr Magen. „Oh Gott", flüsterte sie. „Wer ... wie schwer hat sich der Junge denn verletzt?"

„Lebensgefährlich", sagte Casey. „Seinen Namen habe ich allerdings nicht mitbekommen."

Tara dankte ihr für die Auskunft und legte auf. Sie zitterte leicht, als sie langsam weiterfuhr.

„Was ist los?", wollte Elle ängstlich wissen.

„Es hat einen Unfall gegeben", gab Tara tonlos zurück.

„Ist Dad was passiert?", meldete sich Erin vom Rücksitz.

„Nein, Honey." Tara versuchte zu lächeln, doch es gelang ihr nicht. „Wenn wir zu Hause sind, werde ich versuchen, mehr herauszufinden, okay?"

„Okay", antworteten die Zwillinge gleichzeitig.

Auf der Farm wurden sie von einer Schar hungriger Hühner empfangen, was zumindest für Tara eine willkommene Ablenkung darstellte, da sie für kurze Zeit nicht an den schrecklichen Unfall denken musste, von dem Casey am Telefon gesprochen hatte.

Elle, die bereits ihren Overall trug, wollte sich sofort daran machen, die Hühner zu füttern, Eier einzusammeln und die Hinterlassenschaften der Tiere wegzuschaffen. Erin dagegen eilte zuerst mit den Einkaufstaschen ins Haus, um die sehr schlichte und vor allem markenlose Jeans anzuziehen, für die sie sich entschieden hatte.

Lucy, die für die Dauer der Einkaufstour im Haus geblieben war, stürmte sofort freudig bellend auf Tara zu, als diese die Tür aufschloss. Ihrem Verhalten nach zu urteilen, hätte man meinen können, dass sie nicht nur für ein paar Stunden, sondern gleich für Tage zu Hause eingeschlossen gewesen war.

So wie stets gelang es Lucy auch jetzt, Taras Laune mit ihrer mitreißenden Art und ihrer bedingungslosen Bewunderung

Auftrieb zu geben. „Hallo, mein Mädchen", sagte sie fröhlich. „Ich freue mich ja auch, dich wiederzusehen."

Die nächste halbe Stunde verbrachte sie damit, Elle und Erin zu zeigen, wie man die Eier einsammelte. Obwohl sie das am Morgen schon erledigt hatte, fanden sich bereits neue Eier, ein paar davon gesprenkelt, andere braun und einige wenige, die *fast* ganz weiß waren.

„Die sehen gar nicht so aus wie die Eier, die unsere Haushälterin immer kauft", stellte Erin verwundert fest.

Währenddessen betrachtete Elle den Boden des momentan verwaisten Stalls und rümpfte die Nase. Allem Anschein nach verlor sie bereits ein wenig das Interesse daran, den Stall auszumisten. „Wo sollen wir den ganzen Dreck eigentlich hinbringen?", fragte sie.

Tara lächelte ihre Stieftochter an. „Ich schaufele alles in eine Schubkarre und fahre es hinter den Traktorschuppen, aber *ganz weit* hinten. Jetzt im Herbst und auch im Frühjahr mische ich das zum Düngen unter die Erde. Die Blumenbeete und der Gemüsegarten können von dem Zeug gar nicht genug kriegen." Sie ließ eine kurze Pause folgen und genoss Elles offensichtliche Bestürzung. „Bei den Beeten und dem Garten müsste übrigens Unkraut gezupft werden, danach sollte alles gründlich gegossen werden, und nicht zu vergessen, dass alle Pflanzen liebevollen Zuspruch benötigen, damit sie gut wachsen und gedeihen."

Die farbenprächtigen Blumenbeete konnte man gar nicht übersehen, wenn man auf der Farm eintraf. Allerdings gab es keinen Zweifel daran, dass Elle den Gemüsegarten tatsächlich noch nicht bemerkt hatte. Das eingezäunte Stück lag gleich hinter der baufälligen alten Scheune, die Tara bereits seit ihrem ersten Tag hier auf der Farm abreißen wollte. Vermutlich hatte sie an keiner anderen Stelle ihres Grundstücks so viel Zeit verbracht wie im Gemüsegarten, da es ihr unglaublichen Spaß machte, sich um die Reihen mit Salat, Bohnen, Mais und diversen Kräutern zu kümmern.

„Was dachtest du denn, woher die Tomaten kommen, die wir gestern Abend in Scheiben geschnitten mit Olivenöl und Büffelmozzarella gegessen haben?"

„Aus dem Supermarkt?", gab Elle zögerlich zurück.

Erin schüttelte den Kopf und lachte, dann machte sie sich auf die Suche nach der Schubkarre. Lucy folgte ihr schwanzwedelnd.

„Gartenarbeit ist anstrengend, oder?", fragte Elle. Sie hatte sich noch nicht von der Stelle gerührt. In einer Hand hielt sie nach wie vor das nicht ganz saubere Ei, das sie aus einem der Nester genommen hatte, die die Wände des Stalls säumten.

„Ja", bestätigte Tara geradeheraus. „Aber sie tut auch der Seele gut. Du wirst schon sehen." Sie klopfte ihrer Stieftochter aufmunternd auf die Schulter, lächelte sie noch einmal an und ging zum Haus, um sich ebenfalls umzuziehen: Jeans, T-Shirt und die hässlichen und hoffnungslos verdreckten Stiefel, die sie immer auf der hinteren Veranda abstellte.

Gerade als sie so weit war, in den Hühnerstall zurückzukehren, rief Joslyn sie an. Tara nahm das Handy vom Küchentresen und meldete sich mit einem verhaltenen „Hallo".

„Hast du schon gehört?", fragte Joslyn ohne Vorrede.

„Du meinst den Unfall am Wasserturm?", gab Tara zurück und ging die Stufen herunter, die von der Veranda in den Garten führten. Dann ging sie an dem lang gestreckten Farmhaus entlang zu den Zwillingen, die im Hühnerstall beschäftigt waren.

„Ja, das auch."

„Auch?", wiederholte Tara verdutzt. Lieber Himmel, was sollte denn in Parable innerhalb so kurzer Zeit sonst noch vorgefallen sein?

„Dann erzähle ich dir erst mal die guten Neuigkeiten."

Taras Laune besserte sich ein wenig, und sie musste unwillkürlich lächeln, als sie sah, wie Elle den Hühnerdreck in die Schubkarre schaufelte, während Erin Futter verstreute, das die Hühner aufpicken konnten. „Gute Neuigkeiten?" Jetzt war sie völlig durcheinander. „Was denn?"

„Kendra liegt in den Wehen. Sie ist im Parable General Hospital. Slade ist hingefahren, um Hutch moralisch zu unterstützen. Er hat eben angerufen und gesagt, dass alles in Ordnung ist. Vor fünf Minuten ist Hutch in den Kreißsaal gegangen."

Tränen stiegen Tara in die Augen. Sie wusste, wie sehr sich Hutch und Kendra auf die Geburt ihres Kinds gefreut hatten. Beide liebten ihre Adoptivtochter Madison über alles und behandelten sie wie ein leibliches Kind, aber sie hatten nach jahrelanger Trennung einen steinigen Weg gemeistert, um zueinanderzufinden. Das Baby, das mit der Leidenschaft wiederentdeckter Liebe gezeugt worden war, würde dadurch in ihren Herzen einen ganz besonderen Platz einnehmen.

„Das ist ja wunderbar", sagte sie leise und konnte sich gegen ein Gefühl von Eifersucht nicht wehren. Was konnte es Schöneres geben, als einen guten, anständigen Mann zu lieben, der diese Liebe erwiderte, und aus dieser Verbindung ein Kind hervorgehen zu lassen?

Früher hatte sie fest an ein erfülltes Leben als Ehefrau und Mutter – und vielleicht sogar als Großmutter – geglaubt. Aber dann hatte sie den falschen Mann geheiratet und am Ende alles verloren. Sie ging langsamer und sah reflexartig zu ihren Stieftöchtern.

Reiß dich zusammen, ermahnte sie sich. *Hier geht es nicht um dich.*

„Sobald das Baby da ist", sprach Joslyn längst weiter, „ruft Slade mich an, und dann sage ich dir sofort Bescheid."

„Ich kann's kaum abwarten, von dir zu hören." Sobald sie wusste, ob es ein Junge oder ein Mädchen war, würde sie gleich wieder in die Stadt fahren und bergeweise Geschenke kaufen.

„Wegen der anderen Sache …", wechselte Joslyn seufzend das Thema und verstummte mitten im Satz. Da ihr Mann Slade bis vor Kurzem noch der Sheriff gewesen war und Opal Dennison für sie arbeitete, wusste Joslyn üblicherweise, was sich in Parable County abspielte.

„Casey sprach davon, dass jemand vom Wasserturm gestürzt

ist“, sagte Tara zögerlich und blieb stehen, bevor sie bei den Zwillingen angekommen war. „Sie wusste aber nicht, wer verunglückt ist.“

„Dawson McCullough“, antwortete Joslyn betrübt. „Es sieht nicht gut aus für ihn, wie ich gehört habe. Opal sammelt bereits Spenden, um der Familie zu helfen. Dawsons Mom Patsy ist alleinerziehende Mutter und kommt schon jetzt kaum über die Runden.“

„Ist der Vater untergetaucht?“

Die Zwillinge mussten ihre ernste Miene bemerkt haben, da sie ihre Arbeit unterbrachen und sie besorgt ansahen. Es erstaunte Tara, dass so junge Gesichter so besorgt wirken konnten.

„Er sitzt in einem anderen Bundesstaat im Knast“, erwiderte Joslyn ohne jeden Vorwurf in der Stimme. Ihr eigener Stiefvater Elliott Rossiter war hinter Gittern gestorben, und sie wusste nur zu gut, wie sehr eine Familie darunter litt, wenn der Vater im Gefängnis war.

„Sag mir Bescheid, wenn ich in irgendeiner Weise helfen kann“, erklärte Tara, die sich in diesem Moment schrecklich unnütz vorkam. Natürlich konnte sie einen Scheck ausstellen, ein paar Gebete sprechen und den McCulloughs etwas Gemüse aus ihrem Garten bringen, doch angesichts einer solchen Tragödie erschien ihr das nicht gerade angemessen.

„Ja, auf jeden Fall“, versicherte Joslyn ihr. „Ich lege jetzt besser auf – Shea und Opal sind gerade vorgefahren, und Boones Jungs sind bei ihnen. Bestimmt muss Boone die ganze Nacht durcharbeiten, der arme Kerl.“

Diesmal verspürte Tara keinen Neid, sondern vielmehr ein schlechtes Gewissen. Boone mochte noch so nervtötend sein, aber er war trotz allem ihr Nachbar. Am Abend zuvor hatte er die Kinder zu ihr gebracht, nachdem der alte Zeb Winchell tot aufgefunden worden war. Anstatt sie heute wieder um diesen Gefallen zu bitten, hatte er die Jungs offenbar Opal anvertraut.

Diese Erkenntnis versetzte ihr aus einem unerfindlichen Grund einen Stich ins Herz.

„Okay, wir sprechen uns", sagte sie zu Joslyn, beendete das Gespräch und steckte das Handy in ihre Hosentasche.

„Du wolltest uns noch erzählen, was in der Stadt passiert ist", erinnerte Erin sie.

Tara nickte und erklärte ihnen, was sie über den Wasserturm und die Anziehungskraft wusste, die er auf Jugendliche und Kinder gleichermaßen ausübte. Und sie sagte ihnen, dass ein Junge namens Dawson abgestürzt sei und niemand wisse, in welcher Verfassung er sich befand.

„Auf jeden Fall schlimm genug, um ihn ins Krankenhaus bringen zu müssen", folgerte Elle. Als Arzttöchter wussten beide Mädchen, wie ernst die Lage war.

Erin nickte und fasste nach den Griffen der Schubkarre, dann jedoch stutzte sie. „Gibt es denn in Parable kein Krankenhaus? Ich dachte, ich hätte heute eines gesehen, als wir auf dem Weg aus der Stadt waren."

„Es gibt ein Krankenhaus. Aber es kann nicht die Behandlung leisten, die Dawson benötigt."

„Oh", murmelte Elle, als sie das hörte.

9. KAPITEL

Nichts ist jemals so schlimm, dass es nicht doch noch schlimmer kommen könnte, dachte Boone, als er eine Stunde nach dem Zwischenfall am Wasserturm das stattliche Haus von Bürgermeister Hale verließ, in seinen Wagen stieg und abfuhr.

Bei seiner Ankunft hatte Hale ihn bereits auf der Veranda erwartet. Der Bürgermeister war ein stämmiger Mann Mitte sechzig, der mit seinem vollen weißen Haar sofort an Mark Twain erinnerte. Die Veranda, von der aus er nach Boone Ausschau hielt, war mit all ihren Verzierungen und Schnörkeln eigentlich viel zu kunstvoll gestaltet, um überhaupt noch als Veranda bezeichnet zu werden. Der Mann selbst schien vor Wut zu kochen, und es sah aus, als ob er jeden Moment die Zigarre durchbeißen würde, die noch unangezündet zwischen seinen Lippen klemmte. Offenbar wusste er bereits, was sich in der Stadt abgespielt hatte.

„Das haben wir nun davon, dass wir uns darauf verlassen haben, dass Ihr Sheriff Department die anständigen Menschen in Parable beschützen wird!“, tobte er los, noch bevor Boone das Tor zu seinem Grundstück überhaupt aufmachen konnte. „Das Budget würde zwar sehr strapaziert, wenn wir eine eigene Polizei hätten, aber das wäre uns verdammt noch mal erheblich billiger gekommen als die Millionenklage, mit der wir jetzt rechnen müssen!“

Dass es der Stadt an eigenen Gesetzeshütern fehlte, war für Hannibal Hale seit seiner Wahl in den frühen Achtzigern ein Reizthema, weil es ihm nie gefallen hatte, von einem Sheriff abhängig zu sein, der für den gesamten County zuständig war. Aber die Ratsmitglieder hatten das Thema von einer Sitzung zur nächsten verschoben.

Zu schade, dass der Bürgermeister nicht mit dem gleichen Eifer dafür eingetreten war, die Gefahrenquelle unschädlich zu machen, die der alte Wasserturm für Generationen von Kindern und Jugendlichen dargestellt hatte.

„Gibt es schon Neuigkeiten über den Zustand des Jungen?", fragte Boone ruhig und kämpfte erfolgreich gegen den Wunsch an, dem älteren Mann an den Kragen zu gehen und ihm seine Meinung zu sagen. Ganz sicher hatte er inzwischen nicht nur die Anwälte der Stadt angerufen, die ihre Büros drüben in Three Trees hatten, sondern auch die Krankenhäuser in Missoula und Helena, die für einen solchen Notfall am ehesten infrage kamen.

Seine Frage nach Dawson McCullough ließ Hale etwas ruhiger werden. Seine Hand zitterte, als er die Zigarre aus dem Mund nahm und den Arm sinken ließ. „Verletzungen an der Wirbelsäule", gab er schroff zurück, gleichzeitig zeichnete sich in seinem breiten, knollennasigen Gesicht aufsteigende Wut ab. Er zog die Taschenuhr hervor, um nach der Zeit zu sehen. „Sie dürften gerade mit der Operation beginnen."

„Prognose?", hakte Boone nach, der die Antwort eigentlich lieber nicht erfahren hätte.

Hale, der in seinem schneeweißen Anzug aussah wie ein Hauptdarsteller in einem Film aus den Fünfzigern über das Leben in den Südstaaten, zuckte ungehalten mit den Schultern, die er gleich darauf aber sichtlich niedergeschlagen wieder sinken ließ. „Falls der junge Mann durchkommt, wird er den Rest seines Lebens im Rollstuhl verbringen, das steht leider schon so gut wie fest."

Boone musste feststellen, dass man schockiert sein konnte, ohne zugleich überrascht zu sein. Auch wenn er gewusst hatte, dass es so kommen würde, war die Aussage wie ein Tiefschlag in die Magengrube.

Nachdem er sich etwas erholt hatte, fragte er nach dem Namen des Krankenhauses, in das man Dawson gebracht hatte, weil er sich persönlich nach dem Jungen erkundigen wollte. Erst dann kam er auf das nächste unerfreuliche Thema zu sprechen. „Was den Wasserturm angeht ..."

Sofort schnitt ihm Hale das Wort ab. „Davon habe ich auch schon gehört", knurrte er. „Verdammt noch mal, Boone, warum haben Sie das nicht verhindert? Unfall hin oder her, aber dieser

Wasserturm war das älteste erhaltene Bauwerk im gesamten County. Das *Parable Preservation Committee* wird mich dafür einen Kopf kleiner machen, und Sie wird man bestimmt auch nicht verschonen."

„Das Ding war seit Jahrzehnten eine Gefahr", konterte Boone ohne Umschweife. „Mir hat's nicht leidgetan, als der Turm am Boden lag, und ich glaube, die meisten Leute hier teilen meine Meinung."

Die meisten, aber ganz sicher nicht alle.

„Ihr Tonfall wird Ihnen schon noch vergehen, wenn die ersten Beschwerden eingehen", fuhr Hale ihn an und gestikulierte mit seiner Zigarre. „Ich erwarte, dass Sie noch heute Hutch Carmody und die anderen wegen Zerstörung öffentlichen Eigentums anzeigen, *Sheriff*. Und Sie sollten sich schon mal überlegen, ob es nicht sinnvoller wäre, den Dienst zu quittieren."

„Darauf können Sie lange warten, Sir", gab er zurück und wandte sich zum Gehen. „Auf das eine wie auf das andere."

Als er eine ganze Reihe von Ü-Wagen der diversen Fernsehsender sah, stutzte er. Wie hatten die Reporter es nur geschafft, so schnell in Parable aufzutauchen?

Seufzend stellte er den Wagen auf seinem Stammplatz nahe dem Eingang zu seinem Büro und dem gleich danebengelegenen Gefängnis ab, zog das Handy aus der Halterung am Armaturenbrett und machte es an seinem Gürtel fest. Er würde nicht früh genug Feierabend machen können, um seine Jungs innerhalb der Öffnungszeiten des Gemeindezentrums abzuholen, so viel stand jetzt bereits fest. Er musste Berichte schreiben, Interviews geben, Telefonate erledigen und die Anliegen besorgter Bürger bearbeiten.

Nach dem zweiten Klingeln meldete sich Joslyn Barlow. Zögerlich bat Boone sie, den Hörer an Opal weiterzugeben. Als sie in der Leitung war, fragte er sie, ob sie Fletcher und Griffin gegen drei vom Gemeindezentrum abholen und mit zu sich nehmen konnte, bis er Zeit hatte, die Jungs bei ihr abzuholen.

Opal war sofort einverstanden, wie er es insgeheim gehofft

hatte. „Ach, Boone", sagte sie plötzlich, als er sich bedanken und verabschieden wollte.

„Ja?", fragte er.

„Was heute passiert ist, war nicht deine Schuld. Du hättest den Jungen nicht davon abhalten können, vom Turm zu stürzen. Das eigentliche Wunder ist doch, dass in all den Jahren nie jemand zu Schaden gekommen ist."

Er ließ ihre Worte auf sich wirken, dann erwiderte er: „Ich danke dir. Allerdings werden Bürgermeister Hale und das Parable Preservation Committee die Sache wohl etwas anders einschätzen."

„Hannibal Hale", schnaubte Opal verächtlich. „Der alte Geier hätte schon vor Jahren in den Ruhestand gehen sollen!" Für jemanden wie Opal, die Boone nur als friedfertig und sanftmütig kannte, kamen diese Worte fast einem Wutausbruch gleich. „Hör nicht drauf, was er sagt. Die vernünftigen Leute in dieser Stadt werden dich verstehen. Genau genommen werden sie dir sogar *dankbar* sein."

Er fragte sich, ob Patsy McCullough auch dankbar sein würde – oder ob sie vor Wut rasen würde, weil man den Turm schon vor Jahrzehnten hätte abreißen können, als er nicht mehr benötigt wurde. „Ich hoffe, du hast recht." Durch die staubige Windschutzscheibe sah er, dass die Reporter und einige Leute aus Parable auf seinen Streifenwagen zukamen.

Opal und er beendeten das Telefonat.

Als Boone ausstieg, musste er sich bereits einen Weg durch die Menge bahnen, die sich dichter um ihn zu drängen begann, bis er das Gefühl hatte, durch knietiefen Morast zu stapfen, der ihn nie wieder freigeben würde. Gleichzeitig kam es ihm so vor, als würde der Eingang zu seinem Büro mit jedem Schritt weiter in die Ferne rücken.

Von verschiedenen Seiten wurden ihm Mikrofone vors Gesicht gehalten.

„Sheriff, stimmt es, dass Sie tatenlos zugesehen haben, wie ein historisches Monument mutwillig zerstört wurde?", fragte ihn eine Frau, die er aus den Fünf-Uhr-Nachrichten aus Missoula kannte.

„Ja", sagte er und kämpfte sich wieder einen Schritt vor. „Das stimmt, aber im Moment bereitet mir der Zustand des Jungen mehr Sorgen, der fünfzehn Meter tief von dem Ding gestürzt ist und sich jetzt einer Notoperation unterziehen muss, weil sein Leben auf dem Spiel steht."

Die Reporterin zeigte keinerlei Gefühlsregung. „Hätte der County nicht irgendwelche Maßnahmen ergreifen müssen, um diese Tragödie zu verhindern?", wollte sie stattdessen wissen.

Hinterher ist man immer schlauer, dachte er mürrisch. „Der Wasserturm steht ... stand innerhalb der Stadtgrenze von Parable", sagte er und versuchte, größere Schritte zu machen, ohne dabei irgendwen aus dem Weg zu schieben. „Damit fällt der Turm nicht in die Zuständigkeit des County."

„Wird man die Leute anklagen, die den Wasserturm zerstört haben?", rief ein anderer Reporter so laut, dass er alle anderen übertönte, die beharrlich nach dem Sündenbock suchten, dem man die Schuld an den Geschehnissen anhängen konnte.

Was sollte das eigentlich? War diesen Reportern die Zerstörung einer ziemlich bedeutungslosen „historischen Stätte" tatsächlich wichtiger als das Schicksal eines Jugendlichen aus dem Ort?

„Nicht, wenn es nach mir geht", brachte er heraus. Natürlich hatten Hutch und die anderen gegen das Gesetz verstoßen, aber Boone würde keinen von ihnen festnehmen. Was ihn anging, hatten sie nur das getan, wozu kein anderer den Mut hatte aufbringen können oder wollen.

Endlich hatte er die Seitentür erreicht und betrat den Korridor, der zu seinem Büro führte, wobei ihm die Reportermeute weiter folgte. Nach ein paar Metern sah er sich zusätzlich auch noch mit allen sechs wütend dreinblickenden Mitgliedern vom Parable Preservation Committee konfrontiert, jener Gruppe, die sich für den Erhalt aller historischen Wahrzeichen der Stadt engagierte. Wenn er die sechs so betrachtete, musste er feststellen, dass es um den eigenen Erhalt des einen oder anderen Mitglieds auch nicht allzu gut bestellt war.

Wenigstens freute sich Scamp, ihn wiederzusehen. Der Hund kam zu ihm gelaufen, warf sich auf seine Stiefel, drehte und scheuerte sich und leckte Boone zwischendurch die Schuhspitzen ab. Er bückte sich, nahm den Hund hoch und machte sich auf ein unglaubliches Donnerwetter gefasst.

„Es ist ein Mädchen“, rief Joslyn, ohne an eine Begrüßung zu denken, als sie am Abend Tara anrief. Sie und die Zwillinge saßen auf der vorderen Veranda beim Abendessen zusammen und genossen die Ruhe des Landlebens, nachdem die lärmenden Hühner sich für die Nacht in ihren Stall zurückgezogen hatten.

Tara erfasste eine solche Freude, dass sie ein wenig die Erschöpfung vergaß, die ihr nach diesem arbeitsreichen Tag zu schaffen machte. Ihre Kehle war mit einem Mal wie zugeschnürt, Tränen brannten ihr in den Augen. „Ist das Baby gesund? Und wie geht es Kendra?“, brachte sie irgendwie heraus.

Die Zwillinge fügten die Bruchstücke des Telefonats natürlich richtig zusammen und strahlten vor Freude um die Wette.

„Baby und Mama sind beide wohlauf“, erwiderte Joslyn und lachte befreit. „Nur Hutch scheint sich in einer Art Trance zu befinden. Jedenfalls sagt das mein Ehemann. Slade ist vor ein paar Minuten aus dem Krankenhaus zurückgekommen und hat mir in allen Einzelheiten Bericht erstattet. Jetzt ist er in der Scheune und füttert die Pferde.“

„Hat das Baby schon einen Namen?“, wollte Tara wissen. Auf der Landstraße näherte sich ein Wagen, der in die Zufahrt zu Boones Haus einbog und über die Viehsperre holperte. Tara erkannte, dass es sich um Opals Kombi handelte.

„Hutch und Kendra sagen dazu nichts“, erwiderte Joslyn. „Es könnte also sein, dass wir den Namen bis zur Taufe nicht erfahren werden.“

Während sie Joslyn zuhörte, beobachtete Tara, was sich drüben bei Boone abspielte. Sie sah, wie Opal und die Taylor-Jungs aus dem Kombi stiegen und im Dämmerlicht auf den Trailer zugingen. Aus einem völlig unerfindlichen Grund versetzte ihr dieser Anblick einen leichten Stich.

„Was war das heute nur für ein Tag!“, sagte Tara und überlegte, wie seltsam das Leben doch sein konnte, da es Freude und Trauer so dicht beieinander zuließ. „Hast du noch etwas gehört von … von dem Jungen, der vom Wasserturm gestürzt ist?“

„Dawson hat die Operation überlebt“, antwortete Joslyn sehr ernst. „Aber er scheint noch nicht über den Berg zu sein. Die arme Patsy muss krank vor Sorge sein.“

Tara atmete tief durch und straffte die Schultern. „Danke, dass du mir von dem Baby erzählt hast, Joss. Ich würde die Kleine gern sehen, sobald Besucher erlaubt sind.“

„Ich doch auch“, erwiderte Joslyn. „Ich sage dir Bescheid, sobald ich etwas erfahre, und dann können wir zusammen hingehen.“

Die beiden Frauen verabschiedeten sich, und Tara erzählte den Mädchen, was sie soeben erfahren hatte und was die zwei sich längst zusammengereimt hatten.

Elle und Erin hörten aufmerksam zu, aßen auf und schauten zwischendurch immer wieder zu Boones Trailer.

„Das ist irre“, verkündete Elle.

„Sind wir schon alt genug, um Babysitter zu sein?“, wollte Erin wissen.

„Das ist tatsächlich irre“, stimmte Tara ihr zu. „Was das Babysitten angeht … nein, ich glaube nicht, dass ihr dafür noch zu jung seid. Ich finde, ihr seid genau im richtigen Alter.“

Es folgte ein kurzes Schweigen, dann fragte Elle: „Können wir rübergehen und Opal und den Zwergen Guten Tag sagen? Und können wir Lucy mitnehmen?“

Tara dachte über die Bitte nach und nickte schließlich zustimmend, nachdem sie sich über das verrückte Verlangen hinweggesetzt hatte, die beiden Mädchen ja nicht aus den Augen zu lassen. Elle und Erin waren vermutlich noch nicht alt genug, um auf ein Neugeborenes aufzupassen, aber sie waren zwölf Jahre alt und in der Lage, sich allein in einer der größten Städte der Welt zurechtzufinden – zu Fuß genauso wie mit Bus und Bahn. Außerdem war es nur eine Viertelmeile bis zu Boones Haus, und den größten Teil dieser Strecke konnte sie ohnehin von ihrem Garten aus überblicken. „Ich glaube schon", stimmte sie zögerlich zu und sammelte Teller, Gläser und Bestecke ein, um alles in die Küche zu bringen. „Aber seid bitte vorsichtig. Und bleibt nicht länger als eine halbe Stunde, okay?"

Nachdem sie Lucys Leine und „für alle Fälle" auch noch eine Taschenlampe geholt hatten, machten sich Taras Stieftöchter auf den Weg und folgten dabei dem Wasserlauf, anstatt die Zufahrt zu ihrer Farm zu nehmen. Sie sah, wie die zwei auf ein paar Brettern den Bach überquerten, die jemand wie eine Behelfsbrücke von Ufer zu Ufer gelegt hatte. Ein warmer Sommerwind wehte ihre Stimmen zu Tara herüber, begleitet von üblichen Landgerüchen nach Schlamm und Gras, nach Kiefern und in der Sonne getrockneter Wäsche sowie nach einem Hauch Hühnerdreck.

Von der Veranda aus beobachtete Tara mit unendlicher Liebe erfüllt, wie die beiden Mädchen, die auf dem besten Weg waren, erwachsen zu werden, gemeinsam mit der Hündin ein halb im Morast versunkenes, uraltes Ruderboot begutachteten.

Unwillkürlich fragte sie sich, ob sie die beiden hätte begleiten sollen. Bis zum heutigen Tag war ihr Parable wie ein sicherer Ort erschienen, an dem man vor allem Schlechten geschützt war, doch dieser Glaube war widerlegt worden. Sogar hier konnten sich schreckliche Dinge ereignen, und sie musste sich zwingen das Bild des Wasserturms zu verdrängen, von dem dieser Junge in die Tiefe gestürzt war.

Denk an das Baby von Hutch und Kendra, ermahnte sie sich. *Denk an Elle und Erin, und daran, wie froh du sein kannst, dass sie hier bei dir sind.*

Nach einer Weile ging sie in die Küche, suchte Boones Telefonnummer heraus, nahm den Hörer ab und tippte die Ziffernfolge ein.

„Hier bei Sheriff Taylor“, meldete sich eine fröhliche Frauenstimme. „Opal Dennison am Apparat.“

Tara musste lächeln. „Hallo, Opal Dennison, hier ist Tara Kendall. Ich rufe nur an, um dich vorzuwarnen, dass Elle und Erin auf dem Weg zu euch sind. Sie wollen dir und den Jungs nur mal Hallo sagen.“

„Das ist schön“, freute sich Opal. „Haben die beiden schon zu Abend gegessen?“

„Ja, eben erst.“

„Oh, schade. Griffin, Fletcher und ich haben aus der Stadt Pizza mitgebracht, aber ich glaube, die Augen waren größer als der Magen. Und ein paar Filme haben wir auch noch ausgeliehen. Wärst du einverstanden, wenn die beiden eine Weile hierbleiben? Ich setze sie nachher ab, wenn ich mich auf den Heimweg mache.“ Nach einer kurzen Pause ergänzte sie: „Ich kann natürlich erst hier weg, wenn Boone auftaucht, und wann das sein wird, weiß kein Mensch.“

Einerseits fühlte sich Tara besitzergreifend, weil die Mädchen nur eine Weile bei ihr bleiben würden und sie jede Sekunde mit ihnen auskosten wollte, auf der anderen Seite konnte sie ein wenig Ruhe ganz gut gebrauchen, um verschiedene Dinge zu erledigen, zu denen sie sonst nicht kam.

„Weißt du was?“, schlug sie schließlich vor. „Wenn Boone nach dem zweiten Film noch nicht zurück ist, komme ich rüber und hole die Mädchen und Lucy ab. Außer natürlich du möchtest nicht, dass sie so lange bleiben.“

„Das ist kein Problem“, versicherte Opal ihr mit warmherziger Stimme. Für Tara und viele andere Leute verkörperte diese Frau all das, was an Parable und allen übrigen Städten dieser Art so gut war. Wenn Opal mit ihr sprach, fühlte sich Tara gleich viel hoffnungsvoller. „Ah, da sind die beiden … jetzt spähen sie durchs Fliegengitter, ob sie jemanden sehen können.“ Es war zu hören, dass Opal den Hörer von sich weghielt, um deutlich lauter zu rufen: „Kommt rein, ihr zwei, und bringt den Hund mit.“

Tara dankte Opal, verabschiedete sich und legte auf. Zum ersten Mal, seit die Zwillinge in Missoula angekommen waren, hatte sie das Haus wieder ganz für sich selbst, zumal auch noch Lucy durch Abwesenheit glänzte. Mitten in der verwaisten Küche stand sie da und lauschte der fast völligen Stille. Ihre erste Reaktion darauf war ein Gefühl von Einsamkeit, so wie bei einem Kind, das bei Sonnenuntergang Heimweh nach seinem vertrauten Zuhause hatte. Aber es war nicht nur Einsamkeit, die sich in ihr regte.

Sie verdrängte diese Wahrnehmung, sortierte das Geschirr in die Spülmaschine, räumte die Küche auf und brühte sich einen Kräutertee auf. Mit der Tasse ging sie nach draußen auf die Veranda, um zuzusehen, wie am Himmel die ersten Sterne auftauchten, während die Vögel ihre letzten Lieder für diesen Tag sangen, ehe sie sich zur Nachtruhe zurückzogen.

Dummerweise waren die Moskitos in Scharen unterwegs, sodass Tara gezwungen war, sich ins Haus zurückzuziehen. Sie setzte sich ins Arbeitszimmer, fuhr den Computer hoch und schaltete das Internet ein. So viel also zum Thema, auf der Veranda zu sitzen, Sterne zu zählen und eins zu werden mit der Natur! Sie war längst genauso süchtig nach dem Internet wie jeder andere.

Einige neue E-Mails waren eingegangen, darunter eine mit einem Handyfoto des Carmody-Babys, das von seiner stolzen Mutter im Arm gehalten wurde. Das Krankenbett war deutlich zu erkennen, und zweifellos hatte der genauso stolze Vater das Foto geschossen. Die Nachricht selbst schien von Kendra zu stammen, was bedeuten musste, dass sie sich bereits von der Geburt erholt hatte. *Morgen sind wir wieder zu Hause. Kommt uns besuchen.*

Morgen. Tara lächelte und schrieb zurück: *Sie ist eine echte Schönheit. Welchen Namen habt Ihr ihr gegeben?*

Da nicht mit einer sofortigen Antwort zu rechnen war, widmete sie sich den anderen Mails und sah, dass eine von James kam. Da der Betreff – DU MUSST MIR EINEN GROSSEN

GEFALLEN TUN! – komplett in Großbuchstaben geschrieben war, wusste sie mit Sicherheit, dass diese Mail erst in den letzten Sekunden eingegangen sein konnte. Ansonsten wäre sie ihr beim ersten Blick auf den Eingangsordner ins Auge gesprungen.

Jeder Kontakt mit James Lennox zerrte an ihren Nerven, vor allem dann, wenn sie nicht damit rechnete, von ihm zu hören. Er war für sie wie ein Fremder, und war es im Grunde schon immer gewesen, da sie ihn auch während ihrer Ehe nie richtig kennengelernt hatte.

Sag jetzt nicht, dass sich die Mädchen sofort auf den Heimweg nach New York machen sollen, flehte sie stumm und hielt den Atem an, während sie die Mail öffnete.

Wir werden heiraten, begann die Mitteilung so plump und direkt, wie es für James typisch war. *Wir wollen unsere Flitterwochen auf einer Kreuzfahrt verbringen – einmal um die Welt. Das wird sechs Wochen dauern. Könnten die Zwillinge bei dir bleiben, bis die Schule wieder anfängt?*

Tara saß da und starrte auf den Monitor. Natürlich war sie froh, dass James nicht darauf bestand, Elle und Erin früher als erwartet nach Hause zu schicken. Sie war sogar begeistert. Aber soweit ihr bekannt war, hatte er seinen Töchtern gegenüber kein Wort davon erwähnt, dass er wieder heiraten wollte. Sollte sie das etwa für ihn erledigen, damit er sich davor drücken konnte?

Der Gedanke, dass ihr Ex sich aus der Affäre zu ziehen versuchte, ließ Tara vor Wut kochen. Wie konnte James nur so kaltherzig und egoistisch sein? Wie konnten ihm seine eigenen Kinder nur so wenig bedeuten?

Sei vernünftig, Tara, du ziehst voreilige Schlüsse. Okay, vielleicht hatte James den beiden von seinem Plan erzählt. Aber dann hätten die beiden ihr gegenüber doch zumindest eine Andeutung gemacht, oder nicht? Immerhin machten sie nicht den Eindruck, dass sie so schnell wie möglich eine neue Stiefmutter haben wollten.

Langsam atmete sie aus, dann wartete sie noch einen Moment und begann zu schreiben: *Elle und Erin können natürlich so lange bleiben, wie du willst. Aber wissen sie Bescheid, dass du wieder heiratest?*

Sie schickte die Mail ab, wobei sie befürchtete, James könnte sie für eifersüchtig halten, weil er wieder heiraten wollte. Dabei wäre ihr nicht im Traum eingefallen, eifersüchtig zu sein.

Seine Antwort kam fast augenblicklich, was ihre Vermutung bestätigte, dass er vor seinem Computer saß und nur auf ihre Reaktion lauerte. Das ist großartig, schrieb er. Du *bist großartig. Übrigens habe ich heute einen Scheck an dich abgeschickt, für den Fall, dass die Zwillinge etwas brauchen.*

Wissen sie Bescheid? wiederholte sie energisch.

Es wird sie nicht überraschen, antwortete er ausweichend und mit solcher Verzögerung, dass Tara bereits dachte, er würde nicht mehr an seinem Computer sitzen.

Du musst es ihnen sagen, James.

Erneut folgte eine lange Pause. *Ich glaube, sie werden es besser aufnehmen, wenn sie es von dir erfahren.*

Sie stützte die Ellbogen auf der Tischkante auf und vergrub die Finger in den Haaren, während sie einen stummen Schrei ausstieß. Als sie sich wieder etwas besser im Griff hatte, schrieb sie: *Das ist Elle und Erin gegenüber nicht fair, James.* Du *bist ihr Vater, und* du *heiratest wieder.* Du *musst ihnen sagen, was los ist – und zwar sofort.*

Ich muss jetzt los, kam die knappe Erwiderung, diesmal ohne lange Wartezeit.

Obwohl Tara wusste, dass es sinnlos war, mit ihm darüber zu reden, griff sie nach ihrem Handy und rief James zu Hause an. Natürlich sprang nur die Mailbox an. „Dies ist der Anschluss von Dr. Lennox. Hinterlassen Sie eine Nachricht, ich werde Sie umgehend zurückrufen."

Von wegen.

Tara kochte vor Wut. „Das kannst du nicht machen!", fuhr sie ihn an, nachdem der Pfeifton ertönt war. „Das ist verkehrt!"

Keine Reaktion. James wollte nicht mit ihr diskutieren, doch dass er zu Hause war, davon konnte sie mit Sicherheit ausgehen.

Schließlich wusste sie, dass er nie private E-Mails von der Praxis aus verschickte.

Dieser feige Mistkerl!

Sie schob ihren Stuhl nach hinten und stand wutentbrannt auf. Was hatte James vor? Wollte er seinen Töchtern eine Postkarte schicken, wenn sie in irgendeinem Hafen anlegten? *Ratet mal, Kinder! Ihr habt eine neue Stiefmutter! Ist das nicht toll?*

Aufgebracht lief sie im Büro auf und ab, doch das half nicht. Sie wollte irgendetwas packen und gegen die nächste Wand schleudern. Also verließ sie den Moskitos zum Trotz das Haus und ging in den Gemüsegarten, um im Mondschein bei drei Reihen Karotten alles Unkraut aus dem Boden zu reißen. Zumindest hoffte sie, dass es tatsächlich alles Unkraut war.

Nach einiger Zeit ebbte der Adrenalinschub ab, und sie stand auf und verließ den Garten. An ihrer Jeans klebte feuchte Erde, die Nässe war in den Stoff eingezogen. Als sie um das Haus herumging, fiel ihr ein Wagen auf, der über die Viehsperre holperte und auf sie zufuhr.

Sie erkannte Boones Streifenwagen und blieb verdutzt stehen, während sie nach den Moskitos schlug, die es auf ihre Arme und Schultern abgesehen hatten.

Er hielt den Wagen an, machte den Motor aus und stieg aus. Sein Hund, der vierbeinige Deputy, sprang durch die offene Fahrertür nach draußen und trottete hinter Boone her. Wortlos kam Boone zu ihr, fasste sie sanft am Ellbogen und dirigierte sie die Stufen hinauf auf die Veranda und von dort ins Haus.

„Was …“, fragte sie verständnislos und blieb erst stehen, als sie im Haus waren.

Im Flur brannte nur eine Lampe, deren schwaches Licht Boone blass und sogar ein wenig hager aussehen ließ. Der Hund setzte sich neben ihm auf den Boden und sah sie beide erwartungsvoll an.

Boone seufzte frustriert, nahm den Hut ab und fuhr sich durch sein zerzaustes Haar. „Frag mich nicht, was ich hier mache“, sagte er. „Ich habe nämlich keine Ahnung, was ich darauf antworten soll."

Tara berührte ihn am Arm und fühlte sich seltsam betroffen. Da war sie wieder, diese untrennbare Mischung aus Freude und Trauer. „Komm mit, ich mache dir einen Kaffee."

Diesmal sagte er nichts, sondern nickte nur stumm, dann ließ er sich von ihr in die Küche führen. Während sie vor ihm herging, spürte sie nur zu deutlich, welche Hitze und unbändige Männlichkeit er ausstrahlte.

„Du hast viel Arbeit in das Haus gesteckt", meinte er, als sie die Küche betraten.

Ihr fiel ein, dass Boone in diesem Haus aufgewachsen war. Während sie zur Kaffeemaschine ging, die auf dem Tresen stand, schaute sie über die Schulter und deutete auf die Essecke. „Setz dich doch schon mal hin."

Als er einen Stuhl zurückzog und sich mit einem erneuten Seufzer hinsetzte, ging ihr der verrückte Gedanke durch den Kopf, dass er in diese Küche gehörte, weil sie als Ehepaar gemeinsam in diesem Haus lebten.

Ja, vielleicht in einem Paralleluniversum, dachte sie betrübt. In diesem Universum dagegen waren sie nicht einmal befreundet, sondern nur Nachbarn, von denen jeder hoffte, dass der andere möglichst bald von hier wegzog.

Sie nahm ihm den Hut ab und hängte ihn auf einen Haken neben der Hintertür, dann kehrte sie zur Kaffeemaschine zurück.

„Ich habe inzwischen mit Patsy McCullough reden können", sagte Boone, und in diesem Moment kam es ihr erneut so vor, als wäre es ganz normal, dass er an diesem Tisch saß und ihr davon erzählte, wie sein Tag gewesen war. „Dawsons Mutter", ergänzte er erklärend.

Tara stellte eine Tasse unter die Kaffeemaschine und drückte die Taste. Also gab es Neuigkeiten über den Jungen, der vom Wasserturm gestürzt war. Sie nickte nur und ließ Boone Zeit, damit er weiterreden konnte, wann immer er das wollte.

Schließlich fuhr er fort, doch Tara merkte ihm deutlich an, wie viel Überwindung es ihn kostete, sein Schweigen zu brechen. „Die gute Neuigkeit ist die, dass Dawson die Operation überlebt hat und es ihm den Umständen entsprechend gut geht. Die schlechte Neuigkeit ist die …" Wieder unterbrach er sich, räusperte sich und vergrub eine Hand in seinen Haaren. Tara musste sich zurückzuhalten, um nicht zu ihm zu laufen und ihn zu trösten. „Die schlechte Neuigkeit ist die, dass die Wirbelsäule im unteren Abschnitt so stark beschädigt wurde, dass er nie wieder wird gehen können."

Als sie das hörte, war ihre Kehle wie zugeschnürt. „Das tut mir leid", flüsterte sie und meinte damit natürlich Dawson und dessen Mutter … aber auch Boone, auch wenn er sich noch so stark gab.

Es war ein bedenklich intimes Gefühl, wie sie fand.

Mit steifen Schritten brachte sie ihm den Kaffee, dann kehrte sie sofort zu der Maschine zurück, um sich selbst ebenfalls eine Tasse zu machen. Eines war sicher: Sie würde heute Nacht nicht gut schlafen, sofern sie überhaupt ein Auge zubekam. Etwas an der Art, wie Boone seine Schultern hielt, der Ausdruck in seinem Blick, der eine Mischung aus Verwundbarkeit und starrsinnigem Mut war, das alles weckte Regungen in ihr, die sie eigentlich mit Verlangen verband. Die Erkenntnis, dass sie diesen Mann festhalten und sogar von ihm geliebt werden wollte, verblüffte sie über alle Maßen.

Zum Teufel mit den Konsequenzen, denk nicht an den Morgen danach!

Erschrocken trat sie einen Schritt nach hinten und verschüttete dabei ein klein wenig Kaffee.

Boone wandte den Blick nicht von ihr ab, allerdings war er kein Hellseher, also konnte er nicht wissen, was ihr in diesem Moment durch den Kopf ging. Jedenfalls hoffte sie, dass er kein Hellseher war.

Ihre Finger brannten von dem heißen Kaffee, der über den Rand ihrer Tasse geschwappt war, dennoch ging sie entschlossen zum Tisch und setzte sich Boone gegenüber hin. Einerseits wollte sie, dass er ging, andererseits sollte er unbedingt bleiben.

Dieser innere Widerstreit war so heftig, dass ihr Gesicht zu glühen begann, während sie die Tasse abstellte. Sie konnte nur hoffen, dass Boone ihre roten Wangen als Reaktion auf den heißen Kaffee auslegte.

„Ich hätte nicht herkommen sollen", sagte er auf einmal und schob seinen Stuhl nach hinten, ohne einen Schluck getrunken zu haben.

„Bleib noch", hörte sich Tara sagen, als er aufstehen wollte. „Bitte."

Langsam setzte er sich wieder hin. Der Hund, der sofort aufgesprungen war, ließ sich leise resignierend seufzend auf den Boden sinken.

Boone lächelte den Hund an.

Tara wiederum lächelte Boone an.

Pass bloß auf, ermahnte eine innere Stimme sie.

„Tut mir leid, dass ich einfach so reingeplatzt bin. Ich sollte eigentlich bei mir zu Hause sein und die Jungs ins Bett bringen."

„Die sehen sich zusammen mit Opal und den Zwillingen ein paar DVDs an", informierte sie ihn und stützte einen Ellbogen auf der Tischplatte auf, damit sie das Kinn in die Hand legen und Boone so objektiv betrachten konnte, wie das jetzt überhaupt noch möglich war. „Außerdem musst du dich nicht dafür entschuldigen, dass du bei mir vorbeischaust. Wir sind schließlich Nachbarn, nicht wahr?"

Sein Lächeln war eigentlich nicht mehr als ein minimal hochgezogener Mundwinkel, aber in seinen müden Augen erkannte sie ein Funkeln. „Wenn du das sagst." Er trank einen Schluck Kaffee und genoss ihn, erst dann fuhr er fort: „Allerdings haben wir uns gegenseitig auf dem falschen Fuß erwischt. Das kann wohl niemand abstreiten."

„Nein, das wohl nicht", musste sie ihm zustimmen und fragte sich, was sich zwischen ihnen verändert haben mochte – und wann das geschehen sein sollte. Sie hatte Boone Taylor nie gehasst, ihn aber auch nicht sonderlich leiden können. Er war zu sehr von sich eingenommen, er sah zu gut aus, er war einfach von allem viel zu viel.

Gemächlich atmete er tief durch und sah ihr wieder in die Augen. „Heute war ein schrecklicher Tag", erklärte er, als wäre ihm diese Erkenntnis gerade erst gekommen.

„Vermutlich kommen bei deiner Arbeit viele solche Tage zusammen", gab Tara zurück. „Vielleicht musstest du nur mal mit jemandem darüber reden … in einer vertrauten Umgebung … bei einer Tasse Kaffee …"

Boone sah sie ernst, aber auch mit einem Hauch Belustigung an. „Ja, vielleicht." Er blickte sich in der Küche um. „Auch wenn mir *diese* Umgebung gar nicht so vertraut ist. Als Mom und Dad mit Molly und mir hier gelebt haben, hatten wir hässliche goldfarbene Wasserhähne, abgetretenen Linoleumboden und hässliche Tapeten. Aber *richtig* hässliche Tapeten."

Das brachte Tara zu ihrer eigenen Überraschung zum Lachen. Hatte sie jemals in Boones Gegenwart laut gelacht? Nein, selbst zu einem Lächeln war sie kaum einmal bereit gewesen.

Der Titel eines alten Songs von Bob Dylan ging ihr durch den Kopf.

Die Zeiten veränderten sich tatsächlich.

10. KAPITEL

Nichts war zwischen ihm und Tara vorgefallen, sagte Boone sich immer wieder, als er zusammen mit Scamp später am Abend ihr Haus verließ. Aber etwas hatte sich verändert, etwas Grundlegendes, und er wollte unbedingt herausfinden, was das zu bedeuten hatte.

Aber er hatte ja noch nicht mal eine vernünftige Erklärung, warum er überhaupt zu Tara gefahren war. Dass er nach einem anstrengenden Arbeitstag jemanden zum Reden gebraucht hatte, war ein völlig unsinniges Argument. Es gab genügend Leute, mit denen er hätte reden können – enge Freunde, jeder seiner Deputys (mit Ausnahme von McQuillan), der Barkeeper in der Boot Scoot Tavern. Notfalls auch noch eine der Bedienungen in der Snackbar an der Bowlingbahn.

Trotzdem hatte er sich ausgerechnet für Tara Kendall entschieden, die Pseudo-Hühnerfarmerin. Die Großstadtdame, die sich über seinen ramponierten Trailer und das verwilderte Grundstück aufregte und wahrscheinlich auch über die Tatsache, dass er seine Jungs so lange bei Molly und Bob hatte leben lassen.

Für sie war er vermutlich immer noch der einfältige Sheriff aus dem Niemandsland, die personifizierte Verantwortungslosigkeit. Insgeheim hatte sie sich bestimmt darüber gewundert, dass er noch alle seine Zähne hatte und sich auf der baufälligen Veranda keine defekten Elektrogeräte stapelten, die leise vor sich hin rosteten.

Zugegeben, ihre Sorge um Dawson und seine Familie war echt, ebenso ihre Überzeugung, dass dieser Unfall selbst im günstigsten aller denkbaren Fälle das Leben der McCullough-Familie komplett auf den Kopf stellen würde. Aber jeder halbwegs mitfühlende Mensch, der einen Funken Anstand besaß, würde auf eine solche Tragödie mit Entsetzen reagieren.

Was Boone so irritierte, war die Tatsache, dass er Tara nicht einfach hatte besuchen *wollen*, sondern dass er es hatte tun *müs-*

sen. So wie er den nächsten Atemzug tun musste, wie sein Herz schlagen musste ... oder anders ausgedrückt: Ihm war gar keine andere Wahl geblieben.

Dabei mochte Boone es gar nicht, in einer Sache keine Wahl zu haben. Bis zu diesem Abend war er überzeugt gewesen, dass er sich nie zu spontanem Handeln hinreißen ließ. Und doch hatte er mit dem Hund zusammen das Büro lange nach seinem üblichen Feierabend verlassen und war von dort geradewegs zur Hühnerfarm gefahren, so als hätte ein anderer den Wagen gelenkt oder als wäre er wie eine Motte dem einzigen Licht in der Dunkelheit gefolgt.

Als er nun zu Hause vorfuhr, blieb er noch einen Moment in seinem Wagen sitzen. Die Scheinwerfer warfen lange Schatten in dem überwucherten Garten. Scamp saß auf dem Beifahrersitz, die Ohren gespitzt, den Kopf ein wenig schräg gelegt, während Boone das Lenkrad fest umklammert hielt. Er musste an Corrie denken und daran, wie sehr er sie zu lieben gelernt hatte, nachdem die erste berauschende Leidenschaft ein wenig nachgelassen hatte.

Sie waren noch so jung gewesen, als sie zusammenfanden, mitgerissen vom Strudel der Hormone und jenem gedankenlosen Optimismus, den nur sehr junge Menschen eine Weile aufrechterhalten konnten. Dann war die Realität in den Vordergrund getreten, in Form von Supermarktrechnungen, Miete und Raten für den Wagen, begleitet von einer unerwarteten Schwangerschaft, die sie beide sehr schnell erwachsen werden ließ. Allen Widrigkeiten zum Trotz schafften sie es, dass ihre Ehe überdauerte.

„Solange wir nicht aufgeben", hatte Corrie einmal nach einem schrecklichen Streit und anschließendem olympiareifem Versöhnungssex gesagt, „ist mit uns alles in Ordnung, Boone. Wir müssen nur weiter versuchen, es richtig zu machen, und dann wird uns das eines Tages auch gelingen."

Es fühlte sich an, als würde eine stählerne Hand sein Herz zusammendrücken, als er an diese weisen Worte zurückdachte und glaubte, wieder Corries sanfte Wange auf seiner nackten Schulter zu spüren, die Wärme ihrer Haut, das blinde Vertrauen darauf, dass auf sie beide eine lange gemeinsame Zukunft wartete.

Sie waren beide naiv und idealistisch gewesen. Keiner von ihnen hatte in irgendeiner Form auf eine elterliche Unterstützung zählen können. Seine Eltern waren schon lange tot, Corries Eltern waren geschieden und lebten weit weg, und für das Einzige, was sie verband – ihre gemeinsame Tochter –, hatten sie nichts übrig. Zu der Zeit bekam Boone als frischgebackener Deputy des Sheriffs nur einen Hungerlohn, aber er liebte diesen Job, und er nutzte jede Gelegenheit für Überstunden, damit sie irgendwie über die Runden kamen. Außerdem besuchte er am Community College in Three Trees Fortbildungskurse.

Sein Ziel war klar: Er wollte die Familie versorgen, und er wollte ein guter Ehemann und Vater sein. Alles Übrige würde sich schon von selbst ergeben. So simpel dieser Plan auch war, ergab er doch für ihn und Corrie einen Sinn. Sie besaßen das Land, das er nach dem Tod seiner Eltern geerbt hatte, und einen klapprigen alten Trailer für nicht mal tausend Dollar, der sie ihre gesamten Ersparnisse gekostet hatte. Ein Baby war unterwegs, und sie hatten sich, was zumindest für den Augenblick genügte.

Mit viel Disziplin und harter Arbeit würden sie in ein paar Jahren ihre Finanzen in den Griff bekommen, dann wollten sie weitere Kinder haben und Corrie sollte wieder zur Schule gehen, um ihren Abschluss nachzuholen.

Der Haken an der Sache war nur, dass ihnen mehr als „ein paar Jahre“ gar nicht vergönnt sein sollten.

Als Boone seinen Abschluss in Strafrecht machte, waren er und Corrie stolze Eltern von zwei gesunden, kräftigen Söhnen und hatten ihren Gebrauchtwagen längst abbezahlt. Abends und an den Wochenenden verbrachten sie Stunden damit, erste Entwürfe für das Haus zu zeichnen, das sie bauen wollten. Es sollte ein bescheidenes Haus werden, kein Herrenhaus, sondern etwas, in dem die ganze Familie und weiterer Nachwuchs Platz hatten. Es sollte einen umzäunten Hof geben und einen Spielplatz für die Kinder. Für das Darlehen hatten sie bereits alles Notwendige in die Wege geleitet.

Dann, eines schönen Morgens, stand Corrie unter der Dusche und ertastete einen erbsengroßen harten Knoten in ihrer linken Brust. Sie rief Boone zu sich, der in der Küche darauf achtete, dass Griffin seine Cornflakes aß, während er selbst Fletcher mit Brei fütterte. Corries ängstlicher Unterton genügte, um alles stehen und liegen zu lassen.

Er hob Fletcher aus dem Kindersitz und nahm ihn so in den Arm, dass er ihm hoffentlich keinen Brei auf das gestärkte Uniformhemd spucken konnte.

Corrie stand in dem winzigen Badezimmer, nur in ein Handtuch gewickelt, die Augen vor Entsetzen weit aufgerissen. Wortlos schob sie seine Hand unter den Stoff zur Unterseite ihrer Brust. Unter der zarten, noch feuchten Haut konnte er etwas Hartes ertasten.

Sekundenlang sahen sie sich nur an, beide von einer eisigen Furcht ergriffen.

Nur eine Stunde später waren die Jungs in der Obhut einer Nachbarin, und Boone und Corrie saßen im Warteraum der örtlichen Klinik. Blutabnahmen, Untersuchungen, eine Mammografie und viele beängstigende Fragen folgten. Für den nächsten Morgen wurde eine Biopsie angesetzt.

Natürlich waren die Ergebnisse nicht gut, und die Angst wuchs zu etwas heran, das Boone den Atem stocken ließ und ihm Tränen in die Augen trieb.

Molly kam sofort zu ihnen, während sich Bob um ihre Kinder kümmerte. Corrie unterzog sich einer beidseitigen Brustamputation, und da sie Bestrahlungen brauchte, konnte sie vorläufig keine Implantate eingesetzt bekommen.

Boone verschlug es die Sprache, als Corrie aus der Narkose aufwachte, ihn an ihrem Krankenbett stehen sah und als Erstes fragte: „Du wirst mich doch immer noch lieben, oder, Boone?

Ich meine jetzt, wo ich keinen Busen mehr habe und voller Narben bin?“

Es kostete ihn alle Kraft, gegen den Kloß in seinem Hals anzukämpfen und ihr zu erklären, dass er sie immer lieben würde, unter allen Umständen.

„Aber du magst doch Brüste“, erwiderte sie und versuchte ein flüchtiges Lächeln.

„Ich mag *dich*“, brachte er mit belegter Stimme heraus. „Und daran wird sich nichts ändern, Corrie, *überhaupt nichts*.“

Anfangs waren sie zuversichtlich. Immerhin war Corrie jung und gesund, und Krebs stellte längst nicht mehr das Todesurteil dar wie früher. Dank neuer Medikamente, erprobter Behandlungsmethoden und experimenteller Programme erholten sich die meisten Menschen von dieser Krankheit und konnten anschließend noch lange leben.

Nur dass Corrie nicht zu den meisten Menschen zählte. Ihr geschwächter Körper wurde von einer Infektion befallen, aber alle Antibiotika in hohen Dosierungen konnten ihr nicht helfen. Langsam welkte sie dahin, immer tapfer und manchmal unter Schmerzen, wenn sie ihre Medikamente nicht nehmen wollte, weil sie davon „high“ wurde, wie sie es ausdrückte. Wochen vor ihrem letzten Atemzug, den sie in Boones Armen tat, war sie nur noch ein Schatten ihrer selbst gewesen, ein Geist, mehr tot als lebendig.

Boone zwang sich, in die Gegenwart zurückzukehren, allein schon weil er es nicht ertrug, in der Vergangenheit all diese Dinge noch einmal zu erleben. Er kniff die Augen zu und versuchte, die Bilder von damals zu vertreiben. Scamp winselte leise und kratzte an der Türverkleidung, da er offenbar genug Zeit in diesem Wagen verbracht hatte.

Nachdem er den Motor abgestellt hatte, beugte er sich nach rechts und öffnete die Beifahrertür, damit der Hund aus dem Wagen springen konnte. Hoffentlich kam Scamp nicht wieder auf die Idee, zu Zeb Winchells Haus zu laufen, denn Boone sah sich nicht in der Lage, ihm heute Abend noch dorthin zu folgen. Dafür war er körperlich *und* geistig einfach zu abgekämpft.

Er zog die Tür wieder zu und stieg auf seiner Seite aus. Mit Erleichterung stellte er fest, dass Scamp sich damit begnügte, an einem alten Reifen das Bein zu heben, dann folgte er ihm auf die Veranda, gerade als die Haustür geöffnet wurde. Gelblicher Lichtschein erhellte die Nacht, in der Tür waren die unverwechselbaren Umrisse von Opal Dennison zu sehen.

„Der Film ist fast zu Ende“, erklärte sie ihm. Sie kam nach draußen auf die Veranda. „Sie sehen irgendeinen Trickfilm, der in der Eiszeit spielt ...“, begann sie, unterbrach sich dann aber, da sie plötzlich lachen musste. „Ob du’s glaubst oder nicht, aber eine der Figuren ist ein Mammut mit Elvis-Frisur. Und da reden die Leute ständig davon, der King sei tot!“

Boone lachte schwach, stieg die Stufen hinauf und betrat hinter Opal den Trailer. So wie immer schloss er als Erstes seine Dienstwaffe weg, dann steckte er sein Handy ins Ladegerät. Während er sich in der Spüle die Hände wusch und seine Dienstmarke neben eine ihm fremde Topfpflanze auf der Fensterbank legte, schnitt Opal zwei große Stücke von einer riesigen Pizza und legte sie auf einen Teller, den sie in die Mikrowelle stellte.

Er brachte es nicht übers Herz ihr zu sagen, dass er im Moment keinen Hunger hatte und auch auf absehbare Zeit nicht hungrig werden würde. Sein Kopf war leer, seine Gefühle kamen ihm vor wie eine Rolle rostiger Stacheldraht, die man besser nicht anrühren sollte, und seine Erinnerungen an Corrie lagen ihm wie ein Stein im Magen.

Eigentlich wollte er nur duschen und sich dann ins Bett fallen lassen, um ein paar Stunden tief und fest zu schlafen und dabei alles zu vergessen, bis irgendwann die Sonne aufging und das ganze Theater von vorn anfing. Aber die Zeit, als er noch hatte tun können, was ihm gefiel, lag mittlerweile hinter ihm.

Er ging ins Wohnzimmer und sah, dass die Jungs auf dem Boden lagen, viel zu dicht vor dem Fernseher. Taras Stieftöchter hatten es sich auf dem Sofa und auf seinem alten Fernsehsessel bequem gemacht. Der Golden Retriever hob den Kopf und sah Boone an.

Griffin schaute über die Schulter und grinste ihn an. „Hi, Dad“, rief er beiläufig. „Ich bin gleich bei dir. Jetzt kommt gerade die beste Szene vom ganzen Film.“

Boone lächelte. *Ich bin gleich bei dir.* Zumindest *einer* seiner Söhne wollte Zeit mit ihm verbringen. „Keine Eile“, erwiderte er leise. Scamp huschte über den Boden und sprang mit einem Satz auf Fletchers schmalen Rücken, dann begann er ihm über Nacken und Ohr zu lecken.

Fletcher prustete los und rollte sich auf die Seite, um mit dem Hund zu toben, wobei er sehr behutsam mit dem Tier umging, das so klein und zerbrechlich war. Bei diesem Anblick schnürte sich Boones Kehle ein wenig zu.

Das Mädchen im Sessel – Erin? Elle? Er konnte die Schwestern beim besten Willen nicht unterscheiden – musterte ihn erschrocken und ein wenig ängstlich. War er ohne Dienstwaffe und Marke etwa immer noch so Furcht einflößend?

„Soll ich Ihnen den Sessel frei machen?“, fragte es und war offenbar darauf gefasst, sofort aufzuspringen.

An diesem Verhalten erkannte er, dass der Vater der Zwillinge jemand sein musste, der auf seinem Stammplatz beharrte. „Bleib ruhig sitzen“, gab er freundlich zurück. „Ich komme schon klar.“ Dann kehrte er zügig in die Küche zurück. Der Gedanke an den Vater der Mädchen ließ ihn automatisch an Tara mit einem Ehemann an ihrer Seite denken – und davon wollte er nun wirklich nichts wissen.

Zumindest nicht in diesem Augenblick.

Mittlerweile hatte Opal ihm einen Teller mit zwei aufgewärmten Pizzastücken auf den Tisch gestellt, daneben lagen eine Papierserviette und ein Besteck. Zwar hatte sie weder nach ihrer Handtasche gegriffen noch ihre dünne Sommerstrickjacke angezogen, dennoch war klar, dass sie zum Gehen bereit war.

„Ich habe Tara versprochen, dass ich Elle, Erin und Lucy nach dem Film nach Hause fahre", erklärte sie und musterte Boone so eindringlich, dass sie so wie üblich mehr sah, als sie eigentlich sehen sollte. Dann deutete sie auf den Teller. „Das ist zwar nicht das gesündeste Abendessen der Welt", meinte sie ein wenig bedauernd. „Aber etwas essen musst du trotzdem."

„Ich weiß", sagte er. „Einen Moment noch."

Daraufhin kam sie zu ihm und setzte sich ihm gegenüber an den Tisch. „Das Baby von Hutch und Kendra ist heute zur Welt gekommen", berichtete sie. „Ein Mädchen, so gesund wie Daddys Pferde. Neun Pfund wiegt die Kleine."

Für einen Moment besserte sich Boones Laune, doch dann setzte sie zur nächsten Talfahrt an. Natürlich freute er sich für seine Freunde, aber mit dieser Freude ging auch etwas einher, das ihm wie Neid erschien. Er und Corrie hatten gehofft, dass zu ihren Jungs noch ein oder zwei Schwestern hinzukommen würden, wenn der richtige Zeitpunkt gekommen war, aber das gehörte auch seit Langem zu den Dingen, die niemals mehr Wirklichkeit werden konnten. „Ich wusste, dass bei Kendra die Wehen eingesetzt hatten", brachte er endlich heraus, obwohl seine Kehle staubtrocken war. „Ich war dabei, als Hutch den Anruf erhielt. Aber danach hat sich so viel ereignet, dass ich nicht mehr dazu gekommen bin, mich auf dem Laufenden zu halten, was das Baby angeht."

Opal nickte verständnisvoll, sah aber keinen Anlass, das in irgendeiner Weise zu kommentieren. Stattdessen fragte sie: „Wie geht's dem McCullough-Jungen?" Dabei nahm sie die Brille ab und putzte die Gläser mit ihrer Baumwollschürze. Opal Dennison schien den ganzen Tag solche Schürzen mit großen Taschen und ein paar Rüschen zu tragen, als wäre sie unentwegt in Bereitschaft, um irgendwo zu kochen oder zu putzen, weil es wieder eine Krise gegeben hatte, die ein Einschreiten erforderlich machte.

„Dawson beißt sich durch", sagte Boone. Diese Frage hatte er den Tag über Dutzende Male hören müssen, und er war es so unglaublich leid, immer wieder darauf antworten zu müssen.

Aber das hier war Opal, nicht irgendein wichtigtuerischer Reporter, der nur auf der Suche nach einer Story war.

„Was soll die arme Patsy jetzt nur machen? Sie macht Motelzimmer sauber, die Ärmste, und ich weiß, sie hat keine Krankenversicherung."

So unauffällig wie möglich schob Boone den Teller zur Seite und stützte die Arme auf dem Tisch ab. Ihm ging die Unterhaltung mit Bürgermeister Hale durch den Kopf, aber auch die Auseinandersetzung mit den Mitgliedern des Parable Preservation Committee. Diese Leute waren außer sich vor Entrüstung darüber, was mit dem idiotischen Wasserturm geschehen war, vor allem, nachdem Boone ihnen vorgehalten hatte, sie hätten ja den Turm sicherer machen können, wenn ihnen seine Erhaltung tatsächlich so wichtig gewesen wäre.

Natürlich hatte es ihnen gar nicht gefallen, Vorhaltungen gemacht zu bekommen, stattdessen hatten sie gefordert, dass er die Täter festnahm und anschließend seinen Dienst quittierte. Und auch ihnen hatte Boone mit deutlichen Worten erwidert, dass weder das eine noch das andere geschehen würde.

„Ich habe keine Ahnung", antwortete Boone auf Opals Frage. Natürlich würde Geld für Patsy McCullough auf jeden Fall zu einem Problem werden, doch im Moment war das vermutlich noch ihre geringste Sorge. „Als ich mir heute Nachmittag im Butter Biscuit ein Sandwich gekauft habe, bin ich Walker Parrish begegnet. Er sagt, dass Casey irgendeinen Fonds für Dawson einrichten will und dafür mindestens ein Benefizkonzert veranstalten wird." Er räusperte sich. „Die Leute werden sich in dem Maß engagieren, das ihnen möglich ist, Opal. Wir sind hier in Parable, schon vergessen?"

Sie beruhigte sich ein wenig und brachte sogar ein Lächeln zustande. „Ja", pflichtete sie ihm bei. „Wir sind hier in Parable, und da ist es wirklich eine großzügige Geste von Casey, wenn man bedenkt, dass sie erst seit so kurzer Zeit hier lebt."

Es stimmte, dafür, dass sie so berühmt war, erwies sich diese Frau als erstaunlich bodenständig.

„Apropos Walker", fuhr Opal nachdenklich fort. „Was ist eigentlich aus Treat McQuillans Drohung geworden, ihn wegen der Schlägerei in der Boot Scoot Tavern zu verklagen?"

Unwillkürlich musste Boone grinsen, als er an den Fall zurückdachte. Vor über einem Jahr waren Treat und Walker aneinandergeraten, als der Deputy sich an Walkers jüngere Schwester Brylee ranmachen wollte. Walker hatte ihn mit einem Fausthieb zu Boden geschickt, woraufhin McQuillan geschworen hatte, ihn dafür vor den Richter zu zerren.

„Ich schätze, die zwei haben das unter sich geregelt", antwortete er.

Als Reaktion darauf erhielt er ein abfälliges Schnauben. „Ich hätte Treat McQuillan nicht genug Verstand zugetraut, um so was zu machen."

„Ich auch nicht", musste Boone zugeben. Er vermutete, dass ein gewisser Geldbetrag den Besitzer gewechselt hatte, obwohl so was eigentlich nicht zu Walker Parrish passte. Vermutlich bereute er bis heute nicht, dass Treat auf dem Boden der Kneipe in einer Lage Sägemehl und Erdnussschalen gelandet war.

Aus dem Wohnzimmer ertönte typische Nachspannmusik. Der Film musste vorüber sein. Gleich darauf kehrte gnädigerweise Ruhe ein, und einen Augenblick später kamen zwei Mädchen, zwei Jungs und zwei Hunde in die Küche geschlendert.

„Hat Scamp wieder versucht wegzulaufen, nachdem du ihn zurückgeholt hast?", fragte Griffin, der in der Nähe von Boones Platz stehen geblieben war.

„Nein. Aber morgen ist auch noch ein Tag. Vorläufig sollten wir ihn auf jeden Fall im Auge behalten."

„Tante Molly hat heute Abend angerufen", fuhr sein ältester Sohn fort, der mit einem Mal ganz ernst aussah. „Sie hat gesagt, dass du im Fernsehen gewesen bist, mit ganz vielen Aasgeiern."

„Mit Aasgeiern?", fragte Fletcher und riss erschrocken die Augen auf.

Währenddessen legte eines der Mädchen der Retriever-Hündin die Leine an, was sie geduldig über sich ergehen ließ – genauso wie Scamps beharrliche Versuche, sie zum Spielen herauszufordern, wozu sie offensichtlich keine Lust hatte.

Fletcher sah Boone eindringlich an, weil er unbedingt eine Antwort haben wollte. Der beugte sich ein Stück weit vor, lächelte beschwichtigend und wagte es, dem Jungen übers Haar zu streichen. Erfreulicherweise wich sein Jüngster daraufhin nicht vor ihm zurück. „Das ist nur eine Redewendung, Kumpel", versicherte er ihm. „Außerdem greifen Aasgeier sowieso niemanden an."

Sein Sohn atmete hörbar erleichtert auf. „Okay", murmelte er.

„Wir haben dich im Fernsehen nicht gesehen", warf Griffin enttäuscht ein. „Opal wollte nicht, dass wir vor dem Abendessen den Fernseher anmachen."

„Das hat Opal genau richtig gemacht", lobte Boone sie.

Opal war inzwischen aufgestanden und damit beschäftigt, sich von den Jungs zu verabschieden und die Zwillinge aufzufordern, mit der Hündin nach draußen zu gehen und an ihrem Wagen auf sie zu warten. Gleich darauf war sie ebenfalls auf dem Weg nach draußen, noch bevor sich Boone bei ihr bedanken und ihr etwas Geld für all ihre Arbeit geben konnte.

„Dass ihr mich bei meinem ersten Fernsehauftritt nicht gesehen habt, ist nicht so schlimm", meinte er, nachdem die anderen gegangen waren und die Tür hinter sich zugezogen hatten. „Ihr habt wirklich nichts verpasst." So war ihnen wenigstens erspart geblieben, ihren schlecht gelaunten Vater zu sehen, der genervt auf die Fragen der Reporter reagiert hatte.

Beide Söhne standen da und beobachteten ihn aufmerksam, der Hund saß genau zwischen ihnen. Alle drei schienen irgendetwas von ihm zu erwarten, aber er hatte keine Ahnung, was es sein könnte.

„Hat eure Tante gesagt, wie es eurem Onkel Bob geht?", fragte er nicht nur aus Interesse, sondern auch um dem Schweigen ein Ende zu setzen.

Griffin nickte. „Sie hat gesagt, dass er total schlecht gelaunt ist, aber in ein paar Monaten wieder ganz der Alte sein wird."

„Das ist gut", erwiderte Boone und nahm sich vor, Molly morgen anzurufen oder ihr zumindest eine SMS oder eine E-Mail zu schicken. „Dass es ihm bald wieder besser geht, meinte ich. Das sollte nicht heißen, dass es gut ist, dass er schlecht gelaunt ist. Aber ich kann schon verstehen, dass er nach seiner Knieoperation nicht fröhlich lachend zu Hause sitzt." Er schob seinen Stuhl nach hinten und stand auf, während er amüsiert darüber nachdachte, dass er vor gar nicht allzu langer Zeit über Tage hinweg nicht halb so viel geredet hatte wie heute allein an einem einzigen Abend. Auf seine alten Tage wurde er offenbar noch richtig geschwätzig. „Will noch einer von euch diese zwei Stücke Pizza essen?", fragte er und zeigte auf den Teller, den Opal ihm hingestellt hatte.

Beide Jungs schüttelten den Kopf. „Wir haben schon Pizza gehabt", erklärte Griffin. „Und nach dem Abendessen hat Opal für uns Popcorn gemacht."

Boone nickte und warf die Pizza in den Abfalleimer.

Also war Badezeit angesagt, und die Jungs kletterten zusammen in die Wanne, so wie sie es gewöhnt waren. Es wurde geplanscht und gelacht, bis sie nach einer Weile anfingen, sich zu streiten. Den Moment nutzte Boone, um dazwischenzugehen, indem er ihnen zwei Handtücher brachte. Mit einem prüfenden Blick auf Hals, Ohren, Knöchel und Knie kontrollierte er, ob die zwei sich auch richtig gewaschen hatten.

Nach dem Zähneputzen gingen sie ins Bett. Boone folgte ihnen in ihr Zimmer, da er davon ausging, dass sie noch beten wollten, doch beide lagen nur da und sahen ihn mit großen Augen an.

„Erzähl uns von Mommy", bat Griffin schließlich.

Die Bitte traf Boone wie ein Fußtritt in die Magengrube. Ihm war klar gewesen, dass diese Frage irgendwann auf ihn zukommen würde, aber heute Abend hatte er nun wirklich nicht damit gerechnet. Er setzte sich auf die Bettkante und seufzte leise.

„Was wollt ihr denn wissen?“, erwiderte er und wünschte, Molly hätte ihm zwischendurch einmal Bescheid gegeben, wie viel sie den beiden bereits über ihre Mutter erzählt hatte.

„War sie hübsch?“, fragte Fletcher leise.

Boones Stimme versagte einen Moment lang. „Nicht nur hübsch“, antwortete er schließlich. „Sie war wunderschön.“

„Aber dann ist sie krank geworden und gestorben“, fügte Griffin hinzu.

„Ja, richtig.“

„Aber sie hat uns sehr geliebt“, fuhr Griffin fort, der offensichtlich das wiederholte, was er von seiner Tante Molly wusste. „Und sie hätte uns nicht alleingelassen, wenn es nach ihr gegangen wäre.“

„Das ist richtig“, brachte Boone heraus. „Ihr zwei wart ihr Ein und Alles.“

Griffin legte die Stirn in Falten. „Warum sind hier keine Fotos von ihr? Wir hatten ein Foto von ihr in unserem Schlafzimmer in Missoula.“

Als der Junge Missoula erwähnte, nahm seine Miene einen härteren Zug an. In dem Moment kam Scamp ins Zimmer, schoss an Boone vorbei und legte sich zwischen den Jungs ins Bett.

„Genau“, stimmte Fletcher mit ein. „Warum sind hier überhaupt keine Fotos?“

„Wir suchen morgen welche raus“, versprach Boone ihnen.

„Echt?“, hakte Griffin nach und sah ihn zweifelnd an. „Ich will nämlich nicht vergessen, wie Mommy ausgesehen hat.“

„Okay.“ Boone handelte, ohne nachzudenken, als er die beiden zudeckte.

„Wenn ich manchmal an Mommy denke“, warf Griffin ein, „dann sehe ich nur eine Frau, die gar kein Gesicht hat.“

Boone wartete ein paar Sekunden, bis er die auf ihn einstürmenden Gefühle wieder im Griff hatte. Hin und wieder hatte er das gleiche Problem wie sein Sohn, wenn er sich Corries Gesicht vorzustellen versuchte. Dann blieb es beharrlich verschwommen, und er musste fast in Panik erst ein Fotoalbum herausholen und eine Aufnahme betrachten, um sich alle Details wieder einzuprägen.

„Das ist ganz normal, Kumpel", versicherte er dem Jungen. „Kein Grund zur Sorge."

„Nimmst du uns mal mit zum Friedhof, damit wir Blumen auf ihr Grab legen können?"

Diesmal konnte er keinen Ton herausbringen, sondern nur stumm nicken und aufstehen. Seine Söhne schlossen die Augen und falteten die Hände für ihr Gutenachtgebet.

Molly hatte sie wirklich gut erzogen.

„Bitte mach, dass es dem Jungen wieder besser geht, der vom Wasserturm gefallen ist", sagte Griffin.

„Und lass Scamp nicht wieder weglaufen", ergänzte Fletcher.

„Amen", sagten dann beide.

Mit einem Kloß im Hals verließ Boone das Zimmer, schaltete das Licht aus und flüsterte ein heiseres „Gute Nacht!", ehe er in die Küche zurückkehrte.

Nachdem er die Kaffeemaschine für den nächsten Morgen programmiert und sich davon überzeugt hatte, dass die Hintertür abgeschlossen war, löschte er das Licht und stand über die Spüle gebeugt, um aus dem Fenster zu dem schemenhaften Umriss des Hauses zu schauen, das auf der anderen Seite des schmalen Wasserlaufs stand.

Sosehr ihm Corrie fehlte, sosehr ihr Tod ihn schmerzte und sosehr er darum trauerte, welche Träume, Hoffnungen und Möglichkeiten mit ihr zusammen gestorben waren, musste er dennoch zugeben, dass es jetzt Tara Kendall war, die ihm durch den Kopf geisterte.

Da war wieder dieser Wunsch, in ihrer Nähe zu sein, selbst wenn sie kein Wort redeten und sich auch nicht anfassten. Er wollte nur ihren Duft einatmen und seine Wunden von ihrem zögerlichen Lächeln und dem sanften Leuchten in ihren Augen heilen lassen.

Das Mondlicht spiegelte sich glitzernd im Wasser, während

die Sterne am Himmel leuchteten, als wäre jeder Einzelne ein kleines silbernes Freudenfeuer.

Ihm wurde klar, dass mit ihm genau das geschah, was er sich niemals hatte erlauben wollen, so wie er es sich selbst und Corrie gegenüber geschworen hatte: Er interessierte sich für eine Frau, eine ganz bestimmte Frau, keine der namenlosen Frauen, mit denen er hin und wieder ins Bett ging, wenn die Einsamkeit zu viel für ihn wurde.

Er verspürte Verlangen nach einer anderen Frau als Corrie.

Tara winkte Opal zu, die im Wagen sitzen blieb, während Elle und Erin mit Lucy ausstiegen und zu ihr gelaufen kamen. Im hellen Schein des Mondes machten die Zwillinge einen glücklichen Eindruck, und auch die Hündin wirkte besonders ausgelassen.

Opal hupte einmal kurz, dann wendete sie ihren Kombi und fuhr ab.

„Wir haben uns zwei Filme für Babys angesehen", rief Elle ihr zu. „Aber eigentlich waren sie ganz gut."

Tara lächelte, aber ihre Gedanken kreisten immer noch um die E-Mail von James und den überraschenden Besuch von Sheriff Boone Taylor. „Dann hat es euch also gefallen. Das freut mich."

Erin als die Verantwortungsbewusstere von beiden schloss das Gartentor hinter sich, dann erst folgte sie ihrer Schwester und der Hündin zum Haus. „Und wir haben gelernt, dass Aasgeier keine Menschen angreifen", verkündete sie.

Elle lachte, als sie zu dritt die Stufen hinaufgingen. „Das hätte *ich* dir auch erzählen können."

Daraufhin verdrehte Erin die Augen, erwiderte aber nichts, und Tara kam gar nicht erst auf die Idee nachzufragen, was es mit *dieser* Unterhaltung auf sich hatte. Dafür machte ihr viel zu sehr zu schaffen, dass James und ... Bethany – hieß die Frau so? – mit ihrer Entscheidung das Leben der Zwillinge völlig auf den Kopf stellen würden.

Natürlich war es das gute Recht der beiden zu heiraten, und sie mussten dafür auch nicht die Erlaubnis von Elle und Erin einholen, doch Tara störte sich an der Art und Weise, wie sie das Ganze angingen. Nicht nur, dass James von ihr erwartete, dass sie *seinen Kindern* von der bevorstehenden Hochzeit erzählte, es schien ihm auch überhaupt nicht in den Sinn zu kommen, die beiden in dieses wichtige Ereignis einzubeziehen. Sollten sie nicht bei der Hochzeit des eigenen Vaters anwesend sein?

„Was ist los?“, fragte Erin plötzlich und sah Tara skeptisch an.

Tara schloss die Haustür ab und wünschte, ihr Gesicht würde nicht ständig jeden erkennen lassen, was sie gerade dachte und fühlte.

„Tara?“, hakte Elle in besorgtem Tonfall nach.

Als sie sich zu den Mädchen umdrehte, war ihr klar, dass sie sich nicht aus der Affäre würde ziehen können. Es war ein Irrtum von ihr gewesen zu glauben, sie könnte das bis morgen hinauszögern und den beiden dann vorschlagen, doch mal ihren Dad anzurufen.

„Kommt mit in die Küche“, sagte sie.

Elle ging voran, sah aber die ganze Zeit verunsichert über die Schulter zu ihr. In der Küche setzten sich die Zwillinge nebeneinander an den Tisch, Tara nahm ihnen gegenüber Platz.

„Niemand ist krank oder verletzt oder sonst etwas in dieser Art“, begann sie und sah den beiden abwechselnd in die Augen, obwohl sie den Blick am liebsten abgewandt hätte. „Aber es gibt da etwas, das ich euch sagen muss.“

Zum Teufel mit James! Er hatte es wieder geschafft, seinen Kopf durchzusetzen!

„Was denn?“, fragten beide gleichzeitig im Flüsterton.

„Euer Dad und Bethany werden heiraten“, antwortete sie. „Schon bald.“

Elle bekam den Mund nicht mehr zu.

Erins Kopf lief rot an. „Ich hab’s gewusst“, rief sie. Zwar war sie zornig, aber die Neuigkeit hatte sie genauso verblüfft wie ihre Schwester.

„Und das konnte er uns nicht selbst sagen?“, fragte Elle, als sie endlich wieder einen Ton herausbekam. Lucy kam dazu und stellte sich zwischen die beiden Stühle, auf denen die Mädchen saßen.

„Er hat mich gebeten, das zu erledigen“, erwiderte Tara so ruhig und gelassen wie möglich.

„Er ist so ein Feigling!“, schimpfte Erin.

Tara ging über die Bemerkung hinweg, auch wenn sie insgeheim nur zustimmen konnte. Trotzdem wäre es nicht richtig gewesen, James vor seinen Töchtern offen zu kritisieren.

Elle ließ die Schultern sinken. „Er wusste, wie wir reagieren würden“, murmelte sie.

„Trotzdem ist er ein Feigling“, beharrte Erin.

„Aber es ist ein bisschen auch unsere Schuld“, wandte Elle sich an ihre Schwester. Ihre Augen hatten diesen Schimmer, als würde sie jeden Moment in Tränen ausbrechen. „Dad weiß, dass wir Bethany nicht leiden können.“

„Das ist *in keiner Weise* eure Schuld“, stellte Tara sofort richtig.

Erin drehte sich zu Tara und fragte mit leiser, betrübter Stimme: „Können wir nicht einfach bei dir bleiben? Bitte!“

Es brach ihr das Herz, das zu hören, dennoch versuchte sie ein Lächeln aufzusetzen. „Ihr bleibt hier, bis die Schule anfängt“, versicherte sie ihnen. „Das ist schon länger als erwartet, und …“

„Bethany will uns nicht um sich haben“, unterbrach Erin sie und straffte die Schultern. „Sie sagt, dass wir verzogen und frech sind. Sie und Dad werden uns auf ein Internat schicken. Warum können wir nicht hier bei dir bleiben?“

Am liebsten hätte Tara die Zwillinge in die Arme genommen, doch das konnte sie nicht wagen. Wenn sie das tat, würde sie sich womöglich zu irgendwelchen Versprechen hinreißen lassen, die sie später gar nicht einhalten konnte.

„Nichts lieber als das", gab sie zu. „Aber ich kann das nicht entscheiden."

Betrübt standen die Mädchen auf und verließen die Küche, ohne Tara noch einmal anzusehen oder ihr eine gute Nacht zu wünschen.

Davon abgesehen, dass das Baby von Hutch und Kendra zur Welt gekommen war, hatte dieser Tag nur noch eine einzige gute Sache zu bieten – nämlich die Tatsache, dass er so gut wie vorüber war.

11. KAPITEL

Im Lauf der nächsten Tage kehrte in Parable und Umgebung wieder Ruhe ein, oder zumindest schien es so, denn Boone wollte diesem Frieden nicht trauen. Daher begleitete ihn ständig ein gewisses Unbehagen, dass jeden Moment der große Donnerschlag folgen würde.

In regelmäßigen Abständen gingen die Arztberichte über den Zustand von Dawson McCullough ein, die vorsichtig optimistisch waren. Die Überreste des alten Wasserturms wurden in aller Stille weggeschafft. Das alte Holz verbrannte man, das Metall kam auf den Schrottplatz. Das Parable Preservation Committee hielt sich mit Äußerungen zurück, und Bürgermeister Hale wiederholte keine seiner Forderungen nach Festnahmen und Kündigungen.

Miss Shannon Carmody, die Tochter von Hutch und Kendra, war ein gesundes Baby, und die Eltern waren überglücklich.

Zeb Winchells Beerdigung dagegen war eine bedrückende Angelegenheit, aber zumindest wurde sie gut besucht. Boone ging mit Scamp zum Gedenkgottesdienst, der Hund trug ein leuchtend blaues Halstuch – eine Idee, die die Jungs beigesteuert hatten. Scamp schien zu verstehen, dass die Beerdigung für ihn der Abschied von seinem alten Herrchen war, denn danach versuchte er nicht mehr wegzulaufen.

Und Boone zeigte den Jungs Corries Sammelalbum, in das sie Fotos und andere Andenken eingeklebt hatte. Sie durften sich ein Foto aussuchen, das sie vergrößern ließen, damit sie es anschließend über ihrem Bett aufhängen konnten.

Über Corrie zu reden und den Jungs Geschichten aus ihrem Leben zu erzählen, war für ihn immer wieder eine schmerzhafte Erfahrung, doch mit der Zeit fiel es ihm leichter, darüber zu reden. Er fuhr mit den beiden zum Friedhof, wo sie einen Strauß gelbe Rosen in einem Einmachglas vor den Grabstein stellten und dann mit ihren kleinen Fingern die eingravierten Buchstaben und Ziffern ertasteten, die ihren Namen, ihr Geburts- und

Todesdatum sowie die Zeile *Geliebte Ehefrau und Mutter* ergaben.

So traurig das auch alles war, schien es, dass ein wenig von der Anspannung von den beiden abfiel, die ihnen immer anzumerken gewesen war, wenn es um ihre Mutter gegangen war. Zwar bezweifelte Boone, dass sie wirklich verstanden, was dieses Grab bedeutete, dennoch wunderte er sich vor allem darüber, warum er bei keinem vorangegangenen Besuch seiner Söhne auf die Idee gekommen war, mit ihnen zum Friedhof zu fahren.

Es kam ihm so vor, dass es den zweien zumindest für den Moment Trost genug spendete, einen Ort zu haben, an dem sie der Frau ihre Ehre erweisen konnten, die ihnen das Leben geschenkt hatte.

Auch wenn er sich nicht dazu äußerte, war dieser Besuch für Boone in gewisser Weise der Moment, in dem er mit seiner Vergangenheit abschloss und fast gegen seinen Willen die Dinge losließ, die er eigentlich niemals hatte loslassen wollen. Sein schlechtes Gewissen regte sich, zugleich fühlte es sich so an, als würde ihm eine alte, längst gewohnte Trauer entrissen.

Die Stille in seinem Kopf und die Umgebung aus Gräbern und grünem Gras, das sich im Wind bewegte, die flüsternden Kiefern und Pappeln ringsum und der fantastische Himmel von Montana über ihm – all das führte Boone zu einer unbequemen und zugleich faszinierenden und unumstößlichen Erkenntnis: Er fühlte sich zu Tara Kendall hingezogen. Eigentlich war es mehr als nur das, doch es war noch viel zu früh, um es anders zu bezeichnen.

Am Morgen hatte er die Jungs zur Sonntagsschule gebracht, ein richtiger Kirchgang war für ihn immer noch etwas völlig Absurdes. Als sie jetzt den Friedhof verließen, rätselte er noch immer, welche tief greifenden Veränderungen sich in den entlegensten Regionen von Körper, Geist und Seele abspielten. Er kam sich vor wie jemand, der aus einem Koma erwacht oder der wiederbelebt und in letzter Sekunde aus dem Reich der Toten zurückgekehrt war. Während er seine Jungs und den Hund in

Richtung Streifenwagen dirigierte, war er mit einem Mal in der Lage, zumindest sich selbst gegenüber einzugestehen, dass ein Teil von ihm zusammen mit Corrie hatte sterben wollen, anstatt eine Trennung von ihr ertragen zu müssen.

Der Fehler in der Logik dahinter war ganz einfach zu benennen: Er lebte. Und er hatte zwei Söhne großzuziehen. Und er hatte einen Job, den er liebte, zumindest die meiste Zeit über. Er besaß ein großes Grundstück, wenn auch in einem ziemlich verwilderten Zustand. Und zum ersten Mal seit seiner Zeit mit Corrie wollte er von einer anderen Frau mehr als nur unverbindlichen Sex.

Das alles waren Dinge, für die er dankbar sein konnte, sagte er sich, als er mit Hund und Kindern losfuhr und den Friedhof – und zugleich noch viel mehr – hinter sich zurückließ. Und nichts davon konnte ihn vor dem Unwetter beschützen, das sich am Horizont zusammenbraute.

„Können wir im Restaurant essen gehen?", meldete sich Griffin aus seinem Kindersitz auf der Rückbank, die durch ein verschiebbares Gitter von den Vordersitzen abgeteilt war. Er und Fletcher taten mit dem größten Vergnügen so, als wären sie zwei Verbrecher, die auf dem Weg ins Gefängnis waren.

„Wir haben Scamp dabei", erwiderte Boone. „Im Butter Biscuit Café sind Hunde nicht erlaubt." Nach einer kurzen Pause fügte er hinzu: „Vielleicht können wir ihn im Wagen lassen, während wir schnell einen Happen essen. Aber es ist heute ziemlich warm, und wenn wir die Fenster für ihn offen lassen, springt er womöglich aus dem Wagen und läuft weg."

Scamp, der wie immer auf dem Beifahrersitz lag, sah ihn an, als wäre er beleidigt über diese Unterstellung. Seit Zebs Beerdigung hatte er seine neue Familie mit einer Mischung aus Resignation und Erleichterung akzeptiert.

„Wir können Hamburger und Fritten im Drive-in holen", warf Fletcher ein.

Zwar vermutete Boone, dass der Junge immer noch mit dem Gedanken spielte, per Anhalter nach Missoula zu fahren, um wieder bei Molly und Bob zu leben, dennoch schien er die momentane Situation weitgehend zu akzeptieren. Vermutlich hatte er sich entschieden, seine Zeit hier abzusitzen, da er davon überzeugt war, dass dieser Besuch so wie alle vorangegangenen früher oder später ein Ende nahm.

„Dann muss Scamp nicht im Wagen auf uns warten", ergänzte Griffin. „Und er kann einen Cheeseburger bekommen."

„Gute Idee", meinte Boone lächelnd und nahm Kurs auf das örtliche Fast-Food-Lokal. Allen modernen Trends zum Trotz behauptete sich Bernie's Best Burgers nach wie vor gegen die Filialen der großen Ketten drüben in Three Trees. Es gab einen überdachten Außenbereich mit metallenen Picknicktischen, die irgendwann in den Sechzigern in Armeegrün gestrichen worden waren. Die Neonreklame in Gestalt einer kurvenreichen Frau, die bei Dunkelheit die Hüften kreisen ließ und dem Betrachter zuzwinkerte, war sogar noch mindestens zehn Jahre älter.

Es irritierte Boone nicht allzu sehr, dass Tara mit ihren Stieftöchtern und dem Golden Retriever bereits an einem der Tische saß, als er seinen Streifenwagen in Richtung Parkplatz lenkte. Die Mädchen winkten ihnen zu, als sie Griffin und Fletcher entdeckten, und Scamp war mit einem Mal kaum noch zu bändigen, wohl weil er eine Gelegenheit für einen erneuten Versuch gekommen sah, sich mit Lucy anzufreunden.

Taras und Boones Blicke trafen sich, als er ausstieg, aber keiner von ihnen lächelte den anderen an oder sagte etwas. Nachdem die Kinder und auch der Hund den Wagen verlassen hatten, nickte er Tara kurz zu, dann ging er mit seinen kleinen Begleitern zu einem geöffneten Fenster, das als Theke diente, und gab die Bestellung auf, die von Griffin und Fletcher in großem Stil ergänzt wurde.

Anschließend drehte Boone sich um und rechnete damit, dass Tara gerade die Reste ihres Essens zusammenräumte, um aufzubrechen und damit auf Abstand zu ihm zu gehen.

Stattdessen jedoch winkte sie ihm zu, dass er sich zu ihnen an den Tisch setzen sollte.

Die Jungs waren mit dem Hund zu dem Bereich gegangen, der eine Art Spielplatz darstellte. Er war Bernies einziges Zugeständnis an die großen Ketten, aber damit war für den alten Mann auch schon die Grenze des Zumutbaren erreicht. Auf seiner Speisekarte fanden sich keine kalorien- oder fettreduzierten Gerichte, hier gab es alles nur mit hohem Fett- und Kalorien- und Kohlehydratgehalt, ganz ohne Rücksicht auf die Gesundheit.

Boone setzte sich zu Tara, ohne zu wissen, was er sagen sollte. Normalerweise war er nicht um Worte verlegen, aber das hier war auch keine normale Situation. Die Begegnung war so wie alle vorangegangenen auf eine unerklärliche Weise wie elektrisch aufgeladen.

Im Gegensatz zu ihm hatte Tara keine Schwierigkeiten, sich zu äußern. Sie betrachtete ihn mit diesen viel zu blauen goldgesprenkelten Augen und fragte geradeheraus: „Kommt mir das nur so vor, oder passiert da irgendwas zwischen uns, Boone Taylor?"

Er war direkte Fragen gewöhnt, und unter normalen Umständen kam er selbst auch ohne Umschweife auf das jeweilige Thema zu sprechen. Trotzdem hauten ihn Taras Worte regelrecht um. Und dabei kam er sich auch noch wie ein Idiot vor, weil sein Hals und seine Ohren mit einem Mal glühten, als wäre er ein verlegener Vierzehnjähriger und kein gestandener Mann. Er räusperte sich einmal ... und ein zweites Mal.

Die ganze Zeit über wartete Tara ab und musterte ihn. Sein langes Schweigen ließ sie offenbar zu einer Schlussfolgerung gelangen, die bei ihr einen unglücklichen Gesichtsausdruck auslöste.

„Damit könntest du recht haben", brachte er schließlich heraus. Sofort ergänzte er hastig: „Nicht, dass es Liebe oder so etwas wäre."

Sie lächelte und begann, auf eine nette Art zu lachen. Nachdem sie sich vergewissert hatte, dass ihre Stieftöchter sich noch immer bei seinen Söhnen aufhielten, zu denen sie gleich nach seinem Eintreffen gestürmt waren, sagte sie fast im Flüsterton:

„Niemand hat ein Wort von Liebe gesagt. Aber egal, was es ist, es muss jetzt und hier aufhören."

Mit einem Mal fand Boone Gefallen am Thema. Er legte die Arme auf den Picknicktisch, beugte sich vor und fragte: „Warum denn?"

„Weil es nicht funktionieren würde", erklärte sie knapp.

„Und wenn es nur ein einfacher Fall von Lust ist?", wollte er wissen.

Zu seiner Freude lief ihr Gesicht blassrosa an, und er fragte sich, ob diese Röte wohl nur auf ihr Gesicht beschränkt war.

„Natürlich ist es keine *Lust*", platzte sie heraus.

Er lachte leise und ließ sie erst ein paar Sekunden lang schmoren. Obwohl er es nicht für möglich gehalten hätte, wurde Taras Röte noch intensiver. Ihre Augen blitzten wütend auf.

„Es ist keine Lust!", beharrte sie. Wenn sie richtig wütend war, wirkte sie noch viel schöner. „Nur weil du zum Umfallen gut aussiehst, *Sheriff* Taylor, und nur weil sich die Frauen dir Tag und Nacht an den Hals werfen, brauchst du nicht zu glauben, dass ich auch so bin wie diese Frauen. Ich bin nämlich *nicht* so!"

Verwundert hob er eine Braue. *Zum Umfallen gut aussehen? Er?* Wenn ihn jemand mit vorgehaltener Waffe zu einer Selbsteinschätzung gezwungen hätte, wäre er zu dem Eingeständnis bereit gewesen, dass er ganz passabel aussah, aber mehr auch nicht.

Und es stimmte auch nicht, dass sich ihm irgendwelche Frauen „an den Hals warfen", weder am Tag noch in der Nacht. Dass Tara allerdings so etwas glaubte, empfand er als äußerst angenehme Überraschung.

Verwundert schüttelte er den Kopf.

„Na ja, vielleicht halbwegs gut aussehend", korrigierte sie sich verlegen.

In diesem Moment kam seine Bestellung, was Kinder und Hunde gleichermaßen dazu veranlasste, den sogenannten Spielplatz zu verlassen.

„Wir sollten jetzt besser gehen", verkündete Tara mit einem bedauernden Widerwillen, der Boone nur noch mehr faszinierte.

Elle und Erin räumten den Tisch auf, verabschiedeten sich von Griffin, Fletcher und Boone und gingen. Boones Söhne packten unterdessen ihre fetttriefenden Hamburger aus und versprachen dem sehr wachsamen Scamp, dass er auch etwas abbekommen würde. Dabei waren sie so auf ihr Essen konzentriert, dass sie sich im Gegenzug nur sehr beiläufig von den Zwillingen verabschiedeten und von Boone und Tara überhaupt keine Notiz mehr nahmen, obwohl die beiden aufgestanden waren.

Boone konnte diese Missachtung nur recht sein. „Casey gibt nächstes Wochenende ihr Benefizkonzert", sagte er zu Tara und trat unruhig von einem Bein aufs andere. „Draußen auf dem Festplatz." Er hätte sich seine Erklärungen auch sparen können, da jeder in der Stadt und im Umkreis von bestimmt hundert Meilen über das Konzert Bescheid wusste. Die Karten waren so schnell weggegangen, dass schon jetzt von einem zweiten Auftritt in Three Trees die Rede war. „Willst du hingehen? Mit mir, meine ich."

Sehr elegant gemacht, spottete Boone über sich selbst.

Tara stutzte. „Und was soll mit den Kindern passieren?", fragte sie und flüsterte abermals.

Eigentlich hatte Boone vorgehabt, sie mitzunehmen, doch so unglaublich es schien, empfing er jetzt von Tara völlig andere und äußerst interessante Signale. War es etwa auch nur im Entferntesten möglich, dass die Lady sich für den Abend einen ganz anderen Verlauf vorstellte? Okay, vielleicht dachte sie nicht an Sex – ganz im Gegensatz zu Boone, der kaum noch an etwas anderes als an Sex denken konnte, nachdem nun das Eis gebrochen war –, aber vielleicht war ja schon die Aussicht auf eine erwachsene Unterhaltung eine willkommene Abwechslung, womöglich bei einem schönen Abendessen.

Allein der Gedanke an ein solches Abendessen machte Boone ganz kribbelig. Bei seinem letzten richtigen Date hatte er Corrie zum Abschlussball der Highschool begleitet. Was für eine jämmerliche Leistung!

„Was ist mit den Kindern?“, gab er schließlich zurück und spielte ihr den Ball wieder zu. Immerhin war sie als Erste auf dieses Thema zu sprechen gekommen.

Als Tara sich unbewusst auf die Lippe biss, rauschte Boones Blut erst recht wild durch seine Adern. Am liebsten hätte er Tara sofort an sich gezogen, um sie vor allen Gästen von Bernie’s Best Burgers zu küssen.

„Casey fängt ihre Show wegen der Kinder besonders früh an, wollte ich sagen“, erklärte Tara ihm schließlich. „Danach gibt es Spiele und Clowns und tausend andere Sachen, und dann können sie bei ihr auf dem Grundstück campieren. Natürlich mit genügend Leuten, die aufpassen, dass nichts passiert.“ Sie unterbrach sich und atmete angestrengt. Amüsiert fragte sich Boone, ob sie sich inzwischen bereits wünschte, sie hätte nie ein Wort über das verloren, was sich zwischen ihnen beiden abspielte. „Elle und Erin wollen da unbedingt hin, weil Casey einen Sohn und eine Tochter etwa im gleichen Alter hat. Und es werden auch viele Jüngere da sein …“ Dann verfiel Tara erneut in Schweigen.

Gott segne Casey Elder, dachte Boone. Als wäre es nicht genug, eine stolze Summe für die McCulloughs aufzubringen, sorgte sie auch noch für ein Babysitter-Programm, damit die Erwachsenen mal eine Nacht für sich hatten.

„Da werden die beiden auch dabei sein wollen“, erwiderte Boone und schaute zu seinen Jungs, die weiter das Essen runterschlangen, ohne von den Erwachsenen Notiz zu nehmen. Immerhin teilten sie sehr großzügig mit Scamp. Boones Hamburger lag in Papier eingewickelt da und wurde allmählich kalt, aber das kümmerte ihn gar nicht.

Er hatte eine Verabredung mit Tara Kendall, und für ihn konnte es gar nicht schnell genug Samstag werden.

„Dann hätten wir das also geklärt“, erklärte Tara sehr würdevoll, während der Wind eine dunkelbraune Haarsträhne über ihre Wange wehte.

„Sieht so aus", gab er grinsend zurück.

Nachdem sie ihm noch einen letzten Blick zugeworfen hatte, verabschiedete sie sich freundlich von den Jungs und von Scamp und ging zu ihrem SUV, wo die Zwillinge bereits ungeduldig auf sie warteten. Mit einer Mischung aus Verärgerung und Ratlosigkeit blickte sie noch einmal zu Boone, ehe sie ihm halbherzig zuwinkte.

Du hast damit angefangen, Lady, dachte er und reagierte mit einem schiefen Grinsen und einem lässigen Winken.

Tara gab Gas und fuhr los.

„Jawohl!", murmelte er triumphierend und drehte sich zu den Jungs um. Sein Burger lag mittlerweile in einer Lache, da das Fett durch die Verpackung gesickert war.

Kauend musterten Griffin und Fletcher ihn, aber keiner von ihnen sagte etwas.

Boone setzte sich hin, packte den Burger aus und biss mit einem Appetit in das Brötchen, wie er ihn nur selten verspürte.

„Hab ich sie nicht mehr alle?", fragte Tara jämmerlich, als sie eine Stunde später mit Joslyn telefonierte. Bevor diese ihre Meinung äußern konnte, redete Tara auch schon weiter: „Was ist bloß in mich gefahren? *Boone Taylor!* Lieber Himmel! Mit dem Mann habe ich absolut nichts gemeinsam!"

„Offenbar seid ihr beide Fans von Casey Elder", zog Joslyn sie lachend auf. „Das ist doch schon mal etwas."

Tara, die allein auf der hinteren Veranda stand, sah an sich herab und betrachtete den ausgeblichenen Overall, das zerschlissene T-Shirt und die Arbeitsstiefel, die sie noch so oft mit dem Gartenschlauch absprühen konnte, trotzdem blieb immer etwas Dreck von den Hühnern daran kleben. „Wer ist denn bitte kein Fan von Casey Elder?", gab sie gereizt zurück. „Joslyn, ich meine das ernst. Ich glaube, mein Verstand hat sich von mir verabschiedet ..."

„Du bist bloß eine heißblütige Frau, die es sich mal wieder gut gehen lassen muss", unterbrach Joslyn sie. „Soll ich dir mal sagen, was ich glaube, liebe Freundin? Ich glaube, du hast nur Angst vor Boone, sonst nichts. Er ist ja auch ein verdammt heißer Cowboy-Sheriff. Solange ihr beide euch über Hühnerhaltung und verwilderte Grundstücke streiten konntet, warst du auf der sicheren Seite. Aber jetzt, wo es auf einmal hitziger zugeht, da bekommst du es mit der Angst zu tun."

„Als Nächstes", flüsterte Tara, „wirst du mir bestimmt erzählen, wie es bei dir und Slade gelaufen ist – dass ihr euch am Anfang nicht ausstehen konntet, und heute könnt ihr die Finger nicht voneinander lassen, wie?"

Wieder musste Joslyn lachen. „So ist es ja auch bei uns gelaufen. Und überleg mal, wie sich Hutch und Kendra anfangs gegenseitig an den Kragen gegangen sind. So was nennt man *Leidenschaft*, Tara."

„*Leidenschaft?*", spie Tara förmlich aus und sah erschrocken zu Elle und Erin, aber die waren immer noch damit beschäftigt, die Hühner zu füttern, wobei sie von Lucy tatkräftige „Hilfe" erhielten. „Manchmal sind die Dinge tatsächlich so, wie sie einem erscheinen, weißt du? Bei Boone und mir war es gegenseitige Antipathie auf den ersten Blick."

„Und warum hast du dich dann mit diesem Mann verabredet?", fragte Joslyn und tat so, als wäre sie völlig durcheinander.

„Das weiß ich selbst nicht", räumte Tara ein.

„Schön, aber ich weiß es", fuhr Joslyn voller Selbstvertrauen fort. „Du bist zu lange einsam und allein gewesen, genau wie Boone, und jetzt hat die sexuelle Anspannung die kritische Masse erreicht. Der sogenannte Umkipp-Punkt, wenn man so will."

„Es wird ganz bestimmt *niemand* umkippen!", platzte Tara heraus.

Damit erheiterte sie Joslyn nur noch mehr. Als sie sich wieder beruhigt hatte, sagte sie: „*Du* hast *mich* angerufen, Tara. Schon vergessen? Was hast du denn erwartet, was ich dir sagen werde? Dass du einen ganz verheerenden Fehler gemacht hast und das Date unbedingt absagen musst?"

Tara wusste keine Antwort darauf. „Ich habe keine Ahnung", erwiderte sie kleinlaut.

„Ich werde dir einen völlig unüberlegten Ratschlag geben", warnte Joslyn sie mit spitzbübischem Unterton.

Nach dem Telefonat würde Joslyn garantiert Kendra anrufen und ihr alles brühwarm weitererzählen. Davon war Tara fest überzeugt. „Was für einen Ratschlag denn?", fragte sie.

„Hör auf, so ein Theater um die Sache zu machen", riet Joslyn ihr ganz ernst. „Triff dich mit Boone, hab deinen Spaß und warte ab, was sich entwickelt. Aber geh nicht mit einem Drehbuch im Kopf zu ihm, das auf deinen Erfahrungen mit James beruht. Boone ist ein völlig anderer Mann, und du kannst unmöglich wissen, wie der Abend enden wird."

„Ich habe Angst", gestand Tara nach einem langen, betretenen Schweigen.

„Das musst du aber nicht", erwiderte Joslyn sanft. „Das ist nur ein *Date*, aber keine lebenslange Verurteilung ohne eine Chance auf vorzeitige Entlassung wegen guter Führung. Sei locker und genieß den Abend."

„Aber …"

„Ja, du hast trotzdem Angst", fiel Joslyn ihr verständnisvoll ins Wort. „Das ist völlig okay, Tara. Boone geht es wahrscheinlich nicht anders. Er ist zwar kein Mönch, aber soweit ich weiß, hatte er sein letztes richtiges Date mit Corrie, bevor sie verheiratet waren. Für ihn ist das eine große Sache."

Tara wollte sich nicht mit „großen Sachen" beschäftigen, auch nicht mit toten Ehefrauen. „Hattest du bei Slade am Anfang auch Angst?"

„Nein, ich hatte keine Angst, ich war in heller Panik, und das war bei Slade nicht anders, auch wenn er das wohl nicht zugegeben hätte."

„Du weißt, dass du mir damit nicht hilfst", sagte Tara, die sich wieder ein bisschen forscher zu fühlen begann. „Diese ständigen Parallelen zwischen dir und Slade und mir und Boone. Dabei ist das etwas völlig anderes."

„Tja, wenn du das sagst", entgegnete Joslyn und machte keinen Hehl daraus, dass sie ihr kein Wort glaubte. „Wie wär's, wenn wir uns diese Woche zum Mittagessen treffen? Du, Kendra und ich – und Casey, falls sie das in ihrem Terminplan unterbringen kann. Nur wir Mädchen."

„Klingt gut", stimmte Tara ihr zu. Von allen Freundschaften, die sie in ihrem Leben geschlossen hatte, war die mit Joslyn und Kendra die beste, und Casey entwickelte sich zusehends zu einem festen Bestandteil ihrer Gruppe. „Glaubst du denn, Kendra kann da schon wieder mitmachen? Ich meine, sie hat schließlich gerade erst ein Kind zur Welt gebracht."

„Machst du Witze?", entgegnete Joslyn fröhlich. „Sie ist eine von diesen unausstehlichen Frauen, die morgens ein Kind bekommen und nachmittags Bungee-Jumping machen."

Diesmal musste Tara lachen. Dabei fiel eine so intensive Anspannung von ihr ab, dass ihr einen Moment lang schwindlig war. Sie beendete das Telefonat. Die Mädchen hatten inzwischen die Hühner gefüttert und kamen ein wenig erschöpft, aber mit strahlender Miene zurück zum Haus – zwei Stadtkinder, die sich rasch an das Landleben gewöhnten, die Gesichter schmutzig, die Kleidung längst überfällig für die Waschmaschine.

Keiner der Zwillinge war auch nur mit einem Wort auf die Hochzeit von James und Bethany eingegangen, zu der sie ganz eindeutig nicht eingeladen waren. Dieses beharrliche Schweigen zu einem so einschneidenden Ereignis in ihrem Leben stimmte Tara nachdenklich, auch wenn sie versuchte, sich nicht zu viele Sorgen zu machen. Es wäre ihr lieber gewesen, wenn sie in Tränen ausgebrochen oder ihren Vater zum Teufel gewünscht hätten. Dann hätte sie die zwei wenigstens trösten können.

So dagegen konnte sie nur spekulieren, was in den beiden vorging, denn konkret fragen wollte sie sie nicht. Das wäre so, als würde sie Salz in eine offene Wunde streuen. Also blieb ihr nichts anderes übrig, als abzuwarten und darauf zu hoffen, dass sich auf lange Sicht alles wieder einrenkte. Allerdings durfte sie sich nicht zu viele Hoffnungen machen, beispielsweise mit der

Überlegung, dass James die Zwillinge für das kommende Schuljahr die Schule hier in Parable besuchen lassen könnte, anstatt sie tatsächlich auf ein Internat zu schicken.

James war nun einmal einer der unberechenbarsten Menschen, die sie kannte. Womöglich nahm seine neue Ehefrau ihn so in Anspruch, dass er überhaupt keine Lust hatte, sich in irgendeiner Weise um zwei Teenager zu kümmern. In dem Fall wäre die einfachste Lösung die, die beiden bei Tara zu lassen, hin und wieder einen Scheck auszustellen, ein paar oberflächliche Mails zu schicken und die Vaterrolle per Fernbedienung zu erfüllen.

Andererseits war sein Image für ihn ein wichtiger Faktor. Daher war es gut möglich, dass er den liebevollen Ehemann und Vater spielen wollte, den erfolgreichen Geschäftsmann, der eine grandiose Karriere und auch noch eine traumhafte Familie hatte. Natürlich würde ihn das nicht davon abhalten, Elle und Erin auf ein Internat zu schicken, weil seine private Bequemlichkeit an oberster Stelle stand. Und selbst wenn, würde er immer noch als mustergültiger Vater dastehen, da ihm ja nur das Wohl seiner Töchter am Herzen lag.

Ja, James Lennox war gut aussehend, reich und von sich selbst überzeugt. Wen kümmerte es da schon, dass er charakterlos und durchschaubar war?

Ganz im Gegensatz zu Boone Taylor, diesem komplexen, unergründlichen Mann.

„Du siehst so traurig aus", sagte Erin, als sie mit Elle Tara erreicht hatte, die dastand und gedankenverloren vor sich hin starrte.

„Ich habe nur über etwas nachgedacht, weiter nichts", erwiderte sie mit entschlossenem Lächeln, und das war nicht mal gelogen.

In dem Moment trieb lautes Lachen von der anderen Seite des schmalen Bachs am Rand ihres Grundstücks herüber und ließ Tara aufhorchen. Als sie sich umdrehte, sah sie Boone und seine Jungs, die am Ufer standen und mit Angelruten hantierten.

„Meinst du, Mr Taylor würde uns mal angeln lassen?“, fragte Erin sehnsüchtig. Die beiden hatten zwar von James – hoffentlich nur vorübergehend – genug, aber ihren Stieftöchtern war ein gewisser Vaterneid durchaus anzumerken.

Zögernd beobachtete Tara Boone und die Jungs. Zwar konnte sie sich nicht vorstellen, dass die Zwillinge sich dazu würden überwinden können, einen Köder am Haken festzumachen, aber vielleicht irrte sie sich auch.

„Das könnt ihr nur herausfinden, indem ihr ihn fragt“, gab sie zurück.

Kaum hatte sie ausgesprochen, stürmten die Mädchen los in Richtung Ufer, dicht gefolgt von der unermüdlichen Lucy.

Tara ging deutlich gemächlicher hinter ihnen her. Der Gedanke an eine weitere Begegnung mit Boone so kurz nach der Unterhaltung bei Bernie's machte sie nervös, doch sie weigerte sich beharrlich, sich von ihrer Feigheit Vorschriften machen zu lassen.

Als sie näher kam, sah Boone auf und grinste sie lässig an, während er Elle, die als Erste drüben eingetroffen war, seine Angelrute überließ. Griffin zeigte alle Symptome eines verliebten kleinen Jungen, als er Erin zeigte, wie man die Leine auswarf und wieder einholte.

Vorsichtig überquerte Tara die Behelfsbrücke und hielt weiter die Arme um sich geschlungen, da die Abendluft recht kühl war. Boone stand auf der anderen Seite und erwartete sie bereits.

„Ich hoffe, wir stören nicht“, sagte sie.

Er schüttelte den Kopf und musterte sie weiter mit diesem unergründlichen Blick. Scamp hielt sich an seiner Seite auf, während Lucy bei den Kindern blieb und sie nicht aus den Augen ließ, als hätte sie Angst, eines von ihnen könnte ins Wasser fallen und ertrinken, wenn sie nicht aufpasste.

Lucy würde sich sehr einsam fühlen, wenn die Mädchen nach New York zurückkehren mussten, dachte Tara betrübt.

Plötzlich begann Elle zu kreischen, und als Boone und Tara sich zu ihr umdrehten, sahen sie, dass sie die Angel hochhielt und am Haken ein schillernder Fisch zappelte. Boone ging hin, befreite den Fisch mit einer routinierten Handbewegung und warf ihn zurück ins Wasser.

Voller Bewunderung sahen Elle und Erin ihm dabei zu. Es war offensichtlich, dass die beiden auf der Suche nach einem Helden waren, und Boone Taylor hatte sich soeben zu einem aussichtsreichen Kandidaten gemacht.

„Wir werfen jeden Fang zurück ins Wasser“, verkündete Griffin mit ernster Miene.

Ein wenig überrascht sah Tara Boone an. Sie hätte ihn nicht für einen sensiblen Mann gehalten, zumindest nicht, wenn es um gefangene Fische ging.

„Warum fangt ihr sie dann überhaupt?“, wollte Erin verwundert wissen.

Gute Frage, fand Tara.

„Weil es Spaß macht“, erklärte Griffin ihr mit übertriebener Geduld.

„Oh“, erwiderte Erin und gab die Angel zurück an Fletcher. Anscheinend war ihre Faszination für den Angelsport nur von kurzer Dauer gewesen, während Elle einen weiteren Versuch unternehmen wollte.

Nach einer Weile standen Griffin, Fletcher und Elle zusammen mit den Hunden am Ufer, während Erin im Gras saß, die Arme um die Knie geschlungen, den Kopf in den Nacken gelegt, um ihr Gesicht von den letzten Sonnenstrahlen wärmen zu lassen.

Auf einmal griff Boone nach Taras Hand und zog sie mit sich weg vom Wasser, bis sie einen alten Baumstamm erreichten, auf dem sie beide Platz nahmen. Zwar befreite sie ihre Hand nicht richtig aus seinen Fingern, dennoch zog sie sie ein Stück weit zurück.

„Erzähl mir von früher“, sagte er leise.

Sie ahnte, dass er nicht wissen wollte, was es bedeutete, in einer Stadt wie New York City aufzuwachsen. Es ging um ihr Leben mit James, und das Erstaunlichste daran war, dass es sie nicht mal störte darüber zu reden.

Einen Moment zog sie die Schultern hoch, dann seufzte sie leise und musste lächeln, als sie sah, welchen Spaß die Kinder hatten. „Eigentlich ist es keine sehr interessante Geschichte", antwortete sie. Dass Boone dicht neben ihr saß, war ihr nur zu deutlich bewusst, da sie die Kraft spürte, die er ausstrahlte. Seine breiten Schultern berührten ihre fast. „Ich hatte mich in einen schneidigen jungen Arzt verliebt, nur dass dieser schneidige junge Arzt in sich selbst verliebt war. Ich versuchte wirklich alles, um sein Interesse von sich auf mich zu lenken, doch das war einfach nicht möglich." Wieder seufzte sie, dabei verschränkte sie die Hände und legte sie in den Schoß. „Ich wusste, es würde mir nicht gelingen, trotzdem konnte ich einfach nicht aufgeben." Ihr Blick wanderte zu den zwei Mädchen, die sie überhaupt so lange bei James hatten ausharren lassen.

„Die beiden sind großartig", sagte Boone.

Tara nickte. „Ich wünschte nur, sie wären meine Kinder."

„Sie scheinen in dir ihre Mom zu sehen. Du kannst gut mit ihnen umgehen, Tara."

„Danke", erwiderte sie und drehte sich zu ihm um, sodass sie ihn im Profil betrachten konnte.

Joslyn hatte in jeder Hinsicht recht gehabt. Boone Taylor war wirklich ein scharfer Cowboy-Sheriff, und sie hatte Todesangst vor ihm.

Warum? Nun, wenn sie nicht sehr gut aufpasste, konnte es sein, dass sie für ihn Gefühle entwickelte, sehr intensive und leidenschaftliche Gefühle. Seit ihrer Scheidung von James hatte sie sich immer wieder einreden können, dass ihr sicheres, friedliches Leben genug war für ihr dick in Stolz und Unabhängigkeit gepacktes Herz.

Doch das stimmte nicht. Allein der Gedanke daran, wieder einen Mann zu lieben, erschien ihr so riskant, dass er ihr fast den Atem raubte.

„Was für ein Mensch war Corrie?", fragte sie sanft nach einem längeren, aber nicht unbehaglichen Schweigen zwischen ihnen. „Ich weiß, dass sie sehr hübsch war und jeder sie mochte und dass sie schwer erkrankt ist. Aber ich weiß eigentlich nichts über sie als Mensch."

Boone ließ sich mit seiner Antwort so viel Zeit, dass Tara bereits damit rechnete, er würde jeden Moment aufstehen, sich zu den Kindern stellen und so tun, als hätte diese Unterhaltung nie stattgefunden.

Schließlich sagte er mit tiefer, rauer Stimme: „Sie war witzig, lebensfroh, immer auf alles Neue gespannt. Wir hatten unsere Differenzen, das will ich gar nicht abstreiten. Corrie warf mit allen möglichen Gegenständen nach mir, wenn sie wütend war, und ich konnte tagelang beharrlich schweigen, weil ich wusste, es machte sie rasend. Aber wir waren … Partner. Vom ersten Tag an waren wir mit Leib und Seele dabei, und aufzugeben wäre uns nie in den Sinn gekommen."

Eine solche Beziehung hatte Tara von James gewollt und anfangs sogar erwartet, aber wenn sie jetzt auf diese Zeit zurückblickte, wurde ihr klar, dass es nie eine echte Chance dafür gegeben hatte. James hatte nur sich selbst geliebt, aber genau genommen war sie nicht viel besser gewesen, schließlich hatte sie das Bild von James geliebt, ihre Vorstellung von ihm, das Potenzial, das er nie ganz ausgeschöpft hatte, den Ehemann und Vater, der er hätte sein können.

Wirklich geliebt hatte sie Elle und Erin, diese engelsgleichen, mutterlosen Mädchen. Ihr wurde bewusst, wie leicht es für sie wäre, Griffin und Fletcher auf die gleiche Weise in ihr Herz zu schließen und den Vater als Teil der Abmachung mit dazuzunehmen. Sie bewegte sich auf dünnem Eis.

Auf verdammt dünnem Eis.

12. KAPITEL

Als die Sonne unterging und den Horizont in purpurne Schatten tauchte, schwärmten die Moskitos aus. Das war für Boone das Zeichen, von dem alten Baumstamm aufzustehen, auf dem er viel zu lange – und zugleich nicht lange genug – neben Tara gesessen hatte. Zum zweiten Mal an diesem Abend hielt er ihr seine Hand hin.

Natürlich brauchte sie keine Hilfe, um aufzustehen, aber es war eine höfliche Geste, und auf solche Dinge war er gedrillt worden, zuerst von seiner Mutter und dann von seiner Schwester, die sich selbst „Mama II – Die Fortsetzung" genannt hatte.

Als Tara nach kurzem Zögern seine Hand ergriff, war er zu gleichen Teilen erfreut und eingeschüchtert, so als würde er in einer Achterbahn mitfahren, die von einem Wahnsinnigen gesteuert wurde.

„Es wird Zeit, alles zusammenzupacken", rief er den Kindern zu, die nach den Moskitos schlugen und sich stritten. Dass sie so gereizt waren, lag wahrscheinlich daran, dass sie entweder müde waren oder Hunger hatten. Die Jungs brauchten ihr Abendessen, ein Bad und das Nachtgebet, und zwar genau in dieser Reihenfolge.

Tara stimmte in seinen Ruf ein, was zur Folge hatte, dass alle vier Kinder im Chor protestierten. „Danke, dass Elle und Erin sich im Angeln versuchen durften", sagte sie. Er konnte ihr anmerken, dass sie ihm nicht ganz ablehnend gegenüberstand, nahm aber auch eine gewisse Skepsis wahr, so als hätte sie ein paar schöne Stunden erlebt, könnte aber jetzt gar nicht schnell genug die Flucht ergreifen.

Dabei verstand Boone ihr Dilemma nur zu gut, denn er verspürte den fast übermächtigen Wunsch sie zu küssen. Und wären die Kinder in diesem Moment nicht da gewesen, hätte er ihm vermutlich nachgegeben.

„Gern geschehen", brachte er mühsam hervor. Gleich darauf fügte er hinzu: „Vergiss nicht, versprochen ist versprochen." Das kam so schroff und hastig über seine Lippen, dass seine Ohren vor Verlegenheit zu glühen begannen.

Als Tara ihn verständnislos anschaute und dabei die Brauen zusammenzog, hätte er am liebsten mit dem Zeigefinger die feinen Fältchen auf ihrer Stirn glatt gestrichen. „Wie bitte?“, fragte sie skeptisch.

Boone seufzte und ärgerte sich über sich selbst. Er war im Umgang mit Frauen nicht so locker wie Hutch Carmody oder Slade Barlow, weil er nie richtig flirten gelernt hatte. Er und Corrie waren in so jungen Jahren ein Paar geworden, dass sich nie die Notwendigkeit ergeben hatte, mit Frauen zu flirten. „Ich habe nur gedacht, dass du vielleicht einen Rückzieher machen könntest. Du weißt schon, mit dem Konzert.“

Belustigung blitzte in ihren Augen auf, und sie verzog den verlockenden Mund zu einem leicht schiefen Grinsen. „Ich stehe zu meinem Wort, Boone Taylor“, erwiderte sie, wurde dann aber wieder ernst, als wäre ihr soeben ein irritierender Gedanke gekommen. „Sag mal … musst du an dem Abend denn nicht arbeiten? Ich meine, du bist immerhin der Sheriff, und wenn Casey hier auftritt, kommen Leute aus ganz Montana her und bestimmt auch noch ein paar aus Idaho und Washington. Solche Menschenmassen müssen doch unter Kontrolle gehalten werden, oder nicht?“

Es kostete ihn all seine Willenskraft, keine Miene zu verziehen, um sich keine Blöße zu geben, da er seine Arbeit völlig vergessen hatte, als es zu dieser Verabredung gekommen war. Stattdessen hatte er nur daran gedacht, wie diese Frau aussah und duftete und sich anfühlte.

Vor allem davon, wie sie sich anfühlte, wollte er noch viel mehr haben.

„Ich regele das schon“, erwiderte er scheinbar unbekümmert. *Und wenn es mich umbringt.*

Die Kinder hatten die Angelausrüstung zusammengeräumt, und sogar die Hunde wirkten, als hätten sie sich völlig verausgabt und wollten nur noch schlafen.

Tara nickte, als würde ihr Boones Antwort vollauf genügen.

Dann gingen die beiden Familien getrennte Wege. Tara und die Zwillinge kehrten mit dem Golden Retriever zu ihrem Haus zurück, und Boone machte sich mit seinen Söhnen und Scamp auf den Weg zum Trailer.

Während sie sich ihm im Dämmerlicht näherten, fiel Boone auf, dass sein Zuhause eigentlich einer großen Metallkiste ähnelte, die man zu lange Wind und Wetter ausgesetzt hatte. Es schien so, als würde sich das Ding im hohen Gras hinkauern und versuchen, sich Atom für Atom selbst aufzulösen, bis nichts mehr von ihm übrig war.

Er wollte einen Blick über die Schulter werfen und Tara und ihren Kindern hinterherschauen, bis sie sicher am gegenüberliegenden Ufer angekommen waren, aber irgendein sonderbarer Instinkt hielt ihn genau davon ab. Wenn es ein Problem geben sollte, sagte er sich, dann würden alle drei Frauen laut nach ihm rufen, um ihn zu alarmieren.

Aber das taten sie nicht.

„Gehst du mit Ms Kendall zu einem Date?“, fragte Griffin eine Stunde später, nachdem Boone den Kindern Makkaroni mit Käse und klein geschnittenen Bockwürstchen zum Abendessen serviert, ihr tägliches Bad überwacht und sie ins Bett gebracht hatte.

Boone rieb sich übers Kinn und bemerkte die Bartstoppeln, die seit der Rasur am Morgen nachgewachsen waren. Er fragte sich, ob Tara ihn wohl für verwahrlost gehalten hatte, als sie beide unten am Ufer gesessen hatten. „Wie kommst du denn auf so was?“, fragte er, um Zeit zu gewinnen.

„Du hast ihre Hand gehalten“, machte Fletcher deutlich.

„Und ihr habt ganz dicht nebeneinander gesessen“, ergänzte Griffin.

„Ich mag sie“, räumte Boone ein. Er musste ihnen irgendeine Antwort geben, sonst würden sie ihn bis zum Jüngsten Tag mit ihren Fragen bombardieren.

Daraufhin grinste Griffin ihn breit an – und zu seiner Überraschung tat Fletcher genau das Gleiche.

„Sie ist nett“, meinte Fletcher.

„Und schön“, verkündete Griffin.

„Sagt mal, wollt ihr auf irgendwas Bestimmtes hinaus?“, gab Boone grinsend zurück. „Oder wollt ihr euch nur vor eurem Gebet drücken?“

„Ach, wir meinen nur so“, sagte Griffin.

Unwillkürlich fragte sich Boone, ob die beiden das Thema unter sich besprochen hatten und was da wohl alles zur Sprache gekommen war. Wie aufs Stichwort hin, falteten die zwei die Hände und machten die Augen zu. Zeit zum Beten.

„Danke, lieber Gott, für den Spaß, den wir heute beim Angeln hatten“, betete Fletcher sehr ernst. „Und dafür, dass Scamp jetzt bei uns ist.“

Boone spürte einen leichten Kloß im Hals.

„Und schenk uns bitte eine neue Mom“, sagte Griffin. „Unsere alte ist bei dir da oben, aber das weißt du ja. Ms Kendall wäre eine gute neue Mom, weil sie ein schönes Haus und ganz viele Hühner hat und weil sie leckere Kekse backen kann.“

Daraufhin presste Boone Daumen und Zeigefinger auf seinen Nasenrücken, während er die Augen zukniff. Die Jungs wollten nicht bloß eine neue Mom – was er gerade zum ersten Mal gehört hatte –, sie hatten diese Mom auch schon ausgewählt! Und das mit dem „schönen Haus“ war ihm auch nicht entgangen.

Er wartete, bis sie Amen gesagt hatten, dann räusperte er sich und erklärte: „Es könnte sein, dass ihr zwei ein bisschen voreilig seid, wenn ihr Tara … Ms Kendall zu eurer Mom bestimmt.“

„Tante Molly sagt immer, dass Gott hören will, was wir wollen“, entgegnete Griffin unbeeindruckt.

„Und wir wollen eine Mommy“, warf Fletcher ein. Er ließ eine kurze Pause folgen und fuhr dann fort: „Tante Molly ist nur *wie* eine Mom, aber sie ist nicht *unsere* Mom. Wir müssen sie immer mit ihren Kindern teilen, und außerdem ist sie in Missoula, und das ist weit weg von hier.“

Kinder, ging es Boone durch den Kopf, während ihm der Atem stockte. *Kinder können einem eine Faust in den Magen rammen, ohne auch nur einen Finger zu rühren.*

„Ihr werdet nicht nach Missoula zurückkehren", sagte er freundlich, aber auch bestimmt. „Außer natürlich, wenn wir von Zeit zu Zeit Tante Molly besuchen. Aber bis das so weit ist, wird es noch eine Weile dauern, denn euer Onkel muss erst mal gesund werden."

„Wir leben jetzt hier", verkündete Griffin, doch seine Aussage klang zugleich auch ein wenig nach einer Frage.

„Ja", bestätigte Boone, der selbst nicht so genau wusste, wann er diese Entscheidung getroffen hatte. Er wusste nur, es war sein fester Wille, es so zu machen. „Ich bin euer Dad, ihr seid meine Söhne, und wir gehören zusammen."

In dem Moment sprang der Hund aufs Bett und schmiegte sich an Fletcher, der ohne ein weiteres Wort die Augen schloss und einschlief, da die Erschöpfung ihn nun wohl endgültig eingeholt hatte.

Ein wenig erstaunt darüber, dass sein Jüngster keinen Wutanfall bekommen hatte, weil er und sein Bruder nun für immer in Parable bleiben würden, wandte sich Boone Griffin zu, der ihn hoffnungsvoll ansah.

„Ich hab dich lieb, Dad", sagte er.

Abermals verschlug es Boone die Sprache, und erst nachdem er sich vorgebeugt und seinem Sohn einen Kuss auf die Stirn gegeben hatte, sah er sich wieder in der Lage, etwas zu sagen. Mit belegter Stimme erwiderte er: „Ich hab dich auch lieb, Kumpel. Schlaf gut."

Nachdem er das Licht ausgemacht hatte, ging Boone in die Küche und litt unter einem Ansturm von Gefühlen, die er sehr lange Zeit nicht an sich herangelassen hatte. Er fühlte sich rastlos, glücklich und verängstigt zugleich. Mit einem Mal war es ihm in seinen eigenen vier Wänden zu eng, und er ging nach draußen. Ein riesiger gelblicher Mond hing am Himmel, und Boone sah die vertraute Landschaft auf einmal mit ganz anderen Augen.

Sein Herz schmerzte, aber zugleich wollte er vor Freude jubeln.

Er ging bis zu der Stelle, an der er und Corrie ihr Haus hatten bauen wollen. Die Pflöcke, die sie in die Erde gehauen hatten, um die zukünftigen Zimmer zu markieren, waren immer noch da, auch wenn Gras und Erde sie inzwischen fast verschluckt hatten. Boone ging durch das Wohnzimmer, die Küche, das Schlafzimmer, das Esszimmer, die Kinderzimmer für die beiden Jungs und für die anderen Kinder, die noch geplant gewesen waren.

Mitten in seinem unsichtbaren Haus blieb er schließlich stehen und legte den Kopf in den Nacken, um den sternenübersäten Nachthimmel zu betrachten.

Seine Kehle schnürte sich fast schmerzhaft zu, und er musste ein paar Mal zwinkern, um gegen die Tränen anzukämpfen.

„Corrie", flüsterte er nach einer Weile. „Ich habe dich so sehr geliebt, wie ein Mann eine Frau nur lieben kann, aber ich bin immer noch hier, und du bist weg, und ... na ja, Tatsache ist, dass ich schrecklich einsam bin." Er hielt inne, schluchzte leise und redete dann stockend weiter: „Die Jungs bitten Gott um eine neue Mutter ... vielleicht hast du sie heute Abend gehört, ich weiß nicht. Ich bin mir nicht sicher, wen sie letzten Endes bekommen werden, aber ich schätze, ich sollte mich mal nach jemandem umsehen, der dafür infrage kommen könnte ... für die Jungs, aber auch für mich. Du sollst wissen, Sweetheart, dass wir nicht vorhaben, dich zu ersetzen. Das wäre völlig unmöglich. Ich werde dafür sorgen, dass unsere Söhne dich immer in Erinnerung behalten, und du wirst auch immer ihre Mutter sein. Es ist nur ..." Boone zögerte, da seine Stimme ihn erneut im Stich ließ, darum führte er in Gedanken das zu Ende, was er hatte sagen wollen. *Ich werde dich immer lieben, Corrie. Aber ich bin jetzt bereit, jemand anders zu lieben ... ich muss jemand anders lieben, und ich vermute, ich will dich hiermit bitten, das zu verstehen.*

Danach stand er lange Zeit einfach nur da, ohne eine Antwort oder irgendein Zeichen zu erwarten. Vielmehr malte er sich aus, wie das Haus Stein für Stein und Wand für Wand allmählich um ihn herum Gestalt annahm. Er konnte fast den Verputz und das Sägemehl riechen, das Kreischen der Kreissägen und den Rhythmus der Hämmer hören, die Nägel in das gute Holz von Montana trieben.

Ja, er lebte ganz eindeutig, und es war ein wundervolles Gefühl, das ihm fast den Atem raubte.

Aber es tat auch verdammt weh.

„Du magst Sheriff Taylor", sagte Erin, als sie alle zusammen ins Farmhaus zurückgekehrt waren.

Lag da etwa ein vorwurfsvoller Unterton in ihrem Satz?

Tara lächelte und fühlte sich seltsam angeheitert. „Boone ist ganz nett." Das war eine gewaltige Untertreibung, aber auch ein gewaltiger Sprung nach vorn, wenn man überlegte, dass sie Boone vom allerersten Moment an absolut nicht hatte leiden können, als sie ihm auf der glamourösen Party begegnet war, die Kendra gegeben hatte, nachdem der Kauf der Hühnerfarm endgültig besiegelt worden war.

Elle kratzte sich über die Moskitostiche und sah dabei missbilligend und verletzt aus. Vor Wut standen ihr Tränen in den Augen. „Er ist total verkehrt für dich", warf sie Tara vor. „Wenn du ihn heiratest, wirst du nie wieder nach New York zurückkommen."

Tara war tief getroffen, auch wenn sie versuchte, sich das nicht anmerken zu lassen. Das Mädchen war sichtlich außer sich, also hob sie beschwichtigend die Hände und sagte: „Langsam, langsam. Wer hat hier was von einer Heirat gesagt?"

Lucy winselte leise und setzte sich hin, um voller Unbehagen das kleine Drama zu beobachten, das sich vor ihren Augen und Ohren abspielte.

„Erwachsene sagen *nie* was von Heirat", gab Erin zurück und schob mit einem Finger ihre Brille hoch. Die Gläser waren verschmiert, und ein paar Grashalme klebten an Erins Haaren. „Sie gehen einfach hin und heiraten, und alle anderen müssen sehen, wie sie damit klarkommen!"

Da begriff Tara, dass es hier eigentlich um James und Beth ging. „Manche Erwachsene machen das so", entgegnete sie mit sanfter Stimme und wünschte James vorzeitigen Haarausfall und zwei linke Füße auf dem Racquetball-Platz. „Aber bevor ich irgendwem das Ja-Wort gebe, würde ich in jedem Fall erst mit euch reden. Darauf gebe ich euch mein Wort."

Erin schniefte, Elle wischte sich mit dem Handrücken über die schmutzigen Wangen. Es folgte ein kurzes Schweigen, und Tara begann bereits zu glauben, dass das Donnerwetter sich so schnell verzogen hatte, wie es sich zusammengebraut hatte.

Aber das war ein Irrtum.

„Du *magst* den Sheriff", beharrte Elle, wenn auch nicht mehr so aufgebracht wie zuvor. „Du hast bloß so *getan*, als ob du ihn für einen Idioten hältst."

Tara konnte sich ein Grinsen nicht verkneifen, auch wenn die Vorwürfe sie schmerzten. „Nein", widersprach sie und ging zum Tresen, um sich einen Kräutertee zu kochen. „Ich habe nicht nur so getan. Ich habe Boone Taylor wirklich für einen Idioten gehalten."

Aus dem Augenwinkel sah sie, wie Erin die Rückenlehne eines Stuhls am Esstisch so fest umklammert hielt, dass die Knöchel weiß hervortraten. „Und jetzt?"

„Manchmal fällen wir ein Urteil über einen anderen Menschen, bevor wir ihn richtig kennengelernt haben", antwortete Tara mit leicht bebender Stimme. Sie fürchtete sich nicht vor den möglichen Reaktionen der Zwillinge, denn wie sie ihr Leben lebte, war immer noch ihre persönliche Sache. Das Zittern in ihrer Stimme hatte in erster Linie damit zu tun, dass sie sich stärker und stärker zu Boone hingezogen fühlte.

Diese Entwicklung löste bei ihr durchaus so etwas wie einen Schock aus, und sie hatte noch nicht einmal damit begonnen, das alles zu erfassen und zu begreifen. *Boone?* Ausgerechnet Boone?

„Wenn du mit nach New York kommst", schlug Erin deutlich ruhiger vor, „sieht Dad ja vielleicht ein, was für einen Fehler er machen würde, wenn er Bethany heiratet. Dann merkt er vielleicht, dass er in Wahrheit doch dich liebt, und dann können wir wieder alle so leben wie früher."

Einen Moment lang stand Tara wie erstarrt da, dann stellte sie mit ungelenken, steifen Bewegungen die Teetasse auf dem Tresen ab, um den Inhalt nicht zu verschütten. Schließlich drehte sie sich zu ihren Stieftöchtern um.

„Honey", sagte sie an Erin gerichtet, meinte damit aber auch Elle. „Dein Dad und ich, wir kommen nicht wieder zusammen. Ganz sicher nicht. Es ist vorbei, denn er liebt mich nicht, und ich liebe ihn nicht. Ich dachte, das hättet ihr verstanden."

Beide Mädchen waren am Boden zerstört, und jetzt wurde Tara zu ihrem großen Bedauern klar, dass die zwei es bisher nicht verstanden hatten. Sie waren Kinder, für sie waren Magie und Märchen ein Teil der Wirklichkeit, und die Hoffnung, die für sie etwas ganz Natürliches war, ließ sich durch so gut wie nichts unterkriegen.

Tara ging zu ihnen und nahm sie beide in den Arm. Sie vergruben ihre tränenüberströmten Gesichter an ihrer Schulter, und Erins Körper wurde bei jedem lauten Schluchzer heftig durchgeschüttelt.

„Ruhig, ganz ruhig", murmelte Tara und gab jedem Mädchen einen Kuss auf den Kopf, während sie gegen ihre eigenen Tränen ankämpfte. Sie war hier schließlich die Erwachsene, und irgendjemand musste in der Lage sein, sich zusammenzureißen. „Ich weiß, das ist schwer für euch, weil sich so viele Dinge so plötzlich ändern. Aber glaubt mir, das kommt für euch alles wieder in Ordnung. Ihr werdet vor meinen Augen zu klugen und wunderschönen Frauen heranwachsen, und ihr werdet glücklich sein, das verspreche ich euch. Ihr müsst nur darauf vertrauen, dass alles einem großen Plan folgt."

Ihr müsst nur darauf vertrauen, dass alles einem großen Plan folgt. Vielleicht, so überlegte Tara, sollte sie mal damit anfangen, ihre eigenen Ratschläge zu befolgen, und dem Leben einfach gestatten, sich zu entfalten, ohne von ihr in eine bestimmte Richtung gedrängt zu werden.

Was für eine Vorstellung.

Irgendwie brachte Tara ein schwaches Lächeln zustande.

„Dieser *Plan*“, konterte Erin heulend, „will doch nur, dass Dad Bethany heiratet, während wir in einem doofen teuren Internat verrotten müssen, bis wir alt genug sind, um aufs College zu gehen! Auf diese Weise muss er sich nicht mit uns abgeben und ...“

„Hey“, protestierte Tara und drückte sie wieder beide an sich. „Habt ein bisschen Vertrauen, okay?“

Noch so ein guter Ratschlag. *Hörst du dir eigentlich zu, wenn du redest, Tara Kendall?*

Elle beugte sich ein Stück weit nach hinten, löste sich aber nicht aus der Umarmung. Die Wangen waren feucht von ihren Tränen. „Vertrauen?“, wiederholte sie und schob trotzig das Kinn vor. „Wir haben jeden Abend dafür gebetet, dass du dich mit Dad verträgst und zu uns zurückkommst, damit wir wieder eine richtige Familie sein können. Guck dir doch an, was dabei rausgekommen ist!“

Ganz gleich, wie viele eigene Kinder sie vielleicht einmal haben würde, sie wusste, sie würde keines inniger lieben können als diese beiden. Elle und Erin waren ein Teil von ihr, sie waren eins mit ihrer Seele und ihrem Herzen.

„Es kommt nun mal nicht immer alles so, wie wir es gern hätten“, erwiderte sie verhalten. „Aber das heißt nicht, dass eure Gebete nicht beantwortet wurden.“ Sie brachte ein weiteres schwaches Lächeln zustande. „Ihr kennt doch diesen alten Song von Garth Brooks, den über nicht beantwortete Gebete, oder?“

„Was für ein Garth?“, fragte Erin ratlos.

„Nicht so wichtig“, sagte Tara lachend. „Was ich damit sagen will, ist, dass wir nicht immer wissen, was wirklich das Beste für uns oder für die Menschen ist, die wir lieben. Darum müssen wir darauf vertrauen, dass ein anderer das weiß.“

Die Zwillinge sahen sie beide gleichermaßen skeptisch an, aber sie hatten sich wenigstens wieder etwas beruhigt. Sogar

Lucy spürte, dass sich die Stimmung gebessert hatte, und sprang an den Mädchen hoch, um ihnen das Gesicht abzulecken.

„Dad sagt, dass es Gott nicht gibt", erklärte Erin einen Moment später, während sie sich am Arm kratzte. „Er sagt, die Leute haben Gott nur *erfunden*, weil sie Angst davor haben, im Universum ganz allein zu sein."

„Es ist sein gutes Recht, eine andere Meinung zu haben", entgegnete Tara diplomatisch. „Aber es gibt sehr viele Menschen, die ihm widersprechen würden, vor allem Opal."

„Glaubst du an Gott?", fragte Elle zögerlich.

„Das weißt du doch", versicherte sie ihr. „Erinnert ihr euch noch, wie wir jede Woche in der Marble Collegiate Church die Sonntagsschule besucht haben?"

„Die Sonntagsschule ist nur eine gesellschaftliche Konvention", sagte Erin und plapperte ganz offensichtlich James' Worte nach. „Die ist was für Leute, die glauben, dass das besser aussieht, wenn sie da hingehen."

„Vielleicht, vielleicht auch nicht", gab Tara ausweichend zurück, atmete tief durch und wechselte das Thema. „So, dann werde ich euch ein paar Sandwiches machen, schließlich habt ihr das Abendessen ausgelassen, falls ihr das nicht gemerkt habt. Danach könnt ihr duschen und die Moskitostiche mit Salbe einreiben, damit ihr endlich aufhört euch zu kratzen. Und dann geht's ab ins Bett. Morgen ist auch noch ein Tag."

Vielen Dank, Scarlett O'Hara, ließ eine ironische Stimme irgendwo in Taras Kopf verlauten.

Sie hatte mit Widerstand gerechnet, ein wenig sogar mit einem offenen Aufbegehren, doch die Zwillinge nickten nur, gingen zur Spüle, um sich Hände und Gesicht zu waschen, dann setzten sie sich an den Tisch und ließen sich Milch einschenken.

Tara bereitete in aller Eile drei Käsetoasts zu, die sie in einvernehmlichem Schweigen aßen, was Tara mit großer Erleichterung zur Kenntnis nahm, da ihr für den Moment der Gesprächsstoff ausgegangen war. Anschließend räumten die Mädchen den Tisch ab und sortierten das Geschirr in die Spülmaschine, während Tara Lucy kurz aus dem Haus ließ. Als die Hündin zurückkam, stellte Tara ihr eine Schale Trockenfutter hin, über das sie sofort herfiel.

Nachdem die Mädchen sich schlafen gelegt hatten, ging Tara durchs Haus, machte überall das Licht aus und überzeugte sich davon, dass alle Fenster und Türen richtig geschlossen waren. Sie blieb kurz stehen und sah hinüber zu Boones Trailer. Ehe ihr klar war, was sie da eigentlich tat, drückte sie die Fingerspitzen ihrer rechten Hand erst gegen ihre Lippen und dann ganz leicht auf die Fensterscheibe.

Schließlich wandte sie sich ab und ging schlafen.

„Das ist ein richtiges Damenkränzchen", erklärte Hutch Carmody früh am nächsten Morgen, als er, Boone und Slade beim Frühstück im Butter Biscuit Café zusammensaßen.

„Ich werde immer ganz nervös, wenn Frauen solche Treffen veranstalten", merkte Slade mit einem ironischen Funkeln in seinen Augen an. Die geplante Zusammenkunft zum Mittagessen bei Casey Elder war offenbar für Männer verboten. Kendra, Joslyn und Tara würden alle hinkommen, was Boone erst durch seine Freunde erfahren hatte. Denn natürlich war es nicht so, als würde Tara ihn über alles auf dem Laufenden halten, was sich in ihrem Leben abspielte.

„Ich brauche ein paar Deputys", platzte er heraus. „Für den Abend, an dem Casey ihr Benefizkonzert gibt."

Slade und Hutch sahen sich grinsend an, dann strich Slade in aller Seelenruhe Butter auf die nächste Scheibe Toast, während Hutch seinen lauwarmen Kaffee genoss.

Boone spürte, wie er vom Hals an aufwärts rot anlief und wie seine Ohren zu glühen begannen. „Was ist los?", fauchte er und sah zwischen den beiden Männern hin und her.

„Scheint so, als hätte unser Freund am Samstagabend ein heißes Date", raunte Slade Hutch zu.

„Wird auch Zeit", entgegnete der.

Normalerweise liebte Boone das Leben in Parable, weil es so

unkompliziert war, doch in Augenblicken wie diesem verfluchte er die Tatsache, dass sich aller Klatsch und Tratsch innerhalb von Sekunden herumsprach.

Tara musste Joslyn und/oder Kendra davon erzählt haben, dass er sie für den Abend eingeladen hatte, und inzwischen war das vermutlich in jedem Winkel des County bekannt.

„Das ist kein bedeutendes Ereignis“, knurrte Boone.

„Willst du mich auf den Arm nehmen?“, konterte Hutch mit spitzbübischem Grinsen. „Das ist *das* Ereignis überhaupt: Sheriff Boone Taylor steigt aus seinem Sarg und mischt sich unter die Lebenden. Gäbe es in der Stadt noch eine Zeitung, dann wäre das heute die Schlagzeile auf Seite eins.“

Boone kochte vor Wut und suchte nach einem Ventil.

„Nicht aufregen, alter Freund“, sagte Slade und klopfte ihm auf die Schulter. „Wenn Hutch und ich dich ein bisschen auf den Arm nehmen, dann doch nur, weil wir uns für dich freuen.“

„Ganz richtig“, bestätigte Hutch. „Du bist schon viel zu lange allein.“

Plötzliche Verlegenheit löste Boones Verärgerung schlagartig in Luft auf und er erwiderte missmutig: „Ihr tut gerade so, als hätten Tara und ich vor, nach Las Vegas durchzubrennen oder so. Ich habe sie gefragt, ob wir zusammen ein Konzert besuchen, weiter nichts. Trotzdem brauche ich jemanden, der an dem Abend für mich einspringt.“

„Ich helfe gern aus“, sagte Slade. Als ehemaliger Sheriff hatte er die meiste Erfahrung. „Vielleicht kann Three Trees uns ja den einen oder anderen Officer überlassen. Casey will dort doch nächste Woche ihr zweites Konzert geben, da könntest du dich revanchieren, indem du ihnen ein paar von deinen Leuten überlässt.“

Hutch grinste breit. „Ich würde mich freiwillig melden, aber ich gelte inzwischen als Gesetzloser. Der Vorfall mit dem Wasserturm hat meinen unbefleckten Ruf ruiniert. Schließlich bin ich nur knapp einer Verhaftung entkommen.“

Bei dieser Bemerkung hätte sich Boone fast an seinem Kaffee

verschluckt. „Dein ‚unbefleckter Ruf'?“, fragte er lachend. „In welchem Paralleluniversum hast du den denn?“

Darauf reagierte Hutch gespielt beleidigt. Er war schon immer ein Raufbold und Draufgänger gewesen, ganz besonders in der Zeit, bevor Kendra in sein Leben zurückgekehrt war.

„Und warum giltst du ‚inzwischen als Gesetzloser'?“, wollte Slade wissen und schlug in die gleiche Kerbe wie Boone. „Ich kenne dich nur als einen Gesetzlosen.“

Empört schüttelte Hutch den Kopf. „Seit wann seid ihr zwei denn so aufrechte, mustergültige Bürger? Du bist nicht der Einzige, der sich an frühere Zeiten erinnern kann, weißt du, Slade? Wie war das damals, als du die Milchkühe vom alten Darby freigelassen hast, und wir durften eineinhalb Tage damit zubringen, sie wieder einzufangen, weil uns Sheriff McQuillan sonst eingebuchtet hätte?“ Beiläufig wandte er sich Boone zu. „Und was dich angeht, alter Freund, warst du nicht derjenige, der jedes Jahr zu Halloween überall in der Stadt Stoppschilder abmontiert hat?“

„Du musst das ja wissen“, konterte Boone gelassen, lehnte sich auf seinem Stuhl nach hinten und verschränkte die Arme vor der Brust. „Du warst schließlich immer dabei.“

„Aber nur weil ich so ein guter Freund bin“, entgegnete Hutch mit engelsgleicher Miene.

„Oder weil das Ganze ursprünglich deine Idee war“, warf Slade ein. Er und sein Halbbruder Hutch hatten sich zu jener Zeit noch nicht so gut verstanden wie heute.

„Sheriff Wilkes McQuillan“, murmelte Boone und dachte an den Mann zurück, den sie alle gefürchtet und bewundert hatten. „Der John Wayne von Parable County.“

„Kaum zu glauben, dass Treat tatsächlich mit ihm verwandt ist“, überlegte Slade. Der Deputy war schon nicht sehr beliebt gewesen, als Slade noch den Posten des Sheriffs innegehabt hatte.

„Ich habe gehört, dass Treat mit Nancy Winchell ausgeht“, meldete sich die Kellnerin Susan zu Wort, die mit einer Kaffeekanne an ihren Tisch gekommen war, um nachzuschenken. „Sie ist die ganze Zeit damit beschäftigt, das Haus ihres Daddys in Schuss zu bringen, und redet davon, dass sie es verkaufen will. Aber ich habe noch kein Schild im Garten gesehen, auf dem steht, dass es tatsächlich zu verkaufen ist."

„Susan, ich bin empört", scherzte Hutch. „Du bist nicht nur ein Klatschweib, sondern belauschst auch noch die Gespräche anderer Leute!"

„Du hältst den Rand", konterte sie im gleichen Tonfall und füllte seine Tasse auf. „Nur weil du jetzt eine Tochter hast, gibt dir das noch lange nicht das Recht, dich hier aufzuspielen."

„Ich habe zwei Töchter", korrigierte Hutch sie etwas ernster als zuvor. Was ihn anging, war Madison eine vollwertige Carmody, und er hatte kein Problem damit, jeden wissen zu lassen, dass er sie als sein Kind ansah.

Susan klopfte ihm lächelnd auf die Schulter. „Weiß ich doch, Hutch Carmody", sagte sie unbeeindruckt. „Also spiel dich nicht so auf."

„Zwei Töchter", wiederholte er zufrieden. „Madison und Shannon."

„Und dabei wird es wohl nicht bleiben, wenn mich mein Gefühl nicht täuscht", fuhr Susan fröhlich fort und füllte Slades und Boones Tassen auf, dann richtete sie ihren Blick auf Boone. „Wenigstens sorgen Hutch und Slade dafür, dass ihr Familienname weitergegeben wird. Das kann man von unserem Sheriff nicht behaupten."

Sie wussten alle, dass Susan es nur gut meinte und solche Einmischungen in die Angelegenheiten anderer Leute ihr Lebenselixier waren. Sie bemutterte die ganze Stadt, und wenn sie etwas zu beklagen hatte, dann nörgelte sie entsprechend.

„Wenn ich mich nicht irre, habe ich zwei Söhne", widersprach Boone ihr. „Ganz bestimmt werden die beiden für Nachwuchs sorgen, wenn die Zeit gekommen ist."

„Du brauchst eine Frau", beharrte sie mit erhobenem Zeigefinger. „Mehr werde ich zu dem Thema nicht sagen!"

„Schön wär's", murmelte Boone und griff nach seiner Tasse, während Susan in die Küche zurückkehrte.

„Sie hat natürlich recht", stellte Hutch fest.

„Genau", stimmte Slade ihm zu und grinste Boone an. „Du brauchst auf jeden Fall eine Frau." Er und die anderen holten ihre Brieftaschen heraus, um die Rechnung zu teilen und ein Trinkgeld für Susan zusammenzulegen.

Auch wenn Boone selbst längst zu dieser Erkenntnis gelangt war, gefiel es ihm nicht, von anderen daran erinnert zu werden.

„Du springst also am Samstagabend für mich ein?", vergewisserte er sich und stand auf. „Und Joslyn wird nichts dagegen haben?"

„Sie wird das schon verstehen", versicherte Slade ihm. Er musste nicht erst noch ausdrücklich darauf hinweisen, dass Joslyn wahrscheinlich persönlich einspringen würde, wenn das bedeutete, dass Tara und Boone den Abend gemeinsam verbringen konnten.

Boone nickte, konnte sich aber nicht zu einem Danke durchringen. Er verließ das Lokal und ging zum Gerichtsgebäude, wo er seinen Wagen abgestellt hatte. Scamp hütete in der Zwischenzeit das Büro, gemeinsam mit der Telefonistin Becky, die immer dann arbeiten kam, wenn ihr voller Terminplan es zuließ.

Becky hatte für Slade und davor für Sheriff McQuillan gearbeitet, sie unternahm oft Kreuzfahrten, färbte sich die Haare alle paar Wochen in einer anderen Farbe und war fast genauso neugierig wie Susan aus dem Butter Biscuit.

„Der Bürgermeister ist auf dem Weg hierher", ließ sie ihn wissen, kaum dass Boone zur Tür hereingekommen war und seinen Hunde-Deputy begrüßt hatte.

„Na toll", brummte er. „Hat er gesagt, was er will?"

„Nein", antwortete sie mit einem Kopfschütteln. Diese Woche war sie ein Rotschopf, und ihr Hosenanzug aus blauem Polyester machte den Eindruck, dass er Mühe hatte, nicht aus allen Nähten zu platzen. „Aber es wird geredet."

„Natürlich wird geredet“, sagte er und ging zur Kaffeemaschine, hielt sich dann aber davon ab, noch einen Kaffee zu trinken. Er war auch so schon nervös genug. „Würde es Ihnen etwas ausmachen, mich an dem teilhaben zu lassen, was so geredet wird?“

Es machte Becky nie etwas aus, weshalb sie prompt zu erzählen begann, wenngleich auch in einem seltsam ehrfürchtigen Tonfall. „Mein Schwager sitzt im Stadtrat, und gestern Abend gab es ein ganz kurzfristig angesetztes Treffen im Haus von Mr Hale. Dixie zufolge … das ist meine Schwester …“

„Ich weiß, dass Dixie Ihre Schwester ist“, unterbrach Boone sie gereizt.

Becky mochte es gar nicht, wenn man ihr ins Wort fiel. „Dixie zufolge sind große Veränderungen beschloss…“

Weiter kam sie nicht, da in diesem Moment Hannibal Hale die Tür aufriss und ins Büro gestürmt kam.

„Es wird Zeit, dass diese Stadt ihre eigene Polizei bekommt“, verkündete der aufgebrachte Bürgermeister ohne Vorrede. „Ich habe Treat McQuillan eingestellt, damit er eine solche Polizei leitet.“

13. KAPITEL

Ihm war klar, dass der Bürgermeister ihn mit dieser Neuigkeit schockieren wollte, daher fiel es Boone umso schwerer, nicht eine Faust in die Luft zu strecken und „Ja! Ja! Ja!“ zu jubeln.

Seit seinem ersten Tag als Sheriff hatte er auf einen Anlass gewartet, um Treat McQuillan zu feuern, und jetzt hatten die Götter der Gemeindeverwaltung das für ihn erledigt! Natürlich durfte er dabei nicht vergessen, dass McQuillan als Polizeichef eigentlich noch größeres Unheil anrichten konnte als in seiner Funktion als Deputy des Sheriffs.

„Tja“, entgegnete Boone, der kaum wusste, wie er sich ernst halten sollte, weshalb er schon gar nicht zu Becky sehen durfte. „Ich schätze, früher oder später musste das ja passieren. Wird das ein Ein-Mann-Unternehmen werden?“

Hale wirkte ein wenig enttäuscht, dass Boone nicht wie erwartet reagierte. Immerhin liebte der ältere Mann einen guten Streit, weshalb es bei den Versammlungen des Stadtrats auch so oft hitzig zuging. „Wir fangen klein an“, erklärte er und bückte sich, um Scamp zu streicheln, womit er bewies, dass sogar streitsüchtige Grantler tierlieb sein konnten.

„Wie klein?“, erkundigte sich Boone. McQuillan ganz ohne Verstärkung war mit Blick auf eine wirkungsvolle Verbrechensbekämpfung noch viel schlimmer als ein Verzicht auf ein Parable Police Department.

Der Bürgermeister richtete sich auf und nickte Becky kurz und knapp zu, weil sie letztlich eine Wählerin war, an deren Stimme ihm gelegen war. „Ich habe Treat die Erlaubnis gegeben, drei Leute einzustellen, alle in Teilzeit … jedenfalls zu Anfang.“ Er machte eine kurze Pause und wirkte so, als würde er sich aufplustern wie ein eitler Gockel, der von Hennen umgeben war, die es zu beeindrucken galt. „Im Gegensatz zu den meisten anderen Gemeinden und erst recht im Gegensatz zu unserer Regierung kann ich sagen, dass Parable einen deutlichen Überschuss erwirtschaften konnte. Unsere vorrangige Aufgabe ist es jetzt, eine Polizeistation zu bauen. Dafür werden wir ein Komitee bestimmen, das sich um den Bau kümmert.“

Boone hoffte, dass Hale ihn nicht bat, für die Übergangszeit das Büro des Sheriffs mitnutzen zu dürfen. Dann hätte er weiterhin jeden Tag mit Treat McQuillan zu tun, und das wollte er nun wirklich nicht. Außerdem war das hier das Gerichtsgebäude, aber nicht das Rathaus. „Haben Sie schon einen Standort ausgesucht?“, fragte er, während er beiläufig mit einer Aktenmappe spielte.

„Ja, haben wir“, erwiderte Hale und schien erneut vor Stolz zu platzen. „Dank dieser Vandalen, die den Wasserturm zerstört haben – die Sache ist übrigens noch nicht ausgestanden, Boone, da müssen Sie sich gar keine Hoffnungen machen –, sind wir praktisch sofort startklar. Spatenstich ist spätestens in einem Monat.“

„Und in der Zwischenzeit?“, hakte Boone nach. Aus dem Augenwinkel sah er, wie Becky sich auf ihrem Bürostuhl kerzengerade hinsetzte und die Ohren spitzte, um ja alles mitzubekommen.

„Treat und die anderen können mein Arbeitszimmer benutzen, bis ihre Station fertig ist“, erklärte Hale, dann ließ er eine kurze Pause folgen und sah Boone in die Augen, als wollte er ihn jetzt schon warnen, ja nicht dem zu widersprechen, was er als Nächstes sagen würde. „Für den Fall, dass jemand in Haft genommen werden muss, haben wir uns vom County Commissioner die Erlaubnis eingeholt, eine Ihrer leeren Zellen benutzen zu dürfen.“ Wieder eine Pause. „Die stehen ja ohnehin die meiste Zeit leer.“

Boone presste die Lippen aufeinander. Ihm war klar, was der alte Mistkerl damit andeuten wollte: dass sich in Parable County Scharen von Kriminellen tummelten, weil der Sheriff so wenig Leute verhaftete. Aber er war nicht so dumm, auf diese Anspielung zu reagieren. Hale hatte den County Commissioner bereits auf seiner Seite, da war es ohnehin sinnlos, noch ein Wort dagegen zu sagen.

Dennoch störte ihn die Vorstellung, dass dieser aufgeblasene McQuillan schon bald durch die Stadt schlendern und sein Abzeichen herumzeigen würde, damit er jeden hinter Gitter bringen konnte, der eine rote Fußgängerampel missachtete oder vor seinen Augen auf die Straße spuckte. Was Boone wurmte, war, dass es sich dabei um seine eigenen Zellen handeln würde.

„Die Verbrechensrate ist in Parable County *sehr* niedrig", warf Becky verärgert ein und stellte sich damit hinter Boone. Sie war eine unzuverlässige Frau, und die Büroarbeit erledigte sie auch nicht gerade wie ein Wirbelwind. Aber zumindest war sie loyal. „Und das verdanken wir Sheriff Boone Taylor und seinen Deputys."

Boone nahm sich vor, Becky am nächsten Sekretärinnentag persönlich einen Blumenstrauß zu schicken, was sie sonst immer selbst erledigte, natürlich auf Kosten des County.

„Ich werde einen Nachfolger für Deputy McQuillan einstellen müssen", erklärte er schließlich. Im Grunde hätte er auch den nächstbesten Zeitungsboten einstellen können, da der immer noch bessere Arbeit liefern würde als der gute alte Treat. „Für wann kann ich die Stelle auf unserer Website ausschreiben?" Hoffentlich klang das nicht so, dass er es nicht erwarten konnte, McQuillan endlich loszuwerden. Es würde zu Hannibal Hale passen, wenn er McQuillans Einstellung noch eine Weile hinauszögerte, nur um seinen Lieblingswidersacher damit zu ärgern.

„Nun, Sie werden Deputy McQuillan doch sicher mit zwei Wochen Kündigungsfrist gehen lassen", erwiderte Hale und wirkte mit einem Mal nicht mehr ganz so selbstbewusst.

„Ich möchte nicht derjenige sein, der Ihrer Planung im Weg steht", gab sich Boone großzügig und konnte jetzt endlich grinsen, ohne sich verdächtig zu machen. „Euer Ehren, Treat McQuillan steht Ihnen zur Verfügung – mit den besten Empfehlungen des Sheriffs von Parable County." *Und mit meinem ganzen Mitgefühl.*

„Kaum zu glauben, dass ich mal hier gewohnt habe, wie?“, sagte Kendra und lächelte flüchtig, als Tara mit ihr und Joslyn gegen Mittag vor dem Herrenhaus vorfuhr, das nun Casey Elder gehörte. Shea, die heute ihren freien Tag hatte und nicht ins Gemeindezentrum musste, war mit Elle und Erin nach Three Trees gefahren, um dort mit ihnen zu Mittag zu essen und sich einen Film anzusehen. Und Bella, das neue Kindermädchen der Carmodys, passte auf der Whisper-Creek-Ranch auf Madison und die kleine Shannon auf.

Joslyns Lächeln hatte etwas Wehmütiges an sich. „Witzig, ich habe genau das Gleiche gerade eben über mich gedacht“, sagte sie.

Als Tara den Motor ihres SUV abstellte, sah sie die beiden an. Joslyn war in dieser eleganten Monstrosität aufgewachsen, als diese noch den Namen Rossiter House getragen hatte. Dann hatten Kendra und ihr erster Ehemann Jeffrey das Anwesen gekauft und waren dort eingezogen. „Dann macht mich das wohl zur Außenseiterin“, scherzte sie und tat so, als würde sie die anderen beneiden. „Von uns vieren bin ich die Einzige, die nie in diesem Haus gelebt hat.“

Joslyn verzog das Gesicht und stieg aus. Als sie auf dem Fußweg vor dem Haus stand, wirkte sie in ihrem sommerlich gelben Baumwollkleid und ihren eleganten Sandalen fast zierlich, während Kendra so kurz nach der Geburt ihres Kindes immer noch gut fünf Kilo zu viel auf den Rippen hatte. In ein paar Wochen würde der rosa und weiß gestreifte Kaftan ihr mit Sicherheit schon viel zu weit sein.

„Du arme Miss Ich-hatte-mal-ein-Penthouse-mit-Blick-aufden-Central-Park“, zog Joslyn sie gut gelaunt auf. „Du hast ja solche Entbehrungen über dich ergehen lassen müssen. Häng dich an uns ran, Kleine, dann zeigen wir dir, wie die reichen Leute leben.“

Diese Worte entlockten Tara ein lautes Lachen, allerdings hätte sie jedem anderen gegenüber jetzt erst einmal klargestellt, dass das Penthouse für sie nie ein richtiges Zuhause gewesen war.

Es hatte immer James gehört, weshalb das Thema für sie ein hartnäckiger wunder Punkt war, wie ihr jetzt klar wurde. Ehe sie aber etwas Passendes entgegnen konnte, kam Casey bereits nach draußen auf die Veranda.

In ihrer einfachen Jeans und der königsblauen Seidenbluse sah die bekannte Sängerin mit den wallenden, jetzt aber hochgesteckten roten Haaren und den unglaublich grünen Augen fast schon gewöhnlich aus. Sie war barfuß, und ihre zwei pechschwarzen Langhaarkatzen strichen ihr laut schnurrend um die Beine. Sie stammten aus einem Wurf von Joslyns Katze Lucy-Maude, aber sie hatten keinerlei Ähnlichkeit mit ihrer Mutter und auch nicht mit den drei Geschwistern, die alle gut untergebracht worden waren. Etwas anderes als eine liebevolle Familie für den Nachwuchs von Lucy-Maude hätte Joslyn ohnehin nicht akzeptiert.

„Howdy!“, rief Casey ihnen zu, ohne weiter auf die Katzen zu achten. „Tretet ein, Ladies, die Kaffeemaschine läuft schon, und das Mittagessen ist fast fertig.“

Mit ihrem leicht texanischen Akzent hätte sie ebenso gut vor einer Blockhütte oder einem entlegenen Ranchhaus stehen können anstatt vor dem nobelsten Gebäude von ganz Parable County. Caseys bodenständige Art, ihre Erscheinung und ihr unglaubliches musikalisches Talent trugen zu ihrem besonderen Charme bei, von dem sie mehr als genug hatte. Männer mochten sie genauso wie Frauen und Kinder. Sogar Tiere ließen sich in ihren Bann schlagen.

Tara, Joslyn und Kendra winkten ihr zu, Wagentüren wurden zugeschlagen, und dann gingen sie im Gänsemarsch zur Haustür.

Joslyn trug einen großen Strauß aus roten, gelben und weißen Rosen, die aus ihrem Garten draußen auf der Windfall-Ranch stammten. „Opal lässt dich grüßen“, sagte sie, nahm die Stufen zur Veranda und übergab Casey den Strauß. „Das ist ja, als würde ich Eulen nach Athen tragen“, ergänzte sie. „Immerhin hast du einen der erstaunlichsten Gärten, die ich je gesehen habe.“

Casey wehrte das Kompliment ab, nahm den Blumenstrauß an sich und hielt ihn im Arm wie eine Schönheitskönigin. „Ich hatte gehofft, Opal würde mitkommen", sagte sie und roch genießerisch an den Rosen. „Und Blumen kann man einfach nicht genug haben."

„Opal hat ein heißes Date mit Reverend Dr. Walter Beaumont", erwiderte Joslyn mit einem Zwinkern. „Sie behauptet allerdings, dass es nur das Übliche, wie Chorübungen, ist. Außerdem hilft sie ihm, ein neues Kirchenverzeichnis zusammenzustellen."

In diesem Moment schossen die beiden Katzen davon und verschwanden im Gebüsch, um Jagd auf irgendeine nichtsahnende Beute zu machen. Casey machte einen Schritt zur Seite und bat ihre Besucherinnen ins Haus.

Der Eingangsbereich war nahezu überwältigend. Durch prachtvolle Oberlichter fiel das Licht ins Innere, doch Casey schien von alledem gar keine Notiz zu nehmen.

Drei schokoladenbraune Labrador Retriever tauchten wie aus dem Nichts im Flur auf und jagten die breite Treppe nach oben, dicht gefolgt von Caseys Kindern, dem zwölfjährigen Shane und der ein Jahr älteren Clare. Die Hunde bellten ausgelassen, die Kinder liefen lachend hinter ihnen her.

„Tut wenigstens so, als wärt ihr zivilisiert", rief Casey ihnen mit gespielter Entrüstung nach. „Wir haben nämlich Besuch, falls ihr das noch nicht bemerkt haben solltet."

„Sorry, Mom", gab Clare zurück, dann ließ der Lärm ein wenig nach, da die Meute den ersten Stock erreicht hatte und in unbekannte Richtung davoneilte.

„Diese Kinder", sagte Casey kopfschüttelnd. „Ich glaube, ihr Benehmen haben sie sich bei den Roadies und den Jungs in der Band abgeguckt. Vielleicht hätten sie mich besser nicht so oft auf meinen Tourneen begleitet, aber ich konnte sie einfach nicht wochenlang zu Hause lassen."

„Die beiden sind doch wundervoll", gab Tara zurück. Shane und Clare waren freundlich, aufgeweckt und intelligent, und natürlich hatten sie in ihrem Alter vor allem Unsinn im Sinn. Aber sie sprachen Männer mit „Sir“ und Frauen mit „Ma'am“ an, und sie hielten anderen die Tür auf oder halfen beim Tragen von schweren Gegenständen, ohne dass man sie erst darum bitten musste.

Trotz allem, was Tara und die anderen über Casey und ihre Kinder wussten, war deren Leben keineswegs ein offenes Buch. Casey gehörte zwar offiziell zum Kreis der Freundinnen, aber ihre Geheimnisse behielt sie nach wie vor für sich. Das war eine beachtliche Leistung, da die Medien immer wieder über sie berichteten und selten ein Interesse daran hatten, sich an die Wahrheit zu halten. Stattdessen wurde beharrlich nach etwas gesucht, was man zum nächsten Skandal aufbauschen konnte. Caseys Geheimnisse drehten sich zu einem großen Teil um ihre Kinder.

Zwar hatte sie nie geheiratet, aber ihr Name war immer wieder mit diversen Männern aus der Musikbranche in Verbindung gebracht worden. Für die Dauer der beiden Schwangerschaften hatte sie sich jedes Mal komplett aus der Öffentlichkeit zurückgezogen, und bis heute äußerte sie sich nicht dazu, wer der Vater ihrer beiden Kinder war – oder ob es zwei verschiedene Väter waren.

Da Tara selbst erst vor Kurzem etwas aus ihrem Leben preisgegeben hatte, das sie trotz der engen Freundschaft mit Kendra und Joslyn für sich behalten hatte, erlaubte sie sich kein Urteil über Caseys Verhalten. Und sie hatte auch nicht vor, neugierige Fragen zu stellen. Wenn Casey sich dazu bereit fühlte, würde sie sich ihnen allen schon anvertrauen. Mit dieser Einstellung konnten sie alle gut leben. Offenheit war bei dieser Viererfreundschaft zwar ein wichtiger Punkt, aber die Privatsphäre durfte nicht dahinter zurücktreten.

Nachdem sie die riesige, blitzsaubere Küche durchquert hatten, sah Tara, dass der Tisch auf der hinteren, mit Sonnenschutz versehenen Veranda gedeckt worden war, von wo aus man den beeindruckenden Garten und das reizende kleine Gästehaus überblicken konnte. Dort hatte Joslyn vor ihrer Heirat eine

Weile mit Slade gelebt. Doris, die Haushälterin in stilechter Dienstbekleidung, begrüßte sie freundlich lächelnd und hielt ihnen ein Tablett mit aufgerollten feuchten Handtüchern hin, die so warm waren, dass sie noch dampften.

Jeder von ihnen nahm ein Tuch, wischte sich die Hände ab und legte es zurück auf das Tablett.

„Setzt euch“, forderte Casey sie alle auf. „Auf dass der Eistee in Strömen fließt und uns nicht die Gesprächsthemen ausgehen.“

Die schmiedeeisernen Stühle waren weiß gestrichen, die Kissen leuchteten in so kräftigen Farben, dass man meinen konnte, jemand hätte sich im Garten bedient und eine Auswahl an farbenprächtigen Blumen gepflückt, um sie in den Stoff einzuweben.

Nachdem sie sich gesetzt hatte, nahm Tara sich Zeit, das mit feinen Prunkwinden bemalte Porzellan ebenso zu bewundern wie die Kristallgläser, die so funkelten, als wären in ihren Stielen winzige Lichterketten versteckt worden. Tara seufzte zufrieden und war von einem Moment auf den nächsten völlig entspannt.

„Jeder in Parable weiß zu schätzen, was du für die McCulloughs tust, Casey“, sagte Kendra leise. Sie war eine Blondine von klassischer Schönheit, die einen faszinierenden Gegensatz zu ihrem Ehemann darstellte, der in Aussehen und Auftreten ganz und gar Cowboy war. „Dass du ihnen deinen Jet leihst … und jetzt auch noch dieses Benefizkonzert … du bist wirklich fantastisch.“

„Hört, hört“, stimmten Joslyn und Tara ihr zu und hoben ihre Gläser zum Toast, obwohl der Eistee noch gar nicht eingeschenkt worden war.

Casey bekam einen roten Kopf, als sie das hörte. „Ich bin doch nicht die Einzige, die der Familie hilft“, wandte sie bescheiden ein. „Opals Kirche plant mindestens eine Veranstaltung, und ein paar Leute aus dem Gemeindezentrum haben sich zusammengetan, um Patsys Haus mit Rollstuhlrampen auszustatten und einige Türen zu verbreitern, damit der Rollstuhl hindurchpasst.“

„Trotzdem", beharrte Tara. „Du leistest einen enormen Beitrag, und das muss hervorgehoben werden."

Caseys Hand zitterte leicht, als sie nach der kristallenen Kanne voll Eistee griff, in der einige Zitronenscheiben schwammen. „Ich weiß, was es heißt, sich in einer solchen Lage zu befinden", sagte sie sehr leise und mied die Blicke der anderen Frauen, während sie den Tee einschenkte. „Außerdem hat das Leben es mit mir so gut gemeint, dass es das Mindeste ist, etwas für andere zu tun."

„Du hast zwar großen Erfolg", stimmte Kendra ihr zu, „aber du hast auch sehr hart dafür gearbeitet, und du besitzt das nötige Talent."

Daraufhin schien Casey sich etwas zu entspannen. Sie stellte die Kanne hin und lächelte in die Runde. „Wisst ihr, was mein Grandpa immer über Talent gesagt hat?", fragte sie. „Talent ist nicht mehr wert als ein Haufen rostiger Kronkorken, wenn du nicht wie verrückt daran arbeitest, um es zu entwickeln."

Doris kam zurück und servierte jedem von ihnen einen köstlich aussehenden Salat mit Früchten, Walnüssen und getrockneten Preiselbeeren, dann war sie auch schon wieder verschwunden.

Casey rief der Haushälterin ein leises „Danke" hinterher, nahm ihre Gabel und sagte: „Da habt ihr gerade meinen Glücksgriff vorbeihuschen sehen. Doris hat das alles hier im Griff, sie ist wie eine Mama für mich und wie eine Grandma für die Kinder. Sie sorgt sich sogar um das Wohl meiner Band und meiner Roadies."

„Wer hätte gedacht, dass es noch eine zweite Opal gibt?", meinte Joslyn amüsiert.

„Wirklich erstaunlich", sagte Kendra. „Wenn die beiden sich zusammenschließen, dürfte das das Ende für Kriege, Armut und nervige Talkshows bedeuten."

Alle mussten darüber lachen, und dann wechselte die Unterhaltung fließend zu anderen Themen. Es gab keinen Plan, was unbedingt besprochen werden musste – was Tara als sehr erfrischend empfand –, und es erwähnte auch niemand ihr „Date" mit Boone Taylor, was ihr nur recht war.

Sie konnte noch immer nicht fassen, dass sie seine Einladung angenommen hatte. Damit war eine Springflut aus beunruhigenden Möglichkeiten über sie hereingebrochen, zu denen auch Sex mit dem Cowboy-Sheriff gehörte. Sie hatte sich in ihrem Leben mit nur wenigen Liebhabern begnügt – James und exakt zwei andere Männer waren die bescheidene Bilanz.

Und keinen von diesen dreien hatte sie zu irgendeinem Zeitpunkt auch nur annähernd so sehr begehrt, wie sie Boone Taylor begehrte.

Plötzlich spürte sie, dass durch diese Bilder und Empfindungen ihre Wangen zu glühen begonnen hatten. Unwillkürlich zog sie den Kopf ein und konzentrierte sich ganz darauf, sich nicht an dem herrlichen Salat zu verschlucken.

Kendra und Joslyn hatten zweifellos bemerkt, was mit ihr los war, aber sie äußerten sich nicht dazu. Das war einer der Gründe, warum sie die beiden als Freundinnen so sehr schätzte – auch wenn sie das wahrscheinlich nicht davor bewahrte, von den beiden mit Fragen gelöchert zu werden, wenn sie später am Tag wieder in ihrem Wagen saßen und von hier wegfuhren.

„Gehst du in nächster Zeit eigentlich wieder auf Tournee?", erkundigte sich Joslyn, nachdem Doris den zweiten Gang serviert hatte: ein kaltes Nudelgericht mit Pesto und Pinienkernen.

Casey schüttelte den Kopf. „Ich lege ein Jahr Pause ein, jedenfalls was Konzerte angeht. Der Tourbus ist sicher geparkt, meine Roadies habe ich in einen ausgedehnten bezahlten Urlaub geschickt. Aber die Band und die Techniker wohnen alle hier, damit wir proben und Stücke aufnehmen können."

Es hatte sich längst in der Stadt herumgesprochen, dass Casey den ehemaligen Weinkeller und den Fitnessraum im Untergeschoss in ein hochmodernes Tonstudio umbauen ließ, mitsamt einer kleinen Bühne, speziell entwickelten Computern und der neuesten Digitaltechnologie für Videoaufzeichnungen. Die Leute in Parable waren nicht von ihrer Popularität beeindruckt, denn hier und im benachbarten Three Trees tauchten immer wieder Filmstars und wichtige Unternehmer auf, die sich spektakuläre Häuser hinsetzen ließen, in die sie sich dann vor aller Welt zurückzogen, sodass es kaum einmal zu Kontakten mit den Einheimischen kam. Umso mehr hatte Casey mit ihrer natürlichen und bodenständigen Art die Bewohner von Parable beeindruckt, da sie für die kleinstädtischen Werte eintrat und Interesse an den Menschen hier zeigte.

Dazu kam natürlich noch ein ganz anderer Faktor, nämlich die Umbau- und Renovierungsarbeiten an ihrem Haus. Die ließ Casey von Unternehmen hier am Ort ausführen, womit sie Arbeitsplätze sicherte. Zwar arbeitete auf jeder größeren Ranch eine Crew, aber im Winter waren Jobs in der Gegend rar gesät.

Casey Elder sorgte dafür, dass die einfachen, hart arbeitenden Leute über die Runden kamen, ohne sich als die große Wohltäterin hinzustellen, wie es einige andere machten. Dadurch war sie bei den Menschen in und um Parable nicht nur beliebt, sondern sie waren Casey auch von Herzen dankbar.

Das von der unermüdlichen Doris servierte Dessert war ein zu perfekten Bällchen geformtes Orangensorbet, verziert mit einem Minzzweig. Dem Nachtisch folgte Kaffee aus frisch gemahlenen Bohnen, und nachdem auch der Kaffee getrunken war, verlor das Treffen allmählich an Schwung.

Kendra erklärte, sie müsse bald das Baby stillen, außerdem war in nicht mal zwei Stunden das Sommerprogramm im Gemeindezentrum für den heutigen Tag vorüber, und dann musste sie sich auch noch um Madison kümmern.

Auf Joslyn wartete daheim ein Kleinkind, und als sie einen Blick auf ihre Armbanduhr warf, fragte sie erstaunt: „Schon so spät?“

Da Taras Stieftöchter mit Shea im Kino waren, gab es für sie keinen Grund zur Eile, abgesehen natürlich davon, dass die gutherzige und geduldige Lucy vermutlich inzwischen darauf wartete, aus dem Haus gelassen zu werden, und dass die Hühner sicher nichts gegen eine ordentliche Portion Futter einzuwenden hatten.

Als sie aufbrachen, bedankten sie sich alle bei Doris und bei Casey, die sie zu der Backstage-Party einlud, die nach dem Benefizkonzert noch stattfinden würde.

Vielleicht lag es daran, dass Casey im letzten Moment noch auf das Konzert zu sprechen gekommen war, auf jeden Fall hatte Tara gerade erst den Motor gestartet, als Joslyn und Kendra sich auf sie stürzten.

„Was wirst du bei deinem Date mit Boone anziehen?", fragte Joslyn und klang wie eine Reporterin bei einer Pressekonferenz des Präsidenten.

„Kleidung", konterte Tara, doch der Witz kam nicht richtig an.

„Aber bestimmt nicht allzu lange, möchte ich wetten", warf Kendra ein, die sich diebisch darüber freute, dass Tara ihr eine solche Vorlage geliefert hatte.

Mit leicht gerötetem Kopf fuhr Tara los und hupte Casey zum Abschied zu, da sie noch auf der Veranda stand und winkte. So erfüllt ihr Leben dank toller Karriere, wundervoller Kinder und einem Rudel Katzen und Hunde auch sein mochte, machte sie in diesem Augenblick einen eigenartig einsamen Eindruck.

„Nur weil du deine Finger nicht von Hutch lassen kannst", entgegnete Tara mit einem flüchtigen Blick zu Kendra, „heißt das nicht, dass ich vorhabe, mich auf Boone Taylor zu stürzen, sobald wir allein sind."

Joslyn kicherte und beugte sich vor, um Tara aufmunternd auf die Schulter zu klopfen. „Beruhig dich mal wieder", sagte sie. „Wir gehören zu deinem Team."

„Es gibt Teams?", entgegnete Tara, während sie zuerst zur Windfall-Ranch fuhr, da Kendras Zuhause – die Whisper-Creek-Ranch – näher an ihrer Hühnerfarm lag.

„Du naives Kind", zog Kendra sie auf. „Es gibt ein Männerteam, und es gibt ein Frauenteam. Du kannst darauf wetten, dass das Team Boone, also Hutch und Slade, in diesem Augenblick deinen Mann anweisen wird, ja nicht die Kondome zu vergessen und sich von seiner charmantesten Seite zu zeigen."

„Und ihr beide seid das Team Tara?" Ihr Tonfall klang ein klein wenig bissig.

„Das kannst du uns glauben", bestätigte Joslyn.

„Na ja, da ihr beide so großen Wert darauf legt, Boone und mich zusammen ins Bett zu kriegen, bin ich mir nicht so sicher, wo das eine Team aufhört und das andere anfängt."

„Ach, du lieber Gott!", stöhnte Kendra.

„Und was soll *das* bitte heißen?", fragte Tara, während sie durch die gemütlichen kleinen Straßen von Parable fuhr, um zum Highway zu kommen.

„Du hörst dich an wie eine Nonne", warf Joslyn ein und beugte sich so weit vor, wie der Sicherheitsgurt es zuließ. „Tut mir leid, wenn ich das so geradeheraus sage, aber du hast eine ziemlich lange Dürre hinter dir, vorausgesetzt natürlich, du verschweigst uns nicht irgendetwas. Du musst wirklich mehr als bereit sein für wilden Sex, bei dem es dir die Sprache verschlägt und du dich nass geschwitzt im Bettlaken festkrallst."

„Ist das bei dir der Fall?", fragte Tara ein wenig irritiert. Hatte sie irgendwas verpasst? Sex mit James war ... ganz nett gewesen. Sanfte Orgasmen, aber nie etwas, das ihr die Sprache verschlagen oder sie dazu veranlasst hatte, sich im Bettlaken festzukrallen – schon gar nicht nass geschwitzt.

„Sogar noch besser", antwortete Joslyn.

„Noch viel, viel besser", ergänzte Kendra.

„Wir haben uns noch nicht mal *geküsst*", gestand Tara und lief erneut rot an.

„Was?", rief Joslyn.

„Na, als wir uns das erste Mal begegnet sind, da hat es nicht gefunkt, wie ihr wisst", betonte sie.

„Stimmt", schnaubte Kendra.

„Wir waren aber dabei, vergiss das nicht", wandte Joslyn ein. „Er hat dich angesehen, du hast ihn angesehen, und dann hat ein Feuerwerk den Himmel leuchten lassen."

Gerade passierten sie die Stadtgrenze von Parable, was Tara mit Erleichterung aufnahm. Jetzt hatte sie nur noch eine lange, gerade Straße vor sich. „Da hat überhaupt kein Feuerwerk den Himmel leuchten lassen, außer eine von euch hat ein paar Raketen angezündet. Ich stand bloß dabei, und Boone hat deutlich genug zu verstehen gegeben, was er von einer Frau aus der Großstadt hält, die sich als Hühnerfarmerin versuchen will."

„Küss ihn", sagte Kendra aus heiterem Himmel.

Vor Schreck hätte Tara beinahe das Lenkrad verrissen. *„Wie bitte?"*

„Küss Boone Taylor", stimmte Joslyn vom Rücksitz aus mit ein. „Küss ihn einfach, und dann wirst du schon sehen."

„Was werde ich sehen?" Waren ihre beiden besten Freundinnen von ihrem zugegebenermaßen großen Eheglück so geblendet, dass sie glaubten, mit einem einfachen Kuss würde sich die Liebe zu erkennen geben? Wobei ja nicht einmal sicher war, dass zwischen ihr und Boone überhaupt Liebe im Spiel war.

„Küss ihn einfach", drängte Kendra.

„Oder traust du dich nicht?", neckte Joslyn sie.

„Hatte ich schon gesagt, dass ihr zwei überhaupt keine Hilfe seid?", gab Tara aufgebracht zurück. Allein bei dem Gedanken, wie es sein würde, Boone Taylor zu küssen, wurde ihr auf einmal so heiß, dass sie nicht anders konnte, als mit einem Tastendruck die Klimaanlage einzuschalten.

„Es hat sie schwer erwischt", meinte Kendra lachend.

„Das kannst du laut sagen", pflichtete Joslyn ihr bei.

Innerlich atmete Tara auf, als sie endlich in die Zufahrt zu Joslyns und Slades Anwesen einbog. Das vor Kurzem renovierte und nun auf eine wesentlich größere Familie zugeschnittene Haus thronte majestätisch auf einer leichten Anhöhe. Die Scheune war komplett neu errichtet worden, auf der etliche Hektar großen Weide standen unzählige Pferde.

„Danke fürs Mitnehmen", sagte Joslyn, als Tara den Wagen vor dem Haus anhielt.

Jasper, der Hund von Joslyn und Slade, kam herbeigestürmt, um sie zu begrüßen, ihm folgte die Katze Lucy-Maude, die es allerdings deutlich gemächlicher angehen ließ.

Ausgelassen lachend winkte Joslyn Tara und Kendra zu, dann nahm sie die große graue Katze hoch und drückte sie an sich, ehe sie in Richtung Hintertür ging. Jasper lief vor Freude bellend um sie herum und folgte ihr zum Haus.

„Ihr Leben ist perfekt", meinte Tara nachdenklich und wünschte sich im nächsten Moment, sie hätte den Mund gehalten.

Kendra beugte sich zu ihr und legte eine Hand auf Taras Arm. Anders als zuvor sah sie sie nicht amüsiert, sondern völlig ernst an. „Nein, es ist nicht perfekt, aber es ist sehr, sehr gut, und das kannst du auch haben, Tara. Gib den Dingen eine Chance … gib *Boone* eine Chance."

Tara setzte den SUV zurück, hupte kurz zum Abschied, auch wenn Joslyn bereits um das Haus herumgegangen war, und fuhr zurück zur Hauptstraße. „Gibt es irgendeinen Grund, warum ihr beide so fest davon überzeugt seid, dass Boone Taylor der Richtige für mich ist?", fragte sie ein wenig ungehalten.

„Nenn es Intuition", erwiderte Kendra.

Es dauerte eine Weile, bis Tara das verarbeitet hatte.

Zwanzig Minuten später hatte sie auch Kendra wohlbehalten auf der Whisper-Creek-Ranch abgesetzt und machte sich auf den Heimweg. Es würde noch einige Zeit dauern, bis die Zwillinge von ihrem Ausflug nach Three Trees zurückkehrten. Zu Hause angekommen ließ sie als Erstes Lucy raus, dann sah sie nach den Hühnern, zupfte im Garten das Unkraut und goss alle Pflanzen. Als sie damit fertig war, stellte sie fest, dass ihr immer noch viel Zeit bis zur Heimkehr der Mädchen blieb.

Sie setzte sich mit einem Glas Eistee auf die Veranda und beobachtete Lucy, wie diese sich als Schäferhund versuchte und bemüht war, die Hühner von einem Teil des Gartens in einen anderen zu treiben. Von Erfolg war das nicht gekrönt, aber es schien ihr Spaß zu machen, und die Hühner ihrerseits wussten offenbar, dass die Hündin eigentlich harmlos war, da sie sich kaum um den Vierbeiner kümmerten.

Nicht ganz eine halbe Stunde war vergangen, da näherte sich auf einmal Boones Streifenwagen. Sofort bekam Tara ein ungutes Gefühl. War den Zwillingen etwas zugestoßen? Oder Shea? Hatte es einen Unfall gegeben? Warum sonst sollte der Sheriff von Parable County um kurz nach zwei am Nachmittag bei ihr auftauchen?

Tara stand auf und sah abwartend zu Boone, der soeben ausgestiegen war. Er musste ihre besorgte Miene richtig gedeutet haben, da er beschwichtigend eine Hand hob. „Es ist alles in Ordnung, Tara", sagte er und verdiente sich damit bei ihr ein paar Bonuspunkte, weil er sich als unerwartet umsichtig entpuppt hatte. „Ich wollte nur fragen, ob du für Opals Sammlung in der Kirche ein paar von deinen Hühnern spenden würdest. Du weißt schon, die Sammlung für die Krankenhausrechnung der McCulloughs."

Tara legte eine Hand an ihren Hals und musste erst zur Ruhe kommen. Joslyn hatte ihr von Opals Aktion erzählt, aber aus einem unerfindlichen Grund war ihr Verstand nicht in der Lage eine Antwort zu formulieren, weil ihr Joslyns und Kendras Worte nicht aus dem Kopf gehen wollten.

Küss Boone Taylor. Küss ihn einfach, und dann wirst du schon sehen.

Boone stand vor den Stufen, die auf die Veranda führten, und streichelte Lucy, die ihn ausgelassen begrüßt hatte.

„Alles in Ordnung?", fragte er ein wenig besorgt. Seine Augen funkelten schelmisch, was ihr so eindringlich vorkam, als hätte er ihre Wange berührt und mit dem Daumen den Schwung ihrer Lippen nachgezeichnet. Oder als hätte er ihre Brüste berührt.

Angestrengt schluckte sie. „Was machst du denn hier?"

Küss ihn! Küss ihn, und dann wirst du schon sehen.

Das ist albern.

Tara Kendall, du bist ein Feigling.

Diese innere Auseinandersetzung brachte sie nur noch mehr aus dem Gleichgewicht.

„Hab ich dir gerade erzählt", erwiderte Boone. „Ich bin hergekommen, um dich wegen der Hühner zu fragen."

„Damit irgendwelche Leute sie *essen*?", hörte sie sich fragen und wollte sich im nächsten Moment die Zunge abbeißen, damit sie aufhörte, Unsinn zu reden. Wenn Boone erfuhr, dass sie noch nicht ein einziges Huhn geschlachtet hatte und dass sie auch noch nie eines ihrer Tiere verkauft und damit im übertragenen Sinn dessen Todesurteil unterzeichnet hatte, dann würde er glauben, dass sie eine weichherzige, launische Frau war, die nur so tat, als wäre sie eine richtige Farmerin.

„Das ist das, was Leute üblicherweise machen", sagte Boone und machte auf sie den Eindruck, dass er versuchte, sich ein Grinsen zu verkneifen. War er ihr auf die Schliche gekommen? „Ist das ein Problem?"

Es dauerte einen Moment, bis sie wieder richtig durchatmen konnte. Ihr Herz raste, und sie nahm nur seine breiten Schultern, die braunen Augen und sein dunkles seidiges Haar wahr, das sie aufzufordern schien, es mit ihren Fingern zu zerwühlen.

Das war der Moment, von dem sie später behaupten würde, dass der Teufel sie geritten und ihr Handeln bestimmt hatte.

Von der obersten Verandastufe warf sie sich ihm an den Hals und schlang die Arme um ihn, und dann küsste sie ihn leidenschaftlich.

Boone fing sie auf und erwiderte den Kuss, zuerst nur zögerlich, dann forscher und so verlangend, dass Tara ein wohliger Schauer über den Rücken lief. Als er sie mit noch mehr Leidenschaft küsste, stöhnte sie leise auf.

Oh, mein Gott! dachte Tara nur, während es ihr vorkam, die Erde würde aus ihrer Umlaufbahn geschleudert.

Das hier war so *gut*.

Und so *verkehrt*.

Sie steckte *so* in Schwierigkeiten!

Der Rest ihres gesunden Menschenverstands sagte Tara, dass

eine Meuterei stattgefunden hatte. Ihr Körper hatte über den Geist gesiegt.

Wie aus weiter Ferne nahm sie Lucy wahr, die sich in ihrer Nähe aufhielt, und Boones kleinen Hund, der im Streifenwagen geblieben war, und auch die Hühner, die um sie und Boone herumliefen und auf dem Boden nach Futter suchten.

Es wurde Zeit, sich wieder in den Griff zu bekommen und die Meuterei niederzuschlagen. Das Problem war nur, dass Boone sie weiterküsste und sie sich völlig in seinem Kuss verloren hatte.

Als er sich schließlich aus ihrer Umarmung löste, schaute er ihr tief in die Augen und lachte leise. Dann drehte er Tara um und dirigierte sie ins Haus. Kaum hatten sie die Türschwelle überschritten, zog Tara ihn hinter sich her die Treppe hinauf und weiter zu ihrem Schlafzimmer.

Das ist verrückt, rief ihr eine Stimme in ihrem Kopf zu. *Hör auf!*

Auf keinen Fall, gab Tara sofort zurück. *Es ist so weit, und es gibt jetzt kein Zurück mehr.*

14. KAPITEL

Taras großes Schlafzimmer, ihre ganz persönliche Zuflucht, war sehr feminin eingerichtet, mit viel Spitze an den Fenstern und auf dem antiken Bett mit seinem Messingrahmen. Es war dasselbe Zimmer wie immer, und doch war es diesmal anders.

Trotz der Stimmen, die sich in ihrem Kopf stritten, gelangte sie zu einer beruhigenden Erkenntnis: Sie hatte nicht die Kontrolle über sich verloren. Genau genommen hatte sie nie zuvor das Gefühl gehabt, sich so gut und so vollkommen im Griff zu haben wie in diesem Moment. Aus einem einzigen Grund war sie mit Boone Taylor in dieses Zimmer gegangen: Sie wollte ihn.

Unendlich sanft strich er ihr die Haare von den Schultern und legte den Kopf schräg, wobei in seinen Augen ein Hauch von Besorgnis zu lesen war. „Bist du dir sicher, dass du das wirklich willst?“, fragte er rau. Dabei umspielte ein flüchtiges Lächeln einen Mundwinkel. „Wir reden hier schließlich von mir, Boone Taylor. Dem Hinterwäldler-Sheriff von nebenan, dem Mann mit dem schäbigen Trailer und dem überwucherten Grundstück.“

Sie lächelte und genoss diese so eigenartige Freiheit, die sie sich selbst gewährte. Wie in einer Blase, die sich jenseits von Zeit und Raum bewegte, fühlte Tara sich in diesem Moment, auch wenn ihr Verstand jetzt schon wusste, sie würde das alles später wahrscheinlich bereuen. Doch das kümmerte sie jetzt nicht, stattdessen schlang sie die Arme noch ein bisschen enger um seinen Nacken. Ihre Sinne überschlugen sich fast, als Boone sie fester an sich presste und sie seine Erregung spüren konnte. Boone roch nach Seife, frischer Luft und … und etwas, das sie nicht zu bestimmen vermochte. Es musste wohl sein ganz persönlicher Duft sein.

Fragend hob er eine Braue hoch und wartete weiter auf ihre Antwort. Er wirkte so entschlossen, so direkt, dass Tara weder ein winziges Zögern noch eine Spur von Unsicherheit feststellen konnte, sofern irgendetwas davon überhaupt vorhanden war.

„Es musste früher oder später so kommen", erklärte sie ihr Handeln.

Ein flüchtiges Nicken war seine erste Reaktion, dann lächelte er sie wieder an. „Ich hatte allerdings eher damit gerechnet, dass es am Tag des Konzerts so kommen würde", ließ er sie wissen.

„Möchtest du lieber so lange warten?", neckte sie ihn und betrachtete ihn voller Sehnsucht, sich in seinen Berührungen verlieren zu dürfen.

„Nein, Ma'am", antwortete er. „Aber gewisse Dinge dürfen trotzdem nicht außer Acht gelassen werden."

„Ich verhüte nicht, wenn du das meinst", räumte Tara ein und merkte, wie sich ihre Euphorie ein wenig abschwächte.

Boone lachte und holte die Brieftasche aus seiner Jeans, dann zauberte er ein kleines ramponiertes Päckchen hervor. „‚Allzeit bereit'", zitierte er den Pfadfinderspruch, während in seinen Augen eine unwiderstehliche Mischung aus Leidenschaft und Verschmitztheit funkelte. „Davon trage ich immer mindestens eins mit mir herum, seit ich auf der Highschool war."

Argwöhnisch musterte Tara das verpackte Kondom. „Du trägst aber nicht genau das da seit der Highschool mit dir herum, oder?", fragte sie nicht ganz so im Scherz, wie es sich wohl anhörte.

Sein tiefes Lachen kam von Herzen. „Nein", antwortete er. „Mein Leben ist schon ein bisschen abwechslungsreicher verlaufen."

„Küss mich noch mal", verlangte sie. Etwas in ihr verzehrte sich danach, von diesem Mann ein Kind zu bekommen, aber ihr war klar, dass das weder dem Baby noch Boone gegenüber fair wäre. Wenn sie beide kein Paar wurden – und es gab genügend Gründe, die gegen eine gemeinsame Zukunft sprachen –, dann würde Boone ganz sicher am Leben dieses Kindes teilhaben wollen.

„Ich mag Frauen, die sagen, was sie denken", antwortete Boone.

Wenn du eine Ahnung davon hättest, was ich gerade denke, dann würde ich von dir nur noch eine Staubwolke sehen, so schnell wärst du zur Tür raus, dachte Tara.

Aber anstatt ihn einzuweihen, gab sie sich seinem Kuss und seinen Liebkosungen hin. Ihr war, als würde sich der Boden unter ihren Füßen bewegen, so berauschend und schwindelerregend waren die Gefühle, die Boone bei ihr weckte.

Wieder und wieder küssten sie sich, mal wild und stürmisch, mal behutsam forschend. Abermals erschien es Tara, als würde die Zeit stillstehen.

Das ist das Hier, ermahnte sie sich. *Das ist das Jetzt.*

Doch Tara konnte nicht sagen, wie lange sie und Boone schon da standen. Ein paar Minuten? Stunden? Ein Jahr?

Ein leichter Windhauch, der nach Landluft roch, strich über ihre Haut, und erst jetzt wurde ihr bewusst, dass sie nackt war. Es war, als hätte sich ihre Kleidung auf unerklärliche Weise in Luft aufgelöst.

Boone war es offenbar nicht anders ergangen, wie ihr ein Blick in seine Richtung verriet.

Sie lag rücklings auf ihrem Bett. Leise redete Boone vor sich hin, während er sie küsste und streichelte. Zwar verstand sie seine Worte kaum, aber der ehrfürchtige Klang vermittelte ihr das Gefühl, verehrt, ja, fast schon angebetet zu werden.

Das alles war so völlig neu für sie – seine gebändigte Kraft, seine gemächlichen Bewegungen, die warmen Lippen an ihrem Hals, auf ihren Brüsten und ihrem Bauch –, dass sie sich praktisch jungfräulich fühlte, aber zugleich auch so mächtig, dass sie Herrin über ihr Schicksal war.

Boone sank neben ihr auf das Bett und küsste ihre Knie, dann ihre Oberschenkel.

Ein erregender Schauer durchströmte ihren ganzen Körper und weckte ein urtümliches, brennendes Verlangen in ihr.

Als er langsam ihre Schenkel spreizte und sie gleich darauf

seine Lippen und seine Zunge an ihrer empfindsamsten Stelle spürte, stieß sie einen lustvollen Schrei aus und vergrub ihre Haare in Boones Haaren. Wild warf sie ihren Kopf hin und her, während er sie mit viel Geschick und genauso viel Geduld bis an den Rand des Höhepunkts trieb, nur um in letzter Sekunde das Tempo zu verlangsamen, sodass sie ihn anflehte nicht aufzuhören.

Durch das offene Fenster trieb der sanfte Wind weiter den Duft der Bäume, der Wildblumen und des nahe gelegenen Wasserlaufs zu ihnen ins Zimmer.

Und endlich hatte Boone ein Einsehen mit ihr. Er machte weiter und schenkte ihr einen so heftigen Orgasmus, dass sie sich aufbäumte und ihm ihre Hüften entgegenreckte, damit sie noch mehr von dieser unfassbaren Lust erfuhr. Sie wand sich und bebte am ganzen Leib, während sie von einer ekstatischen Höhe zur nächsten geführt wurde.

Nachdem die Wellen der Lust abgeebbt waren, sank Tara auf eine wunderbare Weise erschöpft auf die Matratze und genoss einfach, dass sie eine Frau war. Mehr als das, was Boone ihr eben gegeben hatte, war nicht möglich. Das war völlig undenkbar.

Doch kurze Zeit später wurde sie vom Gegenteil überzeugt.

Boone verstand es, sie in immer höhere Höhen aufsteigen zu lassen und Herz und Seele mit einer Inbrunst zu füllen, die Tara nie für möglich gehalten hätte.

Irgendwann viel später hob er ihre Beine an und drehte sie so, dass sie richtig auf ihrem Bett lag, während sie allmählich aus höheren Sphären auf die Erde zurückkehrte. Sie spürte, wie er sein Gewicht verlagerte, und wusste, er riss das Päckchen auf und streifte das Kondom über. Jetzt würde sie ihn erobern und ihm so lange Zeit Lust bereiten, bis er sich ihr hingab und genau so eine tiefe Befriedigung erlebte wie sie zuvor.

„Letzte Chance, um Nein zu sagen“, murmelte er, während er sich auf sie legte und sich langsam zwischen ihre Schenkel schob.

Anstatt zu antworten, zog sie seinen Kopf zu sich und küsste Boone sanft, neckte ihn mit ihrer Zunge und knabberte an seiner Unterlippe.

Boone stöhnte leise, dann drang er mit einem kraftvollen Stoß tief in sie ein. Tara riss ungläubig die Augen auf. Sie war der festen Überzeugung gewesen, dass sie eine Ewigkeit brauchen würde, ehe sie wieder Begierde verspürte, doch in diesem Moment erwachte ihre Begierde erneut und verlangte nach Befriedigung.

Sie keuchte Boones Namen.

Er schaute ihr in die Augen und schien bis in die tiefsten Tiefen ihrer Seele zu blicken, wo er eine Welt vorfand, in die vor ihm noch kein Mann vorgedrungen war und die nicht einmal von Tara erforscht worden war.

Und dann … begann er sich zu bewegen. Langsam, so unerträglich langsam, dass sie die Fingernägel in seinen Rücken krallte und ihn zur Eile antrieb, damit er die Welt, nein, damit er das *Universum* um sie herum zum Explodieren bringen würde.

Allerdings ließ Boone sich nicht zur Eile antreiben, auch wenn sie ihm ansah, dass es ihn all seine Selbstbeherrschung kostete, sich noch nicht fallen zu lassen. Dabei wandte er nicht den Blick von ihr ab, was ihn wie einen wilden Krieger wirken ließ, der jedoch unvergleichlich sanft war.

Dieser Widerspruch sollte Tara erst viel später bewusst werden, denn in diesem Augenblick war sie zu keinem vernünftigen Gedanken fähig. Das Einzige, was sie mit Sicherheit wusste, war, dass sie eine Frau und er ein Mann war, die gemeinsam immer weiter den Gipfel erklommen, bis sie eins miteinander werden sollten.

Sie erreichten gemeinsam den Höhepunkt, Tara mit einem lang gedehnten Schluchzen, Boone mit einem rauen, kehligen Aufschrei. Es war so, als wären sie beide miteinander verschmolzen und der eine würde die Lust des anderen miterleben. Schließlich sanken sie beide auf das zerwühlte Laken.

Tara bekam keinen Ton heraus, und auch Boone lag schweigend da. Sie hörte sein Herz rasen, da sie das Ohr an seine Brust drückte, während er die Arme um sie geschlungen hatte.

Die altmodische Uhr auf dem Kaminsims tickte unerbittlich und machte ihnen klar, dass die Zeit nicht stehen geblieben war. In Kürze würden die Zwillinge zurück sein, außerdem mussten die Hühner gefüttert werden. Abgesehen davon musste sie selbst erst einmal verarbeiten, wozu sie sich hatte verleiten lassen.

Boone rollte sich zur Seite, hob seine Sachen vom Boden auf und zog sich wortlos ins Badezimmer zurück. Als er wieder herauskam, war er vollständig bekleidet, nur seine Haare waren noch zerzaust, und sein Hemd sah ziemlich zerknittert aus.

„Müssen wir darüber reden?“, fragte sie flüsternd, als leichte Reue in ihr aufstieg. Sie hatte diese Reaktion erwartet, doch dadurch wurde es nicht erträglicher für sie.

Boone beugte sich vor und gab ihr einen flüchtigen Kuss auf die Stirn. „Nicht jetzt sofort“, erwiderte er.

Und dann hatte er ihr Schlafzimmer auch schon verlassen. Tara verharrte ganz ruhig auf dem Bett und lauschte seinen Schritten auf der Treppe, dann hörte sie die Haustür zufallen, und gleich darauf wurde ein Motor angelassen, und der Streifenwagen fuhr ab.

Nur wenige Sekunden später kam Lucy ins Zimmer, legte den Kopf auf die Bettkante und betrachtete Tara mit einer Mischung aus bedingungsloser Treue und Sorge.

Tara zog die Bettdecke hoch bis vor ihr Gesicht, dann streichelte sie Lucy über den Kopf. „Du bist so ein Schatz“, meinte sie schluchzend.

Warum weinte sie jetzt?

Tara wusste den Grund nicht, zumindest nicht in diesem Moment.

Sie hatte sich nicht vorstellen können, dass es so wunderbar sein könnte, von einem Mann geliebt zu werden. So etwas gab es sonst nur in Romanen oder in Liebesfilmen und auch in Tagträumen, die niemanden etwas angingen.

Aber im wahren Leben? Es erschien ihr sogar jetzt noch unmöglich.

Ihre Gefühle probten immer noch den Aufstand, auch wenn ihr Körper allmählich in den gewohnten Rhythmus zurückkehrte. Es waren Gefühle von epischen Ausmaßen, und sie waren so widersprüchlich, wie sie nur sein konnten.

Sie verspürte Angst, aber auch Erleichterung. Sie hatte soeben den schlimmsten Fehler ihres Lebens gemacht, aber sie war auch von etwas berührt worden, das für sie in den Sternen gestanden hatte.

Nur zwei Dinge waren gewiss, und beide empfand sie als sehr beunruhigend. Zum einen würde ihr Leben nie wieder so sein wie vor diesem Tag. Und sie liebte Boone Taylor. Es war nicht diese höfliche, fast schon platonische Liebe, die sie mit James verbunden hatte, sondern eine richtig große, beängstigende Liebe, die sich in ihre Seele brannte.

Die Frage war nur, ob Boone genauso empfand.

Oder saß er jetzt in seinem Wagen, grinste breit und freute sich darüber, dass er sie flachgelegt hatte? Das wäre mal wieder typisch Mann. Vielleicht war er sogar der Meinung, dass er der ahnungslosen Hühnerfarmerin aus der Großstadt eins ausgewischt hatte – eine Retourkutsche für all ihre bissigen Bemerkungen über seinen Trailer und sein Grundstück.

Dieser Gedanke war so erschreckend, dass sie sich am liebsten in ihrem Bett versteckt hätte, bis sie irgendwann an Altersschwäche starb. Oder zumindest so lange, bis sie genug Trotz aufbringen konnte, um das Ganze an sich abprallen zu lassen. Aber sie konnte weder das eine noch das andere tun, denn sie musste an die Zwillinge, an Lucy und an ihre Hühner denken.

Seufzend schlug sie die Bettdecke zur Seite, stieg aus dem Bett und schlich ins Badezimmer, wo sie sich unter die Dusche stellte und das heiße Wasser so lange laufen ließ, bis es lauwarm war. Dann trocknete sie sich ab und zog eine saubere Jeans und ein altes zerschlissenes T-Shirt an. Arbeitskleidung eben.

In der Küche holte sie eine Lasagne aus der Kühltruhe und

stellte den Ofen an. Alles zu seiner Zeit, sagte sie sich, fütterte Lucy und ging nach draußen, um die Hühner für die Nacht in ihren Stall zu treiben.

Als Shea mit Elle und Erin vom Ausflug nach Three Trees zurückkehrte, ging die Sonne bereits unter. Tara ging davon aus, dass sie zumindest äußerlich ganz normal wirkte. In ihrem Inneren dagegen hatte sie Wind gesät und einen Wirbelwind geerntet, der einfach über sie hinweggezogen war.

Es war nicht ihre Art, sich von irgendetwas mitreißen zu lassen. Diesmal aber war sie hingegangen und hatte einem Mann, den sie kaum kannte, Leib und Seele offenbart. Sie hatte von einem Moment auf den anderen begonnen, Boone zu lieben, ohne ihn erst einmal nur zu mögen. Das war keine Garantie dafür, dass sie miteinander für alle Zeit glücklich sein würden.

Schließlich hatte sie mit Boone nur wenig gemeinsam, und er hatte seine verstorbene Frau Corrie über alles geliebt – vermutlich tat er das immer noch. Sie waren schon als Teenager ein Paar gewesen. Sie hatten einen Plan für ihr gemeinsames Leben gehabt und hart daran gearbeitet, all ihre Träume in die Tat umzusetzen. Aus ihrer Verbindung waren zwei wundervolle Jungs hervorgegangen. Tara … nein, *jeder* in Parable wusste, wie groß Boones Trauer um seine Frau gewesen war. Laut Joslyn und Kendra hatte er nur noch seine Arbeit erledigt und einfach *existiert*, anstatt zu leben. Es war so schlimm gewesen, dass er seine Kinder seiner Schwester und deren Mann überlassen hatte, damit sie sie für ihn großzogen.

Die Zwillinge platzten förmlich vor Begeisterung. Sie redeten wild durcheinander und sprangen wirr von einem Thema zum anderen, weil sie gar nicht schnell genug alle wichtigen Szenen aus dem Kinofilm beschreiben konnten. Zu Mittag hatten sie mexikanisch gegessen, aber das war Stunden her, und sie waren schon wieder halb verhungert. Und Shea war einfach total irre gewesen.

Doch als sie Tara ansahen, verstummten sie abrupt. Sie hatte ihnen also nichts vormachen können. Ihnen war aufgefallen, dass etwas nicht stimmte.

„Was ist los?", fragte Elle ohne Umschweife.

„Hast du geweint?", wollte Erin wissen.

„Es geht mir gut", erwiderte sie. „Ich bin nur ein bisschen müde."

Müde war sie zweifellos, aber an Schlaf war nicht zu denken, solange in ihrem Kopf keine Ruhe einkehrte. In der einen Sekunde war sie ekstatisch, gleich darauf fürchtete sie, nur eine weitere von Boones Eroberungen zu sein.

Die Mädchen sahen sie skeptisch und sorgenvoll an.

Tara ging zu den beiden und legte je einen Arm um sie. „Hört zu", erklärte sie mit ruhiger Stimme. „Ich muss da gerade eine Sache verarbeiten, aber das geht wieder vorüber, also müsst ihr zwei euch keine Sorgen um mich machen, okay?"

„Du würdest es uns aber sagen, wenn du krank bist oder so, nicht wahr?", fragte Elle betreten. „Ich meine, wenn du irgendeine schreckliche Krankheit hättest und ..."

Wieder drückte Tara das Mädchen an sich. „Kleine, wir sind hier nicht in irgendeinem tragischen Film. Ich bin ganz bestimmt nicht krank."

„Hat Dad wieder was gemacht?", hakte Erin nach, während sie Lucy streichelte. „Hat er vielleicht etwas Gemeines gesagt?"

„Nein", beteuerte Tara. „Und jetzt lasst uns einen Salat machen, während die Lasagne im Ofen steht."

„Ich schneide den Salat klein!", verkündete Elle und stürmte zum Kühlschrank.

Tara stoppte sie allerdings mit dem Hinweis, sie und Erin sollten sich erst mal die Hände waschen. Kurz darauf standen die beiden an der Kücheninsel und schnitten Salat klein.

Das anschließende Abendessen verlief in wohltuender Ruhe, aber gerade als sie den Tisch abräumten, klingelte das Telefon. Tara empfand das Klingeln als ungewohnt schrill. Noch bevor sie den Hörer abgenommen hatte, wusste sie, dass irgendetwas passiert war.

„Ah, ein Glück, dass ich dich erwische und keins der Mädchen", platzte James heraus. Er klang sehr angespannt. „Kannst du reden?"

Der Sinn des Anrufs war natürlich, dass James reden würde, nicht Tara. Sie atmete einmal tief durch, dann gab sie den Zwillingen ein Zeichen, dass sie mit Lucy nach draußen gehen sollten. „Ich kann zuhören", antwortete sie, nachdem die Hintertür zugefallen war und die Mädchen mitsamt Hund das Haus verlassen hatten.

„Ich komme raus und hole die Zwillinge ab", informierte er sie daraufhin kurz und knapp.

Seine Worte trafen sie wie ein Fausthieb in die Magengrube. „Aber ich dachte ... was ist mit der Hochzeit ... und den Flitterwochen?"

„Es wird keine Hochzeit geben", antwortete James gereizt.

„Okay", sagte sie, da ihr nichts anderes einfiel. Sie war wie vor den Kopf gestoßen, sie wusste nicht mehr, wo vorn und hinten, oben und unten war. Erst Boone und die damit verbundenen Zweifel und Bedenken und jetzt das hier.

Dann begann James ausgiebig zu lamentieren, wie er und seine Verlobte sich gestritten hatten und dass er sich reingelegt und *benutzt* fühlte. Tara machte sich gar nicht erst die Mühe, ihm zu erklären, dass sie sich bei ihrer Trennung von ihm ganz genauso gefühlt hatte.

Letztlich lief alles darauf hinaus, dass Bethany Kinder wollte, und zwar ganz viele. Sie war davon ausgegangen, dass er genauso empfand, aber das war ein Irrtum, denn James hatte alles, was mit Kindern und ihrer Erziehung zusammenhing, längst hinter sich gelassen und abgehakt. Für Bethany kam eine Heirat damit nicht länger infrage.

Als James schließlich in Schweigen verfiel – vielleicht weil er Luft holen musste –, wagte Tara einen Vorstoß. „Warum lässt du die Mädchen nicht erst noch eine Weile bei mir wohnen? Du hast dich schließlich sehr aufgeregt, vielleicht brauchst du erst mal etwas Zeit für dich."

„Ich habe eine gute Schule für sie gefunden – in Connecticut", fuhr er abrupt fort. „Manche Kinder verbringen nicht nur das Schuljahr dort, sondern auch den Sommer. Es wird ihnen gefallen."

Tara schloss die Augen. „James, es gefällt ihnen hier."

„Die Kinder fallen nicht in deine Verantwortung", betonte James, was so viel heißen sollte wie: *Halt dich raus, du bist nicht ihre Mutter.*

„Kann das nicht noch ein paar Tage warten?", hielt sie vorsichtig dagegen. „Bis du dich wieder beruhigt hast?"

„Was soll das bringen?", konterte er noch schroffer. „Meine Assistentin wird die Flugtickets buchen. Sie meldet sich dann bei dir mit der Flugnummer und der Abflugzeit."

Tränen stiegen ihr in die Augen, aber sie kämpfte dagegen an. In diesem Moment ging die Hintertür auf, und die Zwillinge kamen mit Lucy zurück ins Haus.

Diesmal würde sie sich nicht schützend vor James stellen. „Hier, euer Vater", sagte sie und hielt ihnen den Hörer hin.

Elle war als Erste bei ihr, hielt den Hörer aber so, dass ihre Schwester mithören konnte.

Während sie sich anhörten, was ihr Vater zu sagen hatte, blieb Tara auf ihrem Stuhl sitzen. Ihre Knie waren weich wie Pudding, darum traute sie sich nicht aufzustehen. Stattdessen beobachtete sie aufmerksam das Mienenspiel der Mädchen.

„Nein!", rief Elle auf einmal. „Ich will nicht auf irgendeine blöde Schule gehen! Und Erin will das auch nicht!"

Erin nickte bestätigend, ihre Wangen waren vor Wut rot angelaufen.

Hatte er schon erwähnt, dass die Heirat mit Bethany abgesagt worden war? Zumindest das dürfte ihnen gefallen.

„Dann laufen wir weg", drohte Elle und kam allmählich in Fahrt. „Wir werden gar nicht erst in das Flugzeug einsteigen!"

„Und dann wirst du uns nie wiedersehen!", warf Erin ein.

Tara stand auf. „Mädchen", ging sie sanft und mit einem Kopfschütteln dazwischen. „Gebt mir den Hörer wieder."

Lucy war inzwischen völlig außer sich, da sie das ruhige, ereignislose Leben an Taras Seite gewöhnt war, nicht aber lautstarke Teenager-Dramen.

Elle reichte ihr unter Tränen den Hörer. „Wir werden nicht zurückgehen", beharrte sie schluchzend. „Ganz bestimmt nicht!"

„Ihr macht Lucy Angst", sagte Tara. „Geht mit ihr nach oben, ich komme in ein paar Minuten nach, und dann können wir reden."

Die Mädchen gehorchten, und Lucy folgte den beiden schwanzwedelnd aus der Küche.

James kochte vor Wut, was Tara seinem Atmen anhörte, ohne dass er ein Wort sagen musste.

„Das war ein ganz hinterhältiger Trick", platzte er heraus. „Du hast mich einfach auflaufen lassen, Tara, und so etwas kann ich überhaupt nicht leiden!"

Was fiel ihm eigentlich ein zu behaupten, *sie* habe *ihn* auflaufen lassen? Sie hatte endgültig genug davon, immer nett und freundlich zu ihm zu sein. „Soll ich dir mal erzählen, was *ich* alles nicht leiden kann, James?", herrschte sie ihn an und redete sofort weiter, damit er gar nicht erst zu Wort kommen konnte. „Ich kann zum Beispiel nicht leiden, wie arrogant du bist und wie du die Gefühle anderer Menschen mit Füßen trittst. Elle und Erin sind deine *Kinder*, aber keine Marionetten, die du mal eben nach deiner Pfeife tanzen lassen kannst. Du kannst nur immer daran denken, was *du* gerade willst oder brauchst." Hastig schnappte sie nach Luft, um James auch jetzt nicht zu Wort kommen zu lassen. „Verdammt noch mal, James, ich hätte ja Verständnis, wenn du versuchen würdest, für die Zwillinge in die Vaterrolle zu schlüpfen. Aber du willst sie ja nur nach irgendwohin abschieben. Nach dem Motto: Aus den Augen, aus dem Sinn!"

„Bist du jetzt fertig?", warf er in kühlem Tonfall ein.

„Nein", antwortete sie. „Ich bin noch nicht fertig. Ich werde Elle und Erin nicht allein zurück nach New York fliegen lassen.

Wenn du deine Töchter haben willst, Kumpel, dann musst du schon herkommen und sie abholen."

„‚Kumpel'?", wiederholte er spöttisch.

Tara erwiderte nichts, sondern stand nur da und hielt den Hörer fest umklammert, während sie innerlich vor Wut schnaubte.

„Es scheint dir wohl zu gefallen, mir Steine in den Weg zu legen, wie?", fragte er, nachdem er wie ein Leidender geseufzt hatte. „Die Zwillinge sind sehr gut in der Lage, allein zu fliegen. Das haben sie bereits bewiesen."

„Ist mir egal", beharrte Tara. Während ihrer Ehe war sie nicht diejenige gewesen, die dem anderen bei jeder Gelegenheit Steine in den Weg gelegt hatte – obwohl sie genau das oft genug hätte tun können und dabei auch noch im Recht gewesen wäre.

„Ich kann die Polizei einschalten", drohte James ihr, klang aber auf einmal nicht mehr ganz so selbstbewusst.

„Ich halte dich nicht davon ab", forderte Tara ihn heraus und stellte sich vor, wie Boone in seiner Funktion als Sheriff zu ihr kam und ihr irgendeinen Gerichtsbeschluss überreichte.

„Du weißt, ich kann mir keine Skandale leisten", lenkte er plötzlich fast jämmerlich ein. „Ich bin ein angesehener Geschäftsmann, Tara. Ich bin ein Spitzenchirurg, und in meiner Branche ist der Ruf entscheidend. Sei vernünftig." Es war nicht zu überhören, dass er gemerkt hatte, dass er die schlechteren Karten hatte, dennoch sah Tara keinen Grund zum Einlenken.

„Dann wirst du hierher nach Montana kommen und deinen Töchtern von Angesicht zu Angesicht erklären müssen, dass du sie nicht großziehen willst und mich das auch nicht übernehmen lassen willst, weshalb du sie auf ein Internat schickst."

Schweigen.

Tara hörte, wie die Mädchen und Lucy im ersten Stock umherliefen.

Sie rechnete damit, dass James jeden Moment auflegte, doch dann seufzte er wieder, und diesmal klang es ehrlich frustriert. Trotzdem verspürte sie kein Mitleid mit ihm.

„Jetzt weiß ich, was das soll“, sagte er. „Du denkst, wenn ich zu dir komme, dann können wir beide uns versöhnen und noch mal von vorn anfangen. Du denkst, ich nehme dich mit nach New York, und wir sind wieder eine große, glückliche Familie.“

Seine Worte waren eine solche Beleidigung, dass ihr sekundenlang die Worte fehlten. *Das* war nun wirklich das Allerletzte, was sie von ihm wollte.

„Du liegst komplett verkehrt“, brachte sie schließlich heraus.

„Tatsächlich?“ Er schien das Wort fast zu schnurren.

„Ja!“

Wieder verfiel er in Schweigen. „Wir hatten aber auch gute Zeiten. Vielleicht könnten wir uns ja doch zusammenraufen.“

War das sarkastisch gemeint? James musste doch so gut wie sie selbst wissen, dass zwischen ihnen nichts mehr passieren würde.

„Tara?“, fragte er in einem leicht arroganten Tonfall, als sie nicht sofort antwortete.

Manchmal blieb einem einfach keine andere Wahl, und man musste auf ein abgegriffenes Klischee zurückgreifen. „Nicht mal, wenn du der letzte Mann auf der ganzen Erde wärst“, antwortete sie. „Lebwohl.“

Damit legte sie auf und tigerte in der Küche auf und ab, während sie versuchte, ihr aufschäumendes Temperament zu bändigen. Was hatte sie bloß jemals in diesem Mann gesehen, der sich selbst für Gott hielt und dem andere Leute völlig egal waren?

Welcher normale Mensch wollte seine eigenen Kinder nicht selbst großziehen?

Abrupt blieb sie stehen, da ihr eine Gänsehaut über den Rücken lief. *Zum Beispiel ein Mann wie Boone Taylor.*

Zugegeben, Boones Jungs lebten jetzt bei ihm, aber nach Corries Tod hatte er sie einfach seiner Schwester überlassen, obwohl sie ihn in dieser Zeit dringend gebraucht hatten.

Sie stand am Spülbecken und betrachtete ihr geisterhaftes Spiegelbild im Fenster darüber. Schon einmal hatte sie sich in den falschen Mann verliebt, und jetzt … jetzt war ihr das ein zweites Mal passiert.

„Wie konntest du nur so dumm sein?“, fragte sie vorwurfsvoll ihr Spiegelbild und wandte sich ab.

Die ganze Nacht über hatte Boone kein Auge zugetan, und als er jetzt sah, dass die Sonne aufging, wusste er, dass es nicht ohne Folgen bleiben würde. Spätestens gegen Abend würde er seine Augenlider mit Streichhölzern hochhalten müssen, um nicht im Stehen einzuschlafen.

Nachdem er die Kaffeemaschine eingeschaltet hatte, sah er nach den Jungs, doch die schliefen noch fest. Scamp, der zwischen ihnen lag, hob den Kopf, betrachtete Boone, stand auf und sprang aus dem Bett. Dann folgte er ihm in die Küche.

Boone zog die Kanne aus der Maschine und goss sich eine Tasse Kaffee ein, obwohl das Gerät noch zischte und brodelte, da noch nicht das gesamte Wasser durchgelaufen war. Das Gebräu war viel zu stark geraten, aber er brauchte das Koffein, also kippte er den Kaffee runter.

Ihm blieb noch etwas Zeit, bis er Griffin und Fletcher aufwecken musste. Die Rastlosigkeit, die ihn vom Schlafen abgehalten hatte, verfolgte ihn auch jetzt noch. Er ging nach draußen und stellte sich auf die Veranda, den Blick auf die Stelle gerichtet, auf der bald das neue Haus stehen würde, einzugsbereit noch bevor der erste Schnee fiel, wenn das Glück auf seiner Seite war. Das Bankdarlehen stand ihm jetzt zur Verfügung, und ein Bauunternehmen hatte er auch schon angeheuert. Aber nach dem, was sich gestern bei Tara zu Hause abgespielt hatte, war es vielleicht sinnvoll, dieses Vorhaben erst noch eine Weile zurückzustellen.

Er wandte sich zur Seite und schlenderte zum Ableger des Flusses, weil er in der Nähe dieses Gewässers immer am besten nachdenken konnte. Scamp lief neben ihm her und blieb alle paar Meter stehen, um an irgendeiner Stelle auf dem Boden zu schnuppern.

Von hier aus schien Taras Haus von einer Aura umgeben zu sein, da die Sonne genau dahinter aufging und das Gebäude als Silhouette vor einem orangeroten Hintergrund zu sehen war.

Ein wenig frustriert fuhr er sich mit den Händen durchs Haar, da ihn einige Dinge völlig verwirrten, während andere sonnenklar waren. Er hob ein kleines Aststück auf und warf es ins flache Wasser, und zu seiner Freude stürmte Scamp hinterher und brachte voller Stolz das Holz zu ihm zurück. Dann schüttelte er sich und sah Boone erwartungsvoll an, der das Stück an sich nahm und erneut weit wegwarf.

Scamp hetzte so freudig hinterher, dass das Wasser in kleinen Fontänen umherspritzte.

Da er auf den Hund achtete, sah Boone nicht weiter zu Taras Haus, aber er hörte das Gackern der Hühner. Lucy bellte, und Tara rief ihr etwas zu. Er brauchte ein paar Sekunden, ehe ihm auffiel, wie besorgt ihre Stimme klang. Als er sich verwundert umdrehte, sah er Tara über die behelfsmäßige Brücke laufen. Genau genommen rannte sie über die Brücke, als wäre jemand hinter ihr her. Und dann bemerkte er ihren Gesichtsausdruck: das blanke Entsetzen.

„Die Zwillinge sind weg!“, rief sie aufgeregt.

„Weg?“

„Ja, sie sind nicht in ihrem Zimmer!“, antwortete sie und geriet ins Stolpern. Zum Glück war sie bereits so nah, dass Boone ihre Arme zu fassen bekam und verhindern konnte, dass sie hinfiel. „Boone, sie sind weggelaufen! Sie hatten das schon angedroht …“

„Jetzt atme erst mal durch“, forderte Boone sie in einem scheinbar gelassenen Tonfall auf, um sie zur Ruhe zu bringen. Aus dem Augenwinkel sah er, dass Scamp den aus dem Wasser geholten Stock zur Seite legte und schnuppernd am Ufer entlanglief.

Tara zitterte am ganzen Leib, ihr Gesicht war bleich. „Sie sind weg“, brachte sie nur wimmernd heraus. „Ich habe im Garten nach ihnen gesucht, hinter der Scheune, überall, aber …“

„Wann hast du sie denn zum letzten Mal gesehen?“, wollte er wissen und hielt weiterhin ihre Arme fest. Sie wirkte in diesem Moment so zart und empfindlich, dass er fürchtete, ein Windhauch könnte genügen, um sie davonzutreiben.

„Gestern Abend“, sagte sie. „Nachdem sie sich hingelegt hatten, bin ich noch einmal zu ihnen gegangen, um mit ihnen zu reden – sie hatten kurz zuvor ziemlich unerfreuliche Neuigkeiten gesagt bekommen. Aber da war schon eine Weile vergangen, und es schien so weit wieder alles in Ordnung zu sein. Und jetzt auf einmal ...“

„Irgendeine Ahnung, wohin sie unterwegs sein könnten?“, hakte Boone nach. In Parable County verschwanden Kinder nicht einfach so, so etwas passierte hier nicht. Aber es gab für alles ein erstes Mal.

Tara schüttelte den Kopf und kämpfte gegen ihre Tränen an. Dabei bemühte sie sich so sehr, die Fassung zu bewahren, dass es ihm fast das Herz brach.

„Wir werden sie finden“, sagte er. „Tara, das verspreche ich dir.“

Als sie ihn daraufhin ansah, war an ihren Augen abzulesen, was sie in ihrem Herzen fühlte: Sie liebte diese Mädchen.

Und sie liebte *ihn*. Wären die Umstände erfreulicher gewesen, hätte er wahrscheinlich auf der Stelle „Halleluja!“ gerufen.

In dem Moment bellte Scamp, nur einmal und sehr energisch, was Boone verwunderte. Er blinzelte in die aufgehende Sonne und war im Begriff, seinen Hund zu sich zurückzupfeifen. Dann würde er Tara zu sich in den Trailer bringen, ein paar Anrufe erledigen und sich mit seinen Deputys und Slade und Hutch auf die Suche nach den Zwillingen machen.

Ein paar Sekunden vergingen, dann endlich begriff Boone, dass das alte Ruderboot verschwunden war, das er schon seit Langem zusammen mit anderem Schrott hatte abholen lassen wollen. Scamp stand am morastigen Ufer und bellte erneut.

Boone nahm Taras Hand und lief los, wobei er seinen Augen noch immer nicht traute. Das Boot hatte schon als Wrack an

Land gelegen, als *er* selbst noch ein Kind gewesen war. Es war schlichtweg unmöglich, dass das Ding sich länger als ein paar Minuten über Wasser hielt.

Lucy gesellte sich zu ihnen, wohl auch von Scamps Gebell angelockt. Sie winselte beunruhigt.

Erschrocken hielt Tara seine Hand fester umklammert, als sie fragte: „Lag da nicht gestern noch ein Boot an Land?“

Angst erfasste Boone, als er seine Augen vor der Sonne abschirmte und den natürlichen Überlauf absuchte, an dem dieser schmale Seitenarm vom eigentlichen Fluss abzweigte. Er konnte weder die Zwillinge noch das Boot entdecken, und so unmöglich es auch erschien, musste es Erin und Elle dennoch irgendwie gelungen sein, das Wrack ins Wasser zu schieben und weit genug weg zu rudern, um zumindest von hier aus nicht mehr gesehen zu werden.

Er war überzeugt, dass sie in Richtung des Hauptwasserlaufs gerudert sein mussten, da der Seitenarm in der entgegengesetzten Richtung gut eine Viertelmeile weiter in einen Teich mündete. Er ließ Taras Hand los und rannte zum Überlauf.

15. KAPITEL

Tara lief hinter Boone her, und auch wenn sie ihn nicht einholen konnte, rannte sie dennoch schneller als jemals zuvor in ihrem Leben. Ihr Herz raste, und das Adrenalin jagte wie eine sofort wirkende Droge durch ihren Körper und machte es unmöglich, angesichts ihrer grenzenlosen Angst einen klaren Gedanken zu fassen.

Boone rannte an einer Biegung entlang, beide Hunde waren dicht hinter ihm, und Tara schaffte es entgegen aller Logik, sogar noch etwas schneller zu laufen, nur um nicht den Anschluss zu verlieren.

Ein Boot, das eindeutig nichts mehr auf dem Wasser zu suchen hatte, und darin ihre beiden Stieftöchter, die zwei kostbarsten Schätze, die es in Taras Leben gab! Es war diese Erkenntnis, die ihren Körper zu Höchstleistungen antrieb.

Plötzlich hörte sie einen leisen Schrei, der vom Wind zu ihr herübergetragen wurde. Vor Schreck wäre sie fast hingefallen, der felsige Boden unter ihren Füßen begann sich zu drehen. Doch Tara lief weiter und weiter, während sie immer wieder zwei Worte als Stoßgebet zum Himmel schickte, die ihr im rasenden Rhythmus ihres Herzschlags über die Lippen kamen: „Bitte nicht … bitte nicht … bitte nicht …“

Boone rief etwas Unverständliches, und als Tara ihn einholte, zog er bereits seine Stiefel aus. Das Ganze wirkte auf sie völlig surreal, so wie ein Albtraum, der sich am helllichten Tag abspielte.

Der Betonüberlauf erinnerte Tara an einen kleinen Damm, der aber immerhin fast vier Meter hoch sein musste. Das Wasser stürzte schäumend in die Tiefe, und unten, wo es auftraf und einen Wirbel bildete, klammerte sich Erin an den Überresten des uralten Ruderboots und an ihrer Schwester fest, die einen völlig kraftlosen Eindruck machte.

Vor Entsetzen stieß Tara einen gellenden Schrei aus.

Boone war bereits im Wasser und musste sich trotz all seiner Kraft gegen die starke Strömung des Wirbels behaupten und sich dabei einen Weg durch die Äste hindurch bahnen, die am Rand entlangtrieben.

Als er endlich das umgekippte Boot erreichte, schlang er einen Arm um Elle und zog sie fest an sich, dann schüttelte er den Kopf, weil ihm Wasser in die Augen gekommen war und er für einen Moment nichts sah. Mit der freien Hand bekam er Erin an der Schulter zu fassen und hielt sie fest.

Sekundenlang stand Tara wie erstarrt da, dann erwachte ihr Körper wieder zum Leben, und sie lief die Uferböschung runter.

„Nein, bleib, wo du bist!", brüllte Boone, um das laute Tosen des Wassers zu übertönen. „Mein Handy liegt da vorn auf dem Boden! Wähl den Notruf! Sofort!"

Etwas an seinem Tonfall durchdrang Taras einsetzende Hysterie und sprach den gelassenen Teil ihres Verstands an, der bis zu diesem Zeitpunkt völlig verdrängt worden war. Sie suchte im morastigen Gras, entdeckte sein Handy, klappte es auf und tippte die Notrufnummer ein.

Eine Frau namens Becky sagte ihr, sie solle warten, ein Rettungswagen sei unterwegs zu ihr. Tara klappte das Telefon zu, sank auf die Knie und sah, dass Boone mit Erin redete, doch seine Worte wurden vom Lärm des Flusses geschluckt. Erin nickte, ihre blonden Haare klebten durchnässt an ihrem Kopf. Als Boone sich umdrehte und sich Elle widmete, die sich zu regen begonnen hatte, ließ sie die Überreste des Ruderboots los. Nach einem kurzen Zögern schlang sie die Arme um Boones Hals und klammerte sich an ihm fest.

Langsam kehrte er mit den Mädchen in Richtung Ufer zurück, dabei sträubte sich Elle ein- oder zweimal gegen Boones Griff, vermutlich weil sie desorientiert und verängstigt war und nicht wusste, was um sie herum geschah. Boone hielt sie aber beharrlich fest und kämpfte sich Schritt für Schritt durch das tosende Wasser voran, das ihnen allen so schnell den Tod bringen konnte.

Tara war wieder auf den Beinen, als Boone sich mit der freien Hand an einer Baumwurzel am Ufer festhielt. Sie beugte sich vor, um nach Elle zu fassen.

„Sei vorsichtig“, warnte er sie heiser. „Ich glaube, sie hat sich ein paar Knochen gebrochen.“

Erneut gelang es Tara, ihre aufkeimende Panik in den Hintergrund zu drängen, um sich ganz darauf zu konzentrieren, ihre halb bewusstlose Stieftochter aus dem Wasser zu ziehen. Die Hunde hielten sich ganz in der Nähe auf und beobachteten das Geschehen, hin und wieder bellte einer von ihnen.

Dann stieg Boone zusammen mit Erin aus dem Wasser, gerade als aus der Ferne eine Sirene zu hören war. Tara kniete im Gras und drückte die zitternde Erin und die stöhnende Elle an sich, wodurch ihre Kleidung so durchnässt wurde, als hätte sie sich selbst ebenfalls ins Wasser gestürzt.

Boones Söhne, barfuß und immer noch im Schlafanzug, kamen zu ihnen gelaufen, offenbar von der durchdringenden Sirene des Rettungswagens aus dem Haus gelockt, der soeben ein Stück oberhalb von Taras und Boones Position am Ufer angehalten hatte. Zwei Rettungssanitäter – ein Mann und eine Frau, keinen von beiden hatte Tara zuvor schon einmal gesehen – stiegen aus und kamen mit ihrer Ausrüstung die Böschung heruntergelaufen.

Inzwischen hatte sich Boone aufgerichtet. Er stand da und atmete angestrengt durch, zwischendurch erklärte er den Sanitätern, was vorgefallen war, während diese Elle und Erin auf Verletzungen untersuchten.

„Dad?“, hörte Tara einen von Boones Söhnen mit zitternder Stimme fragen.

Boone ging zu den Jungs, ohne dabei den Blick von Tara abzuwenden.

Ein Dankeschön war bei Weitem nicht genug für das, was er geleistet hatte, doch darüber konnte sie sich später immer noch Gedanken machen. Jetzt musste Elle erst mal geröntgt werden, außerdem standen beide Mädchen unter Schock. Tara stützte Erin auf dem Weg die Böschung hinauf, dann stiegen sie in den Rettungswagen, wo Elle bereits auf der gesicherten Trage lag. Als die Türen geschlossen wurden, konnte Tara noch einen letzten Blick auf den völlig durchnässten Boone Taylor erhaschen, der Fletcher im Arm hielt, während Griffin sich ängstlich an seinem Bein festklammerte.

„Es tut weh“, murmelte Elle. „Es tut weh, es tut weh …“

„Ich weiß“, antwortete Tara leise, hielt Elles Hand fest und strich ihr die nassen Haare aus der Stirn. „Halt durch, mein Schatz. Du musst jetzt stark sein. In ein paar Minuten sind wir im Krankenhaus.“

Elle nickte, ihr Gesicht war gespenstisch blass. „Tut mir leid …“, begann sie, brach aber gleich wieder ab, da sie entweder eingeschlafen oder erneut bewusstlos geworden war.

Am liebsten hätte Tara sie angeschrien, sie solle wieder aufwachen. Doch natürlich tat sie das nicht. Sie sah zu Erin, die auf der anderen Seite der Trage saß und Tara ansah.

„Wird der Sheriff uns jetzt verhaften?“, fragte sie.

Tara reagierte mit einer Mischung aus Lachen und Schluchzen, als sie das hörte. „Nein, Honey“, versicherte sie dem Mädchen. „Niemand wird euch verhaften.“

Erins Gesichtsausdruck wirkte irgendwie fremdartig, konturlos – erst dann fiel Tara auf, dass ihre Stieftochter ihre Brille verloren hatte. „Wir hatten uns eine Karte im Internet angesehen“, erklärte sie und blickte Tara mit leicht zusammengekniffenen Augen an, um etwas besser sehen zu können. „Wir dachten, auf dem Fluss kommen wir schnell genug so weit weg, dass Dad uns nicht findet, wenn er herkommt und uns zu dieser Schule bringen will …“

Es kam Tara so vor, als hätte sich eine stählerne Hand um ihr Herz gelegt und begonnen, es langsam zu zerquetschen. Es war ein dummer Plan ohne echte Chance auf ein Gelingen, und abgesehen davon war es auch noch lebensgefährlich. Aber die Zwillinge waren auch erst zwölf, und sie mussten wirklich von Verzweiflung angetrieben worden sein.

Die folgende Stunde zog wie in Trance an Tara vorüber. Erin musste ihre nasse Kleidung ausziehen und wurde in wärmende Decken gehüllt. Elles Untersuchung ergab einen Bruch des linken Unterarms, der einen kleineren chirurgischen Eingriff und anschließend einen Gips erforderlich machte. Da sie wie ihre Schwester unter Schock stand, musste sie vor der Operation erst einmal stabilisiert werden. Sie wurde ebenfalls in Decken gehüllt und bekam ein leichtes Schmerzmittel verabreicht.

Als Boone eintraf, der inzwischen trockene Kleidung trug, aber immer noch feuchte Haare hatte, musste sich Tara zwingen sitzen zu bleiben, da sie ansonsten aufgesprungen und zu ihm gerannt wäre, um sich ihm an den Hals zu werfen.

„Die Jungs?“, fragte sie leise, als er das Zimmer betrat, in dem sie über ihre beiden Stieftöchter wachte.

„Sind im Büro bei Becky und Scamp“, erwiderte Boone. „Zusammen mit Lucy.“

Seine Worte waren wie Balsam für ihre Seele. Dieser Mann hatte nicht nur Elle und Erin gerettet und dabei sein eigenes Leben riskiert, er war auch noch so umsichtig, sich um das Wohl ihrer Hündin zu kümmern.

Ganz gleich aus welchem Grund er nach Corries Tod die beiden Jungs zu seiner Schwester gebracht hatte, Boone Taylor ähnelte James Lennox in keiner Weise.

„Danke“, sagte sie leise.

Er grinste sie erschöpft an und deutete einen Salut an. „War mir ein Vergnügen“, erwiderte er.

„Wohl kaum“, fand Tara.

Da Elle und Erin gut versorgt waren und sich nun auch noch eine gut gelaunte junge Krankenschwester um sie kümmerte, fand Tara, dass sie zumindest für eine Weile das Zimmer verlassen konnte.

Es wurde Zeit, James anzurufen, nicht nur weil er über den Unfall seiner beiden Töchter unterrichtet werden sollte, sondern auch weil er derjenige war, der sein Einverständnis erteilen musste, bevor Elle operiert werden konnte. Tara war dazu nicht befugt.

Sie und Boone gingen nach draußen in den Korridor. Die Klinik war für eine Kleinstadt wie Parable außergewöhnlich gut ausgestattet. Lediglich bei wirklich schweren Verletzungen wie im Fall von Dawson McCullough mussten die Patienten nach Missoula, Boise oder sogar Seattle gebracht werden.

Dass Elle hier behandelt werden konnte, nahm Tara mit Erleichterung auf, weil es bedeutete, dass es keine Komplikationen geben würde.

In dem verwaisten Korridor blieb Boone stehen und fasste sie an den Schultern, damit er sie zu sich drehen und ihr in die Augen schauen konnte. „Wie geht's dir eigentlich?", fragte er. „Ist mit dir alles in Ordnung, Tara?"

„Ja, mir geht's gut", antwortete sie und verspürte den dringenden Wunsch, ihn zu küssen und sich dann in seine Arme sinken zu lassen. „Ich bin dir unendlich dankbar, Sheriff Boone Taylor."

Sein tiefes Lachen wirkte angenehm besänftigend. „Dann ist das jetzt die Stelle, an der ich erwidern muss: ‚Aber das war doch gar nichts, Ma'am.'"

„Das war ganz sicher nicht ‚gar nichts', Boone", widersprach sie. „Ohne dich hätte ich die Mädchen niemals rechtzeitig gefunden, ganz zu schweigen davon, dass ich nicht in der Lage gewesen wäre, sie aus dem Wasser zu retten."

Es war Boone anzusehen, dass er sich in der Rolle des Helden gar nicht gefiel. Wahrscheinlich sah er die Sache so, dass jeder andere an seiner Stelle genauso gehandelt hätte. Es war zu einer Krisensituation gekommen, und er hatte sie gemeistert.

„Ich rufe jetzt besser mal den Vater der beiden an", sagte sie seufzend. „Das wird ihm gar nicht gefallen. Erst recht nicht, wenn er dahinterkommt, dass sie ihren Plan vorher auch noch im Internet bekannt gemacht haben. Viele Schulen achten auf solche Dinge, vor allem bei Neuanmeldungen. Wenn eine Schule feststellt, dass ein zukünftiger Schüler schon mal abgehauen ist, sinken die Chancen drastisch, dass er noch genommen wird."

„Ich könnte ihn für dich anrufen", bot Boone an. „Dann machen wir daraus einen amtlichen Anruf."

Tara überlegte einen Moment lang, doch dann schüttelte sie den Kopf. Das hier fiel in ihre Verantwortung, damit hatte Boone nichts zu tun.

Allerdings hatte sie ihr Handy zu Hause liegen lassen, da sie in Panik zu Boone gelaufen war. Wenigstens hatte sie sich nach dem Aufstehen noch angezogen, sonst wäre sie wahrscheinlich immer noch im Schlafanzug unterwegs.

„Kannst du mir dein Telefon ausleihen?", fragte sie.

Boone nickte und gab ihr sein Handy, mit dem sie nach draußen ging und sich auf die Mauer eines Blumenbeets setzte. Dann bemühte sie ihr Gedächtnis, um James' Telefonnummer hervorzukramen – aber Büro, Festnetz und auch Handy wollten ihr beim besten Willen nicht einfallen, was natürlich auch daran lag, dass es für sie kaum noch einen Grund gab, ihren Exmann anzurufen.

Letztlich blieb ihr nichts anderes übrig, als die Auskunft anzurufen und sich zu James' Büro durchstellen zu lassen. Eine Assistentin meldete sich, Tara erklärte, wer sie war und was sich abgespielt hatte, dann bat sie, zu James durchgestellt zu werden.

Dr. Lennox, informierte die Assistentin sie in frostigem Tonfall, war bereits auf dem Weg nach Montana, um seine Kinder „einzusammeln". Dann wollte sie noch wissen, ob er die richtigen Kontaktdaten hatte.

James war auf dem Weg hierher. Verdammt.

Wenn er in Parable ankam, würde die Hölle los sein. Sobald er wusste, was geschehen war, würde er seine Wut an Tara auslassen und ihr Verantwortungslosigkeit vorwerfen. Es war damit zu rechnen, dass er ihr jeden weiteren Kontakt zu den Mädchen untersagte, sobald sie wieder reisen durften. Da er selbst Arzt war, konnte er vermutlich dafür sorgen, dass sie eher transportfähig geschrieben wurden.

Er würde ihr Elle und Erin für alle Zeit wegnehmen, und sie dürfte sich überglücklich schätzen, falls sie die beiden überhaupt noch einmal zu sehen bekam, bevor sie achtzehn wurden und ihre eigenen Entscheidungen treffen durften.

Bis dahin waren es noch *sechs Jahre*, in denen möglicherweise ihr Verstand so vergiftet wurde, dass sie nichts mehr mit Tara zu tun haben wollten. Aber vielleicht hatten sie bis dahin auch einfach nur das Interesse an ihrer einstigen Stiefmutter verloren, da ein großer Freundeskreis ihre Freizeit beanspruchte, sie das College und ihre spätere Karriere planen mussten und sich mit gut aussehenden Kerlen verabreden wollten.

Tara legte das Handy auf ihren Schoß, stützte die Ellbogen auf ihre immer noch ein wenig feuchte und ziemlich schmutzige Jeans und hielt sich die Hände vors Gesicht.

Einige Stunden später betraten Boone und seine Jungs die Veranda von Taras Haus. Griffin und Fletcher hielten Ballons und Blumensträuße aus dem Supermarkt in den Händen. Ihre Gesichter waren geschrubbt, die Haare ordentlich gekämmt, und sie trugen saubere Kleidung – und das alles ohne Hilfe von Opal, wie Boone mit ein wenig Selbstironie feststellte.

Eine abgekämpft wirkende Tara öffnete ihnen und sah dabei so wunderschön aus, dass Boone sich fragte, ob er wohl schon immer in sie verliebt gewesen war, lange bevor sie sich kennengelernt hatten und sogar noch bevor er Corrie begegnet war.

„Hallo“, sagte sie und lächelte die Jungs an.

„Können wir zu Elle und Erin?“, fragte Griffin ernst. Boones Telefonistin Becky zufolge waren die Zwillinge schon kurz nach Elles kleinem Eingriff aus der Klinik entlassen worden.

Etwas zu spät wurde Boone klar, dass er darauf hätte bestehen sollen, diesen Besuch auf morgen zu verschieben, anstatt sich von Griffin und Fletcher dazu überreden zu lassen, sofort zu Tara zu gehen. Doch da die Jungs die Rettungsaktion um die Zwillinge zum Teil hautnah miterlebt hatten, waren sie den ganzen Tag so aufgedreht, dass sie sich nicht auf die Aktivitäten im Gemeindezentrum hatten konzentrieren können. Als Boone sie abgeholt hatte, war er von ihnen mit Fragen überhäuft worden.

Auf ihr Drängen hin hatte er unterwegs die Blumen und die

Ballons gekauft, und kaum waren sie zu Hause angekommen, hatten die Jungs ihn regelrecht zu Taras Farm getrieben.

„Wenn die beiden sich gerade ausruhen, können wir gern später noch mal kommen“, schlug Boone ein wenig verlegen vor und spürte, wie sein Hals rot anlief.

Taras Lächeln war mindestens so wunderschön wie ein Sonnenaufgang in Montana. Sie schüttelte den Kopf und öffnete die Fliegengittertür. „Die beiden werden sich über Besuch freuen“, erwiderte sie. „Kommt alle rein.“

Lucy ihrerseits ließ eine Spur mehr Interesse als sonst am beharrlichen Scamp erkennen, dem dieses Kompliment unbändige Freude bereitete.

„Die Mädchen sind im Wohnzimmer und sehen fern“, sagte Tara, woraufhin die Jungs mit ihren Blumen und Ballons durch den Flur rannten. Die Hunde ließen sich von der guten Stimmung anstecken und bellten freudig, während sie den Kindern ins Wohnzimmer folgten.

„Komm doch rein“, wiederholte Tara an Boone gewandt, der noch vor der Tür stand.

Er musste an das letzte Mal denken, als er dieses Haus betreten hatte. Sollte das tatsächlich erst gestern gewesen sein? Die Erinnerung an Taras berauschende Küsse, an ihren Duft, an die Hitze ihres Körpers überfiel ihn und veranlasste ihn, rasch den Hut abzunehmen und vor seinen Schritt zu halten, damit sie nicht auf seine körperliche Reaktion auf diese Gedanken aufmerksam wurde. Er war Tara mit Haut und Haar verfallen, daran gab es keinen Zweifel. Aber sie mussten noch über viele Dinge reden, da etwas so Wichtiges nicht überstürzt werden durfte. Dennoch musste er sich mit aller Macht daran hindern, ihr jetzt und hier einen Heiratsantrag zu machen.

„Dein Ex ist noch nicht aufgetaucht?“, fragte er und folgte ihr bis in die Küche, das Herzstück des alten Hauses.

Die vier Kinder hielten sich im Wohnzimmer auf und redeten alle gleichzeitig, was die Hunde mit gelegentlichem Bellen ergänzten. Diese Geräuschkulisse war für Boone etwas, das man genießen musste, denn Lärm von Kindern und Hunden war für ihn das, was das Leben ausmachte.

„Nein, aber er wird jeden Augenblick hier sein.“

„Hast du einen Plan?“

Leicht zitternd sank sie auf einen Stuhl am Esstisch, als hätte sie mit einem Mal weiche Knie bekommen. Ob sie diesen seltsamen Arzt wohl immer noch liebt? fragte sich Boone. *Oder hat sie vielleicht Angst vor ihm?*

Er nahm ihr gegenüber Platz und wartete geduldig ab, bis sie sich in der Lage fühlte weiterzureden.

Wieder schüttelte sie den Kopf, so wie zuvor an der Haustür, als Boone vorgeschlagen hatte, lieber später wieder herzukommen. Als er jetzt ihr Gesicht sah, war er froh, dass er nicht weggegangen war.

„Einen Plan habe ich nicht“, antwortete sie nach einer Weile. „James hat angerufen, nachdem seine Maschine gelandet ist, und ich habe ihm erzählt, was passiert ist.“ Sie hielt inne und sah nervös zur Tür. „Weißt du, was er gesagt hat?“

Ihm war klar, dass sie das nur als rhetorische Frage gemeint hatte, da er unmöglich auch nur eine Ahnung haben konnte, was Dr. James Lennox zu ihr gesagt hatte. Also sah er Tara nur weiter schweigend an.

Tränen stiegen ihr in die Augen, aber ihr war anzumerken, dass Wut und Trotz der Grund für diese Tränen waren. „Er hat gesagt“, flüsterte sie, „dass alles auf einmal den Bach runtergeht. Es gibt irgendein Problem mit dem ganzjährigen Internat, das er für die Zwillinge ausgesucht hatte, und er kann auch kein neues Kindermädchen finden. Wie es aussieht, genießen Elle und Erin in diesen Kreisen keinen besonders guten Ruf. Jetzt muss er in aller Eile eine andere Lösung finden, und das alles ist nur meine Schuld.“

Boone fluchte leise. „*Das* ist seine größte Sorge?“, brachte er ungläubig heraus. „Dass *sein* Leben durcheinandergebracht wird, weil er seine Kinder nach Hause bringen will und ein Kindermädchen suchen muss?“

Tara nickte und wischte sich mit dem Handrücken über ihre Augen. „Er hat nicht mal gefragt, wie es ihnen geht. Es hat ihn nicht gekümmert, ob sie Angst oder Schmerzen hatten, und es hat ihn auch nicht interessiert, dass die beiden um ein Haar ertrunken wären. Stattdessen hat er mich angebrüllt, dass er sie besser nie in diese ‚gottverlassene Wildnis' hätte reisen lassen sollen, wobei er natürlich völlig vergessen hat, dass das Ganze ursprünglich seine Idee war."

„Klingt nach einem aufbrausenden Temperament", sagte Boone verhalten, da er wusste, dass er sich mit seiner nächsten Frage auf ziemlich dünnes Eis begab. „Neigt er zur Gewalt? Würde er dir oder den Mädchen etwas antun?"

„Nein, er ist kein Monster, Boone", erwiderte sie, jedoch ohne den Anschein zu erwecken, dass sie ihn verteidigen wollte. „Er ist nur ein egoistischer und absolut rücksichtsloser Vollidiot."

Erleichtert grinste Boone sie an. „Nur weiter so", zog er sie augenzwinkernd auf. „Sag, was du wirklich denkst."

Ein schwaches Lächeln umspielte ihre Mundwinkel, während sie sich durch die Haare fuhr, die auf eine sehr anziehende Weise zerzaust waren. „Es gab einmal eine Zeit, da habe ich das Gleiche über dich gedacht."

„Und jetzt?", fragte er zögerlich.

„Jetzt liebe ich dich", kam die verblüffende Antwort.

Boone wurde ein wenig schwindlig zumute, er zwinkerte und zog an seinem Ohrläppchen, da er sich nicht sicher war, ob er seinen Ohren wirklich trauen konnte. „Hast du gerade gesagt ...?"

Von Herzen lachend bestätigte sie: „Ja, ich habe gerade gesagt, dass ich dich liebe."

„Seit wann?" Er musste an all die Gelegenheiten denken, als sie ihm den Zustand seines Grundstücks und des Trailers vorgehalten und ihn darauf aufmerksam gemacht hatte, dass er als eine in der Öffentlichkeit stehende Person doch für andere Hauseigentümer mit gutem Beispiel vorangehen sollte.

„So genau weiß ich das nicht", antwortete sie. „Aber was heute

Morgen passiert ist, hat alle meine Zweifel und Bedenken weggewischt."

Boone setzte zum Reden an, brach ab und begann nach kurzer Pause noch einmal. „Nach Corries Tod hatte ich nicht damit gerechnet, je wieder eine Frau zu lieben. Aber ich glaube, ich liebe dich, Tara Kendall, mit all deinen Hühnern und allem Drum und Dran."

Ihre Augen leuchteten auf. Leider war offensichtlich, dass sie auf Sex aus feierlichem Anlass noch würden warten müssen, sonst hätten sie sich gleich jetzt und hier in der Küche ihrer Leidenschaft hingegeben.

„Ich muss dir allerdings ein Geständnis machen", sagte sie nach kurzem, intensivem Schweigen, das Millionen Nervenenden gleich unter Boones Haut brennen ließ.

„Was denn?", fragte er, obwohl er sich nicht sicher war, dass er die Antwort hören wollte.

„Ich bin keine echte Hühnerfarmerin", verriet sie ihm. „Ich habe noch nie ein Huhn geschlachtet. Meine Tiere sterben höchstens an Altersschwäche."

Boone brauchte ein paar Sekunden, um zu begreifen, was sie ihm da anvertraut hatte. Dann musste er schallend lachen, was ihm verdammt guttat, weil es ihn von der Anspannung in Nacken und Schultern befreite.

„Als du mich gefragt hast, ob ich ein paar Hühner für Opals Spendensammlung beisteuere, bin ich in Panik geraten, weil ich nicht wusste, was ich tun sollte."

„Ich schätze, davon habe ich nicht viel mitbekommen", gab er mit schelmischem Grinsen zurück. „Nachdem du dich auf mich gestürzt hast, war ich mit den Gedanken ganz woanders."

Sie errötete und gab ihm einen Klaps auf den Arm.

Draußen begannen die Hühner auf einmal aufgeregt zu gackern, und augenblicklich war Taras Miene wie versteinert. „Er ist da", sagte sie und sprang auf.

„Ganz ruhig", beruhigte Boone sie und nahm sie in den Arm. „Das erledigen wir beide gemeinsam."

Er spürte ihre Erleichterung über seine Worte, da ihre Anspannung ein wenig nachließ. Sie löste sich aus seiner Umarmung, hob das Kinn und straffte die Schultern. „Dann wollen wir mal", erklärte sie.

Den ganzen Tag über hatte Tara mit Bangen auf James' Ankunft gewartet, aber jetzt, wo Boone ihr Rückhalt gab, fühlte sie sich gleich deutlich sicherer.

Angewidert verzog James das Gesicht, als sich die Hühner um seinen Leihwagen drängten und forschend in die Reifen pickten, nachdem er zum Stehen gekommen war. Er öffnete das Seitenfenster und rief Tara zu: „Sind diese Viecher gefährlich?"

Sie stand auf der Veranda und musste sich einen Lacher verkneifen. Boone war direkt hinter ihr, wie eine schützende Mauer, und schwieg.

„Nein", erwiderte sie. „Das sind bloß *Hühner*!"

Skeptisch öffnete James die Wagentür und setzte vorsichtig einen Fuß nach dem anderen auf den Boden. Tara hatte ihren Exmann immer für einen gut aussehenden Mann gehalten, doch neben Boone Taylor verblasste er zur Bedeutungslosigkeit.

Wäre *dieser Mann* in das tosende Wasser gesprungen, um seine Töchter zu retten?

Vermutlich ja, weil er ihr Vater war und wohl kaum tatenlos zugesehen hätte, wie seine Kinder ertranken. Dennoch konnte sie sich das beim besten Willen nicht vorstellen, während sie andererseits nie vergessen würde, wie Boone um das Leben von Elle und Erin gekämpft hatte.

Dass die Zwillinge den Wortwechsel mit angehört hatten, überraschte Tara nicht, die einen Blick über die Schulter warf, gerade als die beiden zu ihnen auf die Veranda kamen. Elles linker Arm war in einen strahlend weißen Gips gehüllt, darauf standen die Unterschriften von Erin und Griffin sowie ein Smiley, der höchstwahrscheinlich Fletchers Werk war.

„Wir wollen nicht mit dir nach Hause fahren", erklärte Elle mutig.

Erin, die Schulter an Schulter neben ihr stand, nickte bestätigend.

„Tja“, gab James zurück und blieb nach wie vor auf Abstand. „Mit Briarwood habt ihr es euch ja schon verdorben. Da will man euch nicht haben.“

„Gut so“, sagte Elle. „Erin und ich wollen nämlich hier bei Tara bleiben.“

James sah lange genug zu Boone, um ihn von Kopf bis Fuß zu mustern, dann schaute er wieder Tara an, stieß einen langen, erschöpften Seufzer aus und schob mit der Schuhspitze vorsichtig die Hühner zur Seite, die ihm im Weg standen. Auf seinen auf Hochglanz polierten Schuhen lag bereits eine dünne Staubschicht. „Es war ein verdammt langer Tag“, sagte er und bezog sich damit zweifellos auf die anstrengende Reise nach Parable und nicht auf das, was die Mädchen durchgemacht hatten. „Ich habe mir in der Stadt ein Hotelzimmer genommen. Können wir morgen über das Ganze reden?“

Seine Worte ließen in Tara einen Hauch von Hoffnung aufkeimen.

„Das klingt gut“, sagte sie. James hatte nicht einen einzigen Schritt auf seine Töchter zugemacht, keine Umarmungen, keine Küsse, keine Freudentränen, dass sie wohlauf waren.

Oh ja, für *ihn* war es ein verdammt langer Tag gewesen.

Er war bereits im Begriff, in seinen Mietwagen einzusteigen, da schien ihm selbst aufzufallen, dass er etwas vergessen hatte. „Euch geht’s gut?“, fragte er, als hätten sie sich allenfalls den Magen verdorben.

„Ja“, antworteten die Zwillinge genauso kurz und knapp.

James stieg ein und wendete langsam, woraufhin die Hühner in alle Richtungen davonliefen, dann gab er Gas und zog eine Staubwolke hinter sich her, während er zur Landstraße zurückfuhr.

Elle und Erin gingen wieder ins Haus, als würde sie das alles nicht betreffen.

Griffin, Fletcher und die Hunde, die ihnen auf die Veranda gefolgt waren, kehrten ebenfalls nach drinnen zurück.

Damit hielten sich draußen nur noch Tara, Boone und die Hühner auf.

Boone drehte sich zu Tara um und legte eine Hand sanft an ihr Kinn, damit er ihren Kopf leicht nach hinten drücken konnte, um sie zu küssen. „Es wird alles gut ausgehen", sagte er.

Dieser Mann, dachte sie, ist so stark und unverrückbar wie die Berge, die Parable zu allen Seiten umgeben und die diese kleine Gemeinde vor allen Unwettern und Missgeschicken schützen.

„Ich glaube, du hast recht", murmelte sie. Augenzwinkernd fügte sie hinzu: „Natürlich nicht grundsätzlich, aber diesmal schon."

„Natürlich nicht", wiederholte Boone und gab ihr einen Kuss auf die Stirn. „Tara, ich laufe dir nicht weg. Wenn du mich brauchst, bin ich für dich da."

Sie wusste, er würde wirklich für sie da sein, genauso wie für Griffin und Fletcher und alle Kinder, die sie noch zusammen bekommen würden.

„Das wird eine Weile dauern", sagte sie.

„Ja, ich weiß. Es ist noch vieles zu klären."

Ein paar Minuten später sammelte Boone seine Jungs und Scamp ein und ließ sie alle in den Streifenwagen einsteigen, dessen Gegenwart James bei seinem Kurzbesuch sichtlich irritiert hatte.

Nachdem er abgefahren war, stand Tara noch minutenlang auf der Veranda und ließ ihre Liebe zu ihm auf sich wirken, aber auch ihre Liebe zu seinen Jungs, ihren Stieftöchtern und den beiden Hunden. So widersinnig es auch erschien, verspürte sie im gleichen Maß Trauer, weil James vermutlich darauf bestehen würde, die Mädchen mitzunehmen. Ihr Fehlen würde eine tiefe Wunde in ihre Seele schlagen, und sie wusste nicht, ob sie sich davon jemals erholen könnte.

Zurück im Haus fand sie die Mädchen zusammen mit Lucy im Wohnzimmer. Der Fernseher war glücklicherweise ausgeschaltet, Elle wirkte zermürbt, da sie müde war und die Wirkung des Schmerzmittels vermutlich nachließ.

„Lässt Dad uns hier bei dir?“, fragte Erin mit leiser, bebender Stimme. Sie trug ihre Ersatzbrille, ein älteres Modell, das ein wenig schief auf ihrer Nase saß.

„Das weiß ich nicht“, gab Tara zu, weil sie es für wichtig hielt, den Kindern nichts vorzumachen. Sie ließ sich in den Sessel sinken, seufzte und warf beiden Mädchen einen strengen Blick zu. „Ihr habt euch heute wirklich etwas sehr Dummes geleistet“, fuhr sie fort. „Ihr könntet jetzt tot sein! Wenn ihr so etwas noch einmal macht, dann werde ich … ich …“

Was denn? Die Zwillinge waren doch schon so gut wie auf dem Heimweg. In ein oder zwei Tagen würden sie wieder aus ihrem Leben verschwinden, möglicherweise für immer. Und per E-Mail oder SMS konnte sie ihnen kaum Stubenarrest aufbrummen.

„… dann werde ich sehr enttäuscht sein“, führte sie den Satz schließlich zu Ende. „Ich habe euch beide nämlich verdammt lieb.“

„Aber Daddy hat das Sagen“, gab Erin betrübt zurück.

„Ja“, antwortete Tara. „Er sagt, was gemacht wird, und wir müssen das akzeptieren.“

Elle schob trotzig die Unterlippe vor. „Ich wünschte, wir wären auf dem Fluss weitergekommen. Dann wären wir jetzt mindestens in Idaho, vielleicht sogar schon in Oregon.“

Tara musste ein Lächeln ebenso unterdrücken wie die Tränen, die ihr in die Augen steigen wollten.

„Muss ich euch schon wieder erklären, wie gefährlich es ist, einfach wegzulaufen?“, fragte sie energisch, aber auch liebevoll. „Ihr wisst nie, wem ihr unterwegs begegnet, und da draußen tummeln sich einige wirklich üble Typen, schon vergessen?“

Anstatt mit ihr zu diskutieren, standen Elle und Erin auf und setzten sich zu beiden Seiten zu Tara auf den Sessel, um sich an sie zu schmiegen.

Nacheinander gab sie den Zwillingen einen Kuss auf die Schläfe.

„Wie wäre es mit Abendessen?“, fragte Tara.

„Du magst Boone Taylor, nicht wahr?“, erwiderte Elle ohne Bezug auf Taras Frage. „Das haben wir doch gleich gesagt.“

„Ja“, seufzte sie resignierend. „Ich mag ihn wirklich.“

„Er ist ziemlich stark“, warf Erin ein und sah Tara spitzbübisch an.

„Und mutig“, ergänzte ihre Schwester.

„Griffin und Fletcher können froh sein, dass sie so einen Dad haben“, meinte Erin.

Tara nickte nur, da sie einen Kloß im Hals hatte und keinen Ton herausbringen konnte.

Die ganze Sache ging ihn eigentlich nichts an, entschied Boone, doch das Wissen, dass James und Tara in diesem Moment im Butter Biscuit Café saßen und miteinander redeten, bereitete ihm Unbehagen.

Als würde das nicht genügen, lungerte Treat McQuillan auch noch im Büro herum und prahlte damit, was sich von nun an in der Stadt alles ändern würde, nachdem er jetzt das Sagen hatte.

Boone ließ ihn reden, da seine Hauptsorge allein Tara und dem Treffen mit ihrem Exmann galt. Wenn der Kerl auch nur einen Funken Anstand im Leib hatte, würde er seine Töchter von Tara großziehen lassen, da er ja ganz eindeutig an *dem* Job keinerlei Interesse hatte. Das Problem war, dass er Lennox nicht für einen Mann hielt, der wusste, was Anstand bedeutete.

Aber wenn der gute Dr. Lennox tatsächlich so selbstsüchtig war, wie er erschien, dann sah er vielleicht ein, dass es für ihn nur von Vorteil war, wenn er die Zwillinge in Taras Obhut ließ. So könnte er tun und lassen, was er wollte, ohne sich um seine Töchter kümmern zu müssen. Die Sache hatte nur einen Haken: Tara hatte Lennox in seinem männlichen Stolz verletzt, und ihm war es jetzt ein Vergnügen, jeden ihrer Pläne zu durchkreuzen, nur um sie zu ärgern.

„Hörst du mir überhaupt zu?“, fragte der ehemalige Deputy McQuillan und machte einen Schritt auf Boone zu.

„Ehrlich gesagt“, antwortete Boone nach einer kurzen Pause, „höre ich dir nicht zu. Das meiste, was du von dir gibst, geht zum einen Ohr rein und zum anderen wieder raus. Fällt dir das jetzt erst auf?“

„Ich habe ein Recht darauf, respektiert zu werden!“, blaffte McQuillan, dessen Wangen vor Wut rot angelaufen waren.

„Da bin ich wohl anderer Meinung als du“, konterte Boone gelassen. „Respekt *verdient* man sich, aber niemand – und damit meine ich wirklich niemand – hat ein *Recht* darauf, respektiert zu werden. Auch du nicht.“

Treat sah ihn verdutzt an, dann machte er auf dem Absatz kehrt und stürmte wutentbrannt nach draußen. Dabei schmiss er die Eingangstür mit so viel Schwung zu, dass Becky und der Hund bei dem Knall zusammenzuckten.

„Na, das lief aber gut“, kommentierte Becky mit honigsüßer Stimme.

„Wird es nicht Zeit für Ihre Kaffeepause?“, gab Boone zurück.

Mit einer dramatischen Geste sah sie auf ihre altmodische Armbanduhr, die sie vermutlich schon seit ihrem zwölften Lebensjahr trug. „Ja, tatsächlich“, säuselte sie, stand auf, griff nach ihrer Handtasche und schlenderte zur Tür. „Bis später“, rief sie und ging nach draußen.

Boone grummelte etwas vor sich hin, dann wanderte sein Blick zu den leeren Arrestzellen auf der gegenüberliegenden Seite des Büros. Mit McQuillan an der Spitze der Polizei waren sie bis Mitternacht wahrscheinlich schon überbelegt, da er sicher den einen oder anderen Seniorenheimbewohner dabei erwischen würde, wie er im Supermarkt eine Banane mitgehen ließ, oder ein paar Pfadfinder, die es gewagt hatten, die einzige Ampel der ganzen Stadt bei Rot zu überqueren.

Scamp sah zu ihm, winselte mitfühlend und wedelte mit dem Schwanz.

In dem Moment wurde die Tür geöffnet. Boone rechnete damit, dass McQuillan zurückgekommen war, weil ihm noch etwas Idiotisches eingefallen war. Oder Bürgermeister Hale wollte zum wiederholten Mal darauf bestehen, dass Hutch Carmody in Haft genommen wurde.

Aber es war Tara, die auf einmal mit strahlender Miene vor ihm stand und mit einem Blatt Papier herumfuchtelte, bei dem es sich um irgendein Dokument zu handeln schien.

„James lässt die Mädchen hier bei mir – sie dürfen für immer bleiben!“, jubelte sie. „Maggie Landers war zufällig auch im Café, sie hat eine vorläufige Sorgerechtserklärung aufgesetzt, und er hat unterschrieben!“

Wenn Tara glücklich war, dann war er auch glücklich. Er ging zu ihr und hob sie hoch, um sich mit ihr im Kreis zu drehen. „Wie hast du das denn geschafft?“, wollte er wissen, als er sie wieder abgesetzt hatte.

„Ich hatte recht, was die Schule angeht. Man will Elle und Erin dort nicht haben, weil sie im Internet ihre Flucht angekündigt hatten. Nun haben sie Angst, sie könnten so etwas noch mal machen.“ Nach einer kurzen Pause sagte sie: „Allerdings haben sie damit vermutlich sogar recht. Leider.“

„Aber wichtig ist doch nur, dass die Zwillinge hier bei dir in Parable bleiben dürfen“, hielt Boone dagegen.

Tara nickte glücklich. „Für immer“, sagte sie und vergoss eine Träne.

Als Boone sie küsste, schmiegte sie sich ganz eng an ihn. „Weißt du“, flüsterte sie ihm zu, „ich hatte noch nie Sex in einer Arrestzelle.“

„Das ist auch gut so“, gab er lachend zurück. „Nicht, dass ich den Spielverderber spielen möchte, aber heute wirst du auch nicht dein erstes Mal in einer Arrestzelle erleben.“

Sie zog einen Schmollmund. „Magst du mich denn nicht?“

„Mehr, als du dir vorstellen kannst“, antwortete er heiser. „Aber das wird noch warten müssen.“

Wie lange, konnte niemand sagen. Immerhin hatten sie sich darauf geeinigt, sich nicht zu lieben, wenn die Kinder im Haus waren, was praktisch rund um die Uhr der Fall war. Also würden sie sich wohl bis nach ihrer Heirat gedulden müssen. Außerdem bevorzugte Boone Sex in einem Bett, auch wenn eine Wiese oder der Rücksitz eines Autos durchaus reizvolle Alternativen darstellten – solange es sich nicht um seinen Streifenwagen handelte.

„Ruhig und gelassen werden wir das angehen, Lady", sagte er und gab Tara einen Kuss auf die Nasenspitze.

Tara sah ihn mit leuchtenden Augen an, schlang die Arme um seinen Hals und rieb ihre Hüften an seinen. Diesmal würde ihm kein Hut dabei helfen, seine Erregung zu vertuschen.

„Ja, so gefällt mir das", hauchte sie ihm ins Ohr, während ihr Duft ihn einhüllte und berauschte. „Ruhig und gelassen."

„Dann bin ich dein Mann", ließ er sie wissen.

Sie lächelte und küsste ihn voller Leidenschaft. „Merk dir das gut", erwiderte sie, „mindestens für die nächsten fünfzig Jahre."

EPILOG

Der Abend des Konzerts

Am darauffolgenden Samstag drehte Boone erst noch einige Runden durch die Stadt, ehe er für den Rest des Abends seine Dienstmarke und den Streifenwagen Slade Barlow überließ. Er hätte schwören können, dass ein Pulsieren in der Luft lag, ein vorauseilendes, basslastiges Echo der Musik, zu der Casey erst gegen neun auf der Bühne singen würde, wenn das Benefizkonzert begonnen hatte. Vermutlich war es einfach nur Begeisterung und Vorfreude. Parable füllte sich allmählich mit Besuchern von außerhalb, darunter auch Reporterteams von verschiedenen Sendern. Die Geschäfte und Lokale verzeichneten außerordentlich gute Umsätze.

Als er mit Scamp auf dem Beifahrersitz auf den Parkplatz vor dem Gerichtsgebäude einbog, traf er auf Treat McQuillan, der vorläufig in einem Streifenwagen seinen Dienst verrichtete, der so aussah, als hätte man ihn aus noch verwendbaren Teilen vom Schrottplatz zusammengeschweißt.

Boone hielt seinen Wagen neben dem anderen Fahrzeug an und nickte McQuillan zu. Der machte einen so aufgebrachten Eindruck, dass Boone die Augen verdrehte und leise seufzend sein Fenster runterkurbelte.

„Du kannst Hutch Carmody unmöglich zum Deputy ernennen!“, platzte der neue Polizeichef so entrüstet heraus, dass ihm die Augen fast aus dem Kopf quollen. Sein überschäumendes Temperament musste eine Belastung für sein Herz und seine Adern sein, und es würde Boone nicht wundern, wenn der Körper das eines Tages nicht mehr mitmachte. „Er hat eine Straftat begangen!“

Genau genommen hatte Boone seinen alten Freund gar nicht zum Deputy gemacht, aber als er den glänzenden Truck auf dem Parkplatz entdeckte, kam ihm der Verdacht, dass Hutch sich kurz entschlossen selbst diesen Posten gegeben hatte.

Boone hatte nichts dagegen einzuwenden, und er befürwortete es sogar, wenn er McQuillan damit so in Rage versetzen konnte.

„Hutch ist kein Straftäter", gab er gelassen zurück. Zumindest war er kein verurteilter Straftäter.

„Ich warne dich, Boone, ich nehme diese Kerle fest. Der Wasserturm war ein historisches Wahrzeichen."

„Er war eine Todesfalle", konterte Boone und schloss das Fenster. Für ihn war die Unterhaltung beendet.

McQuillan fuhr los, der Auspuff seines Wagens röhrte laut, sobald er Gas gab. Wahrscheinlich hatte er vor, bei der Chorprobe in der Kirche hereinzuplatzen und alle Anwesenden festzunehmen, weil sie gegen irgendein Versammlungsverbot verstoßen hatten.

Kopfschüttelnd stellte Boone seinen Wagen auf seinem Stammplatz ab, löste den Gurt und stieg aus, gefolgt von Scamp. Der war inzwischen allgemein als der Hunde-Deputy bekannt, da er die meiste Zeit des Tages damit zubrachte, auf dem Beifahrersitz mitzufahren oder im Büro neben Boones Schreibtisch zu liegen.

Auf dem Weg durchs Gerichtsgebäude sah er, dass die Tür zu seinem Büro offen stand. Als er eintrat, fiel sein Blick sofort auf Slade, der versuchte, aus der neuen Kaffeemaschine schlau zu werden. Becky hatte das Ding auf einem Verkaufssender gesehen und bestellt und dann erwartet, das Geld dafür aus der County-Kasse erstattet zu bekommen. Letztlich hatte Boone ihr den Betrag aus der eigenen Tasche gezahlt.

„Grüß dich", sagte Slade auf seine übliche lässige Art. „Kommt mir irgendwie seltsam vor, wieder hier zu sein."

Boone nickte nur und drehte sich zu Beckys Schreibtisch um. Dort hatte Hutch Platz genommen und die Füße auf den Tisch gelegt. Durch seine Cowboystiefel wirkte das Ganze wie ein Szene aus dem Film *Rio Bravo*.

„Fühlt euch nur alle wie zu Hause", kommentierte Boone ironisch.

„Tun wir ja“, erwiderte Hutch grinsend, lehnte sich auf seinem Stuhl zurück und verschränkte die Hände hinter dem Kopf. „Ein echter Knochenjob“, stichelte er gut gelaunt.

„Im Gegensatz zu dem, was du sonst so machst“, spielte Boone ihm den Ball gleich wieder zu, „ist das hier bestimmt sehr, sehr anstrengend und zermürbend.“

Auch wenn Hutch normalerweise den ganzen Tag zu Hause auf der Whisper-Creek-Ranch arbeitete, konnte er doch auf eine stattliche Zahl an Helfern zurückgreifen. Dazu kam noch ein Vermögen, das es ihm erlaubte, die Dinge recht ruhig anzugehen.

„Mein Bruder hier“, sagte Hutch und deutete auf Slade, „ist diensthabender Sheriff, und er hat mich bereits als Deputy rekrutiert, damit ich ihm helfe, den Frieden zu wahren.“

„Alles klar“, erwiderte Boone und musste lachen. Er war völlig überdreht, aber nicht etwa wegen des Konzerts, auch wenn er sich darauf freute, einen von Caseys legendären Auftritten miterleben zu können. Ihm ging es vielmehr darum, dass er und Tara diese Nacht zusammen verbringen würden, weil alle Kinder bei Casey im Garten übernachteten.

„Patsy McCullough ist wieder zu Hause“, informierte Slade sie und konnte endlich eine volle Tasse Kaffee präsentieren. „Sie und die Tochter jedenfalls. Dawson ist natürlich immer noch im Krankenhaus, aber er schlägt sich sehr gut. Er bekommt bereits Physiotherapie und beschwert sich darüber, dass er heute Abend nicht beim Konzert dabei sein kann.“

Boone nickte, als er das hörte. Ihm war die Neuigkeit schon früher zu Ohren gekommen, darum war er bei Patsy vorbeigefahren und hatte sich die neue Rollstuhlrampe vor ihrem kleinen Haus angesehen. „Ich liebe diese Stadt“, sagte er.

„Ich auch“, stimmte Hutch ihm zu und brachte Slade und Boone zum Lachen, als er ergänzte: „Außer an den Tagen, an denen ich sie hasse.“

Die restlichen regulären Deputys trafen ein, und Slade übernahm souverän das Kommando über sie.

Gemeinsam mit Scamp machte Boone sich in seinem alten

Truck auf den Weg zum Gemeindezentrum, wo er Griffin und Fletcher abholte. In ein paar Stunden würde Opal vorbeikommen und die Jungs ebenso mitnehmen wie Taras Zwillinge, um sie alle zu Caseys Haus zu fahren. Zusammen mit den anderen Kirchgängern würde Opal dann als Anstandsdame dortbleiben.

Sie hätte ich zum Deputy machen sollen, überlegte Boone amüsiert.

„Du fährst doch mit dem Truck nicht zu deinem Date mit Ms Kendall, oder?“, wollte Griffin von ihm wissen, kaum dass er und sein Bruder eingestiegen waren.

„Sie hat gesagt, wir dürfen Tara zu ihr sagen“, warf Fletcher ein. Seit James Lennox vor ein paar Tagen mit Ziel New York wieder abgereist war, hatten sie viel Zeit miteinander verbracht, und Tara hatte die Herzen der Jungs im Sturm erobert – ganz so wie seins.

Griffin warf seinem Bruder einen ungeduldigen Blick zu. „Dieses Ding fällt vielleicht auseinander, bevor ihr überhaupt am Festplatz angekommen seid.“

„Keine Sorge, Romeo“, erwiderte Boone lächelnd und strich seinem Sohn über die Kurzhaarfrisur. „Wahrscheinlich nehmen wir ihren Wagen.“

„Wer ist Romeo?“, wollte Fletcher wissen.

„Nicht so wichtig“, gab Boone zurück und ließ die Bemerkung auf sich beruhen.

Zu Hause brachten die Jungs ihre neuen Schlafsäcke und alles andere, was sie für eine Übernachtung in Caseys Garten brauchten, in den Flur und türmten es neben der Küchentür übereinander. Nachdem sie damit fertig waren, ging Griffin mit Scamp nach draußen, womit sich für Boone einer der seltenen Augenblicke ergab, in denen er mit seinem jüngeren Sohn allein war.

„Na, Kumpel“, sagte er. „Wird es dir auch nichts ausmachen, die ganze Nacht nicht zu Hause zu sein?“

Fletcher straffte die Schultern. „Ich bin doch kein Baby, Dad. Und ich hab ja auch aufgehört ins Bett zu machen.“

„Das hast du allerdings“, stimmte Boone ihm zu. Es war schon eine Weile her, dass er mitten in der Nacht Bettzeug hatte waschen und trocknen müssen. „Ich bin wirklich stolz auf dich."

„Können wir Tante Molly und Onkel Bob besuchen?"

Boone hockte sich hin, damit er sich auf Augenhöhe mit dem Jungen befand. „Auf jeden Fall. Aber erst mal müssen die beiden auch Zeit für Besuch haben. Onkel Bob ist im Moment in der Reha, und da hat er zu viel zu tun."

Fletcher nickte, während Boone sich fragte, ob er immer noch Heimweh nach Molly und ihrer Familie verspürte.

„Wirst du Tara heiraten?"

Die Frage kam so ernst und in einem so hoffnungsvollen Tonfall über die Lippen des Jungen, dass Boone davon sprichwörtlich umgehauen wurde. „Das will ich hoffen", antwortete er schließlich. „Aber bis es so weit ist, wird es noch dauern."

Plötzlich grinste der Junge. „Können wir dann in ihrem Haus leben, nicht hier?"

Lachend drückte Boone den Kleinen an sich, dann stand er wieder auf. „Das überlegen wir uns noch", erwiderte er. Er und Tara hatten natürlich längst darüber gesprochen, wie sie zukünftig wohnen sollten, und dabei waren sie beide zu dem Schluss gekommen, dass es unsinnig war, ein komplett neues Haus zu bauen, wenn das vorhandene noch in hervorragender Verfassung war.

Damit würde sich der Kreis schließen. In Taras Farmhaus war er zur Welt gekommen. Er und Molly hatten dort mit Mom und Dad gelebt, und nun sah es so aus, als würde er auch den Rest seines Lebens in diesen vier Wänden verbringen.

Vor einer Weile hätte er sich noch in seinem Stolz gekränkt gefühlt, wenn ihm ein solcher Vorschlag gemacht worden wäre. Doch jetzt wäre er sogar bereit, im Hühnerstall zu schlafen, wenn er dafür mit Tara zusammen sein durfte.

Plötzlich ertönte eine Autohupe, und von dem Moment an war Fletcher nicht mehr zu bremsen.

Boone ging ebenfalls nach draußen und trug einen Teil der Sachen, die die Jungs für die Nacht mitnehmen wollten, aus dem

Trailer. Als Opal aus dem Wagen ausstieg, stutzte er, da irgendetwas an ihr anders war. Er wusste nur nicht so recht, was es war. Sie trug eins ihrer üblichen Kleider, dazu die zweckmäßigen Schuhe, und auch ihre Frisur war gewohnt altmodisch.

Dann fiel es ihm endlich auf: Es war ein Strahlen, das von ihr ausging, so als würde sie von innen heraus leuchten.

Griffin und Flechter packten alles in den Wagen, während Boone im hohen Gras dastand, den Kopf leicht schräg legte und Opal amüsiert ansah. „Du wirkst so anders. Was ist passiert?", fragte er geradeheraus.

Opal setzte ein breites Lächeln auf und hielt ihm ihre linke Hand hin, um ihm einen beachtlichen Diamantring zu präsentieren.

„Der Reverend hat mir einen Heiratsantrag gemacht", sagte sie und bekam dann doch tatsächlich einen roten Kopf.

Boone nickte zufrieden. „Und wann ist die Hochzeit?"

„Nachdem ich dich und Tara endlich vor den Altar gezerrt habe", antwortete sie so leise, dass die Jungs nichts davon mitbekamen.

„Das ist wohl deine Lebensaufgabe, wie?", zog er sie auf.

„Bei Joslyn und Slade und Hutch und Kendra hat es ja auch geklappt", erwiderte sie, als wäre sie sehr stolz auf ihre Verkupplungsbemühungen. „Sobald du Tara geheiratet hast, kann ich endlich in den Ruhestand gehen und nur noch die Ehefrau eines Pfarrers sein."

„Und was ist mit all den anderen einsamen Menschen in Parable County?", fragte er amüsiert und gerührt zugleich. „Musst du die etwa nicht verkuppeln?"

Sie sah nachdenklich aus, dann antwortete sie völlig ernst: „Es könnte sein, dass ich Casey Elder und Walker Parrish noch auf die Sprünge helfen muss. Also bin ich nur halb im Ruhestand. Und alle anderen müssen schon selbst zusehen, wie sie klarkommen. Ich werde nämlich genug damit zu tun haben, meinen Ehemann zu lieben."

Boone gab ihr einen Kuss auf die Stirn. „Meinen Glückwunsch. Reverend Dr. Walter Beaumont ist ein echter Glückspilz."

„Und er kann verdammt gut Fische fangen", ergänzte Opal und ging zu den Jungs, um zu sehen, ob sie mit allem fertig waren, während Boone dastand und darüber nachgrübelte, was dieser letzte Satz zu bedeuten hatte.

Dann fuhren sie ab, die Jungs winkten, Opal hupte und Scamp bellte einmal zum Abschied.

Boone sah ihnen hinterher, bis der Wagen auf die Landstraße eingebogen war. Er kehrte zu seinem Trailer zurück, um sich für sein Date fertig zu machen. Scamp wich dabei nicht von seiner Seite.

Tara kam sich vor, als wäre sie auf der Highschool und müsse zum Abschlussball gehen. Drei Mal zog sie sich insgesamt um, bevor sie sich für eine schwarze Jeans, Stiefel und eine blaue Seidenbluse entschied.

Als Boone an der Haustür klopfte, war sie längst ein nervliches Wrack. Zum Glück hatte Opal die Zwillinge schon früh abgeholt, sonst hätten die sich ganz sicher nicht die Gelegenheit entgehen lassen, ihre Stiefmutter aufzuziehen.

Fast wäre Tara auf der Treppe noch gestolpert. Als sie die Tür öffnete, quoll ihr Herz vor Liebe nahezu über. Boone sah fantastisch aus, wie er in einem schneeweißen Westernhemd, seiner Jeans und den glänzenden Stiefeln vor ihr stand. In einer Hand hielt er seinen Hut und betrachtete Tara fast ein wenig verlegen.

„Fertig?", fragte er.

„Fertig", brachte sie mit Mühe heraus.

Er hatte Scamp mitgebracht, damit er Lucy Gesellschaft leisten konnte, während sie auf dem Konzert waren. Nach kurzem Beschnuppern zogen sich die Hunde in die Küche zurück, die Menschen waren offenbar vergessen.

„Du siehst wunderschön aus", sagte Boone heiser.

Du auch, wollte Tara sagen, aber dann ließ sie ihre Augen das Kompliment aussprechen und bedankte sich bei ihm.

„Ich hoffe, ich habe mich nicht zu schick angezogen", sagte sie, als sie sich bei Boone unterhakte, der sie zum Gartentor führte.

„Wenn ich ehrlich sein soll, würde ich dich jetzt viel lieber ausgezogen sehen", gab er mit einem schiefen Grinsen zurück. „Aber davon abgesehen ist das, was du anhast, absolut fantastisch."

Sein rostiger Truck stand dort, wo sich am Tag normalerweise die Hühner aufhielten, und sah in der einsetzenden Dämmerung noch übler aus als sonst. So wie der Trailer schien auch diese Karre vor seinen Augen auseinanderzufallen.

Ich werde mir ein neues Auto kaufen, nahm er sich vor, da ihm dieser Anblick einfach zu peinlich geworden war. *Gleich morgen!*

„Wir könnten deinen SUV nehmen", sagte er und warf Tara, die mehr zu strahlen schien als Opals Verlobungsring, einen Seitenblick zu.

„Nein, wir nehmen deinen Wagen", entschied sie. „Ich will endlich den Ruf loswerden, ich sei ein Stadtmensch."

Boone lachte und stellte fest, dass er sie noch mehr liebte als einen Moment zuvor. Er half ihr in das rostige Wrack, froh, dass er die Sitze noch abgewischt und den Fußraum staubgesaugt hatte. „Falls sich herumspricht, dass du all deine Hühner als Haustiere hältst", scherzte er, nachdem er ebenfalls eingestiegen war, „wird dich dieser Ruf bis an dein Lebensende verfolgen."

Sie beugte sich vor und strich über seinen Oberschenkel. „Bei dir ist mein Geheimnis sicher gut aufgehoben", sagte sie in verschwörerischem Tonfall.

„Oh, ich weiß nicht", gab er zurück. „Ich esse am liebsten Brathähnchen."

Zwar verzog sie den Mund, aber es war offensichtlich, dass sie wusste, dass er sie nur ein wenig auf den Arm nehmen wollte.

Der Parkplatz am Festgelände, auf dem im Sommer immer das Rodeo veranstaltet wurde, war brechend voll. Caseys Fans, die sich aus allen Gesellschaftsschichten rekrutierten, waren zum Teil von weit her angereist, wie ein Blick auf die Kennzeichen der Personenwagen, Vans und Pick-ups erkennen ließ.

Boone fand noch einen Platz und half Tara aus dem Wagen, dann kaufte er zwei Eintrittskarten. Zwar hatte Casey ihm Freikarten angeboten, aber das Ganze sollte einer guten Sache dienen, und dazu wollte er auch etwas beitragen. Dann bahnten sie sich ihren Weg durch die Menge, bis sie ihre Sitzplätze gefunden hatten.

In der Mitte der Arena stand die Bühne, die von Scheinwerfern in vielfarbiges Licht getaucht wurde.

Schüler verkauften T-Shirts und Hochglanzprogramme, und da auch diese Einnahmen in den Fonds für McCulloughs gingen, kaufte Boone zwei T-Shirts und zwei Programme. Vielleicht war es ein bisschen albern, aber ihm gefiel die Vorstellung, dass er und Tara im Partnerlook durch die Stadt gehen konnten.

Dann endlich betrat die Band die Bühne, und das Publikum flippte aus. Der Keyboarder spielte einen vertrauten Akkord, dann wurde alles dunkel, und als die Bühne Augenblicke später wieder in grelles Licht getaucht wurde, stand Casey in einem mit Strass besetzten weißen Hosenanzug und passenden Stiefeln vor der Band. Eine Gitarre hing über ihrer Schulter. Lichter zuckten über die Sitzreihen, und das Trampeln und der Jubel der Menge erreichte eine ohrenbetäubende Lautstärke.

Als wieder weitgehend Ruhe eingekehrt war, hielt Casey eine kurze Rede und sprach davon, wie willkommen sie und ihre Familie sich in Parable fühlten und wie froh sie darüber war, Teil einer so sympathischen Gemeinde zu sein. Dann wies sie darauf hin, dass alle Einnahmen an diesem Abend an Dawson McCullough, seine Mom und seine Schwester gehen würden. Patsy und ihre Tochter saßen ganz vorn an der Bühne, und als Casey sie bat aufzustehen, brandete erneut tosender Applaus auf.

Patsy konnte ihre Tränen nicht zurückhalten, während Casey sich für den Applaus bedankte und ihrem Gitarristen ein Zeichen gab, der daraufhin den Refrain eines ihrer vielen Hits zu spielen begann – und damit war der endgültige Startschuss für das Konzert gefallen.

In den nächsten fast zwei Stunden bekamen die Zuschauer eine mitreißende Show geboten, den Abschluss bildete eine anrührende Fassung von „God Bless America", bei der es niemanden auf seinem Platz hielt.

Eigentlich, fand Boone, war das schon ein bisschen dick aufgetragen, dennoch sang er genauso mit wie alle anderen Konzertbesucher auch. Abschließend dankte Casey allen für ihr Kommen und verkündete, dass sie später in der Boot Scoot Tavern Autogramme geben würde. Wer daran interessiert war und außerdem noch tanzen wollte, war in dem Lokal herzlich willkommen, und natürlich konnte man dort auch noch Geld für die McCulloughs spenden.

Boone drehte sich zu Tara um, während die Besucher an ihnen vorbei zu den Ausgängen strömten. Er konnte nur hoffen, dass Slade mit seinen Deputys diese Menschenmassen gut im Griff hatte.

„Noch Lust zu tanzen?", fragte er.

Tara beugte sich vor und küsste ihn. „Lust ja, aber auf etwas anderes."

Augenblicklich erfasste ihn eine unbändige Vorfreude, die ihn einmal mehr dazu zwang, seinen Hut in der Hand zu halten, anstatt ihn aufzusetzen.

„Dann lass uns von hier verschwinden", sagte er und drückte ihre Hand.

Tara war von der Musik ebenso berauscht wie von ihrer Liebe zu Boone, als er sie wie seine Braut über die Türschwelle ihres Hauses trug.

Lucy und Scamp standen zwar in der dunklen Diele, verdrückten sich aber nach einer flüchtigen Begrüßung gleich wieder. Sie hatten schlicht kein Interesse an dieser sonderbaren Angewohnheit der Menschen, ihre Stiefel auszuziehen und dann sämtliche Kleidung abzulegen.

„Ich kann nicht länger warten“, flüsterte Tara. „Nicht mal so lange, dass wir es noch bis nach oben schaffen könnten …“

Angenehm erfreut über ihre Worte umschloss er mitten im Flur mit seinen Händen ihre Brüste und dirigierte Tara nach hinten, bis sie an der Wand lehnte. Er küsste sie unendlich lange, ehe er seine Lippen zu ihrem Hals, den Schultern und ihrem Bauchnabel weiterwandern ließ, von wo aus er zunächst zu ihrem Mund zurückkehrte, während seine Finger über ihren ganzen Körper strichen.

Nach einer scheinbaren Ewigkeit kniete er sich vor ihr hin, küsste ihre Oberschenkel und die Knie, bis er dann endlich – endlich! – sich ihrem empfindsamsten Punkt widmete.

Tara stieß einen leisen Schrei aus, als sie seine Lippen dort unten spürte. Ihr wurde mit einem Mal so heiß, dass sich überall auf ihrer Haut kleine Schweißperlen bildeten. Sie wand sich, während er sie bis kurz vor den Höhepunkt brachte. Im letzten Moment stoppte er und fing von vorn an, auch diesmal hörte er vorzeitig auf.

Ein leises Wimmern entwich ihrer Kehle, da sie einerseits wollte, dass Boone sich beeilte, andererseits aber betete, er möge den erfüllenden Augenblick so lange wie möglich hinauszögern, damit sie diese unerträglich wundervollen Gefühle noch länger auskosten konnte.

Irgendwann hatte er ein Einsehen und schenkte ihr mehrere Orgasmen, bei denen ihr die Knie weich wurden und sie am liebsten auf dem Boden zusammengesunken wäre – wenn Boone sie gelassen hätte.

Stattdessen stellte er sich hin und presste Tara an sich.

„Diesmal ohne Kondom“, warnte er sie und knabberte an ihrem rechten Ohrläppchen. „Wenn du schwanger wirst, dann soll es so sein. Einverstanden?“

„Ohne Kondom“, erwiderte sie keuchend und nickte zustimmend, während die Berührung seiner Finger ihr den Atem so sehr stocken ließ, dass sie fast fürchtete, dass sie fast fürchtete, sie müsse wegen Sauerstoffmangel das Bewusstsein verlieren.

Boone hob sie ein Stück hoch, und sie schlang die Beine um seine Taille. Er schaute ihr in die Augen, verharrte eine Sekunde und drang dann kraftvoll in sie ein. Ein lang gezogenes Aufstöhnen kam über Taras Lippen, wobei sie nur am Rande wahrnahm, dass sie immer noch im Flur standen.

Ihr Körper wurde von einem Höhepunkt und gleich darauf von einem zweiten erfasst. Sie rief Boones Namen und versuchte, ihn wieder auf den Mund zu küssen, doch er trug sie mit jeder Bewegung in immer höhere Höhen.

Fast schon ungeduldig wartete sie darauf, dass er sich nicht länger zurückhalten könnte, allerdings erwies sich Boone als sehr ausdauernd, bis er schließlich so heftig kam, dass sein Orgasmus sie zu einem weiteren Höhepunkt mitriss.

Boone hatte Tara soeben nicht nur genommen, sondern auch für alle Zeit seinen Anspruch auf sie kundgetan. Sie war jetzt seine Frau, die mit ihm auf eine beinahe heilige Weise fest verbunden war. Mit jedem weiteren Beben seines Körpers rief er stöhnend und keuchend ihren Namen.

Dann glitten beide erschöpft zu Boden, wo sie als menschliches Knäuel aus Armen und Beinen auf dem Teppich liegen blieben und nach Luft schnappten, als wären sie zwei Schiffbrüchige, die sich mit letzter Kraft auf ein provisorisches Floß gerettet hatten.

Es dauerte eine Weile, bis sie sich erholt hatten, dennoch blieben sie dort, wo sie waren.

„Ich kann noch immer nicht glauben, dass wir eben Sex im Stehen hatten", murmelte sie.

„Wenn ich will, kann ich ziemlich erfinderisch sein", gab Boone zurück und knabberte an ihrem Hals. Wenig später unterstrich er diese Worte, diesmal aber auf dem Fußboden in der Diele.

Irgendwann hatten sie es dann doch bis in Taras Schlafzimmer geschafft.

Sie lag schlafend im Bett. Ihr Atem ging tief und gleichmäßig, ihre Lippen zeigten ein flüchtiges Lächeln, während sie träumte.

Für Boone genügte es – zumindest für den Augenblick –, einfach nur neben ihr zu liegen und sie anzuschauen. Er konnte einfach nicht genug von Tara Kendall bekommen, weder körperlich noch in irgendeiner anderen Hinsicht. Sie war so wundervoll, so intelligent, so stark und so leidenschaftlich – warum hatte er nur so lange gebraucht, um zu erkennen, dass sie die richtige Frau für ihn war?

Die Antwort darauf war einfach: weil er sich an einer Erinnerung festgeklammert hatte. Er hatte Corrie nie losgelassen und damit auch nicht jene Dinge, die sie beide für sich hatten schaffen wollen – so als hätte er sie in sein Leben zurückholen können, wenn er sich nur energisch genug dagegen sträubte, die Realität anzuerkennen.

Ihm wurde klar, dass Corrie sich für ihn freuen würde und auch für ihre Jungs, weil sie endlich wieder eine Mutter haben würden. Hatte er mit seiner Trauer um sie verhindert, dass sie ihren eigenen Weg gehen konnte? Als er in dieser Sekunde endgültig seine Vergangenheit losließ, da kam es ihm vor, als würde sich etwas oder jemand von ihm trennen. Er begriff, dass er Corrie losgelassen hatte und sie damit frei war.

Tränen ließen ihn die Augen zukneifen. Lebwohl, rief er Corrie lautlos zu.

Tara bewegte sich im Schlaf.

Das Wunderbare an ihr war, dass sie ihn liebte. Es war das schönste Geschenk, das sie ihm machen konnte, fast noch schöner als die Aussicht auf ein langes gemeinsames Leben bis ins hohe Alter, umgeben von Kindern, Enkeln und Urenkeln.

Dass er sie liebte, daran gab es keinen Zweifel, schon gar nicht, weil diese Liebe mit jedem Tag, jedem Herzschlag und jedem Atemzug immer noch etwas stärker wurde.

In diesem Moment öffnete Tara die Augen und sah sich ein wenig orientierungslos um.

„Ja, ganz genau“, sagte Boone breit grinsend. „Du hast fast

die ganze Nacht damit verbracht, dich von einem Hinterwäldler-Sheriff lieben zu lassen, und das zum Teil auch noch an den skandalösesten Stellen im Haus."

Sie erwiderte das Grinsen und gab ein zufriedenes Schnurren von sich, dann knuffte sie ihn sanft an der Schulter. „Wie der Zufall es will, liebe ich meinen ‚Hinterwäldler-Sheriff' von ganzem Herzen", erwiderte sie schläfrig. „Und wenn es um skandalöse Stellen geht, hätte ich da noch den einen oder anderen Vorschlag."

„Das ist gut", entgegnete Boone, wobei Gefühlsregungen seinen Tonfall bestimmten, die er nicht so recht kontrollieren konnte. Aber er musste sie auch nicht unter Kontrolle haben, da er dieser Frau alles sagen und er sie bis tief in seine Seele blicken lassen konnte. „Ich bin nämlich auch völlig verrückt nach einer bestimmten Pseudo-Hühnerfarmerin."

Sie legte einen Finger auf seine Nasenspitze, was bereits genügte, um ihm einen wohligen Schauer über den Rücken laufen zu lassen. „Denk an dein Versprechen", sagte sie.

„Das kannst du im Banksafe einschließen lassen. Zusammen mit allen anderen Versprechen, die ich je gemacht habe." Nach einer langen Pause fragte er: „Wann werden wir heiraten? Dich nur lieben zu können, wenn keins der Kinder da ist, wird nämlich ziemlich schwierig werden."

„Dann wirst du eben improvisieren müssen, Boone Taylor. Es wäre völlig unangemessen, in weniger als sechs Monaten zu heiraten." Sie lächelte ihn verführerisch an. „Bis dahin sollten wir so viel üben wie möglich."

Boone seufzte, dann gab er nach. „Also gut, sechs Monate."

Tara schmiegte sich an ihn. „Ich werde dich dafür auch reichlich entschädigen", versprach sie ihm.

– ENDE –

Die salzhaltige Meeresluft sabotierte den Erfolg ihrer Mission, wurde Jane Pearson klar. Erstens begann sich ihr sonst glattes Haar zu kräuseln ... was an sich vielleicht noch keine Katastrophe gewesen wäre, vermutete sie, als sie den mit zerbrochenen Muschelschalen bestreuten Pfad von der Küstenstraße hügelabwärts auf die pittoresken Strandhäuser von Crescent Cove zulief. Allerdings ruinierte die feuchte Luft auch den Sitz ihres Leinenkleids.

Zu Hause war ihr das Kleid mit den kurzen Ärmeln und dem hohen Kragen noch als die perfekte Wahl für ein „Das hier ist ein wichtiges Geschäftstreffen“ an einem Juninachmittag erschienen. Jetzt jedoch schwang der Stoff nicht mehr schmeichelnd um ihre Knie, sondern klebte feucht an ihren Oberschenkeln. Jane fürchtete, dass sie, bis sie endlich bei Strandhaus Nr. neun angekommen wäre, eher einem aufgeweichten Halloween-Geist mit abstehendem nassem Strohhaar als einer nüchternen Karrierefrau gleichen würde.

Nun, auch egal, dachte sie. An ihrer Entschlossenheit konnte das nichts ändern. Trotz ihrer ramponierten Erscheinung würde sie nicht nachgeben, wenn sie erst dem Mann gegenüberstand, den sie hier zur Rede stellen wollte. Griffin Lowell hatte nicht auf ihre Anrufe reagiert – auf keinen einzigen von den elfen! –, und sie war nicht bereit, noch länger auf seine Antwort zu warten. Laut Aussage seines Agenten war der Autor mit den Abgabeterminen für seine Memoiren in Verzug. Jane war damit beauftragt worden, diese gefährliche Krise von Frist-Verleugnung zu meistern und dem Schriftsteller dabei zu helfen, seine Schreibblockade zu überwinden. Es wurde höchste Zeit, endlich damit anzufangen.

Er brauchte sie. Offensichtlich dringend.

Und du brauchst ihn, Jane, fügte eine kleine Stimme in ihrem Kopf hinzu.

Die unwillkommene Erinnerung ignorierte sie und betrachtete stattdessen die Gegend. Nein, es war sicher keine Katastrophe, Crescent Cove zu besuchen. Im Gegenteil, es war eine äußerst interessante Entdeckung, noch dazu ausgerechnet hier in Südkalifornien, das für seine neuesten Bauprojekte berühmt-berüchtigt war. Moderne Wohnsiedlungen, alle im gleichen Stil, und Einkaufzentren – mit beigefarbenem Stuck! – schossen wie Pilze aus dem Boden. Und was die roten Dachziegel aus Terrakotta anging ... war eigentlich niemandem klar, dass man mit zu viel des Guten genau das Gegenteil erzielte?

Diese Strandkolonie hier dagegen wirkte wie aus einer anderen Zeit. Die ungefähr fünfzig unkonventionellen Bungalows und farbenfrohen Hütten waren Paradebeispiele traditioneller Strandarchitektur – das hatte sie irgendwo gelesen –, schmiegten sich an die Klippen auf dem gut zwei Meilen langen Strand. Alles machte einen heiteren, unbeschwerten Eindruck, abwechslungsreich wie die Bougainvillen, die hier wie Unkraut wucherten und mit prächtigen Blüten von hellstem Lachs bis tiefstem Scharlachrot um die Wette eiferten. Und all das wurde von dem nie endenden rhythmischen Wellenrauschen untermalt. Der Verkehrslärm des oberhalb vorbeilaufenden Highways wurde von einer Wand aus hohen Eukalyptusbäumen abgeblockt, deren an Hustensaft erinnernder Duft sich mit dem Geruch von Seetang, Sand und Ozean vermischte.

Ein schwarzer Labrador mit einem Batikhalstuch kam auf sie zu. Jane lächelte. Sie liebte Hunde, auch wenn sie nie einen Hund besessen hatte. Als Kind war ihr Vater, ein berühmter Wissenschaftler, der Meinung gewesen, Haustiere würden Kinder nur vom Lernen ablenken, und heute ... Ihre Arbeitszeiten waren zu unregelmäßig, als dass sie sich um ein Haustier kümmern könnte.

„Hallo“, begrüßte sie den Hund und streckte die Hand in seine Richtung aus. Er jedoch unterbrach seinen lässigen Schlenkergang nicht, drehte stattdessen in eine Gasse zwischen den Häusern ab. Tja ... noch ein männliches Wesen, das allein die eigenen Pläne verfolgte und sich durch nichts davon abbringen ließ.

Sie marschierte weiter, näherte sich Nr. neun von der Rückseite. Der Muschelweg führte bis an eine Doppelgarage, deren Tor in Meerschaumgrün gestrichen war. Einige Beachcruiser-

Fahrräder lehnten an der mit dunkelbraunen Holzschindeln verkleideten Mauer. Sechs Autos standen hier geparkt, die Hälfte davon Luxuslimousinen, die andere Hälfte in eher bedenklichem Zustand, aber alle hatten zwei oder mehrere Surfboards auf den Dachgepäckträgern festgezurrt, bunte Strandlaken dazwischengestopft.

Hatte Griffin Lowell etwa Besuch? Bei dem Gedanken blieb Jane abrupt stehen, noch immer gute zwanzig Meter von der Hintertür entfernt. Doch sicher nicht, oder? Sein Agent hatte ihr versichert, der Mann lebe wie ein Einsiedler, verweigere jeden Kontakt mit der Außenwelt, reagiere nicht auf Bitten um Rückrufe, ignoriere sowohl E-Mails als auch Textnachrichten, auch von Freunden und Familie. Jane konnte das aus eigener Erfahrung nur bestätigen.

„Bevor er sich in seine Tonne verkrochen und seither mit niemandem mehr gesprochen hat, hatte ich ihm den Vorschlag unterbreitet, ihm jemanden zu schicken, der ihn bei seinem Buch unterstützt“, hatte Frank, der Agent, gesagt. „Und er hat sich einverstanden erklärt. Also machen Sie ihm Feuer unter dem Hintern, Jane. Und zwar richtig!“

Genau das hatte sie vor. In ihrem Job war sie exzellent, und nach dem Desaster, in dem ihr letzter Auftrag geendet war, hatte sie es bitter nötig, dass sie das bewies.

Sorgfältig achtete sie darauf, dass ihre Peeptoe-Pumps keine Schrammen abbekamen, während sie die nächsten Meter auf dem unebenen Muschelweg zurücklegte, dann aber hielt sie ein zweites Mal an, atmete mehrmals tief durch, versuchte, die krausen Strähnen und den feuchten Leinenstoff ihres Kleides mit den Handflächen glatt zu streichen. Dass hier so viel auf dem Spiel stand, machte sie leicht nervös.

Ganz zu schweigen davon, dass sie auch noch auf diese Einsiedler-Geschichte Rücksicht nehmen musste. Griffin hatte ein Jahr lang mit den amerikanischen Truppen in Afghanistan zugebracht. Er musste Dinge gesehen und erlebt haben – daher auch die Memoiren –, die zweifelsohne Spuren bei ihm hinterlassen hatten. Saß er etwa allein in der Hütte, den Blick starr auf den Ozean gerichtet, und grübelte düster über Gott und den Sinn der Welt nach? Ihr wurde noch mulmiger, wenn sie sich vorstellte, wie sie in diese Szene hineinplatzte und seine Ruhe störte.

Du hast eine zweite Chance bekommen, Jane. Einen Rückzieher kannst du dir nicht leisten.

Mit diesem Mantra schaffte sie es immerhin bis zur Fußmatte vor der Tür. Die Matte erinnerte an eine Piratenflagge, und unter dem Totenkopf und den gekreuzten Knochen war zu lesen: *Ihr, die Ihr eintretet, lasst alle Hoffnung fahren.*

Eine andere Frau hätte diese Warnung vermutlich zu den elf ignorierten Anrufen, ihren angespannten Nerven und ihrem ramponierten Aufzug hinzugefügt und beschlossen, an einem anderen Tag wiederzukommen, um es mit dem Autor aufzunehmen. Jane allerdings hob ihr Kinn und die geballte Faust an, und klopfte an die Tür.

Die wurde aufgezogen, noch ehe ihre Knöchel das Holz berührt hatten. Ein Typ mit blonden Locken, barfuß und in gelben Surfshorts, musterte sie. Aus dem Innern des Hauses drangen eindeutige Partygeräusche – Rapmusik, laute Stimmen, das Scheppern einer zu Boden fallenden Bierflasche, woraufhin jemand fluchte wie ein gestandener Seemann. Hinter dem Beachboy gingen zwei Frauen vorbei, in identischen Jeans-Miniröcken und winzigen Bikinioberteilen. Beide hatten sie langes Haar, mit Strähnchen aufgefrischt und perfekt frisiert, und beide hielten hohe Gläser mit bunten tropischen Cocktails einschließlich Fruchtscheiben und Schirmchen in den Händen. Jane mit der struppigen Frisur und dem schlaff herabhängenden Kleid würdigten sie keines Blickes. Irgendwo in dem Raum rief jetzt eine männliche Stimme lachend: „Mann, bin ich besoffen. Voll, breit, absolut dicht …“, und ein anderer rief: „Hey, Brittany, wie wär's, wenn wir uns ausziehen und endlich zur Sache kommen?“

Aha. Der Mann, mit dem sie zu tun hatte, war kein Einsiedler.

Mit fragend hochgezogener Augenbraue musterte sie den Surfer. „Griffin?“

„Nee, ich bin Ted. Wollen Sie was von ihm?"

„Ja." Sollte sie jetzt froh oder enttäuscht sein, dass Beachboy nicht der Mann war, den sie suchte? „Ist er zu sprechen?" Könnte ja sein, dass er sturzbetrunken oder gerade mit Brittany beschäftigt war.

„Für Sie? Immer." Beachboy deutete mit dem Daumen über die Schulter. „Irgendwo da drinnen. Sie können ihn gar nicht verfehlen."

Als sie an ihm vorbei über die Schwelle trat, brüllte der Typ in den Raum hinein: „Hey, Griffin, schau nur! Der Getränkeladen nutzt jetzt kleine Bibliothekarinnen, um Chips und Schnaps auszuliefern!"

Auch wenn Ärger über den dummen Kommentar in ihr aufbrodelte ... sie ignorierte es, sah sich stattdessen um. Hier war definitiv eine Party in vollem Gange. Gut zwanzig Leute hielten sich in dem großen Wohnraum auf. An der einen Wand gab es einen offenen Kamin, ihm gegenüber lagen die gläsernen Schiebetüren, die auf die Veranda zum Ozean hinausführten. Da draußen hatte sich noch mehr Volk versammelt. Dem Rapsong folgte jetzt etwas von Jimmy Buffett, begleitete Jane sozusagen auf dem Weg durch die Menge. Sie fragte sich, wie sie den Reporter „nicht verfehlen" sollte. Er arbeitete für Zeitschriften und Magazine, im Fernsehen hatte sie ihn noch nie gesehen. Und das Schwarz-Weiß-Foto von ihm, über das sie bei ihren Nachforschungen im Internet gestolpert war, zeigte nur eine verschwommene Gestalt mit Soldatenhelm, Bomberjacke und verstaubter Sonnenbrille.

Für einen Moment setzte die Musik aus, dann plärrte das Jimmy-Buffett-Lied wieder von vorn aus den Lautsprechern, gerade, als Jane die Veranda erreicht hatte. Janes Blick glitt nach rechts, angezogen von einem sich drehenden Mobile aus Treibholzstücken und ausgedienten Flip-Flops in den verschiedensten Farben, und unter diesem „Kunstwerk" entdeckte sie ihn. Sie wusste nicht, weshalb sie so sicher war, aber sie hätte hundert Dollar gewettet – die sie gar nicht erübrigen konnte –, dass sie soeben Griffin Lowell gefunden hatte.

In verwaschenen Cargo-Shorts, das Hawaii-Hemd offen stehend, saß er lässig zurückgelehnt auf einer Lederliege, die ihre beste Zeit längst hinter sich hatte, zu beiden Seiten eingerahmt von vollbusigen Bikini-Schönheiten. Ein rotes Bandana saß auf seinem Kopf wie bei einem Biker ... oder besser, wie bei einem Piraten, denn in einem Ohr hing eine goldene Kreole, und er trug Augenklappen auf beiden Augen. Die Finger einer Hand hielt er um eine Bierflasche gekrümmt, die er auf seinem flachen Bauch abgestellt hatte. Er schien zu schlafen. Oder vielleicht zu meditieren – falls Freibeuter so etwas taten.

Jane holte Luft. „Griffin? Griffin Lowell?"

Seine freie Hand glitt zu seinem Schritt. Hektisch riss Jane den Blick los, doch dann wurde ihr klar, dass er nur in seine Tasche fasste. „Wie viel schulde ich Ihnen?", brummte er. „Sie haben doch hoffentlich den Tequila mitgebracht, oder?"

„Und die Cherry Cola light", meldete sich eine von den Bikini-Schönheiten. „Tequila trinke ich immer nur mit Cherry Cola light."

Er verzog den Mund, wiederholte es dennoch. „Und die Cherry Cola light."

Kopfschüttelnd starrte Jane den Mann an. Es war schwer, ihn überhaupt einschätzen zu können, mit dem Bandana über seinem Haar und diesen lächerlichen Augenklappen, die sein Gesicht halb verdeckten. Als sie genauer hinschaute, erkannte sie, dass auch das schwarze Plastik mit dem Jolly Roger verziert war. „Ich habe überhaupt nichts mitgebracht." Sie musste lauter sprechen, da nun ein Song von einer Band ertönte, die sie nicht kannte. „Aber sagen wir es mal so: Sie schulden mir tatsächlich etwas, Griffin Lowell."

Einen Moment stutzte er, dann schnellte die Rücklehne der Liege vor, während er sich erhob, verscheuchte so die Bikini-Mädchen von den Armlehnen. Griffin streckte die Hand mit dem Bier aus, und eine von den beiden Bikinis nahm es ihm ab. Jetzt hatte er beide Hände frei, um die Piratenverkleidung abzulegen: Ohrring, die beiden Augenklappen, eine nach der anderen, dann riss er sich das Bandana vom Kopf. Und Jane erhielt den ersten Blick auf ihn.

Großer Gott, dachte sie und schluckte.

Der Mann war unbestreitbar attraktiv. Das von der Sonne gebräunte Gesicht war ebenso schlank und kräftig wie seine Hände, die Züge markant, der Knochenbau sehr männlich. Dunkle Bartstoppeln standen auf Wangen und Kinn, das Haar auf seinem Kopf war nicht viel länger, vielleicht nur einen Zentimeter. Vermutlich Soldatenschnitt. Seine Augen jedoch … sie leuchteten aquamarinblau unter den dunklen Brauen hervor und musterten sie mit der Intensität eines Lasers. Reporter-Augen.

Zuerst schienen sie kalt zu glitzern, doch sowie sein Blick weiter über Janes Gesicht wanderte, auf ihrem Mund zu liegen kam, auf dem hochgeschlossenen Kragen, der ihr plötzlich zu eng schien und ihr die Luft abschnürte, dann über ihr schlottriges Kleid und weiter zu den Knien glitt, die nachgeben wollten, begann ihre so gründlich taxierte Haut plötzlich zu brennen, Zentimeter um Zentimeter. Es erinnerte sie an die Warnfeuer, die man früher angezündet hatte, um die Ankunft des Feindes zu signalisieren. Flammte an der einen Stelle das Feuer auf, folgte schon bald eines nach dem anderen, wie eine Kettenreaktion, damit jeder – in ihrem Falle jede Nervenzelle – vorgewarnt war. Jane hatte allerdings auch gehört, dass Piraten diese Feuer ebenfalls genutzt hatten, um Schiffe in gefährliche Gewässer zu locken, wo sie auf Grund liefen und sanken.

Der Gedanke hätte sie schaudern lassen sollen, stattdessen strömte eine neue Hitzewelle durch ihren Körper. Sie konnte tatsächlich fühlen, wie die Härchen an ihrem Nacken sich aufrichteten und sich zu Locken kräuselten, die sie noch nie in ihrem Leben gehabt hatte.

Sie räusperte sich – das war bestimmt besser, als sich verlegen den Nacken zu reiben. „Sie haben nicht auf meine Anrufe reagiert“, sagte sie also streng. „Daher blieb mir nichts anderes, als persönlich zu kommen, damit wir über ihr Buch reden können.“

Kaum hatte sie die Worte ausgesprochen, senkte er die Lider

und sank wieder auf die Liege. „Kein Interesse." Er streckte die Hand nach seinem Bier aus, leerte es in einem Zug.

Jane ließ sich nicht von seinen geschlossenen Augen aufhalten, auch wenn klar war, dass er sie damit auf wirklich rüpelhafte Weise abwies. „Sie haben einen Vertrag für Ihre Memoiren unterzeichnet", erinnerte sie ihn nüchtern, zwang sich dazu, ihre Stimme freundlicher klingen zu lassen. „Aber Sie müssen es nicht allein durchstehen. Deshalb bin ich hier – für Sie."

Sowie er die Augen wieder öffnete, schaffte sie es sogar, aufmunternd zu lächeln. Erneut musterte er sie von Kopf bis Fuß. Unwillkürlich presste sie die Lippen zusammen, innerlich krümmte sie sich. Gut, dann sah man ihr äußerlich wenigstens nichts an. Als sein Blick erneut auf ihrem Mund zu liegen kam, biss sie sich auf die Unterlippe, um das seltsame kleine Wimmern zurückzuhalten, das aus ihrer Kehle steigen wollte. Das war ebenso bizarr wie der ungewöhnliche Impuls, die Beine in die Hand zu nehmen und zu rennen, so weit sie konnte.

Du kannst dir einen Rückzieher nicht erlauben, Jane.

Diese kleine Stimme in ihrem Kopf hatte die gleiche Wirkung wie ein Eimer kalten Wassers. „Sie haben demnächst ein Manuskript abzuliefern", erklärte sie Griffin. Sie hatte sich wieder unter Kontrolle. „Mich hat man damit beauftragt, Sie dabei zu unterstützen, dass Sie Ihre Fristen einhalten können."

Er legte den Kopf leicht schief, der Mangel an Begeisterung war ihm deutlich anzusehen.

Trotzdem fuhr sie fort: „In diesem Sinne stehe ich zu Ihrer vollständigen Verfügung und werde Sie mit allem versorgen, was Sie brauchen." Sie hatte die Erfahrung gemacht, dass manchmal auch ein Tritt in den geschätzten Autorenhintern dazugehörte, eine Vorstellung, die mehr und mehr an Reiz gewann.

„So, tatsächlich?", fragte er träge, eine dunkle Augenbraue hochgezogen. „Das Einzige, was ich brauche, Engelchen, sind eine Flasche Tequila, noch ein Sixpack Bier und eine Nacht mit heißem Sex." Jetzt gesellte sich die zweite dunkle Braue zu der ersten. „Was ist, haben Sie Lust?"

„In Touch" mit MIRA!
Das Verlagsprogramm elektronisch abrufbar
Interaktiv dabei sein: Buchbesprechungen, Gewinnspiele, Aktionen, Leseproben und vieles mehr.
Folgen Sie uns auf Twitter, Facebook, Instagram, Pinterest und google+
www.mira-taschenbuch.de
MIRA TASCHENBUCH

Lesen Sie auch von Linda Lael Miller:

Platz 1 der New York Times-Bestsellerliste

Linda Lael Miller
Big Sky Country –
Das weite Land

Früher hat Sheriff Slade Barlow die ehemalige Rodeo-Queen Joslyn nur von Weitem angehimmelt, nun kommt er ihr sehr nahe. Dass sie mit seinem Halbbruder befreundet ist, macht die Sache allerdings kompliziert …

Band-Nr. 25681
8,99 € (D)
ISBN: 978-3-86278-743-2
eBook: 978-3-86278-787-6
352 Seiten

Linda Lael Miller
Big Sky Mountain –
Der Berg der Sehnsucht

Nur aus einem Grund ist Kendra nach Montana zurückgekehrt – Hutch Carmody ist es jedoch nicht! Damals hat der millionenschwere Rancher und heiratsscheue Draufgänger Kendras Herz gebrochen …

Band-Nr. 25692
8,99 € (D)
ISBN: 978-3-86278-801-9
eBook: 978-3-86278-933-7
368 Seiten

Deutsche Erstveröffentlichung

Deutsche Erstveröffentlichung

Susan Wiggs

Der Duft von Apfelblüten

Tess streift über die Wiesen von Bella Vista. Das Anwesen bedeutet ihr alles. Doch sie verliert es, wenn es ihr nicht gelingt, den alten Familienschatz zu finden. Sie macht sich auf die Suche – und findet nicht nur alte Schätze, sondern auch neue Gefühle …

Band-Nr. 25741

9,99 € (D)

ISBN: 978-3-95649-003-3

eBook: 978-3-95649-307-2

448 Seiten

Shannon Stacey

Manche mögen's Kowalski

„Geschlossen." Das Schild, das Paige an die Eingangstür ihres Diners hängt, könnte sie auch gut um ihr Herz tragen. Komisch nur, dass Mitch Kowalski das komplett ignoriert. Das Lächeln des notorischen Bad Boys geht Paige schließlich unter die Haut …

Band-Nr. 25742

9,99 € (D)

ISBN: 978-3-95649-004-0

eBook: 978-3-95649-308-9

304 Seiten

Deutsche Erstveröffentlichung

Der ergreifende Auftakt zu
Christie Ridgways sommerleichter Trilogie:

Band-Nr. 25747
8,99 € (D)
ISBN: 978-3-95649-012-5
eBook: 978-3-95649-358-4
400 Seiten

Christie Ridgway
Der Sommer,
der uns verband

Eine ausgelassene Strandparty – und mittendrin ein sexy Mann mit ozeanblauen Augen und offenem Hawaiihemd: Das ist Griffin Lowell? Jane hat einen grüblerischen Einzelgänger erwartet, nicht diesen Traumtypen. Schließlich wurde sie engagiert, um Griffin in seinem Strandhaus beim Schreiben seiner Biographie zu helfen. Der allerdings will lieber feiern und seinen traumatischen Erinnerungen entfliehen – doch so schnell gibt Jane nicht auf, denn sie braucht den Job mehr als alles andere! Bei Strandspaziergängen im Mondschein gelingt es ihr tatsächlich, das Eis um Griffins Herz zum Schmelzen zu bringen. Aber während ihr berufliches Interesse bald tiefer Sehnsucht weicht, scheint er noch nicht bereit für die Liebe …

„Romantik pur, herzerwärmend und witzig.“
New York Times-Bestsellerautorin Jennifer Crusie